W0388480

Silke Schün

Die S-Bahnspielerin

Ein Berlinroman

Impressum

Copyright © 2023 by Kid Verlag
Kid Verlag | Samansstr. 4 | 53227 Bonn
www.Kid-Verlag.de
Druck: WIRmachenDRUCK GmbH | 71522Backnang
Printed in Germany
ISBN 978-3-949979-22-4

♦

Im hellen Sonnenschein war die flackernde Flamme des Feuerzeuges kaum sichtbar, als ich sie an das dünne Papier hielt. Nach und nach begannen die Ränder meines Studentenausweises sich braun zu verfärben. Die Studierenden im Semester unter mir hatten bereits eine Plastikkarte als Ausweis bekommen, was wesentlich seriöser wirkte, doch für diesen Moment war das unscheinbare Stück Papier genau richtig.

Ich trat aus dem Windschatten des Brückenpfeilers heraus und ließ das nun gut brennende Dokument über das Geländer in die Spree flattern.

„Hast du keine Fotos dabei?“, fragte Nettie und durchforstete den Ordner, der aufgeschlagen zwischen uns auf dem Gehweg lag.

„Ganz so melodramatisch bin ich dann doch nicht“, antwortete ich und schaute den Gewölbegang der Oberbaumbrücke hinunter. Auf dieser Seite der alten Brücke spannten sich die steinernen Bögen über den Fußgängerweg und gaben mir das Gefühl, in einem alten Gemäuer zu stehen, während nur wenige Meter neben mir die Autos über die vielbefahrene Brückenmitte zogen. Das Rattern der Bahn erklang über unseren Köpfen, wie der letzte Beweis, dass die Oberbaumbrücke trotz ihres mittelalterlichen Aussehens ins moderne Berlin gehörte.

„Na, dann muss das hier halt ausreichen“, riss Nettie mich aus meinen Gedanken und hielt mir ein Blatt entgegen. Es war die Meldebestätigung, die wir vom Bürgeramt bekommen hatten, als Sönke und ich in Bielefeld zusammengezogen waren.

„Oh ja, das verdient definitiv den Flammentod!“

Und so verbrannte ich mit Nettie - bester Freundin seit Kindertagen und generell Stütze in jeder Lebenslage - an diesem Sommertag alle Dokumente, die mich an die letzten drei Jahre mit Sönke und die vergeudeten Semester an der Uni Bielefeld erinnerten.

Währenddessen klingelte mein Handy unentwegt. Doch da es nur Sönke sein konnte, ignorierte ich es.

„Geh dran und sag ihm, dass er seine Chance hatte und jetzt sehen soll, wie er mit seiner Grafikdesigntussi glücklich wird!“ Nettie war schon immer ungeduldiger gewesen als ich.

Ich nahm das Handy und betrachtete es eine Weile, während es in meiner Hand vibrierte und mir wieder einmal den Namen meines Ex-Freundes zeigte.

„Weißt du was? Wenn ich schon einen Schlussstrich ziehe, dann auch richtig.“ Damit öffnete ich die abgegriffene Verschalung und nahm die SIM-Karte heraus. Es fühlte sich gut an, sie entschlossen übers Geländer zu werfen. Mit ihr verschwanden alle Telefonnummern von Freunden und Bekannten - meist auch Sönkes Freunde - die ich natürlich nicht mehr auswendig konnte. Wer kann das schon noch, wenn ein Tastendruck genügt, um jemanden zu erreichen?

Die Sonne glitzerte auf dem Wasser der Spree, und ein Schiff, auf dessen Verdeck Touristen in kurzen Hosen und Sonnenhüten saßen, zog ruhig unter mir vorbei. Die SIM-Karte war längst nicht mehr zu sehen.

Nettie räusperte sich neben mir und strich sich die zurzeit feuerroten Haare hinter die Ohren. „Also, das mit dem Neuanfang meinst du wohl wirklich ernst, was Nina?“

Ich lehnte mich mit dem Rücken an das Geländer und schaute auf den Fernsehturm, der hinter einigen hohen Gebäuden aufragte.

„Worauf du dich verlassen kannst!“ Dann lächelte ich sie an. „Und welche Stadt eignet sich besser für einen Neuanfang als die Stadt der Städte?“

Berlin.

♦

„Hier müssen Sie unterschreiben!“ Die Hausverwalterin klopfte ungeduldig auf die gestrichelte Linie am Ende der Seite. Von ihrem Fingernagel blätterte bereits der rote Lack wieder ab. Ich nickte. Eine Woche hatte ich im Hostel auf der Schönhauser Allee gewohnt. Netties Besuch dort hatte die ersten Tage in Berlin wie Urlaub erscheinen lassen. Jetzt war sie wieder zurück nach Greifswald gefahren, wo sie studierte, und mir ging so langsam das Geld aus. Ich saß im Büro der Hausverwalterin im Erdgeschoss des Plattenbaus, in dem ich von nun an wohnen würde.

Genervt blies sie den Rauch ihrer Zigarette aus, während ich unterschrieb. Sie hatte wohl eindeutig besseres zu tun, als neue Mieter willkommen zu heißen.

Nina Sievers stand nun in meiner schnörkellosen, fast langweiligen Unterschrift unter dem Mietvertrag.

Die Hausverwalterin drückte mir die zweite Ausfertigung des Vertrages in die Hand. „Keine Übernachtungsgäste. Dafür können Sie innerhalb von 30 Tagen kündigen und haben alle Möbel drin.“ Sie wischte meine Frage fort, bevor ich noch den Mund öffnen konnte, um sie zu stellen. „Wegen den Bauarbeitern, an die wir vermieten. Die Firmen lassen sonst zehn von denen in einer Wohnung schlafen.“ Damit schob sie mich regelrecht aus ihrer Wohnung. „Willkommen in Berlin“, meinte sie abschließend, wobei ihre Stimme so gleichgültig wirkte wie ihr sonnenbankgealtertes Gesicht.

Ihre Tür fiel ins Schloss, und ich fuhr mit meinen zwei Reisetaschen in dem engen Fahrstuhl in den fünften Stock.

Appartement 1021.

Mein neues Zuhause, nachdem ich alle Brücken hinter mir abgebrochen hatte. Ein Schafzimmer, eine große Wohnküche mit Kochnische und ein kleines Badezimmer erwarteten mich. Graue Teppichfliesen, anthrazitfarbene Möbel und altrosa Gardinen gaben der Wohnung einen tristen, leicht altmodischen Anschein. Der Geruch von Aftershave und Putzmittel hing in der Wohnung und gab mir das Gefühl, mein Vormieter wäre noch da. Ich ließ meine Reisetaschen in der Wohnküche fallen und trat auf den schmalen Balkon. Gegenüber erhob sich der nächste Plattenbau. Eine Front aus Beton und Glas. Rechts und links reihten die Häuserblöcke sich ebenfalls aneinander, nur unterbrochen von einer Tankstelle und einem Tierfuttergeschäft. Direkt unter meinem Balkon lag die Haltestelle der Straßenbahn, von der Stimmen und das Geräusch der abfahrenden Tram zu mir heraufdrangen.

„Das also ist Berlin“, dachte ich. „Dein neues Leben.“ Ich drehte mich um und betrachtete meine undeutliche Spiegelung in der Balkontür. Doch sie zeigte mir nicht die unerschrockene, zu allem entschlossene junge Frau, die ich jetzt gerne gewesen wäre.

„Das wird nicht einfach, Nina“, meinte ich zu meinem verloren wirkenden Spiegelbild.

♦

Berlin umspülte mich mit Eindrücken, und ich ließ mich von der Flut davonschwemmen. Straßen, Werbeplakate, Gebäude, Autos, Busse, Straßenbahnen, Parks ...

Und Menschen. Menschen jeden Alters, jeder Nationalität, jeder Schicht - immer und überall. Es war, als wäre ich in Berlin nie allein. Aus tausend Fenstern schienen tausend Augen auf mich herabzuschauen und doch fühlte ich mich einsam in den Menschenmassen, die an mir vorbeiströmten. Ganz deutlich hatte ich das Gefühl, nicht hierher zu gehören, und Berlin, die kaltschnäuzige Barkeeperin unter den Städten, empfing mich nicht gerade mit offenen Armen.

Nachdem ich mich auch nach zwei Wochen noch wie eine Besucherin in meiner eigenen Wohnung fühlte, beschloss ich, dass sich etwas ändern musste. Nettie hatte mir ihren alten abgegriffenen Stadtplan überlassen. Den breitete ich auf meinem Couchtisch aus. Wahllos markierte ich nun Orte, die ich erkunden würde. Das größte Kreuz machte ich ganz in der Nähe meiner S-Bahnstation.

Alexanderplatz.

Nur zu gut klang der Name noch aus meinen Deutschstunden nach, in denen wir Döblins Berlin Alexanderplatz lesen mussten. Dort würde ich beginnen, Berlin zu meiner Stadt zu machen. Mit meiner Kamera und einem Notizheft bewaffnet machte ich mich am nächsten Tag auf den Weg, nicht ahnend, wie sehr dieser Tag dazu beitragen würde, mein Leben in Berlin grundlegend zu ändern.

Als ich aus dem S-Bahnhof auf den Platz hinaustrat, war ich zunächst enttäuscht. Er war viel kleiner, als ich ihn mir nach Döblins Beschreibungen vorgestellt hatte, und regelrecht nichtssagend. Beton, wohin ich sah, und erstaunlich wenig Menschen. Es schien nicht viel übrig geblieben zu sein von dem pulsierenden

Knotenpunkt des Berlins der 20er Jahre. Die berühmte Weltzeituhr wuchs wie ein seltsam geformter Pilz mitten aus dem Beton. Einige Menschen warteten dort auf ihre Verabredungen.

Ich hob die Kamera vor die Augen und versuchte dieses Wahrzeichen Berlins einzufangen. Gerade, als ich den Auslöser drücken wollte, schrillte es neben mir. Gleichzeitig wurde ich hart an der Schulter gefasst und zurückgerissen. Kreischend fuhr die Straßenbahn nur eine Handbreit von mir entfernt vorbei, während ich um mein Gleichgewicht kämpfte. Ich hatte die schmalen Schienen, die einen Schritt vor mir in den Asphalt eingelassen waren, gar nicht bemerkt. Mit schmerzhaft schnellen Schlägen ließ mein Herz den Schreck in meinem Körper nachhallen. Tief einatmend versuchte ich es zu beruhigen.

„Das war knapp!“, brachte ich hervor und wandte mich demjenigen zu, der mich vor einer unschönen Begegnung mit der Straßenbahn bewahrt hatte. Ein Mann mit dunkler Sonnenbrille und Schirmmütze stand hinter mir. Bevor ich mich jedoch bedanken konnte, ließ er meine Schulter los und verschwand mit einem verächtlichen „Touristen!“ im S-Bahnhof. Nur mühsam unterdrückte ich den Impuls, ihm hinterherzurufen, ich sei keine Touristin. Was hätte ich damit bewiesen? Eine tagträumende Berlinerin zu sein? Ich seufzte, strich mir die Haare aus dem Gesicht und sah mich unschlüssig um. Mein beinahe Zusammenstoß mit der Tram hatte mir den Alexanderplatz ordentlich vermiest.

Nur halbherzig, mit dem Schreck noch in den Gliedern, machte ich einige Fotos vom Fernsehturm und stand dann wieder auf dem Bahnsteig. Mein nächstes Kreuz auf dem alten Stadtplan markierte den Zoologischen Garten. Ich hatte so ziemlich alles, von dem ich irgendwann schon einmal gehört hatte, angekreuzt. Die S-Bahn Richtung Zoo war so voll, dass ich beinahe nicht eingestiegen wäre.

Stickige Luft schlug mir entgegen, als ich mir neben den Türen einen Platz zwischen den anderen Fahrgästen suchte. Sitzplätze gab es keine mehr. Der laute Signalton, der das Schließen der Türen ankündigte, ertönte, doch bevor sie zugleiten konnten, drängte sich ein Mann zwischen ihnen durch. Mit einem protestierenden Zischen öffneten die Türen sich wieder. Ein sonnengebräuntes Mädchen neben mir, das stark nach Zigaretten roch, stieß ungeduldig die Luft aus.

„Ey Alter, was …", setzte sie an, verstummte jedoch, als sie den Schriftzug Polizei auf dem Rücken der Lederjacke sah, die er trotz des warmen Wetters trug. Er blockierte breitbeinig den Türbereich und sah sich suchend um. Sein Blick blieb an mir hängen und er gab einem Jugendlichen den knappen Befehl, die Tür aufzuhalten, bevor er sich durch die Fahrgäste zu mir vorarbeitete. Obwohl ich mir nichts vorzuwerfen hatte, merkte ich, wie mein Herzschlag sich beschleunigte. Unauffällig versuchte ich einen Blick auf die anderen Fahrgäste neben mir zu werfen. Waren sie vielleicht das Ziel des Polizisten? Doch er blieb tatsächlich neben mir stehen.

„Ich muss Sie bitten, mit mir auszusteigen." Sein Ton war nicht halb so freundlich, wie seine Worte.

„Aber weshalb denn?"

„Das erkläre ich Ihnen draußen. Kommen Sie mit." Seine Hand schloss sich fest um meinen Oberarm, und ich war mir sicher, wenn ich mich weigern sollte, wären auch die Worte nicht mehr freundlich. Ich konnte die feindseligen Blicke der Anderen förmlich auf meiner Haut spüren, als ich dem Polizisten aus dem überhitzten Waggon ins Freie folgte.

Auf dem Bahnsteig ließ er meinen Arm los, platzierte mich jedoch so, dass ich einen Fahrplanschaukasten im Rücken hatte und er zwischen mir und der nächsten Treppe stand.

Ich verschränkte die Arme vor der Brust und sah ihn abwartend an. „Darf ich jetzt erfahren, was das hier soll?“ Gut, ich klang genervt, nicht verängstigt oder nervös, obwohl ich mir nicht sicher war, ob das die beste Taktik mit Berliner Polizisten war.

„Nicht in diesem Ton, junge Dame!“, fuhr er mich dann auch direkt an, bevor er nähertrat und mir auffordernd die Hand hinhielt. „Ihren Personalausweis, bitte!“ Die junge Dame ärgerte mich. Er konnte trotz des Vollbartes und der altmodischen Hornbrille nicht wesentlich älter als ich sein. Vielleicht Anfang dreißig. Aber ich verbiss mir den Kommentar, der mir auf der Zunge lag, und öffnete meine Handtasche.

„Was wird mir denn vorgeworfen?“, fragte ich und bemühte mich, höflicher zu klingen.

„Sie wurden gesehen, wie Sie in der Galeria Kaufhoffiliale am Alexanderplatz Geschirr zerbrochen haben und dann mit einem Pürierstab im Wert von 50 € aus der Filiale geflohen sind.“

Meine Hand mit dem Personalausweis verharrte auf halben Weg.

„Einem Pürierstab? Im Ernst?“

Beinahe hätte ich gelacht, doch das hätte mein überkorrektes Gegenüber wahrscheinlich noch mehr verärgert. So hielt ich ihm nur neben meinem Ausweis auch die Handtasche entgegen.

„Ich habe in meinem Leben noch keinen Pürierstab benutzt und habe nicht den geringsten Wunsch, einen zu besitzen. Hier, durchsuchen Sie meine Tasche - da ist nichts.“

Er ignorierte die Tasche und griff nach meinem Ausweis. „Nun Frau … Sievers, die Beschreibung passt eindeutig auf Sie. Eine Frau Anfang zwanzig, ca 1,65 groß, lange blonde Haare, helle Leinenhose, grünes Spagettieträgertop und Sonnenbrille mit blauen Gläsern."

„Ich trage keine Sonnenbrille …"

„Können Sie abgenommen haben."

„Meine Haare sind nicht wirklich blond - eher braun."

Er betrachtete mich stirnrunzelnd, und ich meinte, erste Zweifel in seinen Augen zu sehen. Mit einem Räuspern blickte er wieder auf meinen Ausweis.

„Sie sind 1,67 groß …"

„Ja, wie so ziemlich jede zweite Frau. Hören Sie, ich war das wirklich nicht. Außerdem ist mein Top blau und nicht grün."

Er fuhr sich über das bärtige Kinn, bevor er mir den Ausweis zurückgab. „Nun, vielleicht sagen Sie die Wahrheit. Sie werden aber nichts dagegen haben, wenn ich zur Sicherheit trotzdem in Ihrer Tasche nachschaue?"

Ich zuckte mit den Schultern. „Nur zu. Würde mich stark wundern, wenn da Küchengeräte drin wären."

Er griff nach meiner Tasche, und ich hoffte im Stillen, dass sich keine halbgeschmolzenen Schokoriegel in ihren Tiefen verbargen. Doch bevor er sie öffnen konnte, rauschte das Funkgerät an seinem Gürtel. Eine verzerrte Stimme gab einen für mich unverständlichen Code durch, und er entfernte sich einige Schritte von mir, als er antwortete. Er schien mehrfach nachzufragen, bevor er sichtlich verärgert sein Funkgerät wieder an seinem Gürtel befestigte.

„Hier, Sie können gehen. Die Kollegen haben eben durchgegeben, dass die Diebin gefunden wurde."

Ich nahm meine Tasche entgegen und ergriff seine Hand, die er mir mit einem verkniffenen Lächeln entgegenstreckte.

„Entschuldigen Sie die Umstände." Wieder waren seine Worte wesentlich freundlicher als sein Ton, doch jetzt, nachdem ich nicht mehr von ihm verdächtigt wurde, konnte ich über seine ruppige Art lächeln.

„Kein Ding. Ist ja kein Schaden entstanden. Einen schönen Tag Ihnen noch."

Er brummte etwas Unverständliches und ging, nachdem er mir noch einmal kurz zugenickt hatte, die Treppe zum Bahnhofsvorplatz hinunter. Ich schaute ihm amüsiert hinterher. Was ein seltsamer Mensch! Seine grantlerische Art hätte ich eher bei einem Beamten erwartet, der doppelt so alt war wie er. Außerdem hatte ich, als ich ihm die Hand gab, an der Innenseite von seinem Handgelenk eine Tätowierung entdeckt, die nicht so ganz zu seinem angestaubten Benehmen zu passen schien. In dem kurzen Moment hatte ich sie nicht genau erkennen können - vielleicht ein Kreis oder eine Spirale? Wahrscheinlich eine Zielscheibe! Ich lehnte mich an das Geländer am Treppenaufgang und wartete auf die nächste Bahn Richtung Zoo. Meine Erkundung von Berlin verlief um einiges anders, als ich sie mir vorgestellt hatte.

Die kurze Unterbrechung durch den Polizisten hatte den Vorteil, dass die S-Bahn nun nicht mehr so überfüllt war. Ich setzte mich auf einen der mintgrün gepolsterten Sitze und beobachtete die anderen Fahrgäste. Vor einiger Zeit hatte ich begonnen, mir auf den Fahrten in den S-Bahnen Biografien und Fahrtziele zu den anderen

Fahrgästen auszudenken. Das Gedankenspiel verkürzte mir die sonst eintönigen Fahrten.

Weiter vorne im Waggon standen zwei junge Männer bei den Türen, die ich unauffällig genauer betrachtete und mich fragte, was ihre Lebensgeschichte sein könnte. Ich ging erst davon aus, dass sie einander kannten, doch der Schwarzhaarige lehnte sich gleich neben der Tür an die Glasscheibe und zog sein Handy hervor, während der andere sich nach einem Sitzplatz umzusehen schien. Der Schwarzhaarige war Student, beschloss ich. Sehr strebsam, der gerade das nächste Lerntreffen mit seinen Mitstudenten organisierte. Die randlose Brille passte zu diesem Bild. In der großen dunkelblauen Sporttasche neben ihm waren wahrscheinlich Mitschriften und Bücher. Der andere ging weiter durch den Gang der S-Bahn und setzte sich schließlich mir gegenüber.

Auch Student, überlegte ich. Aber eher einer, der wahrscheinlich mal Langzeitstudent wird, weil ihn andere Sachen vom Studieren abhalten. Er hatte etwas Melancholisches im Blick und strich sich fahrig die braunen Haare aus der Stirn. Sein Dreitagebart ging ins Rötliche. Ich beschloss, dass er einen tragischen Schicksalsschlag erfahren hatte, sich ein Semester lang hatte gehen lassen und jetzt endlich dabei war, sich zusammenzunehmen, nachdem sein Professor eine eindeutige Mahnung ausgesprochen hatte. Jetzt war er gerade auf dem Weg zu einem Treffen mit eben jenem Professor, um die Themen für seine nächste Hausarbeit mit ihm zu besprechen.

Zufrieden mit meiner Version seiner Lebensgeschichte, sah ich nun den Gang hinunter an ihm vorbei und setzte den typischen S-Bahnblick auf. Mittlerweile beherrschte ich diesen stumpfen, gleichgültig-ignorierenden Blick schon genauso gut wie alle anderen um mich herum.

Dennoch bekam ich aus den Augenwinkeln mit, wie mein Gegenüber mich anstarrte.

Hatte ich mein Gedankenspiel etwas zu auffällig gespielt? Ich bemühte mich, weiterhin gleichgültig vor mich hinzusehen. Er durchbohrte mich ungeniert mit seinen Blicken.

„Ok. Ein Freak“, dachte ich und wandte den Kopf, um ihn direkt anzusehen, in der Hoffnung, ihn damit zum Weggucken zu bewegen. Er schluckte mehrmals heftig und starrte weiter.

„Was soll das?“, fragte ich schließlich. „Hör auf mich anzustarren!“

Zwar hatte ich ziemlich barsch geklungen, doch die Wirkung meiner Worte überraschte mich. Er fuhr zurück, als hätte ich ihn ins Gesicht geschlagen, und sah mich derart verletzt an, dass ich mich beinahe entschuldigt hätte.

„Ich ... ich weiß ja, dass du ... du sauer bist …“, brachte er schließlich stockend hervor. Seine Augen glitzerten feucht, und er fuhr sich verschämt mit dem Handrücken darüber. „Aber, dass du einfach über mich hinwegsiehst, als wäre da nie etwas zwischen uns gewesen! Als wäre ich ein Fremder …“ Er brach ab und suchte hektisch nach einem Taschentuch.

Verwirrt holte ich eines hervor und drückte es ihm in die Hand. „Hör mal, du musst dich irren …“, setzte ich an.

Er schnäuzte sich mehrmals kräftig, bevor er mich wieder ansah. „Drei Jahre … Es waren doch auch schöne Jahre.“

Ich zog rasch meine Hand zurück, als er versuchte danach zu greifen. „Drei Jahre war ich mit Sönke zusammen“, schoss es mir durch den Kopf, doch ich drängte den Gedanken schnell zurück.

Mein Gegenüber blickte mich flehentlich an. „Sag, es war doch nicht nur schrecklich mit mir?“

„Es tut mir leid“, meinte ich. „Aber ich habe nicht die geringste Ahnung, wer du bist.“

Das machte es natürlich nicht besser. Jetzt begann er richtig zu weinen, und all meine Versuche, ihn zu beruhigen oder ihm zu erklären, er verwechsele mich, gingen in einem Strom von Liebesbeteuerungen und Reuebekundungen unter. Mittlerweile hatte ich wirklich genug. Alle meine Einwände schienen nicht zu ihm vorzudringen. Hatte er Wahrnehmungsstörungen? Oder war er gar schizophren? In beiden Fällen war es keine gute Idee, sich weiter auf ihn einzulassen. Fieberhaft überlegte ich, wie ich am besten aus der Situation wieder rauskommen könnte, und beschloss, an der nächsten Station auszusteigen. Unter den Blicken der anderen Fahrgäste stand ich auf und ging zur nächsten Tür. Mein Gegenüber stand ebenfalls auf und folgte mir. Seine Hand tastete nach meinem Oberarm.

„Nicht schon wieder!“, dachte ich und schüttelte ihn unwirsch ab.

Hatte ich irgendwo einen Magneten in mir, der verwirrte Typen anzog? Erst der Polizist und jetzt dieser Kerl, der sich nicht so einfach abwimmeln ließ. Kurz entschlossen wandte ich mich an den jungen Schwarzhaarigen, dem ich ein strebsames Studentenleben angedichtet hatte, um ihn um Unterstützung zu bitten. Doch meine Frage erstarb mir auf den Lippen, als ich sah, dass er das Ganze offenbar mit seinem Handy zu filmen versuchte.

Also, da hörte sich jawohl alles auf!

Zum Glück gingen die S-Bahntüren in diesem Moment auf, und ich stieg schnell aus. Ohne darauf zu achten, an welcher Station ich eigentlich ausgestiegen war, eilte ich auf die Treppen zu, über denen Schilder mit Straßennamen und Buspiktogrammen den Ausgang anzeigten.

Auf dem Absatz auf halber Treppe, packte mich dann plötzlich jemand von hinten. „Bleib bei mir! Ich lass dich nicht wieder gehen!!“

Der Langzeitstudent.

Er riss mich zurück, und seine Arme schlossen sich fest um mich, während er mich an sich drückte. Ich konnte mich kaum bewegen. Selbst Luft holen fiel schwer. Panische Angst schoss mir in jeden Zentimeter meines Körpers. Einige Herzschläge war ich wie gelähmt, dann warf ich den Kopf zurück und brüllte so laut ich konnte.

„Lass mich sofort los, du Freak!!!“

Gleichzeitig trat ich nach seinen Beinen. „Aufmerksamkeit erregen! Bloß nicht einschüchtern lassen!“, hämmerten die Gedanken in meinem Kopf. Ich schlug meinen Kopf nach hinten in der Hoffnung, sein Kinn zu treffen, traf jedoch nur sein Schlüsselbein. Trotzdem zog er scharf die Luft ein. Sein Griff lockerte sich kurz, und ich warf mich mit aller Kraft nach vorne. Leider reagierte er blitzschnell und fasste mich erneut. Diesmal presste sein Unterarm gegen meinen Hals, und ich bekam kurzeitig keine Luft. Hektisch griff ich nach seinem Arm und versuchte ihn von mir fortzuziehen. Meine Fingernägel gruben sich tief in seine Haut, doch er bewegte sich kein Stück.

„Ganz ruhig, Nina. Ich tue dir nichts.“ Seine Stimme war direkt neben meinem Ohr und ich versteifte mich.

„Woher kennt der meinen Namen??

„Das ist alles nur Theater. S-Bahntheater, verstehst du? Ich spiele verstecktes Theater, um zu sehen, wie die Leute reagieren. Trauriges Zeugnis für unsere Hauptstadt, dass nicht einer dir zur Hilfe gekommen ist. Kann ich dich loslassen, ohne dass du mir die Augen auskratzt?“

Er wartete gar nicht auf meine Reaktion, sondern ließ mich los und trat um mich herum, so dass er nun vor mir stand.

„S-Bahntheater?“ Meine Gedanken schwirrten schwindelerregend, während mir noch immer Adrenalin durch die Adern schoss.

Er streckte mir mit einem schalkhaften Grinsen, das wahrscheinlich reihenweise die Herzen der Frauen eroberte, die Hand entgegen. „Philipp. Student an der technischen Uni und leidenschaftlicher Schauspieler. Sag, war ich echt? Hast du mir alles abgekauft, Nina?“

Bis heute kann ich nicht genau sagen, weshalb ich nicht einfach seine Hand schüttelte und die ganze Anspannung weglachte. Vielleicht war es sein selbstsicheres Grinsen, das mich provozierte. Oder all das Adrenalin machte mich verwegener als sonst.

„Pass auf, Freak - spielen kann ich auch!“, dachte ich und trat, statt zu antworten, schwankend einen Schritt zurück, als sei mir schwindelig. Mein Atem ging stoßweise.

„Hey, alles ok bei dir?“ Philipp griff nach meinem Arm.

Ich schüttelte leicht den Kopf, bevor ich die Augen verdrehte und mich einfach auf den Absatz der Treppe fallen ließ. Obwohl ich an der Uni in der Theater-AG gewesen war, hatten wir doch nie zuvor in Ohnmacht fallen müssen auf der Bühne. Der Aufprall war härter als gedacht, und es verlangte all meine Selbstdisziplin, nicht schmerzhaft das Gesicht zu verziehen. Da Philipp meinen Arm gefasst hatte, als ich mich fallen ließ, war er verdreht. Leider hatte ich auch die Breite des Absatzes falsch eingeschätzt, so dass ich halb auf den Treppenstufen lag. Doch ich ließ alle Spannung aus meinen Muskeln weichen, hielt die Augen geschlossen und reagierte weder auf Philipps Ansprache noch auf sein Rütteln an meiner Schulter.

„Shit, shit, shit!“, hörte ich ihn leise fluchen.

Die Geräusche um mich herum wirkten übermäßig laut. Schritte auf den Stufen, die einfahrende S-Bahn, scheppernde Lautsprecheransagen, Stimmen …

„Was machst du hier, Nina?“ dachte ich, während ich mich bemühte ruhig zu atmen. „Bist du wahnsinnig? Was, wenn der Typ das jetzt ausnutzt?“ Ein Bild von Sönkes missbilligend gerunzelter Stirn zuckte durch meine Gedanken. Nie im Leben würde er gutheißen, was ich hier gerade tat. Doch ich rührte mich nicht. Nur die Lider hob ich ein winziges Stückchen, dass ich so gerade eben etwas erkennen konnte und zur Not sofort aufspringen könnte, sollte er irgendetwas versuchen.

Doch Philipp schien weit entfernt davon, die Situation auszunutzen. Ich fühlte, wie er von hinten seine Hände unter meinen Achseln schob und mich in eine halbsitzende Position brachte. Wahrscheinlich, um zu verhindern, dass ich die Treppe ganz runterrutschte, wofür ich ihm dankbar war. Es war eine Herausforderung, die Bewegung nicht mitzumachen, sondern mich einfach von ihm bewegen zu lassen. Er lehnte meinen Oberkörper gegen sich und begann mir leicht gegen die Wangen zu schlagen.

„Shit“, murmelte er wieder, als ich nicht reagierte. „LEON!“ Sein plötzlicher Ruf ließ mich leicht zusammenzucken, und ich hoffte, er hatte es nicht bemerkt.

Eine wesentlich ruhigere Stimme antwortete direkt hinter uns. „Ich bin hier.“

Philipp unterbrach seine Versuche mich zu wecken. „Hör auf zu filmen und ruf `nen verdammten Krankenwagen! Sie reagiert nicht.“ Er klang jetzt wesentlich weniger von sich eingenommen als noch zuvor, und ich beschloss, dass es genug war. Ich öffnete die Augen und fing seine Hand ab, als er mir wieder gegen die Wange schlagen wollte.

„Und?“, fragte ich. „War ich echt?“

Zunächst reagierte Philipp gar nicht. Sein Gesicht blieb ausdruckslos. Kein Zeichen von Überraschung war darin zu lesen. Dann hörte ich jemanden lachen. Es war ein angenehmes, warmes Lachen. Hinter Philipp stand der Schwarzhaarige aus der Bahn, den ich um Hilfe hatte bitten wollen. Sein Lachen brachte Bewegung in Philipp. Er stand auf und zog mich kurzerhand mit auf die Füße.

„Respekt“, murmelte er dabei. „Nicht schlecht.“ Dann drehte er sich zu dem Schwarzhaarigen um. „Hast du das drauf?“

„Für was hältst du mich denn?“, entgegnete dieser. „Sobald sie vor dir zu Boden gegangen ist, habe ich die Kamera ausgeschaltet und bin die Treppe runter, um zu helfen. Ich bin doch kein Paparazzo.“ Dann streckte er mir die Hand entgegen, „Hi. Leon.“ stellte er sich vor.

„Nina.“ Ich schüttelte seine Hand. „Laufen hier noch mehr von euch Hobbyschauspielern rum?“

Leon schüttelte den Kopf. „Außer dir selbst meinst du? Ernsthaft, das war erstklassig! Ich hätte nicht gedacht, dass Meister Philipp irgendjemandem je auf den Leim gehen würde!“

Philipp brummte etwas und verschränkte die Arme. „Was hätte ich denn machen sollen? Ihr gegen die Rippen treten und sagen, dass ich es ihr nicht abnehme? Dann hätte ich mir wieder eine deiner Moralpredigten über mitfühlendes Verhalten anhören können!“

Leon lächelte. „Nee Philipp, mir machst du nichts vor. Du hast sie nicht durchschaut, sondern richtig Muffensausen gekriegt, dass du diesmal zu weit gegangen bist.“ Er drehte sich zu mir. „Können wir dich auf einen Kaffee oder sowas einladen? Ich würde dir gern mehr übers S-Bahntheater erzählen."

Ich verschränkte die Arme und musterte die beiden. Verrückt! Wo anders als in Berlin würde mir so etwas passieren? Sönke hätte ihnen schon längst mit einer Anzeige gedroht. Ich aber spürte den Kitzel der Aufregung, was ich jedoch hinter einer skeptischen Miene zu verstecken versuchte. „Zuerst will ich wissen, woher ihr meinen Namen kennt. Hat euch jemand auf mich angesetzt?"

Philipp hielt Leon zurück, als dieser antworten wollte. Stattdessen zog er eine schwarze Hornbrille aus der Hemdtasche und setzte sie auf. „Nun, Frau Sievers, ich habe Ihre Personalien wegen vermuteten Diebstahls aufgenommen."

Ich starrte ihn sprachlos an. Dann packte ich sein Handgelenk und drehte es so, dass ich die Innenseite sehen konnte. Tatsächlich, da war eine kleine blaue Spirale. Also doch keine Zielscheibe.

Philipp löste seine Hand aus meinem Griff und ersetze die Hornbrille durch eine dunkle Sonnenbrille und Schirmmütze, die er aus seinem Rucksack zog. „Außerdem habe ich dich Träumerin heute schon unter der Tram hervorgezogen. Kamera, hm? Ganz schön old school."

Ich fuhr mir mit der Hand durchs Gesicht, dann sah ich Leon an. „Ok, ja, ihr könnt mich einladen. Aber auf etwas Stärkeres als Kaffee, und ich will definitiv wissen, was ihr zwei sonst noch abzieht." Ich wies mit dem Kopf auf Philipp. „Bei seiner wirren Erklärung war ich zu sehr damit beschäftigt, keine Herzattacke zu kriegen, als dass ich sie verstanden hätte."

Philipp lächelte zu meinen Worten und klopfte Leon auf die Schulter. „Fürs Rumsülzen und Szenenschreiben ist eh der Guru hier zuständig. Ich mach nur die ganze harte Arbeit."

Leon rückte seine Brille zurecht. „Genau, und deshalb hältst du jetzt am besten den Mund und überlässt mir das Reden.“ Er bückte sich und hob die dunkelblaue Sporttasche auf, in der ich zuvor Mitschriften und Bücher vermutet hatte.

„Sind da seine Polizeiuniform und der Vollbart drin?“, fragte ich.

Leon schmunzelte. „Unter anderem.“ Er deutete auf den Ausgang. „Hier um die Ecke ist ein nettes Café. Wenn du magst, weihe ich dich dort in die Geheimnisse des S-Bahntheaters ein.“

Ich zögerte und betrachtete die beiden. Mein Gesicht spiegelte sich in Philipps Sonnenbrillengläsern, als er mir den Kopf zuwandte und die Schirmmütze ein Stück aus der Stirn schob. Leon legte den Kopf schief und sah mich abwartend an. Ich zuckte mit den Schultern.

„Warum eigentlich nicht?“

Damit war der erste Schritt in meiner Karriere als S-Bahnspielerin getan.

♦

Um ehrlich zu sein, brauchte Leon an jenem Nachmittag nicht lange, um mich davon zu überzeugen, bei ihnen mitzumachen. Die Sonne fiel schräg durch die hohen Fenster des Cafés, die von schweren Samtgardinen eingerahmt waren. Es roch nach Zimt und frisch gemahlenem Kaffee. Noch bevor unsere Bestellung kam, merkte ich, wie fasziniert ich ihm zuhörte.

„Die S-Bahn ist nicht nur ein Verkehrsmittel, Nina. Sie ist eine Bühne. Eine fahrende Bühne, die quer durch die Hauptstadt rollt und mit jedem Halt erneut ihre Vorhänge öffnet. Man muss nur wissen, wie man auf ihr spielen kann! Und Philipp hier ist ein Meister seiner Kunst. Wenn der spielt, weiß manchmal selbst ich nicht, was echt ist und was nicht. Und ich schreib die Drehbücher!“ Leon war der kleinere und ernstere der beiden. Er wirkte sanfter als Philipp, bei dessen Sprüchen mir die Ohren klingelten und der ab und zu mal übers Ziel hinauszuschießen schien.

„Es war nicht geplant, dass er dich derart hart angeht“, meinte Leon und warf seinem Freund einen Blick zu, der eine lange Geschichte solcher Vorkommnisse vermuten ließ.

Philipp grinste. „Hab mir gedacht, dass sie das abkann.“ Er rieb mit schmerzverzerrtem Gesicht über die Stelle an seinem Schlüsselbein, wo mein Hinterkopf ihn getroffen hatte. „Außerdem hat sie auch ganz schön ausgeteilt.“

„Selbst schuld“, gab ich zurück. „Berufsrisiko.“

Was mich an jenem Nachmittag in dem kleinen Café mit den staubigen Tischen und verblassten Fotografien an den Wänden jedoch am meisten für sie einnahm, waren Leons Worte über die Fahrten in den S-Bahnen. Er sprach über die Anonymität der Großstadt, die alles verschluckt und in der kaum noch etwas von Bedeutung ist. Damit berührte er etwas in mir, das ich mir selbst nur in den dunklen Momenten eingestand, in denen ich an meinem Entschluss, nach Berlin zu gehen, zweifelte. Es war nur allzu leicht hier unterzugehen. Denn obwohl ich zwischen all den Menschenmassen in den Straßen oft das Gefühl hatte, ich wäre nie allein, war Berlin doch der Ort, an dem ich mich bis jetzt am einsamsten fühlte. Verloren zwischen all den Menschen.

„Durchschnittlich drei Stunden verbringt der Berliner in den S-Bahnen. Und die werden damit verbracht, entweder aufs Handy oder stumpf aus dem Fenster zu starren. Drei Stunden, Nina! Das ist

Lebenszeit, die einfach nur damit verbracht wird, seine Mitmenschen möglichst zu ignorieren und vor sich hinzuvegetieren. Wir aber geben den Berlinern etwas zum Erleben - wir reißen sie mit unserem Theater aus der S-Bahnstumpfsinnigkeit, die hier so viel der Anonymität ausmacht. Damit verändern wir ihre Realität. Das ist unser Ziel. Wir verändern Lebensrealitäten, denn wenn du nicht weißt, dass es nicht echt ist, wird es echt."

„Und hoffen, mal eine Reaktion aus diesen gleichgültigen Großstädten herauszubekommen", ergänzte Philipp.

Ich nickte und beugte mich vor. „Ok, sagen wir ich bin interessiert. Wie geht es dann jetzt weiter?"

Ich sah Leon und Philipp einen schnellen Blick tauschen. „An welcher Station wohnst du?", fragte Philipp dann.

„Friedrichsfelde Ost."

„Dann musst du die S5 um 19:05 nehmen, um rechtzeitig am Alex zu sein."

Ich zog anerkennend die Augenbrauen hoch und Philipp tippte sich lächelnd an die Stirn „Ein S-Bahnspieler braucht ein umfassendes Wissen über das Berliner Verkehrssystem."

Erst wesentlich später fand ich heraus, dass er nur zwei Stationen von mir entfernt wohnte.

Die Abendsonne schien auf den rostbraunen Güterzug, der mit ohrenbetäubendem Krach auf dem anderen Gleis vorbeidonnerte, als ich am nächsten Abend um 19:05 in die S-Bahn stieg. Es war immer noch sehr warm, und ich war froh, einen Vierersitz für mich allein zu haben. Das offene Fenster über mir sorgte nicht wirklich für Abkühlung. An der nächsten Station stieg eine Frau in grauem Kostüm zu und setzte sich mir gegenüber. Sie telefonierte und hielt abschirmend die Hand über ihren Mund und das Handy an ihrem Ohr. Je näher wir dem Zentrum kamen, desto mehr füllte sich die S-Bahn. Bald schon waren alle Sitze neben mir besetzt. Durch die offenen Fenster war das Fahrgeräusch sehr laut, dennoch hörte wohl jeder im Waggon den ängstlichen Aufschrei.

„Nicht bewegen!! Sie zertrampeln sie noch! Heben Sie die Füße!“

Ich blickte über die Schulter und sah einen Mann zwischen den Sitzen auf dem Boden knien. In der Hand hielt er einen durchsichtigen Behälter und einen Pinsel.

„Jetzt machen Sie mal Platz!“ Ungeduldig schob er die Beine einer Frau beiseite und beugte sich vor, bis er fast mit der Nase den Boden berührte.

„Also hören Sie mal ...!“, empörte sich die Frau, doch der Mann achtete gar nicht auf sie.

„Arachnida superlativa, ganz seltenes Exemplar. Kommt gar nicht in Deutschland vor.“ Er fischte ohne sich aufzurichten eine Lupe aus einer der großen Taschen seiner schmutzig-grünen Hose und beugte sich noch ein Stück weiter vor. „Ich frag mich, was dich exotische Schönheit hierhin verschlagen hat.“

„Ara ... eine Spinne?“ Die Frau, vor deren Beinen er kniete, stand eilig auf und brachte einige Meter zwischen sich und den Spinnenfreund. „Wollen Sie damit sagen, hier läuft eine exotische Spinne herum?? Ist sie giftig?“

„Ja, aber ihr Biss lähmt nur für kurze Zeit ...“ Seine weiteren Worte gingen unter, da auch die anderen Fahrgäste um ihn herum die Flucht ergriffen.

„Jetzt haben Sie sie aufgescheucht!“, schimpfte der Spinnenfreund hinter mir.

Eindeutig Zeit, das Feld zu räumen. Doch bevor ich aufstehen konnte, fühlte ich eine Hand auf meiner Schulter.

„Nicht bewegen." Die geflüsterten Worte ließen mich erstarren, während alle um mich herum aufstanden und den Vierersitz verließen. „Sie sitzt direkt hinter Ihnen."

Augenblicklich fühlte ich, wie sich jedes einzelne Härchen auf meinen Armen aufstellte. Ich hatte keine Angst vor Spinnen. Normalerweise. Doch das hier war etwas Anderes.

„Nicht bewegen", murmelte der Mann hinter mir noch einmal, und ich sah aus dem Augenwinkel, wie er sich vorsichtig näherte. Angespannt wartete ich und hatte das Gefühl, überall haarige Spinnenbeine über meine Haut tasten zu fühlen. Warum hatte ich auch ein ärmelloses Top angezogen? Als die Spinne dann tatsächlich auf meiner Schulter auftauchte, hätte ich beinahe aufgeschrien. Es brauchte jedes Quäntchen meiner Selbstbeherrschung, sie nicht panisch wegzuschlagen.

„Jetzt machen Sie schon!", brachte ich zwischen zusammengebissenen Zähnen hervor. Mit einer schnellen Handbewegung strich der Spinnenfreund sie geschickt in den Behälter und verschloss ihn rasch.

„Ein wunderschönes Exemplar, nicht wahr?", meinte er dann und trat neben meinen Sitz. Ihn nicht zu schlagen, brauchte fast noch mehr Selbstbeherrschung als zuvor. Besonders, als ich hinter den verschmierten Brillengläsern und strohigen Haaren, die unter einem Fischerhut hervorquollen, Philipp erkannte.

Alles nicht echt!

Hinterher fielen mir unzählige brillante Reaktionen ein. Doch das Gefühl, Philipp erwarte genau das von mir, lähmte mich sichtlich. Das Einzige, wozu meine angeschlagene Spontaneität deshalb ausreichte, war die Hand nach dem Behälter mit der Spinne auszustrecken.

„Also, die habe ich mir doch wohl als Andenken verdient! Oder was meinen Sie?“

Philipp zwinkerte mir durch die schmierigen Brillengläser zu und schob sich den Hut aus der Stirn. „Sie interessieren sich für Spinnen? Wenn Sie wollen, kann ich Ihnen meine Sammlung zeigen.“

Es war gut, dass die Bahn in diesem Moment am Alex hielt, denn ich konnte mein Lachen gerade noch unterdrücken, bis wir auf dem gedrängelt vollen Bahnsteig standen.

„Spinnensammlung! Oh, Mann!“, meinte ich schließlich, als ich wieder Luft bekam, und wischte mir die Lachtränen aus den Augen. „Was war das? Ein Test?“

Philipp winkte mich ein Stück von der Bahnsteigkante weg, da die nächste S-Bahn einfuhr. In sicherem Abstand zu den herausquellenden Massen zog er sich die blonde Perücke samt Hut vom Kopf und ersetzte die Brille durch eine dunkle Sonnenbrille.

„Genau. Eine Feuerprobe.“

Ich rieb mir über die Arme und warf ihm einen anklagenden Blick zu. „Bei mir kribbelt jetzt auch noch alles, als hättest du Feuerameisen statt ner Spinne auf mich losgelassen. Das war doch nur eine, oder?“

` Philipp grinste. „Nee zwei, aber die andere hat es sich sofort in deinen Haaren gemütlich gemacht.“

Schnell löste ich die Spange, mit der ich meine Haare hochgesteckt hatte und schüttelte sie hektisch aus.

„Ist sie weg?“

Philipp nickte.

„Du hast ja gar nicht wirklich nachgeguckt!“

„Muss ich nicht. In den nussbraunen Massen würde `ne schwarze Spinne sofort auffallen.“

Ich sah ihn an. Er grinste schon wieder. „Alles klar“, seufzte ich und drehte die Haare wieder zu einem Zopf zusammen, den ich hochsteckte. „Es gab keine zweite Spinne. Mann, mit dir muss man echt auf der Hut sein.“

In diesem Moment tauchte Leon neben uns auf. Er trug ein helles Sommerhemd und sah neben Philipp in seiner schmutzigen Hose wie aus dem Ei gepellt aus.

„Hallo zusammen! Entschuldigt die Verspätung aber ...“ Sein Blick fiel auf den Behälter mit der Spinne. „Philipp! Wir haben die Szene aus gutem Grund rausgeschmissen. Willst du, dass die Leute hier reihenweise einen Herzinfarkt kriegen?“

Philipp schraubte den Behälter auf und ließ die Spinne herauskrabbeln. „Keine Sorge, Guru. Ich lass die Dame schon wieder frei.“

„Arawasauchimmer superlativa – heißt die wirklich so?“, fragte ich und sah sie mir zum ersten Mal richtig an. Besonders außergewöhnlich sah sie nicht aus.

Philipp zuckte mit den Schultern. „Keine Ahnung. Hab sie bei mir im Hausflur gefangen.“ Leon schüttelte begreifend den Kopf und warf mir einen Blick zu. „Er hat sie auf dich

losgelassen?“

Als ich nickte, breitete Philipp die Hände entschuldigend aus. „Ich musste doch sehen, aus was für einem Holz unsere S-Bahnspielernovizin geschnitzt ist.“

Leon schob seine Brille hoch und lächelte mich an. „Na, dann bin ich ja froh, dass du trotzdem noch hier stehst.“ Er nickte in Richtung der einfahrenden S-Bahn. „Sollen wir?“

Den weiteren Abend verbrachten wir damit, kreuz und quer durch Berlin zu fahren. Manchmal spielte Philipp kurze Szenen, doch größtenteils erklärte Leon mir, auf welchen Strecken sie besonders gerne spielten und warum.

Als ich dann um weit nach Mitternacht nach Hause zurückkehrte, verschwammen die Namen und Bilder der S-Bahnstationen in meinem Kopf. Ganz deutlich blieb jedoch das gute Gefühl, Philipps seltsamen Test bestanden zu haben. Auch wenn ich noch nicht wirklich wusste, was genau er glaubte, über mich herausgefunden zu haben.

♦

♦

Ich hatte mich verlaufen. Nun ja, nicht direkt verlaufen, doch ich stand im U-Bahnhof Frankfurter Allee, starrte auf die Schilder voller Zeichen und Straßennamen und wusste wieder nicht, wohin ich gehen sollte.

Frustriert hielt ich nach einem der Straßenpläne Ausschau, die in fast jeder U-Bahnstation hingen. Ich war sowieso nicht gut drauf. Wahrscheinlich hing das damit zusammen, dass ich von Sönke geträumt hatte. Ein sehr intensiver Traum, der mir schon den ganzen Morgen nachging und mich ihn in jedem hochgewachsenen Mann erkennen ließ, obwohl die wenigsten sein rotes Haar hatten. Vielleicht lag es jedoch auch daran, dass ich mich nun endgültig dafür entschieden hatte, mich hier in Berlin anzumelden. Damit machte ich den 10-stöckigen Plattenbau am äußersten Rand von Lichtenberg unwiderruflich zu meinem neuen Zuhause.

Nun, immerhin war ich schnell im Stadtzentrum. Außerdem hatten die S-Bahnspieler mir versprochen, mir bald die schönen Seiten Berlins zu zeigen. Ich merkte, wie ich mich auf das Treffen heute Nachmittag freute, und drängte alle Erinnerungen an Sönke und unsere schöne Dreizimmerwohnung in Bielefeld zurück. Sie hinterließen sowieso nur einen schalen Nachgeschmack.

„Hallo? Kann mir jemand helfen?“ Die Stimme eines Mannes, der mit einem Blindenstock langsam hinter mir herging, riss mich aus meiner Betrachtung des Stadtplans.

Er wollte zum Ausgang geführt werden. „Da müsste Bürgeramt drüberstehen.“

Ja, tatsächlich. Wie hatte ich das übersehen können? Ich bot ihm an, ihn bis zum Bürgeramt zu bringen, da ich auch dorthin müsste.

Er lächelte. „Sehr gerne!“ Trotz der warmen Temperaturen trug er eine grüne Wollmütze, die jedoch nicht das Tatoo auf seiner Stirn verdeckte. Ein kleiner blauer Stern. Ich schätzte ihn auf Anfang sechzig.

„Sie müssen nicht so langsam gehen“, meinte er schließlich freundlich, als wir die Treppen hochstiegen.

Ich lächelte beschämt. Tatsächlich war ich übermäßig vorsichtig gegangen. Auf der Frankfurter Allee angekommen, blieb ich stehen, um mich kurz zu orientieren. Autos schossen an uns vorbei und ein klingelnder Radfahrer ließ mich hastig meinen Begleiter vom Radweg ziehen.

„Ist links von uns die Pettenkoferstraße? Dann lassen Sie uns hier mal rechts gehen." Er dirigierte mich auf kleinen Schleichwegen zum Bürgeramt und erklärte mir, dass er erst vor 20 Jahren sein Augenlicht verloren hätte. „Ich komme gut zurecht, nur dass ich keine Sonnenuntergänge mehr sehen kann, ist wirklich schade."

Ich zog für ihn und mich eine Marke im Wartezimmer und unterhielt mich mit meinem blinden Fremdenführer, bis seine Nummer auf der Tafel angezeigt wurde. Immer noch schmunzelnd über unsere vertauschten Rollen, führte ich ihn zum richtigen Schalter.

„Ach, ich wäre auch noch mal gerne neu in Berlin! Also, wenn ich noch nicht so klapprig wär. Fahren Sie auf jeden Fall zum Grunewald! Die Sonnenuntergänge am Teufelssee sind unglaublich schön!" Er lächelte verschmitzt und wirkte trotz der grauen Haare, die unter der Mütze hervorlugten, jugendlich. „Besonders, wenn Sie ihr Herzblatt dabeihaben!"

Ich schüttelte seine Hand zum Abschied. „Ich nehm‘s mir zu Herzen."

Ja. Sobald ich über den rothaarigen pedantischen Riesen hinweg war, dem ich die letzten drei Jahre meines Lebens geschenkt hatte.

♦

Man konnte die Luft unter dem Glasdach der S-Bahnstation beinahe schneiden, so stickig war sie.

Erbarmungslos schien die Sonne durch die staubigen Scheiben und trieb mit jeder Minute, die verstrich, die Temperatur noch etwas höher. Als erstes entdeckte ich Philipp. Er hatte die dunkle Sonnenbrille auf die Stirn geschoben und schien den Fahrplan zu studieren. Bevor ich ihn jedoch ansprechen konnte, fasste mich jemand am Oberarm und zog mich neben den Fahrkartenautomaten.

Leon.

Er hatte sein Handy bereits in der Hand. Die Szene würde also bald losgehen oder lief vielleicht schon. Ich lächelte entschuldigend und versuchte Philipp nicht allzu auffällig zu beobachten.

„Du kommst ja auch nicht aus Berlin", meinte Leon mit gesenkter Stimme neben mir. „Ist dir schon mal aufgefallen, wie wenig Toleranz du noch für Bahnverspätungen hast?"

Ich stutzte, dann musste ich lachen. „Du hast recht. Wenn ich in unserer Kleinstadt einen Bus verpasst hatte, musste ich zwei Stunden warten, bis der nächste kam. Hier werde ich schon ungeduldig, wenn ich mal 10 Minuten warten muss."

Leon nickte und deutete auf die Anzeigetafel. „Die Bahn ist gerade mal 5 Minuten zu spät und doch scheinen einige der Leute hier den Fahrer am nächsten Stahlträger aufknüpfen zu wollen."

Genau darum ging es in der Szene.

„Verdammt noch mal! Ich zahl genug für mein Monatsticket, da kann die Bahn auch mal pünktlich sein", schimpfte Philipp los und begann unruhig zwischen den Wartenden auf und ab zu gehen. „Es kann doch nicht zu viel verlangt sein, einmal den verfluchten Fahrplan einzuhalten!!"

Die Anderen beachteten ihn wenig. Philipp stellte sich neben einen Jugendlichen, der irritiert versuchte, sich weiter auf sein Handy zu konzentrieren.

„Schau uns doch an! Da stehen wir hier alle am Bahnsteig und starren wie die Kühe das Gleis hinunter, als könnten wir die Bahn nur damit zwingen, früher einzufahren!“ Wirklich sah ein Großteil der Wartenden in die Richtung, aus der die Bahn einfahren müsste.

„Und weißt du was?“ Philipp schlug dem Jugendlichen auf die Schulter. „Das wäre sogar wahrscheinlicher, als dass die verdammte S-Bahn mal pünktlich wäre!“ Er breitete die Arme aus und ging rückwärts durch die Wartenden, den Blick fest auf die Gleise geheftet. „Na los, stimmt mit ein! Lasst uns die S-Bahn Kraft unserer Gedanken zwingen, früher zu kommen!“ Einige warfen ihm abschätzige Blicke zu, als er begann, „S-Bahn komm! S-Bahn komm!“ in monotoner Stimmlage zu singen. Die meisten ignorierten ihn jedoch. Einem spontanen Impuls folgend stimmte ich mit ein und schloss unwillkürlich zu ihm auf.

„S-Bahn komm! S-Bahn komm!“

Wenn er überrascht war, zeigte er es mit keinem Wimpernschlag. Als sich jedoch kein anderer uns anschloss, ließ er die Arme schließlich mit einem frustrierten Seufzen sinken. „Das ist mir hier alles zu blöd. Ich lauf zur nächsten Station!“ Damit drehte er sich um und sprang auf die Gleise.

Ich starrte fassungslos auf ihn hinunter, als er mir auffordernd die Hand entgegenstreckte. Dann ergriff ich sie und sprang ebenfalls vom Bahnsteig. Wenn ich schon in eine Szene mit einstieg, dann musste ich es auch bis zum Schluss durchziehen!

„Berüh auf keinen Fall die Gleise oder die Kabel dazwischen", flüsterte Philipp mir zu und begann zügig über die Schwellen zu laufen.

Ich folgte ihm, schaute jedoch noch mal kurz zu Leon zurück. Sein ehrlich entgeisterter Gesichtsausdruck verriet mir, dass dies nicht der normale Ausgang der Szene war.

„Oh Hölle!", schoss es mir durch den Kopf.

„Hey!! Runter von den Gleisen!", hörte ich jemanden hinter uns rufen.

„Die Stimme der Obrigkeit!", raunte Philipp und beschleunigte seine Schritte noch.

Ich versuchte mit ihm mitzuhalten, was unerwartet schwierig war. Der Abstand der Schwellen brachte mich schnell ins Stolpern. Sie schienen zu nah beisammen für einen Schritt zu sein und zu weit auseinander, um zwei auf einmal zu nehmen. Als wir das gläserne Kuppeldach hinter uns ließen, bemerkte ich, wie der Teer auf dem Holz der Schwellen in der Sonne feucht glitzerte. Ich flehte darum, bloß nicht auszurutschen, als die Gleise neben mir zu singen begannen.

„Oh Gott, da kommt eine S-Bahn aus der anderen Richtung!", dachte ich und fühlte Panik in mir aufsteigen. Im gleichen Moment packte Philipp mich und sprang mit mir im Schlepptau in einem gewaltigen Satz auf den Schotter am Rand der Gleise. Die S-Bahn donnerte auf dem Nachbargleis vorbei und ich hatte das Gefühl, mein Herz würde mir aus der Brust springen, so sehr hämmerte es, auch als die Bahn schon längst vorbei war und die Schienen nicht mehr sangen. Ein wenig zittrig folgte ich Philipp, der so sicher über den abschüssigen Schotter ging, als würde er das jeden Tag tun. An einem rostigen

Geländer hielt er an und deutete auf die kleine Gasse gut drei Meter unter uns.

„Wenn wir hier runterklettern, kommen wir dahinten wieder in die Zivilisation." Er warf mir einen Blick zu. „Traust du dich, den Rest zu springen?"

Ich verschränkte die Arme vor der Brust. „Moment mal, S-Bahnspieler, du fragst nicht, ob ich mit dir auf die befahrenen Gleise springen will, aber bei popligen Geländern kommen dir auf einmal Bedenken?"

„Dachte ich mir schon", meinte er schmunzelnd und kletterte auf das eiserne Geländer, wo er einen kurzen Moment balancierte, um dann in die Hocke zu gehen und in die Tiefe zu springen. Er landete unten in Schrittstellung, und ich fragte mich, ob er wohl Katzengene hatte.

Wesentlich uneleganter ließ ich mich von der untersten Geländerstrebe hängen, bis ich auf die Straße darunter springen konnte. Dennoch hatte ich mich anscheinend geschickter angestellt, als er.

„Was ist los?", fragte ich, als er sich statt direkt weiterzugehen an die Mauer des Bahndamms hinter uns lehnte.

Er verzog das Gesicht. „Gib mir `ne Minute, ja? Hab mir letztens das Knie verdreht. Scheint noch nicht wieder so okay zu sein, wie ich dachte."

„Na, das nächste Mal frag ich wohl besser dich, ob du dem Geländer gewachsen bist", meinte ich, als er schließlich neben mir die enge Gasse hinunter hinkte. Philipp brummte zur Antwort nur.

Der graue Putz der hohen, schmalen Häuser um uns herum bröckelte bereits ab und kaum ein Sonnenstrahl fiel auf die mit Schlaglöchern übersäte Straße vor uns. Dennoch schien es hier noch heißer, als auf den Gleisen zu sein. Nach einer Weile tauchte am Ende der Gasse Leon auf.

„Oh je“, meinte Philipp und zog die Sonnenbrille aus seinen Haaren, um sie aufzusetzen. „Das gibt jetzt ein Donnerwetter. Der Guru ist sauer.“

Ich merkte, wie er gerader ging und sein Hinken auf den nächsten Metern so gut wie möglich zu verstecken versuchte. Auf Leons Gesicht war tatsächlich keine Spur des üblichen Lächelns zu sehen, als er uns erreichte.

„Bist du wahnsinnig?“ Er sprach nicht laut, doch es war eindeutig, wie aufgebracht er war. Als er sich vor Philipp aufbaute, fiel kaum noch auf, dass er kleiner war. „Das war lebensgefährlich!“

Philipp hob leicht die Hände. Die dunkle Sonnenbrille ließ ihn ungerührt erscheinen. „Ganz ruhig! Ist doch alles gut gegangen.“

„Ahja? Weißt du, was für ein Chaos da oben ausgebrochen ist, als ihr auf die Gleise gesprungen seid?!“

Jetzt breitete sich ein Grinsen auf Philipps Gesicht aus. Er schlug Leon auf die Schulter. „Na perfekt! Hast du es gefilmt? Das ist doch genau das, was wir mit unserem S-Bahntheater erreichen wollen! Reaktionen!“

Leon steifte Philipps Hand unwirsch ab. „Komm mir jetzt nicht so. Das hatte rein gar nichts mit S-Bahntheater zu tun. Du weißt ganz genau, was ich von diesem Mist halte! Und diesmal hast du Nina mit reingezogen.“ Er warf mir einen Blick zu. „Alles okay bei dir?“

Ich konnte ein Grinsen nicht unterdrücken. „Ja, alles gut!“

„Siehst du?“, sagte Philipp und rückte seine Sonnenbrille zurecht. „Sie hat Blut geleckt! Ich wette, jetzt möchte sie mehr als zuvor, in die Geheimnisse der S-Bahnspieler eingeweiht werden.“

„Auf jeden Fall!", hörte ich mich sagen, bevor mir mein Verstand etwas Anderes diktieren konnte.

Leon sah von mir zu Philipp, dann schüttelte er seufzend den Kopf. „Na gut, dann treffen wir uns morgen auf der Warschauer Brücke und zeigen dir bei mir ein paar alte Szenen - aber keine Cowboyaktionen mehr, Philipp! Und da oben auf dem Bahnsteig lasst ihr euch am besten eine Weile nicht mehr blicken."

„Aye, aye, Sir!", salutierte Philipp, doch Leon hatte sich schon abgewandt und schenkte ihm noch nicht einmal mehr einen Blick.

„Huh, für einen Moment dachte ich, er kündigt dir jetzt die Freundschaft", flüsterte ich und sah Leon hinterher.

Philipp fasste nach meiner Schulter und stützte sich darauf ab, während er sein schmerzendes Knie massierte. „Nee", meinte er dabei. „Da muss ich mir noch ganz andere Sachen leisten." Er richtete sich auf und schenkte mir sein Herzensbrechergrinsen. „Und ich bin mir so ziemlich sicher, dass Leon unter all der Vernunft eigentlich der größere Abenteurer von uns beiden ist."

Ich nickte, wurde das Gefühl jedoch nicht los, nur einen Teil dessen, was sich zwischen den beiden gerade abgespielt hatte, verstanden zu haben.

♦

Die Warschauer Brücke lag nur wenige Stationen von mir entfernt. Anders als die Oberbaumbrücke spannte sie sich jedoch nicht über die Spree, sondern über ein Gewirr an Gleisen, die sich bis zum Horizont zogen.

„Ein perfekter Ort, um auf die S-Bahnspieler zu warten“, dachte ich und beobachtete die Bahnen, die summend unter mir herfuhren. Leider war das Wetter weniger perfekt. Nach einem nächtlichen Wolkenbruch war es merklich abgekühlt. Noch immer nieselte es, und graue Wolkenschleier ließen mich den Fernsehturm in einiger Entfernung eher erahnen als sehen.

Fröstelnd zog ich mir die Kapuze meines Pullis über die bereits nassen Haare. „Berlin, Berlin. Der Regen macht dich nicht schöner.“

Ich war um einiges zu früh an unserem Treffpunkt. Noch kannte ich die Abfahrtszeiten nicht gut genug, doch das würde sich wahrscheinlich nach einiger Zeit in der Gesellschaft von Leon und Philipp ändern. Um die Wartezeit zu überbrücken, rief ich Nettie an und erzählte ihr von meinen letzten Tagen.

„Du bist auf die Gleise gesprungen?? Mensch Nina, lass das nicht deine Mutter hören!“

„Hatte ich nicht vor.“

„Also, so ganz geheuer sind mir die Knaben aber auch nicht. Ich meine, es ist schön mal wieder was von der alten Nina durchblitzen zu sehen, bevor König Sönke das Zepter ergriffen hat, aber mit S-Bahnen Schnitzeljagd spielen ...“

„König Sönke?“

„Na, du musst schon zugeben, dass er viele Sachen, die wir sonst so gemacht haben, nicht gut fand. Und du hast dann halt auch weniger mitgemacht.“

Ich schwieg betroffen. Hatte ich mich in den drei Jahren mit Sönke wirklich so verändert? Die nächtlichen Schwimmbadbesuche fielen mir wieder ein. Sönke hatte sich geweigert, mit uns über den Zaun zu steigen. Als Jurastudent könne er schwerlich Hausfriedensbruch begehen, hatte er gemeint. Als ich nun darüber nachdachte, fielen mir noch mehr Sachen ein, die ich ihm zuliebe nicht mehr getan hatte.

„Hey Nina, ich mein das jetzt nicht böse“, sagte Nettie, die mein Schweigen falsch verstand. „Wir haben uns alle verändert. Sind schließlich keine Teenager mehr, aber Sönke war halt immer schon ganz schön konservativ.“

„Da hast du Recht.“

„Ich bin jedenfalls froh, dass du schon Anschluss gefunden hast, auch wenn mir diese S-Bahnspieler etwas suspekt sind. Aber solange es dir Spaß macht ...“

„Das auf jeden Fall! Du Nettie, ich muss Schluss machen. Das Handy regnet mir gerade total nass.“ Ich verstaute das Handy wieder in meiner Tasche, doch meine Gedanken blieben bei Sönke hängen.

Ja, er war konservativ, pedantisch, rechthaberisch ... Doch auch ein unglaublich sanfter Mensch. Korrekt, ehrlich, standhaft ... Gerade deshalb hatte ich mich zu ihm hingezogen gefühlt. Sein Lächeln, das alle Wogen glätten konnte. Ich beugte mich über das Geländer und sah auf die Schienen unter mir.

„Na, am Ende dann doch nicht so korrekt und ehrlich.“ Außerdem konnte er trotz seiner Sanftmut ganz schön hartnäckig, ja, fordernd sein, wenn er was wollte. Besonders, wenn es um Zärtlichkeiten ging, die ich ihm nicht immer geben wollte. Nicht nachdem ... nein, daran wollte ich jetzt nicht denken. Was geschehen war, war geschehen. Vielleicht hatte er aber genau deswegen etwas mit der Anderen angefangen.

„Ach, scheiß drauf!“, dachte ich und spuckte auf das rote Dach der S-Bahn, die gerade unter mir herfuhr. Dann merkte ich, wie sich rechts und links neben mir zwei Gestalten an das Geländer lehnten.

„Hast du da unten etwas Weltbewegendes entdeckt?“, hörte ich Philipp fragen.

„Ansonsten wär ich schwer dafür, aus diesem Pisswetter rauszukommen.“

Ich drehte mich um und lächelte die beiden an. „Nichts, was wir im Regen diskutieren müssten. Wo soll’s denn hingehen?“ Und damit verbannte ich Sönke wieder in den dunkelsten Winkel meines Herzens.

„Zur Oranienburger Straße. Der Guru hier“, Philipp deutete mit dem Kopf auf Leon, „hat vor, dir in seiner Wohnung das S-Bahnspieler-Traktat vorzulesen und dir ein paar alte Szenen zu zeigen, die er mit dem Handy aufgenommen hat. Aber das ist langweilig.“ Er deutete auf sich. „Das Genie hier hat den genialen Einfall, dich live die wichtigsten Grundsätze miterleben zu lassen.“ Er klatschte in die Hände. „Also los, wenn wir rennen, kriegen wir noch die Bahn um 52!“ Damit drehte er sich um, überquerte die Warschauer Straße mit wenigen Sprüngen, wobei er nur durch pures Glück nicht vom Auto erfasst wurde, und rannte zum S-Bahnhof. Von seinem gestrigen Hinken war keine Spur mehr zu sehen. Leon und ich folgten ihm, jedoch um einiges vorsichtiger.

Als wir in der Bahn saßen und wieder einigermaßen zu Atem gekommen waren, hielt Philipp Leon auffordernd die Hand hin. „Gib mal dein Handy.“

Leon zog die Augenbrauen hoch. „Sag mal Bitte“, gab er zurück.

Philipp schmunzelte. „Bitte, lieber Leon, kannst du mir dein Handy ausleihen?“

„Schon besser“, brummte dieser und gab es Philipp. Der studierte es eine Weile, aktivierte die Kamera und gab es dann an mich weiter. „So, jetzt kriegst du den ersten Teil der Einführung in die S-

Bahnspielerei. Halt mal auf Leon." Ich begriff, dass ich ein Video drehen sollte. Philipp kramte währenddessen in seinem Rucksack und holte einen Kugelschreiber hervor, den er Leon wie ein Mikrofon vors Gesicht hielt.

„Lektion Nr.1! Das Interview mit dem Regisseur Leon Gartner!", intonierte er. „Herr Gartner, wie kamen Sie auf die Idee des S-Bahntheaters?"

Leon warf ihm einen unbehaglichen Blick zu.

„Na los, Guru, zier dich nicht." wisperte Philipp lautstark.

Leon räusperte sich nervös. „Also, eigentlich kommt die Idee zu dem Ganzen daher, dass ich nicht aus Berlin komme und so ziemlich erschlagen von unserer Hauptstadt war, als ich hierhergezogen bin." Er wies auf Philipp. „Hätte ich Philipp nicht kennengelernt, der mir einige schöne Seiten an Berlin zeigte, ich weiß nicht, ob ich hiergeblieben wäre ..."

„Erst mal hab ich ihm ein anderes Zimmer vermittelt bei ner Freundin von mir. In seiner Spießerbude in Charlottenburg wäre ich auch depressiv geworden!", warf Philipp dazwischen. Er schob sich mit dem Gesicht vor die Handykamera. „Bonzensöhnchen hin oder her – so was sollte man keinem jungen, selbstständig denkenden Mann antun."

Leon schob seine Brille hoch, obwohl sie gar nicht verrutscht war. „Nun, jedenfalls waren es besonders die Fahrten in den öffentlichen Verkehrsmitteln, die mich geschockt haben. Dieses stumpfe vor sich hin Starren und Ignorieren! Da kann dir der kaputteste Mensch von Berlin gegenübersitzen, und er wird immer noch ignoriert. Und Berlin hat verdammt viele kaputte Menschen ..."

Er schien sich für das Thema zu erwärmen. Ich musste lächeln. Erinnerte er sich, dass er mir das im Café schon mal erzählt hatte?

„Moment“, unterbrach Philipp wieder und erhob sich halb, um einen Zettel aus der Tasche seiner Jeans zu kramen. „Deshalb ist dies der erste Grundsatz des S-Bahn-Theaters“, meinte er und hielt den zerknitterten Zettel vors Handy, so dass ich ihn lesen konnte.

„Es soll auf Missstände und Ungerechtigkeiten, besonders zwischen Arm und Reich, Privilegierten und Benachteiligten aufmerksam gemacht werden“, stand in leicht krakeligen, schrägen Buchstaben auf dem Papier.

Philipp schielte auf den Zettel in seiner Hand. „Oh. Äh nee, so rum.“ Er drehte ihn um.

„S-Bahntheater soll die Berliner aus ihrer alltäglichen Stumpfsinnigkeit reißen, ihnen Erlebnisse geben, die sie vitalisieren und im besten Fall aufmerksam ...“, las ich vor. Die letzten Buchstaben waren so geschmiert, dass ich sie beim besten Willen nicht mehr entziffern konnte.

„... aufmerksam für ihre Mitmenschen werden lassen und zum Handeln motivieren“, vervollständigte Leon. Er warf Philipp einen Blick zu. „Kannst du jetzt bitte diesen Stift aus meinem Gesicht nehmen?“

Philipp steckte den Kugelschreiber ein und nahm mir Leons Handy wieder ab. „Die nächste Lektion wird eine Live-Performance des bekannten S-Bahnschauspielers Philipp Hofstätt in der Oranienburger Straße sein.“

Wir hatten den Bahnhof Friedrichstraße erreicht und stiegen aus.

„Und in die Oranienburger gehen wir wegen der vielen tollen Cafés, wo man besonders gut S-Bahntheater spielen kann?“, wagte ich einzuwerfen.

Philipp strich sich die braunen Haare aus der Stirn, die vorne etwas zu lang schienen und ihm ständig in die Augen zu fallen drohten. „Nein, wegen der Prostituierten."

Ich blieb stehen. „Meint er das jetzt ernst?", fragte ich Leon.

Er sah Philipp hinterher, der mit unvermindertem Tempo die Friedrichstraße entlangeilte, und zuckte mit den Schultern. „Keine Ahnung, was er vorhat. Aber ich glaube, wir können ihm ruhig folgen. Er scheint nicht in einer seiner „Scheiß-auf-Alles" Stimmungen zu sein."

„Es gibt in der Oranienburger ja auch keine Gleise, auf die er springen könnte."

Leon legte den Kopf schief. Er hatte sehr feingeschnittene Gesichtszüge, die ihn oft weich wirken ließen. Doch als er jetzt seinem Freund hinterher sah, erhaschte ich einen Blick auf die Entschlossenheit, die sich hinter seinem sanften Auftreten zu verbergen schien.

„Glaub mir, wenn Philipp schräg drauf ist, macht er noch ganz anderen Mist. Sobald ich das merke, breche ich das S-Bahntheater ab. Dann treibt er's echt zu weit, und es wird brenzlig für alle Beteiligten." Er lächelte mir zu. „Aber keine Sorge, dafür ist er heute zu gut drauf."

„Ok ..." Leicht zögernd folgte ich Leon, der versuchte zu Philipp aufzuschließen. „Noch krasser, als auf befahrene Gleise zu springen?", dachte ich, als wir die breite Spreebrücke überquerten, deren schmiedeisernes Geländer wie geflochten wirkte. „Ich glaube nicht, dass ich die Seite an Philipp kennenlernen will."

Der Regen hatte aufgehört, und ab und zu blitzte schon wieder die Sonne hinter den Wolken hervor und spiegelte sich in den hohen Glasfronten der Häuser. Wir bogen in die Oranienburger Straße ein, in der sich ein Café ans andere reihte. Es saßen bereits einige Gäste wieder an Tischen und Stühlen vor den Cafés, die teilweise durch ausladende Sonnenschirme oder Markisen vor dem Regen geschützt gewesen waren. Eine Tramlinie zog sich die Straße hinunter, doch das schien die Cafébesucher nicht zu stören.

Philipp hatte auf uns gewartet und bedeutete uns an einem der Tische Platz zu nehmen, dann überquerte er die Straße. Ich bestellte eine heiße Schokolade und beobachtete, wie er sich einer jungen Frau - eigentlich fast noch ein Teenager - näherte, die in sehr knappen Hotpants und einem Nichts von einem Top an einer der Straßenlaternen lehnte. Ein Blick die Straße hinunter zeigte noch mehr Mädchen, die ähnlich gekleidet waren. Alle hatten Bauchtaschen um. Es war das erste Mal, dass ich Prostituierte sah, und ich wunderte mich ein wenig, da sie am hellichten Tag auf einer nicht gerade verrufen wirkenden Straße mitten in Berlin ihrer Tätigkeit nachgingen. Ich sah, wie Philipp mit der jungen Frau sprach. Sie trat auf ihn zu, strich ihm über die Wange und beugte sich dann vor, um ihm etwas ins Ohr zu flüstern.

„Kennt er sie?", fragte ich Leon leise.

„Nicht das ich wüsste", gab dieser zurück. „Frag mich nicht, wie er das hinkriegt", meinte er dann kopfschüttelnd, als Philipp sich von der Frau abwandte und dabei aussah, als würde ihm gerade das Herz entzweibrechen. Er ging schleppend an unserem Tisch vorbei, zögerte kurz und fragte dann einen Mann, der am Tisch neben uns saß, ob er sich dazusetzen könnte. Der Mann nickte und rückte sein Weizenbier beiseite. Philipp ließ sich auf den Stuhl sinken und starrte schweigend über die Straße zu der Prostituierten. Ich entfaltete vorsichtig den zerknüllten Zettel, den er im Vorbeigehen in meinen Schoß hatte fallen lassen.

„S-Bahntheater soll den Menschen aufzeigen, wie viel wir uns verkaufen und verbiegen, ohne es wirklich zu merken oder zu hinterfragen“, las ich und sah wieder zu Philipp. Er bestellte beim Kellner einen Schnaps und stützte die Ellenbogen auf den kleinen runden Tisch zwischen sich und dem Mann.

„Sie ist meine Schwester, wissen Sie“, murmelte er schließlich.

„Bitte?“

Er deutete über die Straße. Die Frau sah seinen Blick und winkte ihm kurz zu, bevor sie an das heruntergefahrene Autofenster eines Mercedes trat. „Wissen Sie, was sie mal werden wollte, als sie klein war?“

Der Mann schüttelte den Kopf und nahm einen tiefen Schluck aus seinem Bierglas. Er schien sich nicht ganz wohl in seiner Haut zu fühlen.

„Anwältin.“ Philipp kippte seinen Schnaps hinunter und sah dann wieder zu der Frau, die jetzt in das Auto einstieg. „Hätte sie natürlich nie werden können. Ich meine, sie war ja nur auf der Hauptschule und so, aber sie hatte mal Träume ...“ Er seufzte und sah zu dem Mann, der mittlerweile sein Bier ausgetrunken hatte und dem Kellner winkte. „Und jetzt verkauft sie sich.“ Er schüttelte den Kopf, als der Mann sein Portemonnaie herausholte und ungeduldig über die Schulter nach dem Kellner Ausschau hielt. „Ich meine, ein bisschen tun wir das ja alle, nicht wahr? Wer macht schon immer, was er will? Für den Job, die Familie ... wir haben doch alle unsere Luden, auch wenn sie nicht so deutlich auftreten, wie der meiner Schwester.“

Der Mann zahlte und stand auf.

„Und Sie? Für wen verbiegen Sie sich? Wer ist Ihr Lude?“, fragte Philipp ihn, als er seinen Stuhl unter den Tisch schob.

„Niemand“, antwortete der Mann kurz angebunden und wandte sich zum Gehen.

„Das ist gut! Sehen Sie zu, dass es so bleibt! Einen schönen Abend noch!“, rief Philipp ihm hinterher. Dann stand er auf und verschwand ebenfalls die Straße hinunter. Leon winkte den Kellner zu sich heran, der ihm schon nachsetzen wollte, und zahlte Philipps Schnaps und meine heiße Schokolade.

Als wir wieder zu Philipp aufschlossen, lehnte er, die Hände in den Hosentaschen vergraben, an einer Hauswand und grinste uns an. Mit seinem Dreitagebart und den unordentlichen Haaren sah er ein wenig verwegen aus. Doch von dem besorgten Bruder, der an der Welt verzweifelte, war nichts mehr zu sehen.

„Und? Brauchst du noch mehr Lektionen?“ Er schien nur darauf zu warten, dass ich ja sagte.

„Spielkind“, dachte ich und rieb mir übers Ohr. „Also, ich würde schon gerne die alten Szenen sehen, von denen Leon gesprochen hat…“

Der blickte mit einem leichten Stirnrunzeln auf seine Armbanduhr. „Können wir das morgen nachholen? Ich hab einer Freundin von Katleen versprochen, dass ich ihr beim Umzug helfe.“

„Klar“, meinte ich.

Philipp sah Leon abschätzend an. „Beim Umzug helfen? Spielst du wieder Ritter in glänzender Rüstung? Ah … Moment!“ Er trat dichter an Leon heran. „Kenn ich die Dame? Sieht sie gut aus? Lässt sie sich von möbelschleppendem Muskelspiel beeindrucken?“

Ich klopfte Leon mitfühlend auf die Schulter. „Viel Erfolg noch mit dem Casanova. Schreib mir einfach kurz, wann ich morgen vorbeikommen soll.“ Damit zog ich die Kapuze über die Haare und lief im einsetzenden Regen zurück zum S-Bahnhof.

♦

Leons Wohnung lag in der Revaler Straße, kaum fünf Minuten von der Warschauer Brücke entfernt. An der Mauer gegenüber von seinem Altbau klebten Plakate, die in schreiend bunten Farben Konzerte ankündigten. Die Tür zu seiner Wohnung im dritten Stock war ebenfalls mit Plakaten bedeckt. Doch die sahen eher aus, als wären sie auf dem alten schwarz-weiß Drucker irgendeines ASTA Büros gedruckt worden. Demos gegen Genmanipulation, Menschenhandel, Castortransporte, Klimawandel - manche mussten fast 10 Jahre alt sein. Ich fragte mich, ob Leon auf allen Demos gewesen war.

Auf mein Klopfen hin schwang die Wohnungstür sofort auf. Philipp stand im Türrahmen, die Arme verschränkt und musterte mich von oben bis unten.

„Besonders viel hast du ja nicht mitgenommen, um dein neues Leben zu beginnen.“

Ich hielt inne, die Begrüßung blieb aus, als mir stattdessen das Bild meiner zwei Reisetaschen in den Kopf kam, die tatsächlich lächerlich klein auf den grauen Teppichfliesen meiner Wohnung ausgesehen hatten. Aber woher wusste Philipp …?

„Na, du glaubst doch nicht, dass du hier heute Abend rausgehst und immer noch die Gleiche bist“, fuhr er fort und machte den Weg mit einer galanten Verbeugung frei. „Ich habe Gerüchte gehört, dass wir nachher noch neue Szenen schreiben - damit bist du unwiderruflich in den Kreis der S-Bahnspieler aufgenommen. Dein Leben wird sich grundlegend ändern.“

Ich lächelte und ging an ihm vorbei. „Das hoffe ich!“

Am Tisch in der gemütlichen Wohnküche wartete Leon bereits auf uns. Vor ihm stand sein Laptop. Mein Blick schweifte durch den Raum, als ich mich neben ihn auf einen der barhockerähnlichen Stühle setzte. Die ganze Einrichtung war ein kurioser Mix. Teuer aussehende Designermöbeln standen neben den typisch studentischen Ikearegalen und einer Sofagarnitur, die mit Sicherheit aus einem Sperrmüll-Beutezug stammte. Mein Blick blieb an gläsernen Vitrinenschränken hängen, neben denen eine hohe Bodenvase stand. Aus der Vase ragten Badmintonschläger, Schirme und etwas, das tatsächlich wie ein Brecheisen aussah.

„Überbleibsel aus der Spießerbude“, flüsterte Philipp mir zu und nickte in Richtung der Schränke, während er einen Barhocker neben mich zog. Mich hätte viel mehr interessiert, woher das Brecheisen kam.

„Bereit?“, fragte Leon und schob seine Brille hoch.

Er wirkte etwas nervös, als er auf mein Nicken hin den Film startete. Leicht verwackelte Szenen von S-Bahnfahrten zogen über den Bildschirm, die jedoch erstaunlich gut die Reaktionen der Menschen auf Philipps Theaterspiel einfingen. Die letzte Szene war die, in der er mir gegenübersaß und schließlich auf der Treppe das Ganze als Theater auflöste. Von schräg oben gefilmt wirkte unser Kampf nur halb so drastisch, wie er sich für mich angefühlt hatte. Auch war er mir viel länger vorgekommen. In Wirklichkeit hatte Philipp mich relativ schnell wieder losgelassen.

Dennoch stieg Ärger in mir auf, als ich die Passanten sah, die uns bemerkten und statt zu helfen einen weiten Bogen um uns machten. Ein Mann um die 40 drehte sich sogar um und ging die Treppe wieder hinunter. Die Szene endete ziemlich abrupt, nachdem ich auf den Treppenabsatz gefallen war.

„Normalerweise weihen wir die Leute nie ein, dass es Theater war, um die Wirkung nicht zu schmälern“, meinte Leon.

„Weshalb hat Philipp denn bei mir eine Ausnahme gemacht?“

Er hatte mir bereits erzählt, dass er nach der Polizistenszene ausprobieren wollte, ob ich ihn in einer anderen Rolle wiedererkennen würde. Die Gefahr, erkannt zu werden, schien ihn dabei eher gereizt als abgeschreckt zu haben. Leon war weniger begeistert von der Idee gewesen.

„Ganz ehrlich? Ich hatte Angst um mein makelloses Gesicht. Hättest du die Arme frei gekriegt, wäre ich sicher nicht nur mit ein paar Schrammen davongekommen.“ Philipp hob die Schultern. „Die Karten offenzulegen war die einzige Lösung, die mir auf die Schnelle eingefallen ist.“

Ich lehnte mich mit verschränkten Armen zurück. „Was hast du denn gedacht, wie ich reagieren würde, wenn mich ein eindeutig verwirrter Kerl von hinten packt und einen auf „Du gehörst zu mir“ macht?“

Philipp räusperte sich. „Nun …“

„Also, wenn du mich fragst, hat er überhaupt nicht gedacht, sondern ist dir einfach nur hinterher, nachdem er mir bedeutet hat weiter zu filmen.“ Leon betrachtete ihn kopfschüttelnd. „Irgendwann reitest du uns damit noch richtig tief rein.“

Philipp grinste. „Irgendwann, Guru. Aber dieses Mal hat es uns die S-Bahnspielernovizin gebracht, also beschwer dich nicht.“

Leon rückte seine Brille zurecht und beugte sich vor, um den Computer runterzufahren. „Darüber beschwere ich mich mit keinem Wort.“ Er sah mich an. „Bereit ans Werk zu gehen?“

Ich nickte, und damit begann mein erster Szenen-Schreib-Abend, dem noch viele folgen sollten. Der kurze Film hatte mir einen guten Eindruck gegeben, welche Art von Szenen die S-Bahnspieler normalerweise spielten, doch es war gar nicht so einfach, neue Ideen zu entwickeln, die Leon überzeugen konnten.

Mehrere Kannen Tee später lehnte sich Philipp schließlich mit einem Seufzen zurück. „Zwei neue Szenen an einem Abend, das muss reichen.“ Ein Grinsen breitete sich auf seinen Zügen aus. „Wenn ich es mir recht überlege, ist das rekordverdächtig!“

Leon nickte widerstrebend und sammelte die Blätter mit den Notizen zu den Szenen zusammen.

Philipp stand auf, um aus der Kochzeile drei Weingläser zu holen. „Du hast dich gut geschlagen, Novizin. Viele würden mir nie glauben, was für ein Leuteschinder der sanftmütige Leon sein kann, wenn‘s um seine Kunst geht.“ Er beugte sich zu mir runter und flüsterte lautstark. „Dafür ist er ein beschissener Schauspieler - kann keine Minute ernst bleiben.“

In beiden Szenen sollte auch ich mitspielen, was mich zum einen freute, zum anderen aber auch ganz schön nervös machte. Meister Philipp hatte die Messlatte mit seiner Schauspielkunst ziemlich hochgehängt.

Philipp zog gerade eine Weinflasche aus dem Küchenregal, als die Wohnungstür aufging und Leons Mitbewohnerin nach Hause kam. Sie warf ihre Tasche in die Ecke, raufte sich die braunen Locken und beklagte sich lautstark über nörgelnde Restaurantkunden, bis ihr Blick auf mich fiel.

„Oh sorry! Hatte gar nicht gemerkt, dass Besuch da ist.“ Sie streckte mir die Hand entgegen. „Katleen. Tut mir leid wegen der Schimpftirade, aber an manchen Tagen benehmen die Gäste sich, als wären Kellner ihre Leibeigene.“

Ich wischte ihre Bedenken beiseite. „Irgendwo muss man sich ja Luft machen.“ Katleen lächelte zu meinen Worten und ich hatte zum ersten Mal das Gefühl, zu verstehen, was einige Autoren mit der Formulierung strahlendes Lächeln beschreiben. Katleens Lächeln schien ihr ganzes Gesicht zu erhellen, und ich hatte gar keine Wahl, als zurückzulächeln. Bestimmt kam manch ein Besucher nur wegen ihrem 260 Volt-Lächeln ins Restaurant.

„Du musst mir auf jeden Fall erzählen, wie die zwei Schelme hier dich überzeugt haben, dabei zu bleiben. Du bist doch Nina, nicht wahr?“

Auf mein Nicken hin ging Katleen zu Philipp, der sich vergebens bemühte, den Korken aus der Weinflasche zu lösen. Mit geübten Griffen öffnete sie die Flasche. „Aber eine Sache zuerst, Philipp.“

Der grinste. „Aus deinem Mund dürfen es auch zwei oder drei Sachen sein.“

Sein Grinsen verrutschte ihm jedoch etwas, als Katleen den Korkenzieher vor ihm ablegte und meinte: „Ich habe gerade deine Verflossene vorm Haus rumlungern sehen. Hast du heute deine Spuren nicht gut genug verwischt?“

Philipp fuhr sich durchs Gesicht. „Sabrina steht draußen?“ Er blickte kurz zum dunklen Fenster. „Ich geh besser und red mit ihr“, meinte er dann.

Katleen sah ihm schweigend nach, bis er die Tür hinter sich schloss. „Die Frau macht ihn fertig. Ich hätte der schon längst mit `ner Anzeige gedroht.“

Leon seufzte und schüttelte den Kopf. „Das wird nicht passieren. Du weißt doch, wie verwickelt die beiden miteinander immer noch sind.“

Katleen zuckte mit den Schultern und goss Wein in die Gläser. „Gemeinsame Geschichte hin oder her, wenn ich mit jemanden Schluss mache, erwarte ich, dass es akzeptiert wird. Wie lang lauert sie ihm jetzt schon auf? “

„Seit letztes Jahr Ostern, meine ich.“

„Das ist über ein Jahr! Also bei allem Verständnis für Herzschmerz, aber die Gute muss bald mal die Kurve kriegen. Was denkst du denn dazu, Nina?“

Ich hob abwehrend die Hände. „Kein Kommentar! Von Beziehungskisten halte ich mich fern.“ Ich hatte nicht umsonst kaum Kontakt zu meiner Familie, die alle sehr gerne in unserer Beziehungskiste wühlen würden und mir Tipps geben wollten, wie meine Beziehung zu Sönke zu retten sei. Nein Danke! Ob ein Jahr lang genug wäre, dass mir bei der Erinnerung an jene Nacht, in der Sönke mir den Seitensprung gestand, nicht mehr schlecht werden würde?

Katleens Lachen holte mich aus meinen Gedanken. Sie hielt mir ihr Weinglas zum Anstoßen hin. „Das ist doch mal ein guter Trinkspruch! Auf Beziehungskisten - mögen sie gut verschlossen bleiben und weit entfernt vergraben sein.“

Mein Glas berührte ihres mit einem leisen Klirren. „Meilenweit entfernt!“

Katleen neigte den Kopf zur Seite. „Na, das hört sich aber ganz danach an, als hättest du selbst gerade erst eine Beziehungskiste vergraben.“

Ich nickte und nahm einen Schluck Wein. „Zum Glück weit genug weg, dass er mir mal nicht ebenso auflauern kann.“

Sie zog die Augenbrauen hoch. „Würde er das denn machen?“

Bevor ich antworten konnte, legte Leon ihr die Hand auf den Arm. „Jetzt lass die arme Nina mal wieder vom Haken, Katleen. Wir sind nicht die spanische Inquisition.“

Sie lachte und strich sich die Locken hinter die Ohren, wo sie jedoch nicht lange blieben. „Sorry Nina, ich bin einfach viel zu neugierig. Tritt mir ruhig gegens Schienbein, wenn es dir zu viel wird. Leon hier kann dir ein Lied davon singen. Ich glaube, ich kannte seine ganze Lebens- und Leidensgeschichte keine zwei Stunden, nachdem Philipp ihn mir als potentiellen Mitbewohner vor die Nase gesetzt hatte.“

Erst jetzt realisierte ich, dass sie die alte Freundin war, von der Philipp gestern gesprochen hatte. Es fiel nicht schwer, mir vorzustellen, wie die zwei es zu ihrer Mission gemacht hatten, den melancholischen Leon von der Schönheit Berlins zu überzeugen.

„Aber du musst mir noch erzählen, was dich überzeugt hat, mit diesen beiden Freaks die S-Bahnen unsicher zu machen“, steuerte Katleen das Gespräch in weniger persönliche Fahrwasser. Wir unterhielten uns eine Weile über den ganz eigenen Reiz des versteckten Theaters und meine Schwierigkeiten in Berlin anzukommen, wobei mir auffiel, dass Katleen und auch Leon immer wieder Blicke zur Wohnungstür warfen. Philipp war nun schon eine ganze Weile weg.

Irgendwann begann das Gespräch schleppend zu werden, und ich nutze eine lange Pause, um mich zu erkundigen, wo das Bad sei.

Leon deutete in den Flur. „Zweite Tür links.“

Als ich fertig war und die Badezimmertür wieder hinter mir schloss, hörte ich Leons Stimme aus der Wohnküche in den Flur dringen.

„Ich mach mir Sorgen um ihn."

Katleen brummte zustimmend. „Er steht ganz schön unter Druck. Sabrina setzt ihm zu und bei seinen Eltern scheint's auch wieder ordentlich abzugehen."

Er schwieg kurz. „Hast du seine Arme gesehen?", fragte er dann.

„Nein. Sag nicht, er fängt mit dem Scheiß wieder an!"

Die Wut in Katleens Stimme ließ mich stehen bleiben. Das war persönlich. Eindeutig. Plötzlich kam ich mir wie ein Eindringling vor. Ich überlegte kurz, ob ich zurück ins Bad gehen sollte, doch die Tür quietschte laut, sobald man sie bewegte. Sicherlich hatten die beiden mich schon gehört.

„Viktor hat ein Video gepostet. Ich bin mir ziemlich sicher, dass einer der Maskierten Philipp ist", meinte Leon, als ich die Wohnküche wieder betrat.

Katleen fuhr sich mit beiden Händen durch die Haare. „Fuck!", murmelte sie. Dann vergrub sie das Gesicht in den Armen. „Ich bring ihn um! Wenn er Philipp da wieder mitreinzieht, bring ich ihn um!"

Ihre Worte drangen nur gedämpft zu uns. Ich setzte mich zögerlich wieder neben Leon. Weder er noch Katleen schienen mich wahrzunehmen.

„Wieso weißt du überhaupt, was Viktor macht?" Katleen hob den Kopf und sah Leon an.

Dieser schob seine Brille hoch. „Ich folge seinem Youtube-Kanal, um genau so einen Fall mitzukriegen." Er wandte den Blick ab.

„Aber das Video hat er mir sogar persönlich geschickt. Darum bin ich mir ja so sicher, dass Philipp dabei war…“

„Viktor ist so ein Arsch!“ Katleen stand auf, unfähig noch länger sitzen zu bleiben, und ging vor Leon auf und ab. „Der weiß genau, womit er dir wehtun kann. Und er wird nicht aufhören! Der vergibt dir die Sache an der Siegessäule nie!“

Leon wischte ihre Worte beiseite. „Viktor und seine Spielchen sind mir egal. Aber Philipp … du weiß, wie er ist, wenn der Druck zu groß wird …“ Leon brach ab, als die Wohnungstür aufging und Philipp hindurchtrat.

Er schloss sie bedächtig hinter sich und kam zurück in die Wohnküche. Sein Blick schien durch uns hindurchzugehen, und mir fiel auf, dass ich ihn bis jetzt noch nie wirklich ernst erlebt hatte.

Er hatte jedoch kaum Zeit, seinen Gedanken nachzuhängen. Mit wenigen Schritten war Katleen bei ihm und drückte ihn gegen die nächste Wand. Sie schob seine Ärmel hoch. Tiefe Schürfwunden zogen sich bis zum Ellenbogen und vielleicht noch weiter. Auch seine Hände waren mit Abschürfungen übersät. Katleen sah Philipp wortlos in die Augen. Er senkte den Blick und schob seine Ärmel wieder hinunter.

„Ich …“ setzte er an, doch sie ließ ihn gar nicht ausreden.

„Mach mit dem Scheiß weiter und wir sind geschiedene Leute. Ich meins ernst, Philipp.“ Sie wandte sich von ihm ab. „Ich schaue niemandem mehr dabei zu, wie er sich umbringt, auch dir nicht.“ Katleen kam zurück zum Küchentisch, nahm ihr Weinglas und leerte es in einem Zug. „Sorry“, wandte sie sich schließlich an mich. „Aber der Idiot braucht manchmal eine deutliche Ansage.“ Dann brachte sie ihr Glas zur Spüle und sagte, ohne uns oder Philipp anzusehen: „Ich geh ins Bett. Gute Nacht.“

„Gute Nacht.“ Ich war die Einzige, die antwortete. Philipp stand noch immer an der Wand, den Blick auf etwas jenseits der Wohnküche gerichtet. Das Quietschen der Badezimmertür drang überlaut in unser Schweigen.

Ich räusperte mich und schlug die Beine übereinander. „Ich glaube, ich will gar nicht wissen, um was es hier gerade ging.“ Das war eine glatte Lüge, doch so sehr die S-Bahnspieler mich auch faszinierten, das hier schien mir zu persönlich, um es mit einer flüchtigen Bekannten zu diskutieren.

„Weise Entscheidung“, meinte Leon neben mir. „Hey Philipp, Nina hier meinte gerade, dass sie eine Wette mit ihrer besten Freundin laufen hat - was war es noch gleich?“

„Drei Monate. Wenn mich Berlin bis dahin nicht überzeugt hat, geh ich wieder.“ Ich lächelte ihm zu, froh darüber, wie schnell er das Thema wechseln konnte.

„Aber alle wollen doch nach Berlin“, meinte Philipp und kam zu uns an den Tisch.

„Ja, und ich will nur weg“, wiederholte ich die Worte, die ich in einem meiner einsamsten Momente zu Nettie am Telefon gesagt hatte. Sie war der Meinung, dass ich nur ein wenig mehr Zeit brauchen würde, und so war die Wette zustande gekommen.

„Drei Monate und keinen Tag länger - dann entscheidet sich, ob ich wie Nettie meint in Berlin angekommen bin oder weiterziehe.“

Leon nahm die Weinflasche und goss Philipp auf sein Nicken hin etwas Wein ein. „Das ist doch mal eine Herausforderung für dich Philipp, oder? Kannst du Nina in drei Monaten überzeugen, dass Berlin es wert ist, hierzubleiben?“

„Es sind nur noch zwei und ein paar Tage“, merkte ich an.

„Hm“, meinte Philipp und ließ den Rotwein in seinem Glas kreisen, bevor er einen Schluck nahm. „Das sollte zu schaffen sein.“ Er schenkte mir ein Grinsen, das jedoch nur ein Schatten seines Herzensbrechergrinsens war. „Vorausgesetzt, du bewährst dich in deiner ersten Szene in der S-Bahn. Ich muss wissen, ob der Einsatz sich lohnt.“

♦

Das S-Bahntheater hatte sich in mein Leben geschlichen. Auf jeder Fahrt suchte ich nach neuen Anregungen für Szenen, während die Straßen Berlins am Fenster vorbeiglitten. Ich beobachtete meine Mitfahrenden und fragte mich, wie sie wohl auf die geplanten Szenen reagieren würden. Außerdem begann ich zu hinterfragen, was um mich herum in den Bahnen geschah. War das alles echt? Oder spielten die auch nur? Bei manch einer skurrilen Situation, hätte ich schwören können, dass da ein S-Bahnspieler hinter steckte. Wer wusste denn schon, ob wir wirklich die Einzigen waren?

An einem Sonntagnachmittag erhielt ich dann eine Nachricht von Philipp. „S7 nach Ahrensfelde. Alexanderplatz 19:02. Straßenfeger. Erster Waggon.“ Das war die schlichte Ankündigung meiner Premiere auf der fahrenden Bühne Berlins.

Abends stieg ich am Alex in die Bahn ein. Sie war bereits gut besetzt. Mir fiel ein Mann mit einem schwarzen Terrier auf, der lustlos in einer Ausgabe der Bildzeitung blätterte. Ein junges Mädchen mit einem Pflaster an der Schläfe und unruhigen Augen saß ihm gegenüber. Unauffällig ließ ich meinen Blick auf der Suche nach Leon durch den Waggon schweifen. Er stand eine Tür weiter und nickte mir kaum merklich zu. Ich ging langsam durch den Gang und stellte mich ihm gegenüber.

„Die Türen gehen zu und dein Vorhang auf. Das ist deine Show!“ Philipps Worte schossen mir durch den Kopf, als die Türen hinter mir mit einem Zischen zuglitten.

Ich lehnte mich neben der Waggontür an die Scheibe und wartete. An der Jannowitzbrücke stieg Philipp zu. Er trug abgerissene Kleidung, und der Bart war wesentlich dichter als sonst. Unter den Arm hatte er fünf Hefte des Straßenmagazins Der Straßenfeger geklemmt. Ich spürte, wie mir die Aufregung mit einem elektrisierenden Kribbeln in den Bauch schoss, und atmete tief ein. Die blecherne Lautsprecherdurchsage „Nach Ahrensfelde zurückbleiben, bitte!“ klang für mich wie die Ankündigung eines Theaterregisseurs, der seine Schauspieler auf die Bühne ruft.

Hinter Philipp schlossen sich die Türen mit einem leise zischenden Geräusch, und sein Vorhang ging auf. Er trat in die Mitte des Gangs und begann mit leicht leiernder, aber lauter Stimme zu sprechen.

„N´Abend meine Damen und Herren. Ich bin obdachlos und verkaufe hier das Straßenmagazin Der Straßenfeger. Mit dem Kauf einer Ausgabe oder einer kleinen Spende, können Sie mir helfen, dass ich heute Abend was zu essen habe. Hier vielleicht Interesse am Straßenfeger?“ Langsam arbeitete er sich durch den Waggon. Kaum jemand würdigte ihn eines Blickes. Die meisten beschäftigten sich weiter mit ihren Handys. Einige wenige sahen konzentriert zur Seite, als er an ihnen vorbeiging.

„Er macht das wirklich gut“, dachte ich und strich meine Jacke glatt. „Dem kommt nie einer auf die Schliche.“ Ich bemerkte wie ein Mädchen Geld aus ihrem Portemonnaie kramte und Philipp wartend entgegensah. „Hoffentlich steigt kein wirklicher Straßenmagazin-Verkäufer zu“, schoss es mir durch den Kopf. „Dann gibt es richtig Ärger.“

„Hier Interesse am Straßenfeger?“ Philipp hatte meine Tür erreicht und wandte sich mir zu. „Sie vielleicht?“ Mit diesen Worten öffnete er den Vorhang für mich.

Ich stieß mich langsam von der Wand ab und warf die Haare zurück. Dabei merkte ich, dass jede Aufregung von mir abfiel. Es war fast ein wenig so, als würde ich neben mich treten und mir zusehen, wie ich in die mir zugedachte Rolle schlüpfte. „Ja, ich würde eins nehmen. Allerdings nur unter einer Bedingung“, sagte ich und ließ Philipp Zeit, fragend dreinzublicken. Dann schob ich mich anzüglich lächelnd näher. „Zuerst musst du mich küssen.“

Aus dem Augenwinkel beobachtete ich, wie einige Fahrgäste sich zu uns umdrehten. Da stieß Philipp mich auch schon zurück und überhäufte mich mit einem Schwall von Flüchen. Die Bahn hielt. Er warf mir die Straßenfeger-Hefte vor die Füße und stürmte auf die sich öffnenden Türen zu. Kaum war er draußen, da fuhr er noch einmal herum und brüllte mir seinen Abschlusssatz entgegen.

„Ich bin vielleicht ganz unten, aber das habe ich nicht nötig!“

Die Türen schlossen sich und mit ihnen der Vorhang. Ich sammelte die Straßenfeger-Hefte ein und stieg mit Leon bei der nächsten Station aus.

Als die Bahn hinter uns abfuhr, legte mir Leon den Arm um die Schultern. „Gut gemacht! Ich wette, das wird Philipps Lieblingsszene!“

Ich lachte ihn an und strahlte dabei wahrscheinlich übers ganze Gesicht. „Mensch, jetzt weiß ich, warum ihr so oft spielt! Dieser Nervenkitzel macht echt süchtig!“

Leon rieb sich über den Nasenrücken und meinte: „Wahrscheinlich wird es jetzt meine Aufgabe als Regisseur sein, euch beide zu bremsen. Ich sehe da einen fatalen Hang zum Übermut.“ Dann grinste er mich an. „Ihr spielt echt gut zusammen! Ich hatte mir so was schon gedacht, aber die Szene eben ist der Beweis! Nina, mit dir wird das S-Bahntheater ganz andere Dimensionen erreichen!"

Ein wenig verlegen machte mich sein Lob dann doch, aber ich brauchte nicht zu antworten, da in diesem Moment die S-Bahn einfuhr, in der wir wieder mit Philipp zusammentreffen wollten. Wir stiegen ein.

„Du hast da was verloren", meinte ich, als wir ihn gefunden hatten und legte ihm die Straßenfegerhefte auf den Schoß.

Er rollte den Stapel Hefte zusammen und steckte ihn in die Innentasche seiner Jacke. „Verloren habe ich gerade glaube ich eine ganze Menge mehr, Maid mit dem nussbraunen Haar", meinte er mit einem Lächeln. „Allem voran meinen Langmut: Wann probieren wir die nächste Szene aus? Ich kann's kaum abwarten!"

Leon setzte sich neben ihn. „Erstmal musst du dein Versprechen einlösen und Nina davon überzeugen, in Berlin zu bleiben. Ich würde sagen, sie hat sich bewährt."

Philipp fuhr sich mit der Hand übers Kinn. Dann grinste er. „Ich glaub, ich hab da schon eine Idee …" Mehr wollte er partout nicht preisgeben.

„Nimm dir die nächsten Nachmittage mal nichts vor, Novizin Nina", meinte er, bevor er an seiner Station die Bahn verließ.

Ich sah ihm kopfschüttelnd nach. „Da mags einer geheimnisvoll. Nur, was hat der immer mit seiner nussbraunen Maid?" Mehr als einmal hatte Philipp mich so schon genannt.

Leon sah mich von der Seite an und lächelte. „Wegen deiner Haarfarbe. Kennst du nicht Star of the County Down? Nein? Ist ein irisches Lied und absoluter Lagerfeuerklassiker." Er räusperte sich und begann dann zu meiner Überraschung zu singen. Leise, so dass ich ihn über das Fahrgeräusch kaum hören konnte.

"And I said, says I, to a passerby

`Who's the maid with the nut-brown hair?´

He smiled at me, and with pride says he,

`That's the gem of Ireland's crown.

She's young Rosie McCann from the banks of the Bann

She's the star of the County Down …´

„Ah. Ok … Ist das jetzt als Kompliment zu sehen? Ich meine ... Lagerfeuerklassiker?" Leon

lachte. „So ist Philipp halt. Wenn sich einmal ein Gedanke bei ihm festgesetzt hat, hast du deinen Spitznamen weg. Ist immerhin besser als Guru, oder?"

„Stimmt. Du singst gut. Ich wusste gar nicht, dass du musikalisch bist."

Leon wurde ein wenig verlegen. „Na ja, ich hatte Klavier- und Klarinettenunterricht. Außerdem war ich im Schulchor ..."

Ich stieß ihn in die Seite. „Das müssen wir in einer Szene einsetzen. Mit Musik lässt sich bestimmt was machen!"

Leon wirkte nicht überzeugt. „Ich bin ein schlechter Schauspieler ..."

„Egal! Mit `ner Klarinette im Mund kannst du nicht viel falsch machen. Lass uns mal drüber nachdenken!"

♦

Der September war nicht mehr ganz so warm wie der August, und es schlichen sich immer mal wieder regnerische Tage ein. Ich stand auf dem Balkon meiner Wohnung und hängte Wäsche auf den klapprigen Wäscheständer, der fast den gesamten Balkon einnahm. Am Himmel türmten sich einige Wolken, und es schien, als hätte der Tag sich noch nicht entschieden, ob er schön werden wollte. Eigentlich hatte ich geplant, in den Tiergarten zu fahren, aber vielleicht sollte ich lieber damit anfangen, mich durch die umfassende Literaturliste zu arbeiten, die ich schon im Vorfeld des Unibeginns zugeschickt bekommen hatte. Es war nun nicht mehr lang, bis die Vorlesungen anfangen würden. Literaturwissenschaft. Meine Eltern waren immer noch nicht darüber hinweggekommen, dass ich mein BWL-Studium ausgerechnet für Literaturwissenschaft aufgegeben hatte. Oder dass ich nach Berlin gezogen war. Die Trennung von Sönke konnte zumindest meine Mutter ebenfalls noch nicht nachvollziehen und sie schien zu hoffen, dass ich zur Vernunft kommen würde und diese Berlinepisode, wie sie es nannte, bald vorüber wäre. Lautes Hupen schreckte mich aus meinen Gedanken.

Fünf Stockwerke unter mir fuhr ein weißer Kleinbus auf den Parkplatz des Plattenbaus. Der Fahrer beendete sein Hupkonzert erst, als der Wagen stand und er selbst aus der Fahrertür sprang. Er winkte mir übermütig zu und ich erkannte Philipp. Leon und Katleen kletterten ebenfalls auf den Parkplatz.

„Packt Euer Handtäschchen und kommt herunter, Maid Nina“, rief Philipp jetzt in beeindruckender Lautstärke. „Das weiße Ross wartet!“

„Wo soll es denn hingehen?“, rief ich zurück.

„Überraschung!!“

Doch die beiden Kanus auf dem Dach des Kleinbusses verrieten zumindest schon einmal, was die drei geplant hatten. Schmunzelnd lief ich die Treppen zum Parkplatz hinunter. Philipp nahm seinen Vorsatz, mich von der Schönheit Berlins zu überzeugen, sehr ernst. Dies war nicht der erste überraschende Ausflug seit meiner Szene in der S-Bahn. Aber wahrscheinlich der aufwendigste.

„Wo habt ihr denn die Paddelboote herbekommen?“, fragte ich, als ich etwas außer Atem neben ihnen ankam. Philipp klopfte an die Seitentür des Kleinbusses, auf der ein Logo zu sehen war. Club Chill Out

„Das ist der Jugendtreff, wo ich ab und zu mal arbeite“, meinte er. „Solange ich sie bis Samstag unbeschädigt wieder zurückbringe, kann ich sie mir ausleihen.“ Er lächelte mir zu. „Nun, nussbraune Maid, ich hoffe, ihr seid nicht aus Zucker.“

Bevor ich darauf antworten konnte, schob Katleen mich zur Seitentür und zog sie auf. „Natürlich nicht. Welche Frau ist das schon?“, meinte sie dabei. „Aber jetzt lasst uns losfahren, sonst fängt es doch noch an zu regnen, ehe wir auf dem Wasser sind.“

Von mir bis zur Spree war es noch ein ganz schönes Stück zu fahren. Vielleicht war es auch gar nicht so weit, doch Philipp schien sich nicht wirklich sicher zu sein, wo er lang musste. Jemanden zu fragen war natürlich ausgeschlossen. Im Inneren des Wagens dröhnte es, als wir über unebene Straßen fuhren, mehr jedoch durch Bob Marley, der durch rauschende Lautsprecher von Redemption sang, als dem alten Motor.

„Leon, wechsel die CD! Ich meins ernst, wenn ich No woman no cry noch einmal hören muss, werfe ich die CD aus dem Fenster!“, schimpfte Philipp, schaltete den Blinker ein und wendete erneut.

„Er kann es nicht ausstehen, wenn er sich verfährt. Waschechter Berliner, der er ist“, wisperte Katleen mir zu.

Sie lächelte, und ich vermutete, dass was auch immer zwischen ihr und Philipp beim Szenen-schreib-Abend vorgegangen war, geklärt war. Leon saß ungerührt auf dem Beifahrersitz, summte die Lieder mit und machte nicht die geringsten Anstalten, die CD zu wechseln.

„Ich bring ihn um, bei meiner Seele, ich bring ihn um!“, meinte Philipp ohne den Blick von der Straße zu nehmen.

„Bob Marley ist schon tot“, rief ich über den Lärm hinweg nach vorne.

„Wer redet denn von Marley??“

Als wir schließlich auf den Schotterparkplatz eines kleinen Ruderclubs fuhren, atmete Philipp sichtlich auf. Er stieg aus dem Wagen und wechselte ein paar Worte mit einem alten Mann im Trainingsanzug, der auf einer Bank vor dem niedrigen Gebäude saß. Wir anderen luden schon mal die Kanus ab. Auf einen Wink von Philipp hin, trugen wir sie auf die Wiese direkt am Spreeufer. Außer uns und dem alten Mann schien niemand da zu sein.

Als sie nun so vor mir im Gras lagen, betrachtete ich die niedrigen Boote doch etwas skeptisch. Die Spree wirkte hier sehr breit und hatte auch eine ziemlich starke Strömung. Wasser machte mich immer etwas nervös, und in den Booten war man nicht wirklich weit von der Wasseroberfläche entfernt.

„Bist du schon mal gepaddelt?“, hörte ich jetzt Philipp hinter mir.

Ich nickte. „In der vierten Klasse in so einem 10 Mann Boot.“

Er nahm eines der Doppelpaddel aus dem Kanu. „Das heißt, du wärst mir für eine kurze Einführung dankbar?“

„Wenn ich dabei nicht kielgeholt werde, gerne."

„Aber Nina, was denkst du von mir? Hier, nimm es mal in beide Hände." Damit drückte er mir das Paddel in die Hand und trat hinter mich. „Im Grunde ist es eine ganz einfache Bewegung. Nach ein paar Paddelschlägen geht's ganz automatisch." Er griff um mich herum, legte die Hände um den Schaft des Paddels und begann es in einer fließenden Bewegung von links nach rechts zu bewegen.

Es war wirklich gar nicht so schwer. Ich war erleichtert, wie schnell ich es lernte.

„In Filmen ist das jetzt der Moment, in dem alles in Zeitlupe gezeigt wird und die Musik sinnlich wird", meinte Philipp hinter mir, und obwohl ich ihn nicht sah, konnte ich mir sein Grinsen förmlich vorstellen. Gleichzeitig wurde mir bewusst, wie nah wir gerade zusammenstanden.

„Ja, und im wirklichen Leben ist das der Moment, in dem mir die Arme lahm werden", gab ich zurück, ließ das Paddel sinken und trat einen Schritt vor.

Neben uns hörte ich Katleen lachen. „War wohl nichts, Casanova."

Philipp hob unbekümmert die Schultern. „Wie stehts mit dir Katleen?"

„Untersteh dich!" Sie schnappte sich ein Paddel und hielt ihn damit auf Abstand. „Ich weiß sehr wohl, wie das geht. Außerdem möchte ich nicht in den Genuss deines Holzfällerparfums kommen. Von hier aus ist es noch erträglich."

„Was redest du denn da? Ich benutze kein Parfum!"

Katleen stützte sich auf ihr Paddel und zwinkerte mir zu. „Klar, dieser männlich-herbe Duft entströmt von ganz allein deinen Poren. Die arme Nina kann ja kaum noch atmen."

Philipp drehte sich auf dem Absatz um und rief nach Leon. „Guru! Wir nehmen ein Boot zusammen! Die Weiber haben sich gegen mich verschworen!“

Auch Leon konnte bereits paddeln. Katleen erzählte mir, dass sie einige Paddelausflüge zu dritt unternommen hatten. Meistens auf der Mecklenburger Seenplatte. „Eine herrliche Landschaft, Nina. So ruhig!“

Doch auch die Spree konnte mich verzaubern. Wir paddelten an erstaunlich grünen Ufern entlang, bis wir schließlich in die dichter besiedelten Gebiete Berlins kamen. Es hatte seinen ganz eigenen Charme, an den hohen Gebäuden vorbeizuziehen. Noch hatten die Wolken die Sonne nicht gänzlich verdrängt und ihr Licht fing sich im glitzernden Wasser vor mir und in den vielen Fensterscheiben am Ufer. Ruhig glitten wir voran. Katleen als erfahrene Paddlerin saß hinten und steuerte. Manchmal machte sie mich auf besondere Gebäude aufmerksam und erzählte kleine Anekdoten zu ihnen. Meistens jedoch schwiegen wir, und ich genoss die friedliche Stimmung. Leon und Philipp waren vor uns. Schon nach wenigen Minuten hatte sich unser Abstand zu ihnen vergrößert, da ihre Paddelschläge erheblich kräftiger schienen als unsere.

„Schau, da ist die Oberbaumbrücke. Sie verbindet Friedrichshain und Kreuzberg miteinander“, meinte Katleen und zeigte auf die mir wohlbekannte Brücke.

Ich lächelte, als wir auf sie zu paddelten. Hier irgendwo lag meine SIM-Karte, wenn sich nicht schon ein Fisch damit davongemacht hatte. Vor uns drehten Philipp und Leon um und kamen wieder auf uns zu.

„Da vorne darf man nicht weiter paddeln, aber ich schätze, Philipp wollte dir eine der schönsten Brücken Berlins zeigen“, erklärte Katleen, als sie auch uns wenden ließ.

„Auf der habe ich tatsächlich schon gestanden ...“ Einen Moment zögerte ich, doch dann erzählte ich Katleen von Netties und meinem Tag auf eben dieser Brücke. Was ich eigentlich als leichtherzige Anekdote erzählt hatte, ließ Katleen eine ganze Weile nachdenklich schweigen.

„Der hat dir ziemlich weh getan, dieser Sönke, mit seiner Affäre, nicht wahr?“, meinte sie schließlich. Als ich daraufhin nur die Schultern hob, fuhr sie fort: „Na, es ist schon ziemlich krass, was du da gemacht hast. Man bricht doch nicht alle Brücken hinter sich ab, wenn es einem im Grunde wurscht ist, ob der Kerl mit `ner anderen ins Bett gehüpft ist.“

Ich schwieg und stach das Paddel ins Wasser. Einige wenige Tropfen fielen mir auf die Beine. Das Ufer zog langsam an uns vorbei. „Es war nicht nur, dass er eine andere hatte“, sagte ich schließlich. Zu meiner eigenen Überraschung begann ich Katleen zu erzählen, was ich außer Nettie noch niemanden anvertraut hatte. Vielleicht war es diese seltsam unwirkliche Situation, in der wir über die Spree glitten und ich Katleen nur hören konnte, ihr aber nicht ins Gesicht sehen musste. Vielleicht war es aber einfach auch an der Zeit, mir diesen Stein von der Seele zu reden.

„Wir waren schon immer ziemlich unterschiedlich, und gerade letztes Jahr gab es immer wieder Reibereien zwischen uns. Ich hatte ein paar Mal darüber nachgedacht, Schluss zu machen. Sönke sicher auch. Doch dann bin ich schwanger geworden.“ Ich schwieg kurz, als die Erinnerungen zurückkamen. So intensiv, als wäre es nicht schon Monate her, dass ich auf die zwei blauen Striche auf dem Teststick gestarrt hatte.

„Erst war ich geschockt und natürlich kamen die üblichen Gedanken. Wie kann das sein? Wir waren doch vorsichtig ... wie soll das gehen ... wir studieren beide noch ... ich werde mein Studium unterbrechen müssen ...“

Sönkes Reaktion auf meine Eröffnung spiegelten genau meine ersten Gedanken wieder.

„Doch dann habe ich angefangen, mich trotz allem über das Kind zu freuen. Natürlich, es war nicht der perfekte Zeitpunkt und es würde schwierig werden, aber ich glaubte, dass wir das schon irgendwie schaffen würden. Ja, und vielleicht hatte ich auch die Hoffnung, es würde alles zwischen uns wieder ins Reine bringen. Ziemlich naiv ...“ Ich brach ab. Zum einen, da gerade ein Touristenboot an uns vorbeizog und wir schneller gegen die aufkommenden Wellen anpaddeln mussten, zum anderen, da Katleen sicherlich verstand, was ich sagen wollte.

„Ich nehme an, Sönke sah das nicht so?“, meinte sie schließlich in mein Schweigen hinein.

„Nein. Für ihn war klar, dass ich abtreiben musste. Ein Kind würde alles durcheinanderbringen. Und wenn er mit etwas nicht umgehen kann, dann, wenn seine gut ausgefeilten Pläne durchkreuzt werden.“ Selbst jetzt noch spürte ich, wie sich in mir alles zusammenzog, als ich an die Diskussionen dachte, die wir deswegen hatten. Ich war so enttäuscht von ihm gewesen. Hatte nicht verstehen können und wollen, was ihn bewegte. Am schwierigsten war es für mich gewesen, auszuhalten, dass er einem gemeinsamen Kind von Anfang an noch nicht einmal einen Gedanken schenkte. Geschweige denn meinen Sorgen, was eine Abtreibung mit mir machen würde.

„Und? Hast du?“, fragte Katleen behutsam. Ich schüttelte den Kopf.

„Nein, einen Monat nach dem Schwangerschaftstest habe ich meine Tage bekommen. Es war noch sehr früh, da kommt es oft vor, dass es gar nicht wirklich zur Schwangerschaft kommt."

„Nur Schleim und Blut", hatte Sönke gesagt, doch für mich hatte es sich trotzdem angefühlt, als hätte ich mein Kind verloren. Ein dumpfer Nachhall jener Traurigkeit, die mich in den Wochen umfangen hatte, stieg wieder in mir auf. Wie konnte es selbst jetzt noch so weh tun? Unwillkürlich wollte ich meine Hand auf den Unterleib legen, sowie immer, wenn ich an jene Tage dachte. Ich räusperte mich, konnte jedoch nicht verhindern, dass etwas von dieser Traurigkeit in meiner Stimme mitschwang.

„Danach war ich nicht wirklich die beste Freundin. Ich habe mich ziemlich eingeigelt und hab es kaum noch ertragen, wenn Sönke mich anfassen wollte. Das hat ihn dann wohl in die Arme der Anderen getrieben."

„Arschloch!", sagte Katleen mit Gefühl, und ich musste lachen, obwohl mir die Tränen hinter den Augen brannten. Ich war froh, dass Katleen mein Gesicht nicht sehen konnte.

„Wenn du mich fragst, war es genau die richtige Entscheidung, noch mal von vorne anzufangen", meinte diese nun und steuerte mit einigen kräftigen Schlägen ans Ufer, wo Philipp und Leon etwas weiter vorne bereits angelegt hatten.

Ich kletterte aus dem wackligen Boot und schaffte es tatsächlich fast trockenen Fußes an Land. Gemeinsam mit Katleen trug ich das Boot dann die Böschung hinauf. Wir schienen in einem kleinen Park zu sein. Eine Wiese zog sich in einem sanften Hügel bis zu einer dichten Hecke. Vereinzelt entdeckte ich , und etwas weiter hinten konnte ich ein Klettergerüst ausmachen. Philipp hatte bereits einen Platz gefunden, an dem er anscheinend ein Picknick veranstalten wollte. Er breitete ein Stück von uns entfernt eine Decke zwischen niedrig gewachsenen Bäumen aus.

Ich fuhr mir mit beiden Händen durchs Gesicht und wandte mich an Katleen. „Sehe ich jetzt total verheult aus?"

„Ach was", meinte die und zog mich in eine feste Umarmung. Dann hielt sie mich auf Armlänge entfernt und musterte mich. „Nee, alles unauffällig. Vor Leon musst du dich allerdings in Acht nehmen. Der hat `nen siebten Sinn für bedrückte Gemüter. Philipp ist da eher ein Betonpfeiler." Sie beugte sich leicht vor. „Hast du etwa grüne Augen?"

„Ähm ja. Graugrün."

„Also jetzt sind die gerade mal so richtig grün. Krass! Wie Moos! Also nicht dieses dunkle, sondern das hellgrüne, das aussieht wie ganz viele kleine Sterne."

Ich lachte und trat einen Schritt zurück. „Du bist ja richtig poetisch. Moosaugen, das könnte von Eichendorff sein."

„Ja, an mir ist eine Dichterin verloren gegangen." Katleen beugte sich zum Boot hinunter und nahm ihre Tasche auf. „Na komm, leisten wir den Herren mal Gesellschaft. Die warten bestimmt auf den Kaffee, den ich hier in meiner Thermoskanne habe."

Wir gingen auf Leon und Philipp zu, die es sich auf der Decke bereits gemütlich gemacht hatten.

„Ich glaube, ich habe Philipp gerade Unrecht getan", murmelte Katleen leise, kurz bevor wir die zwei erreicht hatten. „Er mimt nur immer den Betonpfeiler. Ich bin mir ziemlich sicher, dass er einiges mitbekommt, doch statt darauf einzugehen, drückt er dir lieber `nen dummen Spruch oder lenkt dich mit sonst irgendeinem Blödsinn ab."

„Na, mir ist ein Betonpfeiler eh gerade lieber“, wisperte ich zurück. Für heute hatte ich erst einmal genug von Gefühlsbädern. Der weitere Nachmittag verlief dann auch in ruhigeren Bahnen. Als ich abends nach Hause kam, fühlte ich die angenehme Müdigkeit, die körperliche Anstrengung hinterlässt. Vor meinem inneren Auge tauchten immer wieder Eindrücke der Spreefahrt auf, und ich musste zugeben, heute wirklich eine der schönen Seiten Berlins kennengelernt zu haben.

♦

♦

Das Bad in meiner Wohnung besaß kein Fenster. Dafür einen enorm großen Spiegel. Die ganze Wand über dem Waschbecken nahm er ein. Ich mochte ihn nicht sonderlich, da es vor ihm kein Entkommen gab. Wer möchte sich schon die ganze Zeit selbst ansehen?

Zunächst versuchte ich ihn abzuhängen, doch er schien für die Ewigkeit angebracht zu sein. Statt ihn also abzunehmen, begann ich ihn zu verdecken. Den Anfang machte ein Teil des S-Bahnplans, den ich über die linke obere Ecke klebte. Es folgten Eintrittskarten, Kassenbons, Tickets, Postkarten ... nach und nach entstand ein Mosaik, das mein Leben und meine Eindrücke hier in Berlin widerspiegelte. Mittlerweile war ich froh, dass der Spiegel so groß war.

Der neuste Zugang fürs Mosaik war eine Seite, die ich aus dem Vorlesungsverzeichnis herausgerissen hatte. Die Erstsemesterveranstaltungen hatten begonnen, und ich versuchte mich an der TU zurecht zu finden. Eigentlich ist das Wort Erstsemesterveranstaltungen irreführend, denn viel wurde nicht angeboten, um den Neulingen den Weg zum Unialltag zu ebnen. Nachdem ich einem Herrn mit schütterem Haar, dessen Namen ich zu Beginn nicht verstanden hatte, gut zwei Stunden palavern hören hatte, wusste ich noch immer nicht, welche Veranstaltungen ich unbedingt im ersten Semester besuchen musste. Ich verbrachte also viel Zeit über dem Vorlesungsverzeichnis brütend und entschloss mich schließlich zur Studienberatung zu gehen.

Als weitere Lernaufgabe stellte sich das Auffinden der richtigen Räume in den Gebäuden der Technischen Uni heraus. Mehr als einmal lief ich wie ein verirrtes Schaf durch die Korridore, nur um später herauszufinden, dass der Raum in einem ganz anderen Gebäude in der Nebenstraße war. Doch ich hasste nichts mehr, als ständig nach dem Weg zu fragen. Nachdem die Vorlesungszeit Anfang Oktober auch für die höheren Semester angefangen hatte, wurden viele meiner Fragen mit einem leicht genervten Gesichtsausdruck, der so viel wie: „Nicht schon wieder ein Ersti!“ heißen mochte, beantwortet. Da verirrte ich mich doch lieber stur weiter! Vor allen Dingen, da ich nun schon zum zweiten Mal Ersti war und an mich selbst den Anspruch stellte, schneller zurecht zu kommen als ein wirklicher Uni-Neuling.

Einmal geriet ich deswegen in den Forschungstrakt am Franklingebäude. Statt wieder zurück zu gehen - was klug gewesen wäre -, nahm ich die nächste Tür zum Treppenhaus. Ich schloss sie, dem großen Hinweisschild Folge leistend, hinter mir. Doch erst als ich die Tür hinter mir ins Schloss gezogen hatte, fiel mir der Knauf auf, den sie auf dieser Seite anstelle einer Klinke hatte. Ich stieg die Treppen hinauf und musste feststellen, dass jede Tür, die aus dem Treppenhaus wieder hinausführte, einen Knauf hatte und von meiner Seite nicht geöffnet werden konnte. Damit hatte ich mich also gekonnt aus der Uni ausgesperrt. Oder im Treppenhaus eingesperrt - je nachdem von welcher Seite man es betrachtete.

Ich setzte mich auf die Treppenstufen und überlegte, wie ich nun weiter vorgehen sollte. Zwar musste ich über mein Missgeschick schmunzeln, doch ich verfluchte mich auch innerlich für die Entscheidung, ausgerechnet an der Technischen Universität Literaturwissenschaft zu studieren. An der Humboldt Uni hatten sie bestimmt keine abgeriegelten Forschungstrakte!

Nun, es half alles nichts. Seufzend stand ich auf, um gegen eine der Türen zu trommeln und darauf zu hoffen, von einem weißbekittelten Forscher aus meiner Bredouille befreit zu werden, als die Tür vor mir aufging. Hindurch trat kein Forscher, sondern Philipp.

„Natürlich. Wer auch sonst?“, dachte ich, als ich rasch die Tür am Zufallen hinderte. „Filmreif.“ Eigentlich hätte es mich nicht überraschen dürfen, ihn hier zu treffen. Sowohl er als auch Leon studierten an der TU Politikwissenschaft. Philipp trug keinen weißen Kittel, dafür die Jacke über der Schulter und eine Sonnenbrille, über deren Rand er mich nun erstaunt ansah.

„Sieh an! Welch schöne Abwechslung im drögen Unialltag. Wohin des Weges, S-Bahnspieler-Novizin?“

„Ähm, also eigentlich wollte ich zur Vorlesung von Dr. Brunner.“ Einige Studenten auf der anderen Seite warfen mir prüfende Blicke zu, als sie an der offenen Tür vorbeiliefen.

Philipp schüttelte den Kopf und löste meine Hand von der Tür. „Zeitverschwendung“, meinte er und gab der Tür mit dem Absatz einen Stoß, so dass sie wieder ins Schloss fiel. „Du bist ein Ersti, da scheint noch alles wichtig zu sein, aber glaub mir: die Vorlesung ist wirklich Zeitverschwendung.“

Seine Stimme klang dunkel, wie immer, wenn er über etwas abwertend redete. Meistens strafte er die armen topgestylten Studentinnen, die auf hochhackigen Schuhen an unserem Tisch in der Mensa vorbei klapperten, mit Verachtung. Wir trafen uns oft zwischen den Vorlesungen dort, sodass ich mittlerweile sowohl Philipps als auch Leons Getränkevorlieben kannte. Grünen oder schwarzen Tee für Leon und Kaffee in allen Varianten für Philipp.

Jetzt grinste Philipp mich an, nahm meinen Arm und meinte: „Wesentlich lehrreicher als Brunners Schlafveranstaltung wäre ein informativer Trip durch deine neue Heimat. Ja, und wenn wir schon mal dabei sind, können wir auch gleich ein wenig Theater spielen."

Wahrscheinlich hätte ich mich weigern sollen. Doch die Vorlesungen bei Dr. Brunner waren tatsächlich öde. Philipp führte mich die Stufen hinunter, an weiteren Türen mit Knauf vorbei, bis zum Kellergeschoss, in dem sich eine Tür zum Parkplatz befand. „Na, auf die Möglichkeit hättest du auch wirklich selbst kommen können", dachte ich, während ich Philipp zum Zoologischen Garten folgte.

„Was genau hast du vor?"

Er rückte seine Sonnenbrille zurecht und wich einem jungen Mann aus, der auf seinem Fahrrad einen Wäscheständer transportierte, bevor er antwortete. „Als Hauptstadt hat Berlin den Vorteil, viele Touristen mit Informationsbedarf zu haben. Also gibt es hier `ne Menge Stadtrundfahrten." Er wartete, bis wir die große Kreuzung am Zoo hinter uns gelassen hatten, und bog Richtung Tauentzienstraße ab, bevor er mit seinem eigentlichen Plan herausrückte.

„Ich wollte schon immer mal den nervigen Touri spielen. Einen Japaner wird man mir auf Grund meines hellen Haupthaares nicht abnehmen, aber irgend `nen Europäer ... also stark akzentuiertes Englisch krieg ich hin - wie sieht's mit dir aus? Kannst du vielleicht irgend `ne Sprache außer Englisch und Französisch, in der du mich zurechtweisen könntest?“

Ich blieb stehen und zwang ihn, ebenfalls innezuhalten und sich zu mir umzudrehen. „Was genau hast du vor?“, fragte ich diesmal eindringlicher und sah zu ihm auf. Er war gut einen Kopf größer als ich. Seit ich das Gespräch zwischen Katleen und Leon unfreiwillig mitbekommen hatte, war ich Philipps unabgesprochenen spontanen Aktionen gegenüber vorsichtiger geworden.

Menschen mit Einkaufstüten drängten sich auf dem breiten Bürgersteig an uns vorbei. Ein Mann im türkisenen Jackett mit Douglasemblem hielt mir eine Duftprobe unter die Nase und wedelte mit einem ebenso türkisenen Gutschein. Ich wehrte ihn ab, ohne den Blick von Philipp zu nehmen.

Der zwinkerte mir unbeschwert über den Rand seiner Sonnenbrille zu. „Kein Grund zur Sorge, Nina, ich werde nur ein wenig den äußerst gebildeten und unausstehlichen Touristen spielen, der dem Guide auf den Zahn fühlen wird. Wenn’s dir zu viel wird, können wir jeder Zeit am nächsten Stopp aussteigen.“

„Nun ...“, meinte ich zögerlich. „Ich hab im Frühjahr einen VHS-Kurs in Norwegisch belegt.“

Bevor ich sie zurückdrängen konnte, kamen Bilder vor meinem inneren Auge hoch. Sönke und ich an seinem Schreibtisch, während wir gemeinsam die Aufgaben für die nächste Norwegisch Lektion lösten. „Jeg elsker deg!“, hatte er gesagt, stolz auf die drei Wörter, die er sich zusammengereimt hatte. „Das ist sicherlich nicht die Antwort auf Frage 2 hier im Text.“ „Egal! Jeg elsker deg!“ Das Bild wurde abgelöst von dem Bild des Internetcafés im Ostbahnhof, wo ich an einem der Bildschirme saß und mir auf meinem radebrechten Norwegisch per E-Mail eine Erklärung abbrach, warum Sönke und ich nicht wie angekündigt in der Ferienpension erscheinen würden. „Jeg er veldig trist, men ...“ Mein VHS-Norwegisch hatte nicht wirklich ausgereicht, um die Situation zu erklären.

Philipp riss mich aus meinen Erinnerungen, in dem er mich am Oberarm berührte. „Hey, wenn du dir so unsicher mit deinem Norwegisch bist, versuchen wir doch als adoptierte Japaner durchzugehen.“

Ich lachte und wischte die unangenehmen Erinnerungen mit einer Handbewegung fort. „Ach was, das werde ich schon hinkriegen. Alles, was ich sagen muss, ist doch wahrscheinlich: Lass uns jetzt gehen! Das dürfte nicht allzu schwer sein. Warte mal ...“ Ich kramte ein wenig in meinem Wortschatz. „Vi skulle gå nå! Das ist es!”

Philipp lächelte mir kurz zu, doch da fuhr auch schon einer der Doppeldeckerbusse an der Haltestelle ein. Er zog mich zur Tür und kaufte dem Fahrer zwei Tickets ab. „This is the tour around this big city, isn`t it?“

Wir ergatterten tatsächlich zwei Plätze direkt vor dem Tourguide. Er begrüßte die Fahrgäste mit fröhlich gewitzten Worten auf Deutsch und Englisch, die nur ein klein wenig auswendig gelernt klangen. Philipp lehnte sich zurück und beobachtete den Guide während der ersten Halte nur. Der Bus fuhr am Wittenbergplatz mit der Ruine der Gedenkkirche und dem riesigen Kaufhaus KaDeWe vorbei. Am Checkpoint Charlie fuhr sich Philipp schließlich übers Kinn, grinste kaum merklich und beugte sich dann vor, um den Tourguide am Ärmel zu zupfen.

„Excuse me, dear sir, but is it true that all German women had to marry Russians in the times of the former GDR?”

Der Mann runzelte kurz die Stirn, bevor er mit einem verbindlichen Lächeln antwortete: „Oh no! There were a lot of other restrictions, but the women could marry whom they wanted to marry. Meine Damen und Herren, hier scheint es eine Verwirrung über die Heiratsgesetze der DDR gegeben zu haben: Doch ich kann Ihnen versichern, dass nicht alle Frauen Russen heiraten mussten.“

Er wollte zu seinem Text übergehen, als der Bus weiterfuhr, doch Philipp zupfte ihn wieder am Ärmel. „But that’s what I learned in my history lessons! I remember it black on white in my history books! Are you saying Norwegian history teachers are lying??”

Das Lächeln des Tourguides geriet diesmal ein wenig gezwungener. „Certainly not, but maybe there were some differences in the perception of the truth just like translation difficulties can occur so easily. What is certain is, that most pupils had to learn Russian. Aber um auf Checkpoint Charlie zurückzukommen …” Doch er kam nicht sehr weit in seinem Versuch, die Tour weiterzuführen. Philipp stand auf und adressierte nun die anderen Touristen im Bus.

„Look at him! He is trying to cover up the truth! He is trying to hide behind his convenient historical facts but the truth has leaked out! Don’t be fooled by his smiling face – this man is trying to sell a past that did not happen as he is stating it! He is just …” Weiter kam er nicht, denn der Tourguide fasste ihn am Arm und zwang ihn, sich wieder neben mich zu setzen.

„Stop interrupting me now. You are disturbing the other passengers, who paid for a ride through Berlin with factual informations”, sagte er leise. Sein deutscher Akzent wurde mit jedem Wort deutlicher. Es war klar, beim nächsten Vorfall würde er uns rausschmeißen.

„Oppression!“, rief Philipp. „Just like you always did! Oppression!”

Bevor der Tourguide reagieren konnte, legte ich eine Hand auf Philipps Arm und meinte leise aber deutlich: „Vi skulle gå nå!”

Philipp verstummte und machte sich bereit mit mir am Gendarmenmarkt den Doppeldecker zu verlassen. Wir ließen einen sichtlich erleichterten Tourguide zurück. Ich fühlte die teils neugierigen, teils missbilligenden Blicke der anderen Tourteilnehmer auf mir, als wir uns durch den dichtbesetzten Bus zum Ausgang vorarbeiteten.

Sobald wir auf dem Gendarmenmarkt vor dem Französischen Dom standen, atmete ich erleichtert auf. „Meine Herren, Philipp! Du legst es aber auf Provokation an!“

Philipp fischte seine Sonnenbrille aus der Hemdtasche und setze sie wieder auf, bevor er mir nonchalant zulächelte. „Tu ich das?“

Hinter ihm konnte ich das Säulenportal des französischen Doms sehen. Ich trat einen Schritt zurück und betrachtete das helle Gebäude, das mit seiner dunklen Kuppel wie eine Mischung aus griechischem Tempel und Moschee wirkte. Für Philipp schien der Anblick nichts Neues zu sein. Ohne dem Dom seine Aufmerksamkeit zu schenken, legte er mir den Arm um die Schultern und führte mich zielstrebig auf ein Café in der Französischen Straße zu. Er erkundigte sich vorher natürlich nicht, ob ich überhaupt einen Kaffee trinken wollte.

„Ah, du trägst wieder das Holzfällerparfum“, meinte ich und schnupperte übertrieben. Ich hatte mir gemerkt, wie Katleen ihn damit aufgezogen hatte.

Er sprang auch sofort darauf an. „Das ist kein Parfum, sondern Aftershave und hat ganz und gar nichts mit Holzfällern zu tun!“ Er zog seinen Arm zurück und rückte pikiert die Sonnenbrille zurecht. „Ich versteh gar nicht, wie ihr darauf kommt. Es ist der Duft des modernen Mannes von Welt - oder renne ich etwa in gefütterten Hemden mit Karomuster rum?“

„Naja, es hat schon was herb-harziges, findest du nicht?“

Philipp brummte dazu nur etwas, setzte sich an einen der kleinen Tische vorm Café und verschwand hinter der Karte. Schmunzelnd setzte ich mich zu ihm. Zedernholz, das war es, woran es mich erinnerte. Ein Geruch, den ich mit dem Schuppen hinter unserem Haus verband, wo mein Vater vor einigen Jahren angefangen hatte, Skulpturen aus Holz zu fertigen. Meine Mutter hatte nur kopfschüttelnd etwas von Männern und Maschinen gemurmelt, doch ich mochte die mit groben Schnitten gefertigten Holzpilze und Eulen, die von da an unsere Terrasse bevölkerten. Und ich mochte auch den Geruch. Doch das sagte ich Philipp nicht. Es machte viel zu viel Spaß, ihn aufzuziehen.

Ich verstaute das Ticket für den Stadtrundfahrtbus sorgfältig in meiner Handtasche. Ihm war ein Platz in meinem Spiegelmosaik sicher.

Nach einer Weile tauchte Philipp hinter der Karte wieder auf. „Das habe ich mir alles nicht ausgedacht. Also, ich meine, diese ganze Geschichte mit den Ostdeutschen, die Russen heiraten mussten.“

„So?“

Er bestellte mit einem charmanten Lächeln einen Milchkaffee bei der noch sehr jungen Bedienung und brachte sie doch tatsächlich in Verlegenheit mit einem Kompliment über ihre Haarfarbe, die ausgezeichnet zu der blauen Uniform passen würde.

„Schwerenöter“, dachte ich kopfschüttelnd.

„Das war eine Diskussion, die ich mit einem Austauschstudenten aus Los Angeles geführt habe“, knüpfte Philipp nahtlos an unsere Unterhaltung an. „Er meinte, in ihren Geschichtsbüchern hätte tatsächlich gestanden, jede Frau aus der DDR hätte einen Russen heiraten müssen, und dass sie nur noch russisch sprechen durften.“

Er nahm den Milchkaffee dankend entgegen und verbrachte einige Zeit damit, genau portioniert den Zucker hinzuzufügen. Er rührte gemächlich um und meinte währenddessen: „Alec war sehr schockiert zu hören, die Zustände in der DDR wären andere gewesen als er gelernt hatte.“

Ich nahm ihm den Zuckerstreuer ab, den er noch immer in der Hand hielt. „Und du glaubst, was die Amis in ihre Geschichtsbücher schreiben, ist näher an der Realität als unsere?“, fragte ich, während ich großzügig Zucker in meinen Cappuccino schüttete.

„Um Himmels willen, nein!“ Philipp nahm einen Schluck von seinem Milchkaffee und lehnte sich in seinem Korbsessel zurück. „Was glaubst du, haben wir heute in dem Stadtrundfahrtbus erreicht?“

Ich zuckte mit den Schultern. „Eine Menge Leute verärgert, weil sie nicht das Programm bekommen haben, das sie haben wollten?“

Philipp stellte den Kaffee ab und beugte sich zu mir vor. „Wir haben zwei Weltanschauungen aufeinanderprallen lassen. In dem Bus saßen bestimmt 5 oder 6 unterschiedliche Nationalitäten - alle mit einer anderen Geschichtsschreibung.“ Er hielt inne und nahm die Sonnenbrille ab, da die Sonne sich schon lange hinter die tiefhängenden Wolken verzogen hatte. „Was ich gemacht habe, ist in die offene Konfrontation zu gehen, was die Geschichtsschreibung angeht - es geht mir dabei gar nicht darum, wer hier recht hat. Wichtig ist nur, in den Köpfen der Leute ein Fragezeichen auftauchen zu lassen. Kann es sein, dass das, was ich gelernt habe, was die Medien mir zu Hause berichten, falsch ist? Kann es sein, dass sogar das, was mir hier erzählt wird, nur eine Variante der Wahrheit ist? Alles was ich will, ist ein Fragezeichen anstatt eines Ausrufezeichens.“

Ich lehnte mich zurück und betrachtete ihn über den Rand meiner Tasse hinweg. „Jetzt hast du dich gerade ziemlich wie Leon angehört“, meinte ich.

Philipp prostete mir scherzhaft mit seinem Milchkaffee zu. „Erwischt! Ab und an färbt der Weltverbesserer auf mich ab.“

Ich legte den Kopf schief und betrachtete ihn skeptisch.

Philipp räusperte sich. „Ich weiß, viele der Aktionen, die du bis jetzt von mir mitbekommen hast, waren eher Spaßaktionen, aber glaub mir, das S-Bahntheater ist nicht nur eine Riesenshow für mich.“ Er wandte den Blick ab und rührte in seinem Kaffee. „Ich hab eine … hm … nennen wir es mal klippenreiche Vergangenheit, und mit den Szenen, in denen es um Ungerechtigkeiten zwischen Arm und Reich zum Beispiel geht, ist es mir ziemlich ernst.“

Ja, sein Ton zeigte, dass er meinte, was er sagte und ich nickte verstehend. „Und deine Vergangenheit … Moment!“ Ich stellte die Tasse ab und sah ihn anklagend an. „Die Szene vorhin hatte nix mit Ungerechtigkeiten zwischen Arm und Reich zu tun! War an deinem Monolog gerade also irgendwas echt?“

Ein feines Lächeln glitt über Philipps Gesicht, als er trotz wolkenverhangenem Himmel die Sonnenbrille wieder aufsetzte. „Was ist schon echt?“, meinte er dabei.

Ich verdrehte die Augen, tat ihm aber nicht den Gefallen zu fluchen. Irgendwann würde ich es schon noch lernen, sagen zu können, wann mir Philipp gegenübersaß und wann der S-Bahnspieler.

♦

Einige Tage später stand ich auf der Warschauer Brücke, lauschte dem vertrauten Summen der S-Bahnen unter mir und wartete auf die S-Bahnspieler. Wir hatten uns zum Szenenschreiben verabredet.

Dunkel hoben sich die Schienen von dem grauen Schotter ab. Wenn Berlin eine Frau war, wie manche Poeten behaupten, würden die Schienen sich wie schimmernde Adern über ihre Haut ziehen. Oder wie dunkle Spinnenweben auf dem schlafenden Körper von Dornröschen. Wobei ... Berlin machte alles andere als einen verschlafenen Eindruck.

Am Geländer neben mir war ein Fahrrad angeschlossen, oder das, was von ihm noch übrig war. Bis auf den Rahmen, den das rostige Schloss mit dem Metall des Geländers verband, war alles abmontiert worden. Einige Meter weiter hing ein weiteres Fahrradwrack. Es schien nicht der sicherste Ort zu sein, um seinen Drahtesel anzuschließen.

Wie jedes Mal, wenn ich hier wartete, hing mein Blick am Fernsehturm, der diesmal die letzten Strahlen der Sonne einfing. Meine Gedanken flogen von einem Thema zum anderen, doch sie kamen immer wieder zu dem Telefonat mit Nettie am Vorabend zurück. Sie hatte mir erzählt, dass Sönke in Greifswald war, um da ein Praktikum bei einem Juristen zu machen. Es war natürlich Unsinn, aber mein erster Gedanke war: Das macht der nur, um Nettie auszuhorchen!

Doch dann war mir eingefallen, dass er dort einen Onkel hatte, der Anwalt war. Die Verbindung zu nutzen, lag eigentlich nahe. Auch wenn ich ihn nicht in derselben Stadt wie meine beste Freundin wissen wollte, hatte ich mittlerweile akzeptiert, dass er nicht einfach von der Erdoberfläche verschwinden würde. Was nicht hieß, ich sei bereit, mich mit ihm auseinanderzusetzen. Wenn es nach mir ging, konnte er in dem Winkel meines Herzens bleiben, in den ich ihn zurückgedrängt hatte, bis er schließlich ganz bedeutungslos für mich wäre - wann auch immer das sein würde.

Aber die Zeit der Isolation war für mich vorüber. Ich war in Berlin angekommen. Zwar nicht mit heimatlichen Gefühlen und auch die Wette mit Nettie hatte ich noch nicht als verloren abgestempelt, doch seitdem ich die S-Bahnspieler kannte, gab es definitiv etwas, was mich an Berlin faszinierte. Genug, um neugierig zu bleiben und zu schauen, was noch auf mich zukommen würde. Jedenfalls beschloss ich, endlich meinen alten Freunden und Bekannten meine neue Adresse und Handynummer mitzuteilen.

Etwas, zu dem mich Nettie schon seit Wochen anhielt. „Komm aus deiner Versenkung, Nina! Damit schadest du nur dir selbst!“

Ich beugte mich über das Geländer der Brücke und schaute der S-Bahn beim Einfahren zu. Diesmal bemerkte ich Leon erst, als er mich am Arm berührte.

„Na, hängst du trüben Gedanken nach?“

Ich schüttelte den Kopf und umarmte ihn kurz zur Begrüßung.

„Das hätten wir ja auch nicht zulassen können.“ Er schaute sich um. „Philipp ist noch nicht aufgetaucht?“, fragte er dann. Ich verneinte und sah, wie er leicht die Stirn runzelte. „Hm, normalerweise ist er die Pünktlichkeit in Person.“

Ich schnaubte leise. „Nicht nur das, er scheint mir ein echter Pünktlichkeitsfanatiker zu sein!“ Leon ging nicht darauf ein, sondern sah zum Eingang des S-Bahnhofs.

„Hoffentlich gibt es nicht wieder Ärger mit seinem Vater“, murmelte er.

„Seinem Vater?“ Ich zog die Augenbrauen hoch. Durch einige Andeutungen in Gesprächen hatte ich bereits mitbekommen, dass

Philipp sehr früh von zu Hause ausgezogen war. Im Gegensatz zu vielen anderen Berlinern, die an der TU studierten und von Philipp verächtlich „Bei-Mama-Wascher“ genannt wurden.

„Sein Vater ist Alkoholiker. Hat er das nie erwähnt?“

Ich sah ihn betroffen an. „Nein.“

Beim näheren Überlegen konnte ich an fünf Fingern abzählen, was ich über Philipp wusste. Doch es erstaunte mich nicht, dass er diesen Teil seines Lebens noch nicht preisgegeben hatte.

Leon lehnte sich neben mich ans Brückengeländer. „Dann sollte ich wohl auch nicht mehr sagen.“ Er schwieg kurz. „Außer, dass er sehr anstrengend sein kann, wenn es mal wieder Ärger mit seinem Vater gab“, fügte er dann hinzu.

Noch, bevor ich weitere Fragen stellen konnte, klingelte Leons Handy.

„Hi Philipp“, meldete er sich und hörte dann eine Weile zu. „Alles klar, wir warten beim Sklaventreiber auf dich. Bis gleich“, beendete er das Gespräch und wandte sich an mich. „Er musste nochmal kurz zu sich. Wir können in einem Restaurant auf ihn warten.“

Ich zog eine Augenbraue hoch. „Und das heißt zum Sklaventreiber? Was ist das? Ein American Burger Laden?“

Leon lachte. „Ne, das Restaurant bei mir um die Ecke. Katleen arbeitet da, und ihr Chef ist ein absoluter Leuteschinder, deswegen hat er von Philipp seinen Spitznamen wegbekommen.“

Das Restaurant, zu dem Leon mich dann führte, sah elegant aus. Der helle Innenraum war in Blau- und Silbertönen gehalten und die Bedienungen - alles junge Frauen, wahrscheinlich Studentinnen - trugen einheitliche Kleider.

Unbehaglich strich ich mir die Strähnen aus dem Gesicht, die sich wieder einmal aus meinem locker gebundenen Zopf gelöst hatten. Obwohl ich nicht schäbig gekleidet war, kam ich mir mit meiner Kapuzenjacke und Jeans reichlich fehl am Platz vor.

Ich trat einen Schritt näher an Leon heran, der wartete, bis eine der Bedienungen uns zu einem freien Tisch führen würde. „Ich weiß nicht, ob mein Bafög ausreicht, um hier auch nur einen Kaffee zu trinken", wisperte ich ihm zu.

„Keine Sorge, der Kaffee ist noch erschwinglich, und wenn Katleen ihn macht auf jeden Fall sein Geld wert. Einen Tisch für drei bitte", wandte er sich an die junge Bedienung vor uns. „Außerdem bist du natürlich eingeladen. Es gibt klare Rollenverteilungen bei den S-Bahnspielern. Du bist die Novizin, ich das Bonzensöhnchen."

Wir wurden an einen Tisch am Fenster geführt, dessen bodenlange blaue Tischdecke mit Silberfäden bestickt war.

„Also ist an dem Gerede von Philipp tatsächlich was dran?", fragte ich, als ich ihm gegenübersaß.

Leon neigte den Kopf zur Seite. „Das kommt drauf an. Meine Eltern sind beide Oberärzte in einem Krankenhaus in Hannover. Ich konnte also zumindest nie über Geldmangel in meiner Jugend klagen. Für Philipp fällt das definitiv schon unter Bonzensöhnchen."

„Wenn du das so sagst, hört es sich an, als hättet du eine ganze Menge anderer Sachen zu beklagen gehabt. Ist es die alte Geschichte, dass dein Vater einen Arzt aus dir machen wollte und du jahrelang mit den enttäuschten Hoffnungen deiner Eltern zu kämpfen hattest?"

Leon nahm eine der Karten aus dem silbernen Ständer auf dem Tisch und schlug sie auf.

„Nein, meine Eltern interessiert herzlich wenig, was ich studiere, und solange ich mit meinen politischen Aktivitäten nicht zu sehr in die Schlagzeilen gerate, kümmert auch das sie nicht sonderlich.“ Er blickte von der Karte auf und lächelte. „Sonst noch Fragen, Euer Ehren?“

Ich nahm mir verlegen die andere Karte aus dem Ständer und schüttelte den Kopf. „Tut mir leid, ich bin normalerweise nicht so neugierig.“

Leon winkte ab. „Kein Problem. Frag ruhig. Ich kann immer noch entscheiden, nichts ohne meinen Anwalt zu sagen “

„Ach? Und das wäre dann Philipp?“

Ich fand die Vorstellung reichlich absurd, doch Leon lehnte sich zurück und nickte. „Lach nicht, es gibt keine Rolle, die er nicht spielen kann oder noch nicht ausprobiert hätte.“

Eine andere Bedienung als zuvor trat an unseren Tisch und wir bestellten.

Als sie außer Hörweite war, beugte ich mich zu Leon vor. „Also gut, wenn ich alles fragen kann, dann erklär mir doch bitte mal, warum die Kellnerin dort drüben am Tresen mich praktisch mit Blicken tötet, obwohl ich sie noch nie im Leben getroffen hab. Hast du hier ein paar Herzen gebrochen?“

Leon sah auf. Sein Blick ging zu der Kellnerin am Tresen, die sich brüsk abwandte und mit mehr Schwung als nötig das kleine silberne Tablett, auf dem Rechnungen an die Tische gebracht wurden, an seinen Platz neben der Kasse zurücklegte.

Er schüttelte seufzend den Kopf. „Das ist Irina, und ihre Blicke gelten wohl eher mir als dir.“ Ich zog die Augenbrauen hoch, und er deutete erneut ein Kopfschütteln an. „Nein, die Rolle des

Schwerenöters hat auch Philipp bei uns.“ Leon fuhr sich durch die Haare. „Als ich das letzte Mal hier war, hab ich gesehen, dass Katleen eine ziemlich tiefe Verletzung an der Hand hatte. Malic, ihr Chef, hat sie trotzdem weiterarbeiten lassen. Sie hatte bereits eine Doppelschicht hinter sich und war aus Müdigkeit wahrscheinlich unvorsichtig beim Schneiden gewesen. Jedenfalls hab ich ihn zur Rede gestellt. Das hätte Katleen beinahe ihren Job gekostet. Irina hält mich seitdem für einen versnobten Idioten, der sich in Sachen einmischt, die ihn nichts angehen.“ Er hob die Schultern. „Ein wenig hat sie schon recht. Ich hätte mit Katleen vorher sprechen sollen, bevor ich mit glänzender Rüstung in eine Schlacht reite, die sie gar nicht für sich gefochten haben möchte.“

„Na, so lange Katleen dich nicht für einen versnobten Idioten hält …“

„Ich hoffe nicht! Aber die Sache haben wir, glaube ich, geklärt.“

Der Kaffee schmeckte tatsächlich sehr gut und nachdem Irina nicht mehr Eisblicke in unsere Richtung warf, konnte ich ihn auch genießen.

Gerade, als ich ausgetrunken hatte, tauchte Philipp neben unserem Tisch auf. „Hey, sorry für die Verspätung. Aber da ließ sich leider nix machen.“

Leon blickte zu ihm auf. „Alles klar bei dir?“ Nach einem winzigen Zögern nickte Philipp, und ich hatte das Gefühl, dass er vielleicht mehr gesagt hätte, wenn ich nicht dabeigesessen hätte. Leon runzelte auch leicht die Stirn, doch da hatte Philipp sich schon umgewandt und der Bedienung gewinkt.

„Los, lasst uns schnell bezahlen und hier abhauen. Meine Fäuste führen heute ein seltsames Eigenleben, und ich weiß nicht, ob ich sie überzeugen könnte, nicht in Malic Gesicht zu landen, wenn er mir über den Weg läuft.“

„Ich hoffe, das war ein Scherz, Philipp“, murmelte Leon, als wir gemeinsam zum Ausgang gingen. Philipp grinste dazu nur, und Leon schüttelte resigniert den Kopf.

Wir brachen Richtung Simon-Dach-Straße auf, bogen dann jedoch in eine Seitenstraße ab, wo Philipp uns in seine Lieblingskneipe führte. Von außen gesehen wirkte die Kneipe im Gegensatz zu dem auf Hochglanz polierten Restaurant von vorher recht heruntergekommen. Eine schmale Bierbank stand vor dem Fenster, dessen Rahmen mit Aufklebern beklebt war. Insgesamt sah es mehr nach einem Ladenlokal als einer Kneipe aus.

„Die Tagung“, las ich auf dem Schild neben der Tür. Weitere Schilder waren von innen gegen die Scheiben gelehnt. „Sperrzone! Achtung Mienen! Halt! Staatsgrenze!“, konnte ich entziffern. Der Kneipenraum selbst war recht klein und wurde größtenteils von der Bar dominiert. Mit leichter Überraschung stellte ich fest, dass an jeder Wand Überbleibsel aus DDR-Zeiten hingen. Karl Marx sah gütig auf den Tresen nieder, und ein Portrait des jüngeren Honecker wurde von Sichel- und Hammersymbolen eingerahmt. An einer Wand entdeckte ich die Getränkeliste, auf der die Bierpreise in Ostmark vermerkt waren. Ich war neugierig, wie wohl Roter Oktober schmecken würde.

Um diese Uhrzeit waren nur wenig Gäste da. Dafür spielte die Musik umso lauter. Wir setzten uns an einen der Tische.

Leon sah sich skeptisch um. „Na, ich weiß ja nicht. Bei dem Lärm verstehe ich nicht mal meine Gedanken!“

„Das liegt daran, dass du ein weltfremder Idealist bist. Ich habe hier immer die besten Ideen“, meinte Philipp und beugte sich vor. „Nicht, dass ich ein verkappter DDR-Enthusiast bin, aber ich mag die ehrliche, ungeschminkte Atmosphäre hier." Er warf mir einen Blick zu und senkte die Stimme. „Ich glaub, sie sind stolz darauf, keine Touristenattraktion zu sein, deswegen werd ich mal den Berliner raushängen lassen."

„Ich bin keine Touristin ...", setzte ich an, doch er war schon am Tresen und berlinerte, was das Zeug hielt. Zumindest hörte es sich für mich so an. Ich war noch nicht genügend gebürtigen Berlinern begegnet, um einschätzen zu können, ob er den Dialekt wirklich sprach, oder nur vor uns Nicht-Berlinern aufschnitt. Der Mann hinterm Tresen schien jedenfalls sehr freundlich zu sein. Philipp kehrte mit drei Bier zurück.

„Auf die guten Ideen!", meinte er und hob sein Glas.

Die ließen allerdings überraschenderweise auf sich warten. Leon wirkte bald immer unzufriedener, doch mir machte es eigentlich wenig aus, keine neuen Szenen zu schreiben. Das gelegentliche Stimmengemurmel der vereinzelten Gäste hüllte mich ein, und ich genoss die urige Kneipenatmosphäre.

Plötzlich jedoch beugte Philipp sich mit seinem verschmitzten Grinsen vor, welches ich fürchten gelernt hatte. „Ich habs! Passt auf, das wird der Erfolg!"

Er wollte sich mit mir gemeinsam vor einen Mann in der S-Bahn setzten. Nach einiger Zeit würde Philipp den Mann fragen, ob ich ihm gefiele und ob er ihm 100 € für mich geben würde. Ich sollte auf dieses Angebot entsetzt reagieren, jedoch nicht, weil er mich verkaufen wollte, sondern, weil er nur so wenig für mich verlangte.

„Ich habe die Szene genau vor Augen!" Philipp richtete sich auf, warf Leon einen gekränkten Blick zu und fragte ihn mit verstellter

Stimme vorwurfsvoll: „Findest du mich heute etwa nicht hübsch? Normalerweise verlangst du doch immer 500 €!“

Leon war fasziniert von der Idee. Begeistert malten sie sich die Szene weiter aus und übertrafen sich gegenseitig mit absurden Vorschlägen zur genauen Gestaltung.

Ich musste mit der flachen Hand auf den Tisch klopfen, um ihre Aufmerksamkeit zu kriegen. „Kommt mal wieder runter, Jungs! Was ist denn, wenn dieser Mann tatsächlich zahlen will?“

Leon und Philipp sahen sich an und grinsten.

Ich lehnte mich mit verschränkten Armen zurück. „Das dachte ich mir. Leon würde mich doch sofort für die Kunst opfern, und du“, ich warf Philipp einen abschätzenden Blick zu, „du für den Spaß.“

Philipp hob abwehrend die Hände. „Nina, was denkst du von mir? Nicht nur für den Spaß! Auch fürs Geld. Ich bin ein armer Student.“

„Na, dann bin ich ja beruhigt.“ Ich beugte mich zu ihm mit einem Grinsen vor, das seinem mit Sicherheit in nichts nachstand. „Aber was haltet ihr davon, wenn ich versuche, dich irgendeinem Kerl in der S-Bahn anzudrehen?“ Leon fing an zu lachen, doch Philipp legte ihm die Hand auf den Arm.

„Lach nicht, ich glaube, die meint das ernst.“

Ich lächelte. „Natürlich. Oder seid ihr zwei S-Bahn-Spieler etwa prüde?“

Leon lehnte sich zurück. „Prüde nur bedingt, aber ganz schön müde. Ich würde sagen, wir lassen es für heute bei der einen Szene und treffen uns die Tage noch mal, um daran zu feilen.“

So verließen wir die Kneipe und schlenderten durch die Simon-Dach-Straße zurück zur Revaler Straße. Mittlerweile hatte die

Dämmerung eingesetzt, und auf den Tischen der Restaurants waren Kerzen entzündet worden. Stimmgemurmel und Lachen waren zu hören, und nur ab und an fuhr ein Auto durch die schmale Straße. Wir kamen an dem Restaurant vorbei, in dem Katleen arbeitete. Leon sah durch die hellerleuchteten Scheiben. Von Katleen war nichts zu sehen, doch nachdem was er erzählt hatte, ging ich davon aus, dass sie auch teilweise in der Küche arbeitete

„Manchmal kommt sie heim und sieht aus wie ein Gespenst. Ist ja nicht der einzige Job, den sie neben dem Studium macht ...“, murmelte Leon.

Philipp stieß ihn in die Seite. „Soll ich reingehen und den Laden aufmischen? Der Chef will bestimmt nicht, dass jeder seiner geschätzten Gäste weiß, was fürn Arschloch er ist. Und meine Fäuste jucken immer noch.“

Leon schien der Gedanke tatsächlich zu gefallen, doch dann schüttelte er den Kopf. „Nee, lass mal gut sein. Bringt ihr auch nichts, wenn sie deswegen den Job verliert.“ Er schob die Brille hoch und starrte weiter durch das Fenster ins Innere des Restaurants. Passanten schoben sich leicht ärgerlich an uns vorbei, da wir den Gehweg blockierten. „Ich werde ihr noch mal anbieten, mehr von der Miete zu übernehmen. Ich weiß, sie will das nicht, aber es muss auch mal von Vorteil sein, Sohn von zwei überstundenbesessenen Ärzten zu sein!“

Nachdenklich ging er weiter, und Philipp und ich folgten ihm die paar Meter bis zu seinem Altbau. Dort verabschiedete er sich und verschwand im Treppenaufgang des Hauses.

„Er ist ein Engel. Schwarzhaarig zwar, aber ein Engel“, meinte Philipp, als wir weiter Richtung S-Bahnhof gingen. „Und bis über beide Ohren verliebt“, fügte er grinsend hinzu.

„Na, wer hätte gedacht, dass unter deiner großspurigen Schale ein Romantiker steckt?“, kommentierte ich.

Er warf mir einen Blick zu. „Erwischt. Unter deiner wohl eher nicht, was?“

„Doch klar! Zahl mir genug Geld und ich schreib dir super romantische Gedichte. Besser als Goethe!“ Ich sah mich um. „Apropos Geld. Ich müsste noch mal zur Sparkasse da drüben.“

Philipp schüttelte seufzend den Kopf. „Manchmal beißt man sich an deiner harten Schale echt die Zähne aus, nussbraune Maid“, meinte er dabei, begleitete mich aber zur hellerleuchteten Filiale am Ende der Straße. Wir hoben beide Geld ab und standen schließlich auf den Treppenstufen vor dem Eingang der Filiale.

„Und was nun? Der Abend ist noch jung!“, fragte Philipp und machte einer dicken Frau im geblümten Kittel Platz, die sich schnaufend über die Stirn wischte, bevor sie ihre Einkaufstaschen an ihm vorbeischob und durch die aufgleitenden Schiebetüren trat.

Ich verstaute mein Portemonnaie gerade in meiner Umhängetasche, als ich spürte, wie jemand neben mich trat und meinen Arm hart fasste. Überrascht blickte ich auf. Ein Jugendlicher stand neben mir, die Kapuze tief ins Gesicht gezogen.

„Los, Geld her!“, zischte er und presste mir etwas in die Seite.

„Gott, ist das ein Messer?“ Mir wurde eiskalt. Einen Moment schien mein Herz einfach auszusetzen, dann begann es zu rasen, als mir die Angst in jeden Zentimeter meines Körpers fuhr. Das Pochen meines Herzens schien jeden brauchbaren Gedanken aus meinem Kopf zu vertreiben. Alles, was ich im Selbstverteidigungskurs über solche Situationen gelernt hatte, war wie weggeblasen. Bedacht darauf, mich nicht zu hastig zu bewegen, tastete ich nach dem Reißverschluss meiner Umhängetasche.

„Wird's bald!", blaffte der Kerl mich an. Meine Finger schienen mir kaum zu gehorchen und ich brauchte zwei Anläufe, bis ich den Reißverschluss zu fassen bekam.

„Nina, lass", hörte ich plötzlich Philipp neben mir. „Und du, sieh zu, dass du Leine ziehst, Kleiner." Der Kerl riss das Messer hoch und ich hielt den Atem an.

„Geld her oder ich stech sie ab!"

Philipp trat vor. „Wirst du nicht." Seine Stimme war hart und kein bisschen unsicher. Er deutete mit dem Kopf nach oben. „Der Eingang hier ist videoüberwacht, genau wie die Räume da drin, und dein Gesicht ist trotz Kapuze schon drauf." Er trat noch einen Schritt näher, so dass er halb vor mir stand. „Außerdem gibt's hier zu viele Zeugen. Du würdest noch nicht mal bis zur Straßenbahn kommen. Das ist Berlin, Mann! Nicht New York!" Jetzt stand er zwischen mir und dem Typen. „Na los, pack das Scheißmesser weg und verpiss dich, bevor ich hier `nen richtigen Aufstand mache."

Der Jugendliche warf einen hastigen Blick über die Schulter und rannte dann mit einem hingespuckten „Wichser!" in Richtung S-Bahnhof davon.

Philipp sah ihm kopfschüttelnd nach. „So ein Volltrottel! Vor der Sparkasse! Und es ist noch nicht mal wirklich dunkel." Er nickte die Straße runter. „Sollen wir? Ich kenn hier `nen Club ..." Er unterbrach sich und sah mich genauer an. „He, zitterst du etwa?"

„Ja, verdammt!" Ich ballte die Hände zu Fäusten, um das lächerliche Zittern zu unterdrücken. „Gott, Philipp, der hatte ein Messer! Da wo ich herkomme, wird man nicht alle Nase lang überfallen!"

Philipp nickte, sah sich kurz um und nahm dann meinen Arm. „Komm", murmelte er und führte mich über die Straße zur Straßenbahnhaltestelle, während ich versuchte, meinen Herzschlag wieder unter Kontrolle zu kriegen. Dort setzten wir uns auf eine der Bänke.

„Sorry, Nina“, meinte er dann. „Aber du kannst mir glauben, der war nicht wirklich gefährlich.“ Er beugte sich vor, um mir ins Gesicht zu sehen. „Geht’s wieder?“ Ich schloss die Hände fest um das kalte Metall der Sitzfläche und hob den Blick nicht von dem blassgrünen Grasbüschel, das vor meinen Füßen auf dem unebenen Weg wuchs.

„Du hast alles gemacht, von dem uns im Selbstverteidigungskurs abgeraten wurde!“, brachte ich hervor. „Ihn lächerlich gemacht, Kleiner genannt, ihn bedroht ... und er hatte das Messer an meiner verdammten Seite, nicht an deiner!“

„Hat er dich verletzt?“

Ich schüttelte den Kopf. Zwar brannte meine Seite dort, wo das Messer langgefahren war, wie Feuer, aber da der Stoff der Jacke nicht beschädigt war, waren es wohl nur meine Nerven, die mir einen Streich spielten. Ich legte den Kopf in die Hände. „Das ist nichts für mich“, murmelte ich und fühlte, wie Philipp mir sacht über den Rücken strich.

„Der war wirklich nicht gefährlich“, wiederholte er. „Sonst hätte ich nicht einen Moment gezögert, ihm das Geld zu geben. Aber das war einer von diesen pubertären Knallköppen. Die lassen sich von ihren Kumpels aufheizen, wollen sich mal was trauen, suchen den Kick ... Sobald es dann auch nur ein wenig anders läuft, als sie sich das ausgemalt haben, verlieren sie die Nerven und hauen ab.“

Ich wandte ihm das Gesicht zu. Die Äste des Baumes neben uns warfen im Licht der Straßenlaterne wandernde Schatten auf sein Gesicht. Dadurch wirkten seine Augen dunkler als sonst, fast als würden sie sich der Nacht anpassen. „Und woher weißt du das so genau?“

Philipp nahm die Hand von meinem Rücken und lehnte sich zurück. „Er sah nicht aus wie ein Junkie.“ Dann lächelte er flüchtig. „Außerdem war ich auch mal so ein Knallkopp.“ Ich sagte nichts, sondern betrachtete ihn nur stumm. Er strich scheinbar unbewusst über die Tätowierung an seinem Handgelenk, zuckte dann mit den Schultern und meinte: „Ich hab vor `nen paar Jahren einige Sachen gemacht, auf die ich nicht stolz bin. Aber zumindest kann ich jetzt einschätzen, ob so ein Typ es ernst meint oder nicht.“ Vor uns fuhr eine Straßenbahn ein. Ein Pärchen stieg die schmalen Stufen hinunter, die an den Türen ausgefahren wurden. Sie eilten an unserer Bank und den Straßenbäumen vorbei, blickten flüchtig nach rechts und links und überquerten dann die Straße.

„Dann sollte ich mich wohl für dein Eingreifen bedanken.“ Ich deutete auf die kleine Spirale an seinem Handgelenk. „Stammt die aus der Zeit?“ Es war buchstäblich spürbar, wie Philipp sich verschloss. „Zu persönlich“, dachte ich und rechnete schon nicht mehr mit einer Antwort.

„Ja, als Erinnerung wie schnell man in einer Spirale abwärts feststecken kann“, hörte ich ihn sagen. Dann grinste er sein typisches Grinsen. „Außerdem stehen Frauen auf Typen mit Tätowierungen.“ Bevor ich etwas entgegnen konnte, sah ich, wie Philipps Gesichtsausdruck sich änderte. Sein Blick ging über meine Schulter. „Hast du was dagegen zu rennen?“, fragte er. „Jetzt?“ Ohne meine Antwort abzuwarten, sprang er auf und hechtete auf die sich schließenden Straßenbahntüren zu. Er drängte sich dazwischen und mit einem protestierenden Signal gingen sie wieder auf. Ich lief hinterher und ergriff Philipps Hand, die er mir entgegenstreckte. Er zog mich hoch, so dass ich, obwohl die Stufen schon wieder eingefahren waren, ins Innere der Straßenbahn stolpern konnte. Mit einem Zischen und Rucken schlossen sich die Türen wieder, und die Tram nahm an Fahrt auf. Philipp ließ sich auf einen der harten

Plastiksitze fallen. Ich blieb neben seinem Sitz stehen und hielt mich an einer der Halteschlaufen über meinem Kopf fest.

„Und was sollte das jetzt?“, brachte ich schließlich hervor.

„Meine Ex-Freundin. Hab sie auf der anderen Straßenseite gesehen. Wahrscheinlich hat sie

wieder vor Leons Bude gewartet, um mir aufzulauern.“

Ich sah aus dem Fenster, doch da es mittlerweile dunkel geworden war, konnte ich nur die Reflektion des Straßenbahninneren in den Scheiben erkennen. „Na, du hast ja echt keine Lust, sie zu treffen, was?“, meinte ich und sah zu Philipp. Er hatte den Kopf zur Seite gedreht und starrte auf die dunkle Fensterscheibe vor sich. Ich hatte keine Ahnung, ob er meine Frage im lauter werdenden Lärm der Straßenbahn überhaupt gehört hatte. Jedenfalls reagierte er nicht darauf, sondern schien seinen Gedanken nachzuhängen. Mir fiel auf, dass er dabei seinen linken Arm rieb. Ich runzelte die Stirn und sah genauer hin. Seine Hände hatten einige Schürfwunden, und auch am Arm konnte ich Abschürfungen sehen, als sein Ärmel durch das Reiben nach oben rutschte. Philipp hob den Kopf und sah meinen Blick. Er zog den Ärmel runter und schenkte mir ein schiefes Grinsen.

„Die Frau macht mich fertig!“, seufzte er theatralisch, bevor er den Blick abwandte. „Wo sind wir denn jetzt?“, fragte er unvermittelt und stand auf, um durch die Straßenbahntüren nach draußen zu spähen, als die Tram langsamer wurde. „Hm, Paul-Heyse-Straße.“ Philipp setzte sich wieder und strich sich die Haare aus der Stirn. „Also, wenn wir bis zur Prenzlauer Allee weiterfahren, kann ich dir noch `ne nette Bar zeigen. Ziemlich skurril, aber damit hast du ja keine Probleme, oder?“

Nein, damit hatte ich keine Probleme. Auch nicht damit, dass er seiner Ex-Freundin aus dem Weg ging. Im Gegenteil. Dafür hatte ich großes Verständnis. Aber über eine Sache musste ich mir endlich Klarheit verschaffen und das ging vielleicht nur über den direkten Weg. Ich setzte mich in den Plastiksitz ihm gegenüber und musterte ihn. Für ihn schien das eine Aufforderung zu sein, genauer zu erklären, was er mit skurril meinte. „Die Bar war früher mal ein besetztes Haus ...“, begann er.

„Wer ist Viktor?“, unterbrach ich ihn. „Und warum dreht Katleen durch, wenn sie seinen Namen hört und Schürfwunden an deinen Händen sieht?“

Philipp stockte kurz, dann lehnte er sich im Sitz zurück. „Ich dachte, du willst gar nicht wissen, worum es dabei ging.“ Seine Stimme war gelassen, als würden wir Kochrezepte austauschen und auch sein Blick verriet nichts mehr von seiner vorherigen Unruhe. Ich blinzelte und lehnte mich ebenfalls zurück. Wie schaffte Philipp es, innerhalb eines Augenblicks hinter einer Fassade zu verschwinden? Hatte ich gerade noch das Gefühl gehabt, es wäre der richtige Moment, um Klarheit zu bekommen, fühlte es sich mittlerweile an, als würde ein meterweiter Graben uns trennen. Zuerst wollte ich abwinken, und sagen er solle vergessen, dass ich gefragt hatte, doch ich tat es nicht. Stattdessen stand ich auf und setzte mich neben ihn. Im Profil wirkte sein Gesichtsausdruck nicht mehr ganz so abweisend.

„Das war bevor ich mit dir in den S-Bahnen Theater gespielt habe. Wenn ich mich auf diese ganze Geschichte einlasse, kann ich Kommentare wie vorhin über deine Vergangenheit genauso wenig abtun, wie Leons Sorge oder Katleens Zorn.“ Ich hielt inne und strich mir die losen Strähnen hinter die Ohren. „Und genau das möchte ich. Bei den S-Bahnspielern richtig einsteigen. Aber nicht mit dunklen Andeutungen darüber, woher die hier kommen.“ Ich deutete auf die Abschürfungen an seinen Händen. Philipp sagte weder etwas, noch rührte er sich. Die einzige Bewegung, die ich sehen konnte, war ein Muskel, der an seinem Augenlied zuckte. Schließlich wandte er sich mir zu.

„Das ist ein Teil meines Lebens, der rein gar nichts mit S-Bahntheater zu tun hat … Moment“, stoppte er mich, als ich anhob etwas darauf zu erwidern. „Deshalb schlage ich dir einen Deal vor. 3 Sätze von mir dazu und dann ist das Thema vom Tisch.“

Ich lehnte mich zurück und verschränkte die Arme vor der Brust. „Und im Gegenzug?“

Philipp lächelte. „Du durchschaust mich zu schnell, Nina. Im Gegenzug sagst du mir, warum ein Landkind wie du Hals über Kopf in die größte Stadt Deutschlands zieht.“

„Drei Sätze und keine Nachfragen?“

„Drei Sätze und keine Nachfragen.“

Ich streckte ihm die Hand entgegen. „Deal.“ Er schlug ein. Dann senkte er kurz den Kopf und rieb über das noch immer zuckende Augenlied, bevor er mich wieder anblickte.

„Viktor und ich kennen uns noch aus der Schule und gehen manchmal gemeinsam roofen. Da das nicht immer legal ist, machen wir es nachts oder auf abgelegenen verfallenen Gebäuden, wo man auch mal abrutschen kann. Katleens Bruder hatte einen schweren Unfall, als er mit Viktor unterwegs war, seitdem kann er den rechten Arm nicht mehr gut bewegen.“

Roofen? Ich hatte eine vage Vorstellung davon, was das war. Bilder von Jugendlichen in schwindelerregenden Höhen auf Masten, Kränen oder Dachkanten tauchten aus meiner Erinnerung auf. Hatte ich dazu nicht mal einen Beitrag irgendwo gesehen? Eine Doku über Extremsportarten?

Natürlich lagen mir Fragen auf der Zunge. Wie oft machte er das? Was trieb ihn dazu, sich in Lebensgefahr zu bringen? Verwackelte Videos bei Youtube, auf denen sie Masken tragen mussten, da sie Hausfriedensbruch begingen? Da musste doch mehr dahinterstecken!

Doch ich behielt die Fragen für mich.

Ich brauchte etwas länger als Philipp, um meine Sätze zu formulieren.

„Ich hatte eine Fehlgeburt. Als mein Freund daraufhin fremdgegangen ist, bin ich in einer Kurzschlusshandlung weg von ihm und allem was mich an unser gemeinsames Leben erinnert. Berlin ist so ziemlich das Gegenteil von Bielefeld - also eigentlich perfekt für einen Neuanfang."

Philipp nickte, sagte jedoch nichts. Sein Blick ging an mir vorbei aus dem Fenster, wo wir gerade an einer Haltestelle vorbeifuhren. „Die nächste müssen wir raus, wenn du noch Lust auf die skurrile Bar hast."

Das hatte ich, und obwohl mit Sicherheit nicht nur meine Gedanken immer wieder zu unserem Gespräch in der Tram zurückkehrten, sprach keiner von uns die Themen mehr an. Deal ist Deal.

♦

Immer mehr meiner Zeit verbrachte ich in den gelb-roten S-Bahnwagen. Womöglich war ich in jenen Tagen mehr Stunden auf den Schienen unterwegs als in der Uni. Das würde sich zum Semesterende dann sicherlich in den Prüfungen rächen, doch noch dachte ich wenig daran. Das S-Bahntheater wurde fester Bestandteil meines Alltags und war bald nicht mehr daraus wegzudenken. Ich genoss die Aufregung vor jedem Auftritt und den Moment, in dem die Spannung von mir abfiel und ich zu spielen begann. Bald verstand ich Philipps Faszination für das verdeckte Theater, spürte auch den angenehmen Nervenkitzel, wenn eine Situation brenzlig wurde und ich bei jedem Schritt, den ich weiter tat, nicht wusste, ob ich mit meiner Spielerei zu weit ging. Leon versuchte weiterhin, unser verdecktes Theater und die Reaktionen der Fahrgäste mit seinem Handy aufzunehmen. Daher spielten wir manchmal tagelang dieselben Szenen. Ich hatte immer eine Tasche mit Wechselsachen dabei, um in meine unterschiedlichen Rollen schlüpfen zu können. Der dunkelblaue Hosenanzug, den ich zur Hochzeit meines Cousins getragen hatte, litt schon ein wenig unter dieser Behandlung. Doch es war das einzige Outfit, das zu der Szene passte, in der ich mir eine hitzige Diskussion mit Philipp über Langzeitarbeitslose und Karrierefrauen lieferte. Zur Straßenfeger-Szene passte er wiederum nicht. So machte ich auch öfter Bekanntschaft mit den Bahnhofstoiletten und verblüffte manch eine Klofrau, wenn ich in komplett neuem Outfit aus der Kabine kam.

Manchmal gingen Szenen auch schief. Das erste Mal, als ich das miterlebte, lehnte ich gerade wieder einmal an der Scheibe neben den Türen, tippte irgendeinen Unsinn in mein Handy und spielte die hochbeschäftigte Karrierefrau im Hosenanzug mit perfekt sitzender Hochsteckfrisur. Neben mir stand eine stark geschminkte junge Frau, deren getuschte Wimpern sich bis zu den hauchdünn gezupften Augenbrauen wölbten. Ihre schwarzgefärbten langen Haare warf sie immer wieder affektiert über die Schulter, während sie lautstark ihren Kaugummi kaute. Das Schmatzen fand ich nicht gerade attraktiv. In einem Moment der Böswilligkeit überlegte ich, ob ich die geplante Szene nicht umlenken konnte und Philipp, der den frustrierten Arbeitslosen mimen würde und gerade zustieg, auf sie ansetzen sollte. Doch soweit kam es gar nicht. Leon, der mir gegenüberstand und das Handy bereithielt, um Philipp und mich zu filmen, wurde plötzlich von der Seite angefahren. „Ey! Machst du etwa Fotos von meiner Freundin?!“ Ein Mann in grün-beige gemusterten Militärhosen und einem engen T-Shirt, das sich über seinen nicht unerheblichen Muskeln spannte, hatte sich neben Leon aufgebaut. Der Freund der Schwarzhaarigen. Es war ein so klischeehaftes Bild, dass es lustig gewesen wäre, hätte der Typ nicht gerade Leon gepackt, der neben ihm erschreckend schmal aussah. „Nein, wirklich nicht“, brachte er hervor. „Ich wollte nur eine Nachricht schreiben.“ „Ach ja? Sah aber gerade anders aus. Oder filmst du etwa?“

„Der hat ein Video von mir gemacht? Lösch das sofort, du Spanner!“, mischte sich jetzt die Schwarzhaarige ein und trat ebenfalls neben Leon. Ich hätte schwören können, dass sie trotz allem geschmeichelt war. Ihr Freund griff nach Leons Handy. Wenn der das Video darauf entdeckte, würde es richtig ungemütlich für Leon werden. Alarmiert sah ich mich nach Philipp um, doch der stand bereits neben mir und schien sofort begriffen zu haben, worum es ging. Er trug abgerissene Kleidung, falsche Piercings und hielt eine Bierflasche in der Hand. Die ließ er nun fallen, so dass sich ihr Inhalt schäumend über den Boden zwischen uns und den dreien ergoss. Schnell schob ich meine Tasche mit dem Fuß ein Stück zur Seite. Der durchdringende Biergeruch stieg mir sofort in die Nase. „Oh Mann, ist mir schlecht“, stöhnte Philipp nun und griff schwankend nach mir. Ich legte ihm schnell den Arm um die Taille und fing ihn gerade noch auf, als er sich nach vorne fallen ließ. Strauchelnd kamen wir neben dem Freund der Schwarzhaarigen zum Stehen, und Philipp hielt sich an dessen Schulter fest.

„Sorry, Mann!“, murmelte er und schluckte bemüht. Selbst ich nahm ihm ab, dass er sich jeden Moment übergeben würde. „Bitte, können Sie uns helfen?“, brachte ich hervor und bemühte mich, flehend zu klingen. „Ich glaube, dem Herrn hier geht es nicht gut.“ Wie nicht anders erwartet, wich die Schwarzhaarige mit einem angeekelten Gesichtsausdruck zurück, und auch ihr Freund schüttelte Philipps Hand unwirsch ab. Leon trat jedoch vor und fasste Philipp unter, der sich zwischen uns hängen ließ, als könne er kaum noch aufrecht stehen. „Bringen wir ihn an die frische Luft“, meinte ich, als die Bahn langsamer wurde, und angelte nach meiner Tasche, die zum Glück von dem sich schnell im Gang ausbreitenden Bier verschont geblieben war. Ohne von dem Pärchen aufgehalten zu werden, verließen wir die Bahn an der Jannowitzbrücke. Dort führten wir Philipp fürsorglich zu einer der Bänke und ließen ihn erst los, als die Bahn hinter uns abfuhr. „Puh!“ Leon fuhr sich mit beiden Händen durchs schwarze Haar. „Das war knapp. Danke ihr beiden.“ Ich winkte ab. „Nee, lass mal. Das war, glaube ich, mein Fehler. Das nächste Mal achte ich darauf, mich nicht neben irgendwelche scharfen Bräute zu stellen.“

„Na ja, das ist wohl Geschmackssache. Ich fand sie nicht sonderlich attraktiv.“ Leon lächelte mir zu. „Jedenfalls habt ihr euch einen Kaffee verdient.“ Er deutete die Treppe hinunter. „Hier gibt’s ein Bistro. Ich lade euch ein.“ Damit ging er auf die Treppe zu. Ich drehte mich zu Philipp um. Er hatte einen Fuß auf einen der Sitze gestellt, den Ellenbogen auf das Bein gestützt und hielt den Kopf gesenkt. „Kommst du?“, fragte ich. „Oder ist dir wirklich schlecht?“ Er drehte den Kopf und sah mich an. Beinahe wäre ich einen Schritt zurückgewichen, soviel Wut lag in seinem Blick. Doch dann nahm er den Fuß vom Sitz, schob die Hände in die Taschen seiner fadenscheinigen Jacke und setzte seinen ungerührten Gesichtsausdruck auf. „Nein“, meinte er, als er neben mich trat. „Ich kann es nur nicht ausstehen, wenn einer meine Freunde bedroht.“

„Ist ja noch mal gut gegangen“, sagte ich leichthin und nahm mir vor, niemals zwischen ihn und Leon zu geraten.

Der Kaffee im Bistro schmeckte bitter, und ich musste mehrere Milchpöttchen hineinrühren, während Leon und Philipp über den kleinen Tisch hinweg diskutierten, was nun weiter geschehen sollte. An unserem Stehtisch drängten sich viele Menschen vorbei und betraten die geflieste Treppe zum Bahnsteig. Eine Frau in kanariengelber Jacke zog einen kleinen Hund hinter sich her. Die lange Leine war verdreht und schleifte über den Boden. Ich sah, wie ein alter Mann, der vor sich hinmurmelte, über sie stolperte. Die Frau ging unbeirrt weiter. Eine Gruppe Kinder rannte lärmend auf den Ausgang zu. Ihre Stimmen halten wider und übertönten sogar das Fauchen der Espressomaschine im Bistro.

„Tut mir echt leid, aber das mit dem Filmen lassen wir heute vielleicht besser", meinte Leon jetzt. Er nahm die Brille ab und fuhr sich kurz über die Augen. Mit einem Mal sah er sehr müde aus. „Ich scheine heute nicht meinen besten Tag zu haben."

„Blödsinn, Guru", tat Philipp ab und schlürfte lautstark den heißen Kaffee. „Das ist wie beim Fahrradfahren. Wenn du einmal runtergefallen bist, darfst du auf keinen Fall kneifen, sondern musst dich sofort wieder in den Sattel schwingen." Er stieß mich in die Seite, als ich gerade die Tasse zum Mund hob. „Die Novizin ist gerade richtig gut. Das müssen wir nutzen. Was haltet ihr von der Straßenfeger-Szene als nächstes? Die haben wir in jedem Fall drauf." Ich wischte meinen verschütteten Kaffee auf.

„Alles klar, Bogart", meinte ich dabei und versuchte ein geschmeicheltes Lächeln zu unterdrücken. „Aber keine Übelkeitsanfälle mehr, beim letzten hab ich echt gedacht, du entleerst dich gleich vor meinen Füßen!" Philipp hielt mir die Hand hin.

„Deal", grinste er. Ich schlug ein.

„Deal.“ Dann löste ich meine Haare aus der Hochsteckfrisur und ließ den Blazer des Hosenanzugs in meiner Tasche verschwinden. Das musste reichen. So stand ich also wenig später wieder wartend an der Waggontür, während Leon mir gegenüberstand, das Handy filmbereit. Philipp stieg eine Tür weiter hinten ein. „Nach Ahrensfelde zurückbleiben, bitte!“ Die Türen gingen zu und der Vorhang auf. Philipp arbeitete sich langsam den Gang entlang auf mich zu. Sein Ton leierte diesmal sehr überzeugend. Leon lehnte mir gegenüber und tat, als würde er eine Nachricht schreiben.

„Hier Interesse am Straßenfeger? Sie vielleicht?“

„Ja, ich würde eins nehmen. Aber zuerst musst du mich küssen.“ Aus dem Augenwinkel sah ich, wie die nebenstehenden Fahrgäste sich zu uns umdrehten, als Philipp auf mich zutrat. Er stützte sich mit einer Hand an der Scheibe hinter mir ab und sah mich durchdringend an.

„Der Kunde ist König!“, meinte er dann laut, beugte sich vor und küsste mich. Obwohl ich geahnt hatte, was kommen würde, vergaß ich zu atmen. Ich fühlte, wie sein Bart meine Wange streifte, als er sich wieder von mir löste, sah den Übermut in seinen Augen und senkte hastig den Kopf.

Definitiv Zedernholz.

Meine Haare fielen mir dankenswerterweise wie ein Vorhang ins Gesicht, während ich mit nervösen Fingern 1,20 € aus meiner Tasche kramte und sie Philipp in die Hand drückte. Er grinste und schob mir eine Ausgabe des Straßenfegers unter den Arm. Dann trat er ein paar Schritte zurück, und ich tat mein Bestes, mich wieder zu fangen. An der nächsten Station stiegen wir aus.

„Was sollte denn das, Philipp?“ Leon steckte ärgerlich das Handy weg, doch Philipp zuckte nur mit den Achseln.

„Ich hatte halt keinen Bock, immer dasselbe zu spielen. Ein bisschen Spaß ist doch genau das richtige nach unserer Misere vorher.“ Er stieß mich an. „Du weißt schon, wie es gemeint war, was Nina?“ Ich räusperte mich. Der Geruch von Philipps Holzfälleraftershave schien noch auf meiner Haut zu liegen. Wie Spinnenweben. Kaum wahrnehmbar und doch da.

„Klar.“ Wir gingen zum gegenüberliegenden Bahnsteig. Ich schob die Hände in die Hosentaschen und vermied es, Philipp anzusehen. Als meine Bahn einfuhr, stellte er sich neben mich und meinte mit gesenkter Stimme:

„Nur mal nebenbei gesagt, Novizin Nina - du küsst grauenhaft. Vielleicht solltest du noch ein bisschen üben.“ Ich wandte mich um, packte ihn am Kragen und zog ihn zu mir heran.

„Pass auf, Bürschchen, gerade hast du mich bloß überrascht. Das nächste Mal zieht es dir die Socken aus.“ Damit ließ ich ihn auf dem Bahnsteig stehen, nahm meine Tasche auf und stieg in die Bahn ein. Äußerst zufrieden mit meinem Abgang fuhr ich die wenigen Stationen zu mir. Ein paar Mal erwischte ich mich dabei, wie ich meine Lippen berührte. Dann musste ich lachen. Da war er also wieder. Philipp ließ den Playboy raushängen. Aber gut, das konnte ich auch. Grauenhaft? Ha! Der sollte mal den Mund nicht zu voll nehmen! Zum Dahinschmelzen war sein Schmatzer auch nicht gerade! Mit diesen Gedanken schloss ich schließlich meine Wohnungstür auf. Ich setzte Teewasser auf und suchte in meiner Unitasche nach der Reclamausgabe von E.T.A. Hoffmanns gesammelten Werken. Den Sandmann sollten wir bis zum morgigen Seminar gelesen haben. Ich hatte schon letzte Woche durch Schweigen geglänzt, weil ich den Goldenen Topf nicht gelesen hatte. Mein fester Vorsatz war, wenigstens diesem düsteren Werk Hoffmanns meine Aufmerksamkeit zu schenken. Ich beobachtete, wie der Tee dunkle Schlieren durch das Wasser zog und es schließlich ganz einfärbte. Dabei dachte ich über heute Nachmittag nach. Was lief denn da zwischen Philipp und mir?

„Nichts“, beschloss ich. Dann horchte ich etwas länger in mich hinein. „Zumindest nichts Ernstes.“ Philipp war ein Charmeur, der ab und zu frech wurde, aber es war alles oberflächlich. Das war ja gerade das Schöne daran. Ich genoss das leichtherzige Geplänkel, das Spielen, ohne sich wirklich auf irgendetwas einzulassen. Auf Tiefgang hatte ich zurzeit wirklich keinen Nerv. Meine letzte Erfahrung damit hatte mir gereicht. Gerade, als ich mich

mit Tasse Tee in meinen Sessel setzen und Hoffmann lesen wollte, vibrierte mein Handy. Eine Nachricht von Nettie.

„Sönke ist hier.“

So viel zum Thema Tiefgang. Was sollte das denn heißen? Hier in Berlin? Oder hier bei Nettie in ihrer Wohnung? Ich versuchte sie anzurufen, wurde jedoch weggedrückt. Das wurde immer verwirrender. Warum ging sie nicht dran? Wenn er in Berlin war, woher wusste dann ausgerechnet Nettie davon? Also Netties Wohnung. Aber wie sollte er ihre Adresse herausgefunden haben? Das ergab doch alles keinen Sinn. Oder Moment ... hatte sie ihm etwa ihre Adresse gegeben, als sie ihn kurz getroffen hatte? Ich versuchte erneut, sie anzurufen, und wurde wieder weggedrückt. Irritiert starrte ich auf das Handy. Was wurde hier gespielt?

„Kann gerade nicht reden. Er ist neben mir“, schrieb sie kurz darauf.

„Was will er?“, schrieb ich zurück.

„Deine Kontaktdaten, was sonst?“

Ich legte das Handy weg, starrte auf den Tee vor mir, stand auf, ging durch den Raum, nahm das Handy schließlich wieder zur Hand und tippte nur ein Wort.

„Wehe."

Es kam keine Antwort. Ich wartete. An Lesen war natürlich nicht mehr zu denken. Wie konnte Sönke es wagen, sich wieder in mein Leben zu drängen, nachdem ich ihn so erfolgreich hinter mir gelassen hatte? Ich stellte mir vor, wie er in ihrem Zimmer saß. Wahrscheinlich auf dem alten Korbsessel, den sie schon seit Jahren hatte, ihr sein Herz ausschüttete und versuchte, sie weich zu klopfen. Nun, zumindest das würde schwer für ihn werden. Nettie war ihm alles andere als wohlgesonnen. Aber weshalb ließ sie ihn dann in ihre Wohnung? Oh, er konnte bestimmt gut den tragischen Helden mimen, der reumütig alle Hebel in Bewegung setzte, um ein Unrecht wieder gut zu machen.

„Verdammt, was will der von mir?" Konnte er nicht einfach verschwinden?

Als ich schon im Bett lag und an die Decke starrte, kam schließlich Netties Antwort.

„Für was hältst du mich denn??"

♦

Am nächsten Tag brachte ich ein weiteres Mal ein Seminar hinter mich, ohne das Werk gelesen zu haben. Auch wenn der Sinn mir gestern nicht nach Hoffmanns Nachtstücken gestanden hatte, von dem, was im Seminar gesagt wurde, hörte sich der Sandmann lesenswert an.

Da ich eine Stunde Zeit bis zur nächsten Vorlesung hatte, saß ich in der kleinen Cafeteria im Hauptgebäude der TU und gönnte mir zur Feier des Tages einen großen Milchkaffee. Es war mein Geburtstag. Nicht, dass mir groß nach Feiern zumute war. Ich überlegte gerade, ob ich vielleicht dennoch Leon und Philipp anrufen sollte, um sie zum Kuchen essen einzuladen, als mein Handy vibrierte. Eine Nachricht von Philipp.

„Schließfächer am Zoo.“ Was mochte das nun wieder bedeuten? Achselzuckend legte ich das Handy neben der Tasse ab. Er würde sich schon wieder melden, wenn er was wollte. Es dauerte auch gar nicht lange, bis ein Anruf mein Handy über die Tischplatte wandern ließ.

„Grüß dich“, meinte ich. Doch ich kam nicht dazu, zu fragen, was er mit seiner Nachricht gemeint hatte.

„Gratulerer med dagen, Nina.“ Meine Hand schloss sich fest um die Kaffeetasse. Mir war sofort klar, dass es nicht Philipp war. Zum einen kannte ich nur eine Person, die mir auf norwegisch zum Geburtstag gratulieren würde, zum anderen erkannte ich natürlich Sönkes Stimme. Nicht einmal wirklich überrascht war ich.

„Hallo Sönke“, meinte ich und wunderte mich, wie ruhig ich klang. Also hatte Nettie ihm doch meine Nummer gegeben. Sie hatte mich heute Morgen noch angerufen und versichert, es nicht getan zu haben. Dennoch meinte sie, ich solle mich mit Sönke treffen. Es wäre Zeit für eine Aussprache, damit auch ich mit der ganzen Sache abschließen könnte ... bla, bla, bla

Was sollte so eine Aussprache denn schon bringen? Sollte ich mir im Detail anhören, warum wir uns auseinandergelebt hatten? Nein, danke!

„Bevor du Henriette jetzt die Freundschaft aufkündigst, sie hat mir die Nummer nicht gegeben. Ich hab sie aus ihrem Handy abgeschrieben, als sie auf dem Klo war."

Es war so seltsam, seine Stimme zu hören. Fast bekam ich nicht mit, was er sagte.

„Tiefschlag", dachte ich.

„Ich komme nach Berlin. Nina? Hörst du?"

Ja, ich hörte, doch was sollte ich darauf sagen? „Hier gibt's `ne Menge Sehenswürdigkeiten, mit denen man sich die Zeit vertreiben kann. Viel Spaß dabei."

„Ich möchte mit dir reden."

Warum legte ich eigentlich nicht einfach auf?

„Ich sitze schon im Zug. Um 13:36 bin ich am Ostbahnhof. Nina?"

„Berlin ist eine große Stadt, Sönke." Er schwieg. So lange, dass ich glaubte, die Verbindung sei unterbrochen worden.

„Nina, bitte", hörte ich ihn schließlich sagen. „Nur für zwei Stunden, dann bin ich wieder weg. Früher, wenn du willst."

Ich atmete tief ein. „13:36? Gut, ich bin da." Damit legte ich auf. Ich fuhr mir durchs Gesicht, stützte das Kinn auf die Hände und starrte an den anderen Studenten vorbei durch die schmutzigen Glasscheiben auf die Straße. Der Milchkaffee wurde kalt, und ich verfluchte Nettie abgrundtief. Was musste sie mir Zweifel ins sauber abgeschottete Herz säen? Hätte Sönke mich gestern angerufen, ich hätte nach dem ersten Satz aufgelegt. Und die SIM-Karte erneut weggeschmissen. Ohne Zweifel. Doch Nettie hatte es wieder einmal geschafft, mir den Spiegel vorzuhalten.

„Du kannst nicht ewig vor dieser Auseinandersetzung davonlaufen."

Ich war wirklich davongelaufen. Noch in der Nacht, als Sönke mir von seinem Seitensprung erzählt hatte, hatte ich meine Sachen gepackt und war nach Greifswald zu Nettie gefahren. Von dort aus hatte ich dann alles organisiert. Den Uniwechsel, den Umzug nach Berlin. Nicht einmal hatte ich wieder mit Sönke gesprochen. Vielleicht war es wirklich Zeit, nicht mehr davonzulaufen, auch wenn es einfacher gewesen wäre. Manchmal gehörten beste Freundinnen verboten.

Den halbvollen Milchkaffee ließ ich auf dem Tisch stehen und ging zu meinem Fahrrad. Es war einer der letzten Sonnentage, und ich hatte die Gelegenheit genutzt, um mit dem Rad zur Uni zu fahren. Dafür brauchte ich gut eine Stunde, aber Berlin war eine komplett andere Stadt, wenn man mit dem Rad unterwegs war. Für den Rückweg konnte ich es immer noch mit in die S-Bahn nehmen. Als ich mein Rad zwischen all den anderen gefunden hatte, die sich wie ein langer Tausendfüßler aus Metall vor dem Hauptgebäude entlang zogen, erlebte ich eine Überraschung. Neben meinem roten Fahrradschloss wand sich ein zweites schwarzes um den Rahmen und die Metallstrebe des Fahrradständers. Bei genauerem Hinsehen entdeckte ich einen kleinen Schlüssel, der mit Tesafilm auf das Fahrradschloss geklebt war. Ich löste ihn und entzifferte die eingestanzte Zahl 46 auf ihm. Nun gut, wenigstens machte jetzt Philipps Nachricht Sinn. Vorsichtshalber probierte ich noch aus, ob sich mein Fahrrad wirklich nicht befreien ließ, dann machte ich mich auf zum Zoologischen Garten. In meinem Kopf tauchten jedoch Bilder der Fahrradwracks an der Warschauer Brücke auf, und ich hoffte, die Uni sei ein sicherer Ort, um ausgerechnet mein Fahrrad als Geisel zu nehmen.

Im Schließfach 46 lag ein Zettel. „S-Bahngleis am Zoo. Erster Fahrkartenautomat“ stand darauf. Wären meine Gedanken nicht ganz woanders gewesen, ich hätte mich bestimmt über die Schnitzeljagd gefreut. Eigentlich hatte ich vorgehabt, zum Ostbahnhof zu fahren, mich dort in ein Café zu setzen und mich schon mal innerlich für das Treffen mit Sönke zu wappnen. Ein Treffen mit Leon und Philipp würde mich ablenken. Aber war das so schlecht? Auf was wollte ich mich denn vorbereiten? Ich wusste selbst, wie sehr Sönke und ich uns in der letzten Zeit auseinandergelebt hatten, dass es wahrscheinlich ein Fehler gewesen war zusammenzuziehen und dass ich ihm mit meinem Verschwinden noch nicht einmal die Chance einer richtigen Aussprache gegeben hatte. Es erwartete mich am Ostbahnhof um 13:36 also nichts Neues. Nur alte Ängste und Verletzungen, denen ich endlich die Stirn bieten sollte.

Mit diesen Gedanken stieg ich die Treppe zum S-Bahngleis hinauf und suchte den Fahrkartenautomaten. Ein Klebezettel auf dem roten Metall der Seitenwand verriet mir die Abfahrtzeit, die Richtung und den Waggon der S-Bahn, in die ich nun einsteigen sollte. Ich musste schmunzeln. Eine neue Szene also. Was hatte ich von den S-Bahnspielern anderes erwartet? Ich suchte mir einen Fensterplatz und ließ meinen Blick durch den Waggon schweifen. Noch kein Zeichen von Leon und Philipp. An der nächsten Station entdeckte ich sie dann auf dem Bahnsteig. Sie warteten nebeneinander und stiegen hintereinander ein. Dabei wirkten sie vertraut miteinander, obwohl sie sich nicht unterhielten und auch nicht ansahen. Mir fiel wieder ein, dass ich auch, als ich sie das erste Mal traf, zunächst glaubte, sie würden zusammengehören. Es war schwer festzumachen, woran das lag. Ich nahm mir jedoch vor, sie nach der Szene darauf aufmerksam zu machen. Leon lehnte sich wieder an eine der Wände neben den , und Philipp stellte sich leicht breitbeinig in den Gang. In der Hand hielt er ein Mikrofon und ein Aufnahmegerät. „Meine Damen und Herren“, rief er über den Fahrtlärm hinweg. „Mein Name ist Philipp Hofstätt und ich arbeite für Fritz!radio. Ich würde gerne einige kurze Interviews mit Ihnen führen, wenn Sie möchten. Wir sind auf der

Suche nach kleinen Geschichten von Menschen, für die heute ein besonderer Tag ist, den sie hier in der Bahn in Berlin verbringen. Also, wenn es zum Beispiel Ihr fünfzigster Hochzeitstag ist oder Sie gerade Vater geworden sind und auf dem Weg vom Krankenhaus nach Hause sind, dann würden wir uns über ein kurzes Statement von Ihnen freuen.“ Er zog einige Umschläge aus seiner Umhängetasche hervor. „Für jeden oder jede, die mir etwas erzählen, haben wir als Dankeschön auch ein kleines Präsent dabei. Also“, er sah aufmunternd in die Runde. „Wer möchte mir etwas anvertrauen?“ Zu meiner Überraschung meldeten sich tatsächlich zwei Fahrgäste in den Reihen vor mir. Eine war eine junge Frau mit einem vielleicht vierjährigen Jungen mit aufgeschürften Knien neben sich. Philipp trat neben sie und schaltete sein Aufnahmegerät ein. „Heute hat Jason sich das erste Mal getraut, ohne Stützräder Fahrrad zu fahren. Dafür habe ich ihm ein Eis in seiner Lieblingseisdiele versprochen. Da fahren wir gerade hin.“ Philipp lächelte und zwinkerte dem Jungen zu, der sich hinter dem Arm seiner Mutter zu verstecken versuchte.

„Na, für den Mut hast du auf jeden Fall einen Applaus verdient!“ Einige der anderen Fahrgäste fielen in sein Klatschen mit ein.

„Was ist denn deine Lieblingseissorte?“

„Erdbeere“, kam die Antwort hinter dem Ärmel der Frau hervor. Philipp ließ sie einen der Umschläge, die anscheinend Eintrittskarten für Berliner Museen und Bäder enthielten, wählen. Dann setzte er sich zu einem Mann mit dunklen Haaren und kräftigem Schnauzbart, der sich ebenfalls gemeldet hatte.

„Was macht diesen Tag besonders für Sie?“ Der Mann räusperte sich, bevor er ins Mikro sprach.

„Heute ich bringe heim die Asche von meine Mutter“, sagte er. Seine Stimme war heiser.

„Mein herzliches Beileid“, meinte Philipp nach kurzem Schweigen. „Wohin geht die traurige Reise?“, fragte er dann vorsichtig.

„Nach Bukarest. Aber ist nicht traurig. Familie ist glücklich, weil kann geben Mutter gutes Grab und erfüllen letzten Wunsch.“

„Sie wollte zu Hause beerdigt werden.“ Der Mann nickte zu Philipps Worten, und dieser dankte ihm für seine Erzählung. Aus den Umschlägen wählte der Mann Schwimmbadkarten für seine Kinder. Dann setzte Philipp sich zu mir.

„Und was ist Ihre Geschichte?“ Das Mikro ragte vor mir auf und machte mich nervöser, als ich gedacht hätte.

„Ich habe heute Geburtstag“, antwortete ich und hoffte, Philipp würde die Leute im Waggon jetzt nicht dazu bringen, ein Ständchen zu singen. Nachdem, was der Rumäne vor mir erzählt hatte, kamen mir meine Worte reichlich banal vor.

„Wie alt werden Sie, wenn ich fragen darf?“

„23.“

„Ah, also das Alter, in dem man noch ehrliche Antworten auf diese unhöfliche Frage bekommt.“

„Wer weiß? War ich ehrlich?“ Ich zwinkerte ihm zu, und er erwiderte das Zwinkern fast unmerklich.

„Auf jeden Fall herzlichen Glückwunsch Ihnen! Wohin fahren Sie denn an Ihrem Geburtstag?“ Ich zögerte einen Augenblick. Sollte ich sagen, dass ich das Ziel der Fahrt nicht kannte, da zwei meiner Freunde mich auf eine Schnitzeljagd durch die Bahnen eingeladen hatten? Doch ich kannte ja das Ziel.

„Zum Ostbahnhof. Ich treffe mich da mit meinem Ex-Freund für eine Aussprache," antwortet ich wahrheitsgemäß.

„Neues Lebensjahr, neuer Mut?" Philipps Stimme hatte den glatten Ton aller Radiomoderatoren und verriet nicht, was er dachte. Ich nickte, und er drückte mir einen der Umschläge in die Hand.

„Besuchen Sie mal das Pergamonmuseum, da wird es Ihnen sicherlich gefallen. Und glauben Sie mir, kein Treffen mit Ex-Freunden kann so dramatisch sein, wie der Kampf der Titanen gegen die Urgötter." Damit verabschiedete er sich und stieg an der nächsten Station aus. Als ich sah, dass Leon ebenfalls ausstieg, schlüpfte ich schnell noch durch die Türen, bevor sie sich schlossen.

„Hey ihr zwei! Dankeschön!" Ich umarmte sie am Treppenaufgang und hielt sie vielleicht ein wenig länger fest als nötig. Dann holte ich die Karte für das Pergamonmuseum aus dem Umschlag.

„Griechische Antike, hm? Genau das Richtige für eine frischgebackene Literaturwissenschaftsstudentin."

„Währet den Anfängen!", intonierte Philipp. Er musterte mich. „Sag mal, triffst du jetzt echt deinen Ex?", fragte er dann, eine Spur ernster. Ich nickte und warf einen Blick auf die Uhr am Bahnsteig.

„Ja, und ich sollte die nächste Bahn Richtung Ostbahnhof nehmen."

„Schade", meinte Leon. Wir wären gerne dein Geschenk gleich einlösen gegangen."

„Gerne ein anderes Mal. Aber wo habt ihr denn das Geld für die ganzen Eintrittskarten her? Habt ihr auf dem Alex gesungen und `nen Hut rumgehen lassen?"

Leon deutete mit dem Daumen auf Philipp. „Nein, weit langweiliger. Seine Tante arbeitet bei der Touristeninfo und kriegt manchmal Freikarten." In dem Moment fuhr die nächste Bahn ein, und ich verabschiedete mich schnell. Philipp lief neben dem Waggon her und schnitt Grimassen durchs Fenster, bis die Bahn zu schnell für ihn wurde. Ich lachte und musste zugeben, dass die Ablenkung gewirkt hatte.

Nun jedoch, als die Bahn dem Ostbahnhof immer näherkam, hatte ich das Gefühl, eine Faust würde sich fest um mein Herz schließen. Ich versuchte gegen die Angst anzukommen und schimpfte mich töricht. Ich war schließlich keine 16 mehr. Was sollte der Aufstand? Doch vollständig konnte ich das beklemmende Gefühl nicht abschütteln. Es hatte schon seinen Grund gehabt, warum ich sang- und klanglos untergetaucht war. Noch immer schmeckte ich die bittere Enttäuschung, wenn ich an das Ende meiner Beziehung mit Sönke dachte. Auch die Traurigkeit lauerte noch an einem Ort, tief in mir drin, den ich nur selten zu berühren wagte. Lieber deckte ich alles zu und versuchte meine Gefühle so wenig wie möglich an die Oberfläche kommen zu lassen. „Harte Schale“ hatte Philipp das wohl nicht ganz zu Unrecht genannt, auch wenn er vielleicht etwas Anderes gemeint hatte. „Kalt wie ein Fisch“, war ich auch schon von einer Cousine genannt worden. Doch das stimmte nicht. Wenn es mich alles kalt lassen würde, wäre die Versuchung, auch dieses Mal einfach weiterzufahren und Sönke stehen zu lassen, nicht so groß gewesen.

Doch ich stieg aus. Ich wollte endlich einen Schlussstrich ziehen. Dieser Tag hatte mir gezeigt, wie Recht Nettie heute am Telefon hatte. Ich war noch weit davon entfernt, die Beziehung mit Sönke abhaken zu können. Während meine Augen über die Anzeigetafel auf der Suche nach dem richtigen Gleis huschten, vibrierte mein Handy gleich zweimal hintereinander.

„Viel Glück“, schrieb Leon. Philipps Nachricht öffnete ich auf der Treppe zum Gleis.

„Wird's eine selige Wiedervereinigung oder brauchst du wen zum Fresse polieren?"

„Wer weiß?", dachte ich und ließ meinen Blick über die Menschen am Bahnhof schweifen. Doch ein für die Situation völlig unpassendes Grinsen schlich sich auf mein Gesicht. Das gefror mir jedoch, als ich Sönke entdeckte. Er schob sich gerade durch die Zugtüren auf den menschenüberfüllten Bahnsteig. Auf dem Rücken hatte er seinen alten Reiserucksack, mit dem wir schon einige Zeltausflüge gemacht hatten. Er trug außerdem eine Reisetasche vor sich her. Jetzt drehte er den Kopf leicht, als er einer Frau mit Kinderwagen auswich, und ich konnte sein Profil sehen. Es war wie ein Schlag in die Magengrube.

„Oh Gott, ich kann das nicht!"

Mir wurde klar, dass ich mir den ganzen Morgen etwas vorgemacht hatte. Allein sein Anblick ließ all die mühsam hochgezogenen Mauern wieder einstürzen. Mir war, als lägen nicht Monate zwischen jetzt und der Zeit, als er mir mit seinen Worten mehr wehgetan hatte, als irgendein Mensch zuvor. Und mit seinen Taten. Sönke richtete sich auf und reckte den Hals in dem Versuch, mich zwischen den zum Ausgang strömenden Menschen zu entdecken. Ohne lange drüber nachzudenken, drehte ich mich um und rannte die Treppe wieder hinunter.

„Du bist so ein verfluchter Feigling", dachte ich, als ich in der S-Bahn zu mir nach Hause saß, und drückte die Stirn gegen die kühle Fensterscheibe. Aber ich kehrte nicht um und ignorierte auch mein ständig vibrierendes Handy.

♦

Traveling Lady stay awhile until the night is over. I am just a station on your way …

Leonhard Cohens sonore, melancholische Stimme drang aus voller Lautstärke durch meine Räume, während ich zusammengerollt auf meinem Sofa lag und mir die Augen ausweinte. Über meine Feigheit und Unfähigkeit Sönke ins Gesicht zu sagen, er solle sich zum Teufel scheren. Über die Illusion alle Wunden wären verheilt. Am meisten jedoch darüber, ihm einfach nicht verzeihen zu können. Wann würde es mir endlich alles nur noch egal sein? Nicht so lange ich ein Stechen im Unterleib spürte, sobald ich an sein Gesicht dachte. Ich rollte mich enger zusammen und legte die Hand schützend über die schmerzende Stelle.

Als zum zweiten Mal das leise Surren ertönte, welches das Ende der CD anzeigte, setzte ich mich schließlich auf, trocknete mir das Gesicht mit der Hand und beschloss, eine Kanne Tee würde alles besser machen. Tee stillt Durst und Tränen, sagte Nettie immer, und ich hatte weiß Gott genug geweint für heute. Mein Handy hatte ich nicht nur ausgeschaltet, sondern ganz unten in meinem Kleiderschrank unter die alten T-Shirts geschoben. Nicht dass es einen Unterschied machte, aber es gab mir ein gutes Gefühl, Sönkes einzige Möglichkeit, mich zu kontaktieren, gut vergraben zu wissen.

In das Geräusch des siedenden Wasserkochers hinein ertönte meine Türklingel. Ich fuhr mir noch mal übers Gesicht und nahm den Hörer von der Gegensprechanlage.

„Ja, hallo?“

„Nina, ich bin’s.“

Sönke.

Er hatte meine Adresse. Ich stand wie vom Donner gerührt, den Hörer in der Hand und brachte kein Wort heraus.

„Nina, bitte. Wir müssen reden.“ Ich schwieg.

„Nina?“

Konnte ich ihn einfach da unten stehen lassen? Wie lange würde er warten? Wie lange war ich bereit, nicht aus dem Haus zu gehen?

„Nina bitte.“

„Jetzt kannst du nicht mehr weglaufen“, dachte ich und biss mir in den Handballen. Einen Moment zögerte ich noch, dann drückte ich den Türsummer. Verflucht, Verflucht, Verflucht! Jetzt hatte ich fünf Stockwerke Zeit, mich für das Treffen zu wappnen. Es funktionierte natürlich nicht.

„Woher hast du meine Adresse?“, fuhr ich Sönke gleich an, als er aus dem Fahrstuhl stieg.

„Henriette hatte Briefe von dir auf dem Schreibtisch liegen.“

Da stand er also, überragte mich um einen Kopf, trug die abgetragene Lederjacke und sein Lächeln, das mir mal die Knie hatte weich werden lassen.

„Darf ich reinkommen?“ Wortlos trat ich beiseite und ließ ihn ein. Mit einem erleichterten Seufzen lud er den schweren Rucksack und die Reisetasche ab. Ich runzelte die Stirn. Wie lange wollte er hierbleiben? Sönke sah sich in meinem Wohnzimmer um, blickte durchs Fenster auf den schmalen Balkon und die Fensterfront des Plattenbaus gegenüber und nickte.

„Nett hast du es hier.“ Ich zuckte mit den Schultern, stellte ihm eine Tasse hin und goss den Tee auf. Dann setzte ich mich in den Sessel ihm gegenüber und wartete. Er enttäuschte mich nicht. Schon nach den ersten Belanglosigkeiten, beugte er sich vor und griff nach meinen Händen.

„Nina, ich hab Scheiße gebaut. Du hast jedes Recht, auf mich sauer zu sein.“ Es war mir unangenehm, dass er meine Hände festhielt, während er Entschuldigungen und Rechtfertigungen hervorbrachte. Seine braunen Augen, die mich wohl schon mit jeder menschenerdenklichen Emotion angesehen hatten, suchten meine. In den Tagen der ersten Verliebtheit hatte ich mich fast vor seinen Blicken ein wenig gefürchtet, da ich das Gefühl gehabt hatte, er könne mich mit ihnen an die Wand nageln. Ich war vollkommen überfordert von der Intensität seines Blickes gewesen. Ein wenig erinnerte mich Katleen an diese Momente, da sie mit den Augen vielmehr auszudrücken vermochte als nur die Worte, die sie sagte. Jetzt musste ich jedoch feststellen, dass Sönkes Augen mich nicht mehr fesseln konnten. Statt ihm meine Hände einfach zu entreißen, löste ich sie kontrolliert langsam aus seinem Griff. Mit Wutausbrüchen kam man bei ihm nie weit. Wie vertraut er mir noch war. Jede seiner Gesten, der Ton seiner Stimme, die Lichtreflexe auf seinem roten Haar ... Dennoch war da eine unüberbrückbare Kluft zwischen uns. In mir war etwas kaputtgegangen, das ich nicht reparieren konnte und vor allen Dingen nicht wollte. Das sagte ich ihm auch.

„Ich habe hier ein neues Leben angefangen, Sönke. Es hat doch keinen Sinn, etwas neu aufzulegen, das, wenn wir mal ehrlich sind, schon lange kaputt war. Dein Seitensprung war doch nur die Folge davon."

Er sah mich jedoch liebevoll an, stand auf und trat neben meinen Sessel. Seine Hand fuhr über meine Wange. Ich versteifte mich schlagartig.

„Ich gebe dir Zeit, Nina. So viel du willst. Wir kriegen das wieder hin." Ganz entgegen seiner Worte beugte er sich zu mir hinunter und presste seine Lippen auf meine. Ich drehte ruckartig den Kopf weg und stieß ihn von mir.

„Nein, Sönke! Lass das!“ Ohne meinen Ton zu beachten ging er neben meinem Sessel in die Hocke. Er kannte das schon von mir. Wahrscheinlich dachte er, er wüsste genau, wie er mit mir umgehen müsse, wenn ich mal wieder kratzbürstig war.

„Ich kann nach Berlin kommen, Nina. Jedes Wochenende. Von Greifswald sind das nur zweieinhalb Stunden.“ Seine Hände tasteten nach mir, fuhren über meinen Arm, mein Schlüsselbein, glitten tiefer ... Vielleicht hoffte er, bei mir einen Funken Leidenschaft auszulösen, doch in mir war nur Widerwillen. Ich wollte nicht, dass er mich anfasste. Er sollte nicht in meiner Nähe sein und schon gar nicht nach Berlin kommen! Ich stand so heftig auf, dass ich gegen den gläsernen Couchtisch stieß und die Teetassen darauf scheppernd umfielen.

„Geh! Jetzt sofort!“ Sönke sah zu mir auf. Etwas in meinem Gesichtsausdruck schien ihn zu warnen weiterzumachen. Langsam erhob er sich und breitete die Hände aus. Eine beruhigende Geste, ein Friedensangebot. Doch mir fiel nur auf, wieviel größer er war als ich.

„Es tut mir leid, Nina. Wirklich. Ich hätte nicht ...“, er brach ab und rieb sich mit beiden Händen übers Gesicht. „Gott, ich hab dich so vermisst! Ich kann nicht mehr klar denken … Nina, bitte …“ Er ging zu seinem Rucksack und zog eine Leinentasche hervor. Eine Stange Lauch ragte über den Rand.

„Pass auf, ich koch uns jetzt was, ja? Als Entschuldigung. Lass uns nur zusammen essen, ja? Nur essen.“ Er ging an mir vorbei in meine Küche, um dort die Lebensmittel auf der kleinen Arbeitsfläche auszubreiten. Dabei streifte er mich wie zufällig. Er würde nicht einfach gehen, das war mir klar. Sönke war ein sanfter Mensch - meistens. Aber auch verdammt hartnäckig, wenn er was wollte. Ich hätte nicht gedacht, dass ich noch wütender werden könnte, doch die eiskalte Wut, die jetzt in mir aufstieg, übertraf alles. Was nahm der sich eigentlich heraus? Benutzte meine Freundin, um sich wieder in mein Leben zu drängen! Tauchte hier auf und glaubte mit ein bisschen Streicheln wäre alles wieder gut. Ich würde ihn rausschmeißen müssen. Es würde unschön werden, aber der Gedanke ihn und seine aufdringlichen Zärtlichkeiten länger aushalten zu müssen, war mir unerträglich. Und wenn er sich weigerte zu gehen? Hätte ich körperlich wirklich eine Chance gegen ihn?

„Vielleicht brauche ich jetzt doch jemanden zum Fresse polieren", dachte ich und formte mit der kalten Entschlossenheit, die mich ergriffen hatte, einen Plan.

Philipp. Sie mussten sich ja nicht unbedingt prügeln, aber er könnte meinen neuen Freund spielen. Und dabei den Fetischisten raushängen lassen oder so etwas. Wenn einer den sehr konservativen Sönke schocken konnte, dann Philipp. Vielleicht so sehr, dass jeglicher Wunsch, mich zurückzugewinnen, nachdem ich mich mit so einem eingelassen hatte, aus Sönkes Kopf verschwand.

Es war ein niederträchtiger Gedanke, doch ich war zu wütend, um mich seiner zu schämen. So ließ ich Sönke kochen, sagte, ich würde mich gerade umziehen und verschwand in meinem Schlafzimmer. Dort kramte ich das Handy unter den T-Shirts wieder vor und rief Philipp an. Nachdem er gemerkt hatte, wie ernst es mir war, ließ er die Sprüche stecken und hörte zu. Wahrscheinlich war einiges von meiner nur knapp unterdrückten Wut in meiner Stimme zu hören. Ich war mir selbst nicht sicher, was ich machen würde, wenn der Kerl mich nochmal anfassen sollte.

„Wenn du das hinkriegst, Philipp, spiele ich alles, was du willst, in den S-Bahnen. Alles!" Ich konnte mir sein Grinsen förmlich vorstellen, als er meinte: „Ich nehme Euch beim Wort, holde Maid. In \`ner Viertelstunde bin ich da." Es wurde dann doch fast eine

Stunde daraus und ich erwischte mich dabei, wie ich vor Ungeduld auf meinem Daumennagel herumbiss.

Ich wusste nicht genau, was ich erwartet hatte - vielleicht Leder und schamlose Knutschszenen - doch als ich nach dem lang ersehnten Klingeln die Wohnungstür öffnete und Philipp aus dem Fahrstuhl treten sah, war ich erst einmal sprachlos. Er trug einen grauen Anzug, hatte die Haare ordentlich zurückgekämmt und war glattrasiert. Sein ganzes Auftreten strahlte Seriosität aus.

„Einen schönen guten Tag, Frau Sievers. Hofstätt mein Name, von der Ausländerbehörde Lichtenberg." Philipp zeigte mir kurz eine Ausweiskarte und ließ sie dann wieder in seiner Tasche verschwinden. Ich erkannte dennoch den Bibliotheksausweis der TU.

„Darf ich reinkommen?" Es war gut, dass ich mit dem Rücken zu Sönke stand, denn ich hatte meine Gesichtszüge ganz sicher nicht sofort unter Kontrolle.

„Ähm, ja. Natürlich", murmelte ich und ließ ihn eintreten. Er sah sich prüfend um und nickte dann Sönke zu.

„Ich gehe mal davon aus, dass Sie nicht Herr Kutesa sind?" Sönke verneinte, und ich musterte Philipp vorsichtig. Was hatte er vor?

„Wo befindet sich denn ihr Ehemann, Frau Sievers?"

Ehemann? Das war also Philipps Spiel.

„Er ... ähm ... arbeitet."

„So, so. Hat er denn schon eine Arbeitserlaubnis erhalten? Sie haben doch erst vor zwei Wochen geheiratet. Normalerweise mahlen unsere Mühlen da ein wenig langsamer."

Himmel, Philipp war gut. Ich nahm ihm den arroganten, latent rassistischen Beamten fast selbst ab.

„Nein. Also, er hilft einer Freundin im Garten“, beeilte ich mich zu sagen. Dabei fühlte ich Sönkes fassungslosen Blick auf mir.

„Was hat das zu bedeuten, Nina?“

Ich senkte den Blick. „Ich wollt es dir ja sagen, aber du hast mich gar nicht zu Wort kommen lassen ...“

„Du hast geheiratet??“ Ich nickte wortlos und Schweigen breitete sich zwischen uns aus.

„Frau Sievers, ich störe ungern, aber ich habe die Eheschließungsunterlagen hier. Wir bringen sie immer gerne persönlich vorbei, um uns ein Bild zu machen. Sie wissen ja, gerade in solchen Fällen wie Ihrem kann man eine Scheinehe nicht ausschließen ...“

„Weil er Afrikaner ist, oder was?“, fauchte ich Philipp an und war froh, etwas zum Improvisieren gefunden zu haben. Sönkes geschocktes Gesicht hatte mich in meinem Einfallsreichtum gelähmt. Doch wir mussten gar nicht mehr viel weiterspielen. Während Philipp so tat, als würde er einen prüfenden Blick ins Schlafzimmer und Bad werfen, schien Sönke den ersten Schock überwunden zu haben. Jetzt wurde er wütend.

„Das hätte ich echt nicht von dir gedacht! Bist kaum hier und schon wirfst du dich irgendeinem Kerl an den Hals!“

„Ist ja wohl nicht mehr deine Sache!“, gab ich zurück. „Ich hab mich verliebt und fertig.“

„Und dann musstest du ihn gleich heiraten? Brauchte er eine Aufenthaltsgenehmigung, oder was?“

Ich funkelte ihn zornig an. „Wir lieben uns! Ist mir egal, was so Scheißspießer wie du dazu denken!“

„Spießer, ja?“ Sönke zog sich wütend seine Jacke über. „Du bist so blöde, Nina! Der Kerl nutzt dich doch nur aus!!“

„Raus!“, zischte ich ihn an. Er schulterte seinen Rucksack, nahm die Tasche auf und sah mich verächtlich an. „Das wird richtig schiefgehen, Nina. Aber glaub nicht, dass du hinterher wieder angekrochen kommen kannst.“

„In hundert Jahren nicht! Und jetzt verzieh dich!“ Damit riss ich die Wohnungstür auf und schmiss sie krachend hinter Sönke wieder ins Schloss. Regungslos blieb ich stehen, während das Summen des Aufzuges draußen erklang. Ich lehnte mich gegen die Tür und ließ mich an ihr herunterrutschen, bis ich auf dem Boden saß. Der Vorhang war gefallen, die Anspannung ließ nach und zurück blieb ein inneres Zittern, das mir jede Kraft nahm.

„Was ein verfluchter Mist“, murmelte ich leise und versuchte mich wieder in den Griff zu kriegen. Wer hätte gedacht, dass Sönkes und meine Liebe mal so enden würde? Ich fuhr mir durchs Gesicht. Vielleicht würde ich mich irgendwann wegen dieser Farce schäbig fühlen, doch jetzt war mir fast schlecht vor Erleichterung. Philipp schaute um die Ecke und hielt eine Zahnbürste und Boxershorts hoch.

„Schätze mal, die muss ich jetzt nicht mehr platzieren“, meinte er dabei.

„Nee, du warst überzeugend genug.“ Ich betrachtete ihn. Es tat gut, ihn jetzt hier zu wissen. In bester Betonpfeilermanier half seine Unbekümmertheit über Vieles hinweg.

„Wo hast du denn den Anzug her?“

Philipp grinste schief und zupfte an den Ärmeln des Anzuges. „Leon. Darum ist er auch ein wenig zu kurz, aber das ist deinem Feuerkopf nicht aufgefallen.“ Er legte die Boxershorts und Zahnbürste auf meine Garderobe. „Die muss ich Leon auch wieder zurückbringen. War gerade bei ihm, als dein Notruf kam.“

Ich verbarg das Gesicht in den Händen. „Gott, Philipp! Verheiratet?? Was soll ich meinen Eltern sagen, wenn er ihnen davon erzählt?“

Philipp ließ sich neben mir nieder und lehnte den Rücken an die Tür. „Die Wahrheit.“

„Und wenn Sönke dann rauskriegt, dass wir ihm nur was vorgespielt haben?“

Philipp zuckte mit den Schultern. „Und wenn. Nachdem wir den so verarscht haben, hat der bestimmt keinen Bock mehr auf dich.“ Er warf mir einen Blick zu. „Du willst doch ganz sicher nix mehr von ihm, oder? Sag nicht, ich hab hier gerade was kaputt gemacht, was du noch reparieren wolltest.“

Ich schüttelte den Kopf.

„Nein, es ist ganz sicher vorbei.“ Ich schwieg eine Weile. „Jetzt stehe ich wohl in deiner Schuld“, meinte ich schließlich.

Er zwinkerte mir zu. „Und so was, Maid Nina, vergesse ich nicht.“ Dann legte er den Kopf schief und sah mich nachdenklich an. „Das ging dir ganz schön unter die Haut, oder?“

Ich senkte den Blick.

„Hätte ich ihn doch verprügeln müssen? Ist er dir zu nahegetreten?“

Ich zögerte, schüttelte dann aber den Kopf.

„Hm, wäre auch nicht einfach gewesen, einen plötzlichen Angriff einzubauen, ohne aus der Rolle zu fallen.“ Philipp machte keine Anstalten aufzustehen, und ich fühlte mich so müde, als hätte ich eine Schlacht hinter mir. So saßen wir einfach nur schweigend auf den grauen Teppichfliesen meines Flurs, während fünf Stockwerke unter uns meine erste große Liebe zutiefst verletzt das Haus verließ und mit der Tram auf Nimmerwiedersehen davonfuhr.

„Du darfst nicht glauben, dass es immer schon so war“, meinte ich schließlich, ohne Philipp anzusehen. „Wir waren mal ziemlich verliebt, und das erste Jahr mit Sönke war schöner als alles, was ich zuvor erlebt hatte.“ Philipp knöpfte die Anzugsjacke auf und legte die Arme auf seine angewinkelten Knie.

„Glaub mir, Nina, ich bin der Letzte, der sich irgendwelche Urteile über Beziehungen erlaubt.“ Ich zog ebenfalls die Knie an, legte den Kopf darauf und sah ihn von der Seite an.

„Versprochen?“, fragte ich leise. Er nickte wortlos, und ich erzählte ihm von Sönke und mir. Wobei ich auch mit mir hart ins Gericht ging. Ich war alles andere als unschuldig am Scheitern unserer Beziehung. Meine Worte verklangen, und wir schwiegen lange.

„Es ist traurig, wenn etwas Schönes zu Ende geht, Nina. Leider ist das Ende oft hässlich, und es bleibt nur der bittere Nachgeschmack im Gedächtnis.“ Philipp erhob sich umständlich und streckte mir die Hand entgegen, um mir aufzuhelfen. „Vielleicht könnt du und dein Feuerkopf die schönen Seiten in Erinnerung behalten, wenn die erste Wut verraucht ist.“ Ich ließ mich auf die Füße ziehen und lächelte traurig.

„Nach heute muss aber ganz schön viel Wut verrauchen - auf beiden Seiten.“ Philipp nickte und blickte auf seine Armbanduhr. „Interessantes Arrangement im Bad, übrigens“, meinte er dabei.

„Bitte? Ach, du meinst das Spiegelmosaik.“ Fahrig schob ich die Hand in die Hosentasche und holte die zerknickte Eintrittskarte fürs Pergamonmuseum hervor. „Die kommt da auch noch hin, wenn wir drin waren.“ Ich fuhr mir durchs Haar und blickte ihn ratlos an. „Null

Ahnung jedoch, was für ein Symbol ich für deine glorreiche Scheinehenidee nehmen soll ..."

Philipp blies imaginären Staub von den Ärmeln seines Anzuges. „Ja, so sind meine Ideen. Unerwartet, nicht fassbar und durchweg brillant!" Dann wurde sein Blick wieder ernster. „Tut mir echt leid, Nina, aber ich muss bei meinem Vater vorbeischauen. Soll ich Leon oder Katleen fragen, ob sie rüberkommen? Ich würde dich jetzt ungern allein lassen."

Ich schüttelte den Kopf und schenkte ihm ein aufrichtiges Lächeln. „Nein, lieb von dir, aber ich glaube, ein wenig allein sein, ist jetzt gerade genau richtig." Ich umarmte ihn zum Abschied. „Danke fürs Kommen, Philipp." Er verstärkte die Umarmung kurz, bevor er sich löste und die Hand zum Gruß an die Stirn führte. „Immer einsatzbereit!" Dann zog er die Wohnungstür hinter sich zu, und ich hörte seine Schritte im Treppenhaus verklingen.

♦

Es war stockdunkel im Restaurantraum. Obwohl Leon, Katleen und Philipp keinen Meter von mir entfernt hingesetzt worden waren, konnte ich sie nicht sehen. Um mich herum hörte ich Geschirr klappern, leise Stimmen, Lachen und das Rascheln von Kleidung. Der blinde Kellner, der uns zu unserem Platz im Dunkelrestaurant geführt hatte, stand neben mir und begann nun die Getränkekarte vorzustellen. Die unsicht-bar war ein weiterer Punkt auf Philipps Liste, mit der er mir Berlin näherbringen wollte. Es war nicht wirklich günstig, doch das Erlebnis in völliger Dunkelheit zu essen, umgeben von anderen Restaurantbesuchern, die man nur hörte und bedient werden von blinden Kellnern, die mühelos ihren Weg fanden, war außergewöhnlich.

„Bereit für die Action, Novizin?“, hörte ich Philipp fragen, als der Hauptgang serviert worden war. Seine Stimme war direkt neben mir. Ich hatte nicht mitbekommen, wie er aufgestanden war.

„Wehe, wir werden wegen dir hier rausgeschmissen, Philipp!“, warnte Katleen.

„Was, wegen mir? Nie im Leben, holde Maid!“

„Spar dir die holde Maid, Meister. So wie du heute Nachmittag drauf warst, trau ich dir alles zu.“

„Weiß nicht, was du meinst.“

„Ach ja? Deine Sprüche und Späße gingen nur knapp an Beleidigungen vorbei, das heißt normalerweise entweder Stress zu Hause oder ein Rendezvous mit der bezaubernden Sabrina.“

„Ich tippe auf Sabrina“, meldete sich nun Leon zu Wort. „Hat sie dir wieder aufgelauert?“

„Angerufen“, brummte Philipp. Katleen seufzte. „Was gehst du da denn noch dran? Mal ehrlich Philipp, da bist du schon fast selbst schuld. Was war es denn diesmal? Wollte sie dich zurückerobern oder hat sie dir vorgeheult, was für ein elender Schweinehund du bist?“ Philipp antwortete nicht. Stattdessen spürte ich, wie er die Hand um meinen Arm schloss und mich mit sich zog.

„Genug Beziehungsgefasel. Ich hab dir eine einwandfreie Performance versprochen. Die sollst du auch geboten bekommen.“

„Vielleicht sollten wir mit Sabrina auch so `ne Show abziehen wie mit Sönke? Du hast deswegen noch einen bei mir gut. Sag Bescheid, wenn du Unterstützung brauchst“, meinte ich, während ich ihm durch den finsteren Raum folgte. Sönke war nicht wieder bei mir aufgetaucht, aber wie befürchtet hatten meine Eltern Wind von der Sache bekommen. Ich hatte einige unerfreuliche Telefonate hinter mir, in denen ich das Ganze aufzuklären versuchte. Meine Mutter war nun davon überzeugt, dass Berlin mir nicht guttue und ich in dubiose Gesellschaft geraten sei. Von Schauspielern hielt sie eh nicht viel. Die Stimmen um uns herum waren lauter geworden, als hätte die Dunkelheit ihren Schrecken verloren. Der Duft von blumigen Parfums und herben Aftershaves mischte sich mit Essensgeruch. So intensiv war mir die Veränderung des Geruchs von einem Tisch zum anderen noch nie in anderen Restaurants aufgefallen.

„Ich fürchte die Sache mit Sabrina ist etwas komplizierter." Philipps Stimme klang gedämpft, als habe er den Kopf abgewandt. Plötzlich hielt er an, so dass ich dicht neben ihm zum Stehen kam. Er rührte sich nicht und schwieg. Ich verharrte ebenfalls und lauschte auf das Stimmengemurmel um uns herum. Durch den Stoff meiner Bluse spürte ich seine Körperwärme und nahm den leichten Geruch nach Zedernholz wahr, als er sich dicht zu meinem Ohr hinabbeugte.

„Lust auf ein wenig Show?"

„Leg los!", wisperte ich zurück. Ich merkte, wie er einige Schritte näher an einen der Tische herantrat.

„Verzeihen Sie die Störung", begann er in höflichem Ton, „Aber es scheint ein kleines Problem bei der Buchung der Tische gegeben zu haben. Könnten Sie mir den Namen nennen, auf den sie reserviert haben?"

„Teckmann", antwortete ihm ein Mann vor uns.

„Ah ja. Und Sie haben für 3 Personen reserviert?"

„Nein für vier – für meine Frau, unsere beiden Söhne und mich."

„Hm, da lag dann das Problem, bei uns wurde für drei Personen eingetragen. Ich habe hier nun eine junge Dame, die ebenfalls reserviert hat, doch an Ihrem Tisch scheint kein Platz mehr zu sein."

Er schwieg kurz. „Könnten Sie sich in diesem Fall vorstellen, den Platz mit ihr zu teilen?"

„Wic das?", kam die verwirrte Rückfrage des Mannes.

„Nun vielleicht könnten Sie 10 Minuten auf dem Stuhl sitzen und die nächsten 10 Minuten die junge Dame?" Philipps Stimme hatte den beflissenen, entschuldigenden Kellnerton, und ich fragte mich, ob er wohl dennoch heimlich grinste.

„Hören Sie, wenn Ihre Mitarbeiter einen Fehler gemacht haben, sollten Sie für eine passende Entschädigung sorgen", schaltete sich nun die Ehefrau ein. Ihre Stimme ließ das Bild einer starkgeschminkten Endvierzigerin in zu engem Kostüm mit Perlenkette in mir aufsteigen.

„Ähm ja, sicherlich." Philipp zögerte und fuhr dann an den Mann gewandt fort. „Und wenn Sie die Dame auf den Schoß nehmen würden?"

„Bitte??"

„Also, da hört sich ja alles auf!"

Ich biss mir auf die Lippen, um nicht zu lachen, und tastete nach Philipps Arm.

„Nein, das wird nicht nötig sein - vielleicht könnte ich morgen wiederkommen? Und Sie erlassen mir einfach ein wenig vom Preis?" Philipp murmelte einige entschuldigende Worte zu dem erbosten Ehepaar und wünschte einen weiteren guten Appetit. Dann spürte ich, wie er sich kurz verbeugte, bevor er mich weiterzog.

„Wozu die Verbeugung, wenn's dunkel ist?", flüsterte ich.

„Fürs Gefühl. Na, was denkst du?"

„Die Dunkelheit tut dir keinen Abbruch“, meinte ich anerkennend. Dann hielt ich überrascht inne, da ich Philipps Hände auf meinem Gesicht spürte. Tastend fuhren seine Finger über meine Haut.

„Ha! Geschafft! Du lächelst!“, meinte er kurz darauf. „Ich hab schon gedacht, das Treffen mit deinem Ex hätte dir das Gesicht eingefroren.“ Ich hielt seine Hände an den Handgelenken fest und trat einen Schritt zurück.

„Was mich daran erinnert, dass du immer noch mein Fahrrad gefangen hältst. Wann gibst du mir endlich den Schlüssel für das vermaledeite zweite Schloss?“ Bevor Philipp antworten konnte, entdeckte uns einer der Kellner, der an uns vorbeiging. Ein richtiger diesmal. Er fragte, weshalb wir aufgestanden seien, es sei doch im Vorfeld ausführlich erklärt worden, dass das Herumlaufen im Dunkelrestaurant nicht gestattet sei.

„Tut mir schrecklich leid, aber Nina hier war nicht gut, und ich wollte sie an die frische Luft begleiten“, antwortete Philipp. Mit einem Seufzer, der deutlich zeigte, wie oft der arme Mann schon herumirrende Gäste hatte einfangen müssen, geleitete der Kellner uns zum Ausgang.

„Wie kommt`s, dass du dich so gut im Dunkeln zurechtfindest“, fragte ich, als wir der Glaubhaftigkeit wegen draußen vor der Tür standen. Es wehte ein kalter Wind, und ich verschränkte fröstelnd die Arme vor der Brust. Philipp schob die Hände in die Hosentaschen und hob die Schultern.

„Ich hatte mal eine Augenverletzung, bei der sie mir beide Augen bandagiert haben, damit ich sie nicht bewege. Da war ich drei Wochen praktisch blind. Aus der Zeit weiß ich noch einige Tricks.“

„Kommt daher die Narbe?“, fragte ich und hob die Hand, berührte aber nicht die blasse halbmondförmige Narbe an seinem rechten Augenwinkel. Er nickte.

„Was hast du gemacht? Robin Hood im Kindergarten gespielt und einen Pfeil ins Auge gekriegt?“ Philipp schwieg und vergrub die Hände noch tiefer in den Hosentaschen.

„Ne, es war `ne zerbrochene Bierflasche“, meinte er schließlich. Mit der Schuhspitze stieß er einen kleinen Stein vor sich an und beobachtete, wie er den Bürgersteig entlang rollte.

„Ich war 16 ...“

„Hey“, unterbrach ich ihn. „Selbst der unsensibelste Mensch würde mitkriegen, dass du nicht drüber reden willst. Das ist vollkommen in Ordnung für mich. Es gibt passendere Orte für Geständnisse aus der Seelenmottenkiste als dunkle Berliner Straßen im Novemberwind.“ Philipp lachte, und ich meinte eine Spur Erleichterung in seinem Gesicht zu sehen.

„Seelenmottenkiste, ja?“ Er hielt mir die Tür zum Restaurant auf. „Gehört dein Feuerkopf da auch rein?“

„Oh ja, den schicke ich dahin wieder zurück! Ganz tief vergraben mit ordentlich Mottenkugeln drauf.“

„Na, dann lass uns mal zu Leon und Katleen zurückgehen, bevor sie noch denken, ich hätte es wirklich vergeigt und wir wären rausgeworfen worden.“

Der Kellner führte uns zurück zu unserem Tisch. Leon und Katleen waren vertieft in ein Gespräch über die aufkommenden Studentenproteste in Berlin, da Streichungen von Studiengängen und Professuren drohten. Beide waren im AStA tätig und somit beim Organisieren der Studierendenproteste ganz vorn mit dabei. Ohne sie sehen zu können, wusste ich um das Leuchten in ihren Augen, die kaum gezügelte Energie, die von ihnen ausging, sobald sie sich einer Sache verschrieben hatten. Philipp nannte es das Weltverbesserer-Gen, das ihm tragischerweise nicht in die Wiege gelegt worden wäre. Wahrscheinlich umspielte gerade jetzt ein spöttisches Lächeln seine Mundwinkel. Umso überraschter war ich, als er sich in die Unterhaltung einschaltete.

„Habt ihr schon von Professor Grottians Idee gehört? Er will mit verschiedenen sozialen Organisationen gemeinsam eine Bettel-Demo im Grunewald veranstalten.“ Damit hatte er den beiden genug Gesprächsstoff für den Rest des Abends geliefert. Professor Grottian von der freien Uni war berüchtigt für sein Engagement gerade in der linken Szene. Katleen, die an der FU studierte, hatte einige Seminare bei ihm. Es kam nicht selten vor, dass sie mit neuen Denkanstößen aus seinen Veranstaltungen ging, die sie uns dann bei abendlichen Treffen in Leons und ihrer Wohnung auseinandersetzte. Auch als wir uns schließlich auf den Heimweg machten, diskutierte sie noch eifrig mit Leon. Philipp schaute ihnen hinterher, als sich unsere Wege am Alex trennten, da sie noch bei Katleens Freundin vorbeischauen wollten.

„Na, was meinst du? Wie lange wird Leon wohl noch brauchen, um sich seiner Herzensdame zu offenbaren?“, fragte er und ein feines Lächeln umspielte seine Lippen. Ich zuckte mit den Schultern.

„Keine Ahnung. Ist doch seine Sache.“ Philipp drehte sich zu mir um.

„Nun komm, jetzt lass mal die Zurückhaltung fahren und gib mir `ne ehrliche weibliche Einschätzung der Dinge - ihr Frauen habt doch ein Gespür für so was.“

„Na gut. Aus meiner unerschöpflichen weiblichen Weisheit heraus gebe ich ihm noch einen Monat - spätestens dann fasst er sich ein Herz.“ Philipp sah noch mal zur Rolltreppe, wo Katleen und Leon gerade aus unserem Blickfeld verschwanden, und schüttelte skeptisch den Kopf.

„Ich glaube, der schüchterne Junge vom Land braucht noch ne ganze Weile länger, bis er sich der Berliner Frau von Welt offenbart“, meinte er dabei. Bevor ich protestieren konnte, warum er mich dann überhaupt nach meiner Meinung frage, streckte er mir die Hand hin. „Wette gefällig?“

„Ums Recht?“

„Nee, das ist langweilig. Wer verliert, muss den anderen mit etwas überraschen - aber was Ausgefallenes!“ Ich schlug lächelnd ein. Dabei dachte ich an die andere Wette, die noch offen war und bei der es immer mehr so aussah, als würde ich sie verlieren. Nun, im Grunde hatte ich sie schon verloren. Drei Monate waren um, und ich würde ganz sicher nicht wegziehen. Hatten Nettie und ich eigentlich einen Wetteinsatz ausgemacht? Darüber grübelte ich nach, während ich schon mal zum Gleis vorausging. Philipp wollte sich noch eine Zeitung am Kiosk kaufen. Ich konnte mich an keinen Wetteinsatz erinnern und nahm mir vor, Nettie deswegen noch mal anzurufen. Auf der Rolltreppe vor mir stand eine ältere Frau mit Filzhut. Sie schaute missbilligend zu einem Mädchen mit langen blonden Haaren, das ihr Handy ans Ohr drückte und lautstark von ihrer letzten Nacht mit einem gewissen Chris erzählte.

„Ey, die Boxershorts haben mich voll abgetörnt, Alte!“ Ich verkniff mir ein Grinsen. Als ich das Ende der Rolltreppe erreichte und den Bahnsteig betrat, fasste mich jemand plötzlich unsanft am Ellenbogen. Überrascht drehte ich mich um und stand einer fremden Frau gegenüber. Sie musste ungefähr so alt sein wie ich. Vielleicht ein wenig älter. Einige ihrer blonden Haare hatten sich aus der Hochsteckfrisur gelöst und fielen ihr auf die Schultern. Zusammen mit dem verschmierten Make-up machte sie dadurch einen sehr aufgelösten Eindruck.

„Kann ich Ihnen helfen?“, fragte ich und schluckte meinen ersten Ärger hinunter. Anstatt zu antworten, schlug sie mir ins Gesicht. Ich fuhr zurück und fluchte. Mehr aus Überraschung als aus Schmerz.

„Du bist also die Neue!“, giftete die Blonde mich jetzt an. „Schämen solltest du dich! Du Schlampe! Drängst dich in unsere Beziehung!“ Sie holte erneut zum Schlag aus, doch diesmal fing ich ihren Arm ab. Ihre Handgelenke waren erstaunlich dünn und insgesamt war sie gut einen halben Kopf kleiner als ich.

„Was reden Sie da für einen Bockmist? In was für eine Beziehung soll ich mich gedrängt haben? Ich kenn Sie ja noch nicht mal!“, gab ich zurück, wobei ich mich bemühte, meine Lautstärke zu mäßigen. Die anderen Leute auf dem Bahnsteig warfen uns schon skeptische Blicke zu, und ich war mir sicher, dass die Frau mit Filzhut missbilligend den Kopf schütteln würde. Dann kam mir ein Gedanke und ich ließ sie lächelnd los.

„Bist du etwa auch eine S-Bahnspielerin?“, fragte ich leise und nickte ihr anerkennend zu. „Guter Auftritt. Hat Philipp dich hinter mir hergeschickt? Würde ich ihm glatt zutrauen ...“ Ich brach ab. Als ich Philipps Namen nannte, begann sie plötzlich zu weinen. Ein regelrechter Weinkrampf schüttelte ihren zierlichen Körper, während sie mich weiterhin aufs heftigste beschimpfte. Wenn das Schauspiel war, dann spielte sie in einer weit höheren Liga als ich. Meine letzten Zweifel an ihrer Echtheit lösten sich in Nichts auf, als Philipp die Rolltreppe hinaufkam. Er lächelte mir zu, doch sein Gesichtsausdruck wurde schlagartig ernst, als er die Frau vor mir sah. Mit wenigen Schritten war er bei uns und stellte sich zwischen sie und mich. Was darauf folgte, war nicht schön mit anzusehen, und ich entfernte mich taktvoll einige Meter, um Sabrina nicht noch mehr aufzuregen. Denn, dass es wirklich Philipps Ex-Freundin sein musste, war mir jetzt klar. Sie bot alles auf. Schreien, schlagen, weinen ... Einmal stieß sie Philipp heftig von sich. Dabei stolperte er mehrere Schritte rückwärts und wäre beinahe vom Bahnsteig gestürzt. Seine Zeitung fiel ihm aus der Hand und segelte ins Gleisbett. Er selbst fing sich jedoch schnell wieder, ging zu ihr zurück und zog sie in eine feste Umarmung. Zunächst wehrte sie sich noch heftig, dann aber ließ sie die Arme sinken und vergrub das Gesicht in Philipps Mantel. Auch von meiner Entfernung aus, konnte ich sie noch weinen hören.

„Eindeutig nichts, was sich mit ein bisschen Theater lösen lässt", dachte ich betroffen und starrte auf die ausgebreitete Zeitung im Gleisbett. Ob das Papier wohl reißen würde, wenn die S-Bahn einfuhr? Warum fragte ich mich ausgerechnet jetzt so etwas Belangloses? Ich strich mir die Haare hinter die Ohren und überlegte, was ich tun sollte. Vielleicht wäre es klüger, wenn ich die nächste Bahn nach Hause nähme, damit Philipp in Ruhe mit Sabrina reden konnte. Andererseits zögerte ich, ihn in so einer Situation stehen zu lassen. Nachdem Philipp sie einige Zeit einfach nur festgehalten hatte, schaffte er es, Sabrina zu einem der Sitzplätze auf dem Bahnsteig zu lotsen. Sobald sie saß, holte er sein Handy aus der Tasche und ging einige Schritte von ihr fort. Er hob den Kopf und suchte meinen Blick. Stumm formte er „Warte" mit den Lippen, bevor er seinen Anruf tätigte. Sabrina starrte derweil stumpf vor sich hin. Erst dachte ich, sie habe sich wieder beruhigt, doch dann fiel mein Blick auf ihre Hände. Sie hatte eine ihrer Haarnadeln in der Hand und stach unablässig damit auf den Handballen ihrer linken Hand ein.

„Herr im Himmel! Was geht denn hier vor?“ Philipp beendete seinen Anruf und steckte sein Handy wieder ein. Dann ging er vor Sabrina in die Hocke. Er sprach leise auf sie ein und hielt dabei ihre Hände fest. Schließlich schaffte er es, ihr die Haarnadel abzunehmen. Kurze Zeit darauf erschienen ein älterer Mann und eine vielleicht dreißigjährige Frau. Der Mann eilte sofort auf Sabrina zu und zog sie auf die Füße. Die Frau umarmte Philipp kurz und hört sich seine Erklärung an, währenddessen der Mann Sabrina zur Rolltreppe führte. Langsam fuhren Sabrinas blonder Haarschopf und sein grauer nebeneinander aus meinem Blickfeld. Die Frau legte Philipp zum Abschied die Hand auf die Schulter, dann eilte sie den beiden hinterher.

„Ihre Schwester und ihr Vater“, erklärte Philipp, als ich zu ihm trat. „Sie hatten sie schon gesucht.“ Er hielt den Blick auf seine Hände gesenkt, zwischen denen er die Haarnadel unschlüssig hin und her drehte.

„Sabrina ist nach dem Telefonat mit mir komplett durchgedreht ... sie ...“ Er fuhr sich durchs Gesicht, wobei er sich die Haarnadel beinah ins Auge stach. „Lea, ihre Schwester, sagt, sie hat ihr ganzes Apartment verwüstet. Dann hat sie ihr ne Nachricht geschrieben, dass sie sich vor den nächsten Zug wirft ... Scheiße, wenn ich gewusst hätte ...“ Er brach ab. Drehte sich weg. Ich war ratlos, stand zwei Schritte von ihm entfernt und wusste nicht, was ich tun sollte, wusste nicht ob ein Wort oder eine Umarmung helfen würde. Stand da wie eingefroren, schwieg und sah ihn an.

Philipp hob die Hände, als wollte er sich wieder durchs Gesicht fahren, bemerkte die Haarnadel und vergrub sie stattdessen in den Taschen seines Mantels. Sein Blick ging knapp an mir vorbei, als er sich schließlich räusperte.

„Sorry, dass du das mitkriegen musstest. Wenn ich gewusst hätte, dass sie mir gefolgt ist, hätte ich …"

„Hey!" Ich griff nach seinem Ellenbogen und stellte mich so, dass ich ihm in die Augen sehen konnte. „Du musst dich hier gerade für gar nichts entschuldigen, ok?" Ich musterte sein Gesicht. Er wirkte ziemlich mitgenommen. „Wenn du reden willst …"

Philipp lächelte halbherzig. „Danke, aber ich glaube, ich muss erst mal den Kopf frei kriegen."

Ich nickte und ließ seinen Arm los. „Zu nah", schoss es mir durch den Kopf. Plötzlich unsicher, was ich mit meinen Händen tun sollte, trat ich einen Schritt zurück und kramte schließlich ein Haargummi aus meiner Tasche.

„Was hilft dir denn dabei?", fragte ich, den Kopf gesenkt, während ich meine Haare durch das enge Haargummi zog. Ein leises Schnauben ließ mich aufblicken.

„Nichts, was Leon glücklich machen würde."

Ich stockte kurz, bevor ich den Zopf festzog und die Hände sinken ließ. Das einzige Mal, dass ich Leon annähernd wütend erlebt hatte, war bei der Sache am Bahnhof Friedrichstraße gewesen, als Philipp auf die Gleise gesprungen war. Nachdem Philipp mir von seinen roofing Aktionen erzählt hatte, konnte ich Leons Reaktion wesentlich besser verstehen. Aber hieß das, Philipp würde jetzt seinen Freund anrufen? Diesen Viktor, um mit ihm auf waghalsige Klettertouren zu gehen? Im November?

„Jedem das seine", murmelte ich und vergrub die Hände in den Jackentaschen.

Philipp blickte auf die Anzeigetafel über sich, als neben uns die nächste Bahn einfuhr.

„Ahrensfelde. Fährst du nach Hause?“

Ich nickte und folgte ihm in die Bahn. Während die halbdunklen Straßen Berlins an uns vorbeizogen, überlegte ich, ob ich irgendetwas sagen oder tun sollte, um Philipp von seinem vermutlich ziemlich gefährlichen Vorhaben abzuhalten. Doch ich entschied mich dagegen. Philipp war erwachsen. Er würde schon wissen, was er tat. Hoffentlich …

Das Bild von Katleen, die ihn außer sich vor Wut gegen die Wand drückte und ihm schwor, sie seien geschiedenen Leute, wenn er weitermachte, tauchte vor meinem inneren Auge auf. Dicht gefolgt von Leons Worten, „Wenn er in einer seiner Scheiß-auf-alles-Stimmungen ist, breche ich das S-Bahn Theater ab. Dann wird zu brenzlig - für alle Beteiligten.“

Ich warf ihm einen Seitenblick zu. Sah so die Scheiß-auf-alles-Stimmung aus? Er wirkte in sich gekehrt, fast abwesend. Nach Leons Worten hätte ich eher was anderes erwartet. „Ach verdammt!“, dachte ich und drehte mich so, dass ich ihm direkt ins Gesicht sehen konnte.

„Muss ich mir Sorgen machen? Oder schaffst du es, nicht von irgendwelchen Industrieruinen abzustürzen?“

Philipp legte den Kopf schräg. Ein Lächeln zuckte um seine Mundwinkel „Das hat jetzt aber eine Weile gedauert, Maid Nina. Die holde Katleen hätte mich schon mit Handschellen ans Geländer gekettet.“

Ich hob die Schultern. „Jeder ist sein eigener Herr. Ich will nur wissen woran ich bin.“ „Und ob ich Handschellen besorgen muss …“, fügte ich in Gedanken hinzu.

Er schwieg. Als er sich dann schließlich vorbeugte, hatte sein Grinsen schon fast wieder die alte Philippintensität. Ich kann nicht sagen, dass mich das sonderlich beruhigte.

„Willst du mitkommen?“

♦

Draußen war es schon beinahe dunkel. Ich fuhr mit dem Ärmel über die Scheibe, die wieder beschlagen war. Der alte Ford, mit dem Philipp mich von seiner Haltestelle abgeholt hatte, fuhr erstaunlich leise die immer ländlicher wirkenden Straßen entlang. Seine Mutter hatte ihn gebeten, den Wagen in die Werkstatt zu bringen, weshalb er ihn schon heute Morgen bei ihr abgeholt hatte. Zumindest die Bremsen würden jetzt nicht mehr versagen. Ich kurbelte mein Fenster ein Stück weit herunter, da das Gebläse keine Chance zu haben schien, die Scheiben freizuhalten. Philipp hatte auf der Fahrt bis jetzt wenig gesagt. Sein Blick war für die ruhige Strecke, die wir fuhren, etwas zu konzentriert auf die Straße gerichtet, doch vielleicht bildete ich mir nur ein, dass er einem Gespräch auswich.

„Hast du Viktor noch angerufen?“ Das brachte mir zumindest einen schnellen überraschten Seitenblick ein. Ich lächelte. „Ja, ich erinnere mich an deinen Großstadt-Cowboyfreund. Und ich hoffe inständig, dass ihm Touren mit mitgeschleiften Anfängern zu langweilig sind!“ Philipp schüttelte den Kopf.

„Hab Vic schon `ne Zeitlang nicht mehr gesehen. Wir hatten eine Meinungsverschiedenheit, was meine Prioritäten angeht. Er kann Leon nicht ausstehen und hält das S-Bahntheater für Kinderkacke. Außerdem …“, er warf mir erneut einen kurzen Blick zu. „Außerdem hat er was dagegen, Frauen zum Roofen mitzubringen.“

Ich lehnte mich im Sitz zurück. „Fahr fort. Der Typ wird mir immer sympathischer.“

Philipp setze den Blinker und bog in eine noch kleinere Straße ab. „Seine zwischenmenschlichen Qualitäten sind vielleicht nicht so der Hit, aber er traut sich Höhen zu, die selbst mir weiche Knie machen und das heißt was.“ Der Ford holperte unsanft durch einige Schlaglöcher und Philipp fuhr fluchend etwas langsamer. „Seit Katleen ihm an der Siegessäule beinahe den Arm gebrochen hat, hält er von meiner Fähigkeit, Freunde zu wählen, auch nicht mehr viel. Furien und Bleistiftschubser waren, glaub ich, seine Worte.“ Ich meinte ein Schmunzeln in seiner Stimme zu hören, doch wenn es da gewesen war, vertrieb meine nächste Frage es sofort. „Was ist denn nun eigentlich an der Siegessäule damals vorgefallen?“ Philipp schwieg. Sein Blick ging wieder konzentriert auf die Straße.

„Hat Katleen nichts erzählt?“, fragte er schließlich.

„Nein, ich hab auch nicht gefragt. Dachte, unser Deal schließt auch keine Nachfragen bei anderen Leuten mit ein. Das heißt aber nicht, dass ich es nicht gern wissen würde - besonders, wenn ich dich heute Nacht begleite.“

„Drei Sätze, keine Nachfragen, stimmt. Hatte ich schon wieder ganz vergessen. Schätze mal es zählt nicht, wenn ich selbst davon anfange ...“ Er rieb sich mit den Fingerknöcheln über die Schläfe und verfiel wieder in Schweigen. „Er schämt sich“, dachte ich. „Wegen irgendetwas hat er Schuldgefühle.“

„Vic und ich waren schon ein paar Mal in Weißensee in `nem alten Krankenhaus unterwegs gewesen. Aaron, Katleens Bruder, wollte dieses Mal unbedingt mit. Wir hatten ihm Videos gezeigt. Die Location ist schon echt abgefahren und eigentlich auch geeignet, um einen Einsteiger mitzunehmen ... “ Er brach ab und hob die Schultern. „Aaron war schon mit uns auf Tour - ich wusste, dass Katleen ihm deswegen die Hölle heiß machte - Vic und mir sowieso. Aber Aaron war 18 und echt fit. Er wollte sich von seiner Schwester nix vorschreiben lassen, und ich war auch nicht sein Babysitter.“

„Ist in Weißensee der Unfall passiert?“, fragte ich, als er wieder in Schweigen verfiel.

Philipp nickte. „Ich war gar nicht dabei. Eigentlich wollte ich mit, aber es gab Stress zu Hause, und ich konnte nicht weg. Vic ist dann mit Aaron auf den Teil des Krankenhausdaches rauf, wo das Feuer gewütet hatte. Für noch bessere Aufnahmen, noch gespenstischer zwischen all den verkohlten Balken. Einen davon hat Aaron falsch eingeschätzt und ist abgestürzt. Zwei Stockwerke tief.“ Er rieb sich wieder mit dem Fingerknöchel über die Schläfe. „Ist jetzt drei Jahre her, und er kann den Arm immer noch nicht wieder richtig bewegen. Wird wohl auch nix mehr, sagen die Physiotherapeuten. Vic hätte `nen Anfänger nicht mit da hoch nehmen dürfen ... ich hätte ihm die Idee mit den Aufnahmen vom Dach nicht in den Kopf setzen sollen ... da ist `ne Menge schiefgelaufen an dem Tag, Nina.“

„Aaron hat aber echt Glück gehabt. Zwei Stockwerke, da hätte noch einiges mehr passieren können.“

„Es sah auch erst mal nicht gut aus. Er hatte mehrere Brüche und eine Kopfverletzung, die den Ärzten wirklich Sorge gemacht hat. Ein paar Tage war nicht sicher, ob oder wie er wieder wach wird.“

„Und Katleen hat euch für seinen Unfall verantwortlich gemacht?“

Philipp fuhr sich mit der Hand übers Kinn. „Katleen war total fertig. Sie hängt unglaublich an Aaron. Klar, hat sie uns teilweise mit verantwortlich gemacht, aber eigentlich hat sie in den Tagen nur gehofft, dass er durchkommt. Richtig wütend ist sie erst geworden, als sie den Post von Viktor auf Youtube gesehen hat."

„Sag nicht, er hat den Unfall gefilmt und dann online gestellt?"

„Nicht alles, aber ja. Es sollte eine Art Tribut sein. Und dann hat er angekündigt, sein nächstes Video, in dem er seine eigenen Grenzen überwinden würde, für Aaron zu machen." Er hob die Hand, als ich Luft holte. „Ich weiß, Viktor kann ein selbstzentrierter Mistkerl sein. Damit ist er echt zu weit gegangen. Das hab ich Katleen auch gesagt, als sie mir beinahe die Tür eingetreten hat und verlangt hat, zu wissen, wo Viktor sein nächstes Video machen würde. Er hatte es für den Tag drauf angekündigt, also konnte es nur in der Nacht gedreht werden. Er hatte mir nichts gesagt - hat sich wohl gedacht, wie ich dazu stehen würde, aber ich wusste, dass es entweder der Fernsehturm oder die Siegessäule sein würde. Vic hat `nen Hang zum Dramatischen."

„Und das von dir, das will was heißen."

Philipp nickte und lenkte den Wagen in einer baumbestandenen Nebenstraße an den Straßenrand. Er sah mit gesenktem Blick eine Weile auf seine Hände am Lenkrad.

„Ich mach auch `ne Menge Scheiß, aber den Unfall von `nem Freund zu nutzen, um mehr Klicks auf Youtube zu kriegen - da zieh ich eine Grenze. Egal, wie viel Kohle es bringt. Ich stand bei Vic in der Schuld - ist ein anderes Thema warum - aber da hab ich dann nicht mitgemacht."

Jemand anderem hätte ich jetzt vielleicht die Hand auf den Arm gelegt und versichert, dass ich kein schlechtes Bild von ihm habe. Doch ich hatte noch nie jemanden kennengelernt, der so distanziert wirken konnte wie Philipp, wenn er sich scheinbar öffnete. Es war, als würde er mir einen Blick hinter den Vorhang gestatten und gleichzeitig den Stacheldraht vorm Fenster hochziehen. Ich verschränkte die Hände ineinander. „Das hätte ich von dir auch nicht gedacht“, meinte ich stattdessen. „Du bist vielleicht manchmal noch ein Knallkopp, aber ein anständiger.“

Er lachte und machte eine scherzhafte Verbeugung in meine Richtung, aber der Ausdruck in seinen Augen ließ mich denken, dass ihm doch nicht ganz unwichtig war, was ich von ihm dachte.

„Da ich nicht wusste, wo er sein würde, haben wir uns aufgeteilt. Ich bin zum Fernsehturm gefahren und Katleen mit Leon zur Siegessäule. Da war er dann, und während Katleen ihm die Kamera abgenommen hat, hat sie ihm laut Vic beinah den Arm gebrochen.“

„Und dann hat er sich geschlagen gegeben? Es gab kein Video für Aaron?"

Philipp schüttelte den Kopf. „Nee, das hat Vic dann doch eingesehen. Er hats zwar später in der Nacht nochmal an der Siegessäule versucht, doch da hat Leon auf ihn gewartet.“

Ich beugte mich vor. „Sag nicht, der sanfte Leon hat ihn auch verprügelt?“ Philipp lächelte.

„Der Guru braucht keine Fäuste, nur seinen überragenden Verstand.“ Er veränderte seine Haltung leicht und schob eine imaginäre Brille hoch. In diesem Moment ähnelte er so sehr Leon, dass ich überrascht blinzelte.

„Wenn ich dich heute Nacht auch nur einen Meter überm Boden hier seh, geb ich der Polizei einen anonymen Tipp, dass sie menschliches Ungeziefer von der Siegessäule pflücken können."

Selbst Philipps Stimme klang mehr nach Leon als ihm. Ich lachte und schickte Leon einen warmen Gedanken.

„Aber du bist trotzdem noch mit Viktor losgezogen?"

Philipp schüttelte den Kopf. „Ziemlich lang nicht mehr. Aber wie gesagt, ich steh in seiner Schuld und als er mich um Hilfe gebeten hat diesen Sommer, hab ichs gemacht. Außerdem hab ich das Klettern echt vermisst. Es hilft, den ganzen anderen Kram mal hinter sich zu lassen."

„Und dazu reicht eine Kletterhalle nicht aus?" fragte ich, während wir ausstiegen und ich mich umsah. Philipp holte seinen Rucksack von der Rückbank. „Das kannst du nach heute Nacht selbst bewerten."

„Wo genau sind wir hier? Da sind Bäume und Wasser! Das ist doch nicht mehr Berlin."

Philipp lachte leise und schloss das Auto ab. „Willkommen in Berlin-Plänterwald! Ist jetzt nicht mehr weit. Wir müssen nur ein Stück an der Spree entlang." Ich zog den Reißverschluss meiner Jacke zu und folgte ihm. Philipp hatte seinen Mantel gegen einen dunklen Parka getauscht. Als er in den Rucksack griff und sich eine schwarze Wollmütze aufsetzte, erwartete ich fast, dass er sich auch noch das Gesicht mit Schuhcreme oder ähnlichem schwärzen würde. Doch er schulterte den Rucksack nur und bog von der Straße in einen Fußweg ab, der direkt am Spreeufer entlangführte. Bäume überschatteten den Weg. Er war menschenleer, bis auf eine Frau mit einem kleinen weißen Hund, die an uns vorbeieilte. Am Ufer lagen in immer größer werdenden Abständen Boote. Doch auch sie waren dunkel. Keine Menschenseele war an Deck oder auf den Stegen. Jetzt im November konnte es nicht allzu gemütlich auf ihnen sein. Rechts von uns lief ein hoher Zaun entlang. Philipp verlangsamte seinen Schritt, bis ich zu ihm aufgeschlossen hatte.

„Das ist das Gelände vom Spreepark. Zu DDR-Zeiten war es der beliebteste Vergnügungspark Berlins. Nach der Wende wurde er dann nochmal verkauft und versucht, auf westliches Niveau zu bringen. Jetzt ist er schon seit einiger Zeit geschlossen. Aber die alten Fahrgeschäfte sind noch da."

Ich trat an den Zaun heran. Viel konnte ich durch die armdicken Bäume nicht erkennen. Das Gelände schien riesig zu sein. Weiter entfernt ragten dunkle Schemen aus dem Dämmerlicht, doch ich konnte nicht ausmachen, was sie waren. Bis auf einen.

„Sag nicht, du willst auf das Riesenrad drauf??"

„Worauf sonst?"

Philipp warf seinen Rucksack über den Zaun und kletterte binnen weniger Augenblicke hinüber. Ich starrte ihn durch das Metallgeflecht vor mir an. Das war sein Ernst!

Er schulterte seinen Rucksack, zog die Riemen fest und warf mir einen kurzen Blick zu, bevor er sich mit einem „Auf geht's!" durch die fast kahlen Sträucher vor ihm arbeitete.

Ich atmete einmal tief durch und warf einen schnellen Blick den noch immer menschenleeren Weg hinunter, bevor ich mich daran machte, ihm zu folgen. Wesentlich langsamer und mit Sicherheit nicht halb so elegant überwand ich den Zaun und bahnte mir einen Weg durch das Dickicht vor mir. Auf einer etwas freieren Fläche wartete Philipp auf mich.

„Vorsicht, hier sind Schienen im Boden. Die Bahn ist hier durch den ganzen Park getuckert. Schon krass, wie schnell die Natur sich so ein Gelände zurückerobert. Ist echt noch nicht so lange her, dass wir hier mit meinen Eltern hin sind.“ Er rieb sich über die Nasenwurzel. „War ein grauenvoller Familienausflug, aber der Park war … naja, wie Freizeitparks halt sind. Laut, bunt und überall riechts nach Zuckerwatte … Jetzt hat man das Gefühl in einer Geisterstadt gelandet zu sein.“

Ich blickte auf die Umrisse eines halbverfallenen Fachwerkhauses mit einem kleinen Turm und konnte ihm nur zustimmen. „Bist du auch mit der Bahn gefahren?“, fragte ich mit einem Blick auf die überwachsenen Schienen.

„Ne, ganz so klein war ich auch nicht mehr. Der Besitzer hat sich, nachdem der Park pleiteging, nach Peru abgesetzt - da waren auch immer irgendwelche Gerüchte über Drogengeschäfte im Umlauf. Jedenfalls ist hier keiner mehr. Wobei ich gehört hab, dass BerlinGrün das Gelände kaufen wollte und eine Sicherheitsfirma engagieren wollte, die angeblich den Park Tag und Nacht überwacht …“

Ich fuhr ruckartig zu ihm herum. „Bitte was??“

Sein Grinsen konnte ich eher ahnen als sehen, als er nähertrat, „Bis jetzt bin ich noch nie erwischt worden.“ Er griff nach meiner Hand und legte ein Paar Handschuhe hinein. „Hier, die Metallstreben sind ziemlich kalt im Winter. Ich klettere lieber ohne.“ Ich hielt seine Hand fest, als er sich umwandte.

„Philipp …“

Er blickte über die Schulter zurück. „Schiss?“

„Himmel, ja!“

„Umso besser!“ Er klopfte sich in Herzhöhe auf die Brust. „Dann weißt du, dass du lebst!“

„Als ob ich daran bis jetzt gezweifelt hätte!“, murmelte ich, folgte ihm jedoch trotzdem an dunklen Wasserläufen vorbei zu dem düster emporragenden Riesenrad. Boote in Schwanenform, auf denen ich selbst im Dämmerlicht den Grünspan sehen konnte, dümpelten im stillen Wasser. Wir überquerten einige morsche Holzbrücken, bis wir zum Fuß des Riesenrads kamen. Ich legte den Kopf in den Nacken und sah an dem gleichmäßigen Geäst aus Metallstreben hinauf, das sich über mir erstreckte. Riesenrad war genau der richtige Name. Acht massive Stahlträger hielten das Rad mit den überdachten Gondeln. Ein seltsam unwirkliches Knarren und Ächzen wie aus einem Horrorfilm ging von der Konstruktion aus. Philipp wartete, bis ich neben ihm stand.

„Bis zu der kleinen Plattform da in der Mitte ist es relativ einfach“, meinte er und zeigte in die Höhe, wo die Stahlträger zusammenliefen und das Rad aufgehängt zu sein schien. „Siehst du die erste Plattform da an dem Stahlträger? Von da aus geht eine Treppe hoch bis in die Mitte. Danach wird’s ein wenig herausfordernder.“ Ich blickte an dem Stahlträger, unter dem wir standen, hoch. Gut vier Meter über uns sah ich ein Geländer und eine kleine Plattform. Tatsächlich schien eine steile, aber recht breite Treppe von da aus bis zur Aufhängung des Rads zu gehen.

„Und wie kommen wir zum Anfang der Treppe?“ Ich trat näher an den Stahlträger heran, konnte aber keinen Aufstieg erkennen.

„Ja, dafür brauchst du die Handschuhe und ein wenig Muskeln.“ Ich konnte das Grinsen in Philipps Stimme förmlich hören.

„Sag nicht, ich muss mich an einem Seil hochziehen - an den Tauen im Sportunterricht bin ich immer kläglich gescheitert!“

Philipp schüttelte den Kopf. „Kein Roofer, der was auf sich hält, benutzt Seile.“ Er deutete auf die Gondeln, die, als würden sie auf einsteigende Freizeitparkbesucher warten, hinter dem Kassenhäuschen aufragten. „Wir klettern auf eines dieser Gondeldächer und robben dann am Außenrand vom Rad bis zum Stahlträger und zur Plattform. Ist ein wenig anstrengend, aber einfacher, als an dem Stahlträger hochzukraxeln.“

Ohne große Umstände ging er auf eine der alten Gondeln zu. Ich blieb stehen, als ein lautes Knarren die nächtliche Stille durchschnitt.

„Gott, Philipp, das Rad dreht sich!“

„Ja, wenn der Wind stark genug ist, kann man nochmal kostenlos Riesenrad fahren. Na, komm, Nina“, meinte er mit einem Seitenblick auf mein Gesicht. „Jetzt mach dir mal nicht ins Hemd. Das Rad dreht sich echt langsam.“

„Warum mach ich das bloß“, murmelte ich nicht zum letzten Mal in dieser Nacht, als ich Philipp zu den alten Gondeln folgte.

Auch wenn es bei Philipp nahezu mühelos aussah, war der Weg bis zur Plattform am Stahlträger weit mehr als „ein wenig anstrengend“. Ich war froh, dass ich es neben ihn auf das Dach der Gondel schaffte, ohne schon direkt am Anfang aufgeben zu müssen. Den Weg am stetig ansteigenden Rand des Riesenrads entlang konnte ich tatsächlich nur rittlings sitzend und mich Stück für Stück vorwärtsziehend überwinden. Zwar war der Rand breit genug, um darauf zu laufen, aber das traute ich mich dann doch nicht. Zumal das Rad sich immer noch langsam bewegte. Die Kälte des Stahls drang durch meine dünne Stoffhose, und ich war froh über die ledernen Handschuhe. Das leise Geräusch von reißendem Stoff, als ich mehr als einmal an Schrauben hängen blieb, zeigte, wie wenig mein Outfit zum Klettern geeignet war. Aber ich hatte heute Nacht ja auch nur mit einem Restaurantbesuch gerechnet.

„Gab es denn in der DDR keine Aufzüge?“, fragte ich, als ich mich neben Philipp über das Geländer an der kleinen Plattform zog. Wir standen am Fuß der steilen Treppe, die am Stahlträger entlang zur Aufhängung des Rads führte. Ihre ursprünglich rote Farbe blätterte schon an vielen Stellen von dem Geländer an der Seite ab. „Wie weit ist das? Ein Kilometer?“, brummte ich weiter, als ich Philipp die schier endlos scheinenden Stufen hinauf folgte.

„Das Rad ist gut 45 Meter hoch. Bis zu Mitte also knapp 20 Meter - weit vom Kilometer entfernt, Novizin.“ Ich schwieg, da ich jedes bisschen Luft mittlerweile zum Atmen brauchte. Der Wind war deutlich stärker geworden und zerrte an den wenigen Strähnen, die sich aus meinem Zopf gelöst hatten. Durch die immer dichter werdende Dunkelheit um uns herum, konnte ich den Park unter uns nicht mehr sehen, doch die Gondeln waren wesentlich weiter entfernt als zu Beginn. Je näher wir der Mitte kamen, desto dichter wurde das Geflecht aus Metallstreben, die sternförmig auf uns zuliefen. Die Treppe endete genau an der Radnabe. Ich hielt mich an dem Geländer fest und versuchte meinen Atem wieder unter Kontrolle zu bekommen. Philipp kletterte auf eine kleine Plattform, die unterhalb der Aufhängung angebracht war.

„Wie kommt es, dass du nicht völlig außer Atem bist? Du hast ein ganz schönes Tempo vorgelegt!“, brachte ich hervor, als ich neben ihm ankam.

„Übung.“ Trotz seiner lakonischen Antwort war sein Lächeln nicht spöttisch. „Du hältst dich gut, Nina.“ Er holte eine Thermoskanne aus seinem Rucksack und füllte Tee in die Kappe. Ich nahm den dampfenden Tee entgegen und lehnte mich an die Metallbrüstung hinter mir. „Na, du kannst dich glücklich schätzen, dass ich keine Highheels trage, wenn ich zum Essen eingeladen werde“, meinte ich, während ich versuchte, zu verbergen, wie sehr meine Muskeln zitterten.

Philipp blickte nach unten auf meine Schuhe. „Das wäre tatsächlich herausfordernd geworden ... besonders beim nächsten Teil.“ Ich öffnete den Mund, um zu fragen, wovon er sprach, doch da vibrierte sein Handy. Die Falte auf seiner Stirn, als er auf das erleuchtete Display sah, verriet, worum es bei dem Anruf ging. Er entfernte sich auf der engen Plattform einige Schritte von mir und nahm ab. Ich drehte mich um und blickte über das Geländer in die Dunkelheit vor mir. Am Horizont erstreckte sich ein Meer aus Lichtpunkten, die es nicht schwer machten, zu bestimmen, in welcher Richtung Berlin lag. Ich bildete mir ein, unter all den flackernden Lichtern den Fernsehturm ausmachen zu können. Der Wind hier oben hatte den Tee schnell lauwarm werden lassen. Ich trank ihn in kleinen Schlucken, während mein Blick sich in der Weite vor mir verlor, und ich versuchte, Philipps gedämpften Worten nicht zu lauschen.

„Weißt du, ich glaub, ich versteh, was du vorhin gemeint hast“, sagte ich schließlich zu ihm, nachdem er sich neben mich ans Geländer gelehnt hatte und ich sein Schweigen nicht länger aushielt. Ohne seinen Gesichtsausdruck im Dunklen entziffern zu können, war es unheimlich, so lange keine Regung von ihm mitzubekommen. „Da vor uns liegt die größte Stadt Deutschlands“, fuhr ich fort. „Und obwohl sie von hieraus in einen Haufen stecknadelkopfgroßer Lichter geschrumpft wurde, hab ich irgendwie das Gefühl klein zu sein ... wobei ... „, ich hielt inne, auf der Suche nach dem richtigen Wort. „Klein beschreibt es irgendwie nicht ...“

„Unbedeutend“, meinte Philipp neben mir und traf damit mitten ins Schwarze.

„Ja, als würde man selbst und all der Kram, der einen beschäftig, völlig unwichtig werden“, bestätigte ich und hatte auf einmal einen Ohrwurm von Über den Wolken, den ich Philipp jedoch lieber verschwieg.

Und alles, was einem groß und wichtig erscheint, wird plötzlich nichtig und klein ...

„Danke, Nina“, hört ich Philipp mit einem Mal sagen. Ich blickte ihn verwundert an. „Gern, aber wofür?“

Er legte die Unterarme auf das Geländer und beugte sich vor. „Dass du nicht nachbohrst.“

„Wenn du reden willst, höre ich zu, wenn du schweigen willst, schweigen wir. Was immer für dich am besten funktioniert.“ Ich füllte die Kappe der Thermoskanne mit neuem Tee und reichte sie Philipp. „In Ex-Partnerfragen hast du eh noch einen gut bei mir.“ Er nahm die Kappe und trank einen großen Schluck, obwohl der Tee direkt aus der Kanne brühend heiß sein musste.

„Das war Lea. Sie haben Sabrina in die psychatrische Ambulanz gebracht.“

Ich drehte mich zu ihm und war, obwohl ich es großmütig angeboten hatte, froh, dass er nicht Schweigen wählte.

„Es war wohl nicht das erste Mal, dass sie von Selbstmord gesprochen hat in den letzten Tagen. Lea glaubt, sie hat gestern einige Tabletten geschluckt, aber es waren wohl zu wenige, um Wirkung zu zeigen, und sicher ist sie sich auch nicht. Sie haben die Schachtel neben ihrem Bett gefunden heute Abend, bevor sie ihr hinterher sind.“ Philipp hielt die Kappe, als hätte er sie vergessen. Ich nahm sie ihm ab, als er sich wieder über das Geländer beugte und dabei heißen Tee über seine Hand kippte. Er schien es noch nicht mal zu bemerken.

„Sabrina war immer schon ... zerbrechlich.“

„Anstrengend wohl eher“, dachte ich und war überrascht, wie wütend mich der Gedanke machte. Wo blieb mein Mitgefühl?

„Mir war bewusst, dass sie unsere Trennung nur schwer verkraften würde, aber ich konnte einfach nicht so weitermachen, Nina, wirklich. Sie hat etwas in mir gesehen, was ich nicht war. Nie gewesen bin ...“ Seine Stimme verlor sich in Erinnerungen. Als er schließlich wieder sprach, lag so viel nur dürftig versteckte Emotion in seinen Worten, dass ich alle Gedanken an Vorhänge und Stacheldraht in den Wind schlug und den Arm um ihn legte.

„Ich war einfach müde. Müde, immer dieselbe Rolle für sie zu spielen.“ Ich fühlte, wie er den Kopf senkte und verstärkte den Druck meiner Umarmung. „Vielleicht hätte ich länger aushalten sollen, mich mehr kümmern müssen ...“

„Bullshit!!“, dachte ich heftig, hütete mich jedoch, das zu sagen. „Und wofür, Philipp? Ich kenne Sabrina nicht, aber auf mich wirkt es, als bräuchte sie Hilfe einer ganz anderen Art. Hilfe, die weder du, noch ihre Schwester oder ihr Vater ihr geben können.“ Neben mir schwieg Philipp daraufhin lange. Dann hörte ich, wie er tief einatmete und sich aufrichtete. Ich trat einen Schritt zur Seite und wartete auf den obligatorischen Witz oder provokanten Spruch, mit dem er seine Maske wieder aufsetzen würde.

„Ist noch Tee da?“, fragte er stattdessen. Ich füllte nach und reichte ihm wortlos die Kappe. „Danke." Er blies sacht über den Rand, bevor er einen Schluck nahm. „Schon krass, dass ich mich auch nach über einem Jahr noch so verantwortlich für sie fühle“, murmelte er, fast wie zu sich selbst.

„Gesund hört sich das nicht an.“ Die Worte rutschten mir raus, bevor ich drüber nachdenken konnte. „Sorry“, schoss ich hinterher. Ich räusperte mich. „Nicht, dass ich mir irgendwelche Urteile über Beziehungen oder ihren Nachwirkungen erlauben könnte.“ Ich senkte den Blick auf meine Hände auf dem kalten Metallgeländer. In den ledernen Handschuhen sahen sie seltsam fremd aus als würden sie nicht zu mir gehören. „Bedeutet sie dir noch was? Das würd‘s erklären.“

Philipp lachte leise. „Ist es zu klischeehaft, wenn ich sage, dass es kompliziert ist?“

„Definitiv!“ Ich nahm ihm den Tee ab und hob die Kappe, als würde ich mit ihm anstoßen. „Scheiß auf die Liebe“, meinte ich dabei und nahm einen großen Schluck von dem glücklicherweise nicht mehr brühend heißem Tee.

„Das ist doch mal ein Wort, Maid Nina.“ Ich hörte mehr, als dass ich es sah, wie er sich über seinen Rucksack beugte. Als er sich wieder aufrichtete, hielt er mir etwas entgegen, das sich als Stirnlampe herausstellte. „Bereit für Teil zwei?“, fragte er und zog selbst ein Stirnband mit Lampe auf.

„Und einfach so werden die lästigen Emotionen beiseitegeschoben“, dachte ich, fast bewundernd. Er schaltete seine Lampe ein und blickte über uns in das Geflecht der Metallstreben, die durch den plötzlichen hellen Strahl erleuchtet wurden.

„Hey, was ist, wenn das wer sieht?“

„Hier ist niemand, Nina.“ Er zeigte auf eine der Gondeln, die schräg über uns schwebten. „Da ist das Ziel. Am einfachsten ist es, glaube ich, wenn du da, wo die dünneren Streben sich überkreuzen, reintrittst und dich den Rest zur nächsten hochziehst.“ Ich folgte seiner ausgestreckten Hand mit dem Blick. Zu den Gondeln führten immer zwei parallele Metallstreben, die wie eine Leiter Quersprossen hatten. Zwischen den Quersprossen überkreuzten sich zudem zwei dünnere Metallstreben wie ein X. Da hochzuklettern wäre also nicht allzu kompliziert. Wäre es nicht mehr als 20 Meter über dem Boden ohne Sicherung gewesen. Und wäre der Abstand zwischen den Quersprossen nicht ein gutes mehr als meine Körperlänge.

„Hier trennt sich die Spreu vom Weizen, Philipp", meinte ich und schüttelte den Kopf. Ich wollte ihn nicht enttäuschen. Tatsächlich hätte ich erschreckend viel getan, um ihn nicht zu enttäuschen, aber das ... Ich dachte daran, wie meine Muskeln nur nach dem kurzen Stück auf dem Rad und der Treppe gezittert hatten, und schüttelte erneut den Kopf. Das würde nicht gut enden. „Bei aller Liebe, aber das ist mir dann doch zu krass." Philipp senkte den Blick und sah mich an. Ich hob die Hand vor die Augen, da das Licht seiner Stirnlampe mich blendete.

„Sicher?", fragte er.

„Hundertprozentig sicher", antwortete ich und war anscheinend so überzeugend, dass er nur kurz nickte.

„Sollen wir wieder runter?"

Ich schüttelte wieder den Kopf. „Nein, spiel du ruhig Spiderman. Ich guck dir von hier aus zu, rufe ab und an Ah und Oh und genieße weiter den Ausblick auf Berlin."

„Sicher?"

„Hundertprozentig", antwortete ich mit einem Lachen. Er drückte mir kurz die Schulter, bevor er sich auf das Geländer der Plattform zog und von da aus an die erste Querstrebe sprang, als wären wir auf einem Spielplatz und nicht meterweit vom Boden entfernt. Er kletterte mit kraftvoll konzentrierten Bewegungen, die es leicht aussehen ließen. Schneller als ich gedacht hätte, kam er auf dem kalten Metallgeäst vornan. Der Strahl seiner Stirnlampe tanzte unstet durch den Nachthimmel.

„Wind Nordost, Startbahn Null Drei …“ meldete sich mein Ohrwurm wieder, und ich musste lächeln. Umständlich baute ich mir aus dem Rucksack einen Sitzplatz auf dem Gitterost der Plattform, lehnte den Rücken an den Stahlträger und sah Philipp zu, der schon erstaunlich klein wirkte von hier aus gesehen. In diesem Moment rutschte er ab. Es konnte nicht viel gefehlt haben - vielleicht ein paar Zentimeter zur nächsten Querstrebe, aber er konnte keinen Halt an ihr finden und griff ins Leere. Mein Herz setze aus. Viel zu erschrocken, um aufzuschreien, starrte ich nach oben. Philipp hatte sich schnell wieder gefangen. Er hatte eine der dünneren Metallstreben erwischt und hing nun von dort herunter, wo sie ein X bildeten. Ich drückte den Handballen meiner rechten Hand gegen die Brust, wo mein Herz mit schmerzhaft schnellen Schlägen wieder eingesetzt hatte.

„Atmen, Nina, Atmen“, flüsterte ich mir zu, während mein Blick an der dunklen Gestalt weit über mir hing. Nach zwei, drei Versuchen hatte Philipp sich wieder hochgezogen und kletterte unbeirrt weiter.

„Eindeutig nix für mich“, dachte ich.

Philipp erreichte die Gondel. Er hielt, nachdem er hineingeklettert war, eine Weile inne. Vielleicht um auszuruhen, vielleicht, weil ihm der Fastabsturz doch zu schaffen machte. Ich war jedenfalls vom bloßen Zuschauen noch zittrig. Als ich sah, wie er sich von dort zur nächsten Gondel auf den Weg machte, begann ich mich an den Abstieg zu machen. Auf halbem Weg blickte ich wieder hoch und sah, wie er von einer zur nächsten Gondel dem Boden zustrebte. Verflucht, er würde so wohl nicht schneller sein als ich auf der Treppe? Doch war er.

„Und? Was sagst du?“, fragte er, als ich neben ihm ankam. Ich brauchte eine Weile, um genug Atem zum Antworten zu haben. Doch auch Philipp war zumindest mehr außer Atem als beim Aufstieg.

„Zugucken ist ja noch nervenaufreibender als selbst klettern!“, brachte ich schließlich hervor. Er lachte auf, und es klang so befreit, dass ich es nicht übers Herz brachte, ihm zu sagen, bei der nächsten Kletteraktion könne er definitiv nicht mit mir rechnen.

♦

♦

„Wir sind hier und wir sind laut, weil man uns die Bildung klaut!“ Trillerpfeifen begleiteten den Chor aus Stimmen, während die Demo sich unendlich langsam an diesem bitterkalten Wintermorgen aufs rote Rathaus zubewegte. Philipp ging neben mir und schlug mit unvermindertem Enthusiasmus zwei Topfdeckel aneinander. Er nahm das laut des Slogans wirklich ernst. Die Studentenproteste hatten ihren Höhepunkt erreicht, und es war unmöglich, mit Katleen und Leon befreundet zu sein, ohne in einen der Proteste verwickelt zu werden. Während Katleen die Betteldemo von Professor Grottian mitorganisierte, verbrachte Leon mehr Zeit im AStA-Büro als zu Hause und feuerte uns bei gelegentlichen Treffen immer wieder an, Szenen zum Studiengangabbau und Studiengebühren zu schreiben.

„Ich muss noch zum Grunewald - Mara will mit mir die Routen für die Betteldemo abgehen“, verabschiedete sich Katleen, als die Demo zu Ende war und der Platz vorm Rathaus sich schnell wieder leerte. 75 Millionen Einsparungen hin oder her - in dem nasskalten Winterwind wollte keiner länger als nötig ausharren. Mein Respekt für die Studierenden, die schon seit Tagen eine Mahnwache vorm TU-Hauptgebäude abhielten, stieg mit jeder Minute hier draußen.

Leon blickte Katleen nach. Nur kurz, doch mir zog sich das Herz zusammen, als ich es bemerkte. Er schob die Hände in die Manteltaschen und fragte mit einem Lächeln, das so dünn wie Pergamentpapier war, ob wir noch einen Kaffee trinken wollten. Dass er so wenig Zeit in der gemeinsamen Wohnung verbrachte, hatte neben dem Protestfieber wohl auch etwas mit Katleens liebenswürdiger, aber sehr klaren Zurückweisung zu tun.

„Klar Guru, aber nicht hier. Lass uns zum Nöldnerplatz fahren. Auf der Fahrt kann ich dir und der Novizin von einer neuen Idee für eine Szene erzählen.“ Philipp verstaute die Topfdeckel wieder im Rucksack, und ich hakte mich bei Leon unter, während wir Richtung S-Bahn eilten. Ich hatte die Wette gewonnen, auch wenn die ganze Sabrinageschichte sie schon fast wieder aus meinem Gedächtnis verdrängt hatte. Leon hatte Katleen schon kurz nach unserm Besuch im Dunkelrestaurant seine Gefühle gestanden. Jetzt wünschte er sich wahrscheinlich, er hätte es nicht getan. Ich fing einen Blick von Philipp auf. Weder er noch ich hatten die Wette oder den Einsatz wieder erwähnt.

„Scheiß auf die Liebe!“, erinnerte ich mich an meine Worte auf dem Riesenrad. Im Grunde ein Lebensmotto, das sich gerade alle S-Bahnspieler zu Herzen nehmen könnten.

„Über was schmunzelst du, Novizin?“, fragte Philipp.

„Darüber, wie einfach alles sein könnte.“ Ich winkte ab, als er die Augenbrauen hochzog und betrat mit Leon den warmen Waggon.

„Also, was ist das für eine Szene“, fragte ich, als wir uns in einem Vierersitz gegenübersaßen. Philipp beugte sich vor.

„Weißt du, warum Berlin so in der Finanzkrise steckt?“, fragte er und sein intensiver Blick stand dem all der Redner auf den Studentenkundgebungen in nichts nach.

„Von wegen, ihm wurde das Weltverbesserergen nicht in die Wiege gelegt“, dachte ich, sagte jedoch: „Weil die Bonzen von der Bankengesellschaft Mist in Milliardenhöhe gebaut haben.“ Mein Status als Neuberlinerin hatte mich schon mehr als einmal Opfer ausführlicher Erklärungen über den Berliner Finanzhaushalt und den Korruptionsskandal der Bankengesellschaft werden lassen. Nicht, dass es mich nicht interessieren würde, aber mittlerweile hatte ich das Gefühl, jeder von Leons protesteifrigen Freunden hatte es zu seiner persönlichen Mission gemacht, mich wortreich über die Hintergründe des Protests aufzuklären und warum es diesmal um mehr als nur die Studiengebühren ginge. Sie hatten ja Recht. Wenn sie sich bloß nur nicht so gern reden hören würden …

„Hm, höre ich da einen gewissen Unmut, das Thema zu vertiefen?“, fragte Philipp prompt.

Ich blickte auf die grauen Häuserblöcke, die draußen vorbeizogen. „Sagen wir es so: Die Wahrscheinlichkeit, dass eine weitere unendliche Erklärung mich am nächsten Halt aussteigen lässt, ist ziemlich hoch.“ Philipp setzte an, etwas zu sagen, überlegte es sich dann besser und lehnte sich zurück. „Nichts sagt Taten statt Worte mehr als dein Gesichtsausdruck gerade, Nina“, lächelte er. Dann stand er auf. Ich hörte Leon leise neben mir lachen, als wir ihn dabei beobachteten, wie er die Schwankung des Waggons gekonnt ausgleichend den Gang entlang ging.

„Jetzt lass uns nur hoffen, dass die Szene schon durchdacht genug war, um gespielt zu werden. Der Herausforderung konnte er jetzt nicht widerstehen."

Ich nickte und sah mit leichtem Unbehagen zu Philipp, der sich mittlerweile die Mütze vom Kopf gezogen und den Schal abgewickelt hatte. Beides hielt er einer Frau von vielleicht vierzig Jahren entgegen, die zwei gut gefüllte Einkaufstüten auf dem Sitz neben sich abgestellt hatte.

„Wieviel würden Sie mir dafür geben?", fragte er. Die Frau sah überrascht auf.

„Ich brauche keine Mütze und auch keinen Schal, danke." Philipp ließ beides auf den Sitz neben sich fallen. Er knöpfte seinen Mantel auf und zog ihn aus.

„Und hierfür? Bitte! Ich brauche das Geld!"

„Nein, wirklich nicht. Gehen Sie bitte."

„Ich muss irgendwie zu Geld kommen! Meine Eltern können nie im Leben die Studiengebühren bezahlen! Sie haben so hart gearbeitet, damit ich studieren kann. Bitte!" Philipp legte den Mantel zu Mütze und Schal und wandte sich an den Mann, der der Frau gegenübersaß.

„Sie vielleicht? Oder ein Hemd? Es ist noch fast neu, wirklich. Wird Ihnen bestimmt gut stehen!" Er begann das Hemd aufzuknöpfen.

„Oh Gott", murmelte Leon. „Er wird zum Flitzer." Einige Studenten hatten dazu aufgerufen, am 15. Dezember nackt über den Weihnachtsmarkt am Alexanderplatz zu laufen. Unter dem Motto „Ihr nehmt uns unser letztes Hemd!" sollten die nackten Tatsachen der Kürzungen deutlich gemacht werden. So sehr ich mich auch dagegen wehrte, permanent wegen meinem Neuberliner-Status belehrt zu werden, war ich in diesem Fall doch froh gewesen, als

Katleen mit erklärte, was es mit dem Wort Flitzer auf sich hat. Sie bewahrte mich davor, versehentlich zuzustimmen, an der Aktion teilzunehmen. Einige von Leons Freunden hatten bei meinem letzten Besuch in seiner Wohnung recht wortreich darum geworben.

Obwohl der Gesichtsausdruck des Mannes vor dem Philipp sein Hemd aufknöpfte Ärger verhieß, fuhr dieser unbeirrt damit fort. Wie weit würde er gehen? Ich wechselte einen schnellen Blick mit Leon - definitiv zu weit. Fieberhaft nach einer guten Lösung suchend stand ich auf und ging zu Philipp. Er hielt überrascht inne, als ich ihn zu mir drehte. Für den Bruchteil einer Sekunde zog er dann die Augenbrauen hoch, als meine Finger vielleicht etwas zu lange über der Knopfleiste der noch nicht gelösten Knöpfe verharrten. Ich zögerte absichtlich noch ein wenig länger, um ihn auch ganz sicher ins Zweifeln zu bringen, was ich vorhatte. Dann begann ich die Knöpfe seines Hemdes wieder zu schließen. Auch seine anderen Sachen sammelte ich ein, legte ihm den Arm um die Schultern und führte ihn zur S-Bahntür.

„Ist gut, Bruderherz“, sagte ich dabei. „Wir schaffen das schon irgendwie. Vielleicht führen sie die Studiengebühren ja auch nicht ein.“ Philipps Schultern sackten nach vorne, während er wie in verzweifelter Resignation den Kopf schüttelte. Leon stand schon an der Tür. Sobald wir auf dem Bahnsteig waren und die Bahn an uns vorbeifuhr, zog ich meinen Arm zurück.

„Mach das nie wieder!“

Natürlich war da ein Grinsen auf Philipps Gesicht, als er mich ansah. „Dein Talent zur Improvisation ist beachtlich, Novizin Nina.“

Ich drückte ihm mit einem unterdrückten Lachen seine Kleider in die Arme. „Ach ja? Noch beachtlicher ist mein gesunder Menschenverstand! Der Typ war kurz davor, dir entweder eine zu scheuern oder dich wegen Exhibitionismus anzuzeigen! Wahrscheinlich beides."

„Hey, ich hab ein Unterhemd an ..."

„Ich will's gar nicht wissen!"

Philipp legte sich seinen Schal wieder um und schlüpfte in seinen Mantel. „Sicher?" Er besaß die Dreistigkeit, mir zuzuzwinkern, senkte dann aber schnell den Blick und knöpfte seinen schwarzen Wollmantel wieder zu.

„Die Szene ist noch nicht ausgereift und sicherlich verbesserungswürdig, aber sie hat was", schaltete sich nun Leon ein. „Was haltet ihr davon, wenn wir uns morgen zum Szenenschreiben treffen?"

Ich verschränkte die Arme vor der Brust und nickte in Richtung Philipp. „So lange er hier sich nicht die Klamotten vom Leib reißt."

Philipp verbeugte sich formvollendet vor mir, die Mütze in der Hand.

„Ich gelobe Tugendhaftigkeit und Anstand."

♦

So stand ich also am nächsten Nachmittag wieder auf der Warschauer Brücke und wartete im schneidend kalten Wind auf die beiden. Es war mittlerweile Anfang Dezember, und die grauen Wintertage hatten zwar Kälte, jedoch keinen Schnee gebracht. Während ich einer Plastiktüte hinterher sah, die über die Gleise geweht wurde, dachte ich, wie normal es für mich mittlerweile schon war, hier zu stehen und auf die S-Bahnspieler zu warten. Leon tauchte zur vereinbarten Zeit auf, nicht jedoch Philipp. Wir warteten weiter, während der Wind mir langsam aber sicher die Ohren absterben ließ. Ich zog die Kapuze meines dunkelblauen Parkas tiefer ins Gesicht.

„Vielleicht hat er nur wieder eine Bahn verpasst“, meinte ich schließlich, doch Leon schüttelte den Kopf und zog sein Handy hervor.

„Das hätten schon fünf Bahnen sein müssen. Da stimmt was nicht. Er meldet sich sonst sofort, wenn‘s auch nur drei Minuten später werden sollte.“ Er wählte Philipps Nummer.

„Vielleicht hat er keinen Akku mehr ...“, überlegte ich weiter.

„Nein, das Handy klingelt, aber er geht nicht dran.“ Leon hinterließ ihm eine Nachricht, steckte das Handy ein und sah mich an.

„Sollen wir zu mir gehen? Da können wir genauso gut auf ein Lebenszeichen von ihm warten, und du siehst aus, als könntest du was Warmes gebrauchen.“ Ich nickte und schob die besorgten Gedanken, die mir kamen, beiseite. Jedem konnte mal was dazwischenkommen, auch Meister Philipp.

Durch die Wohnung in der Revaler Straße zog Plätzchenduft. Eine mehlbestäubte Katleen begrüßte uns. Sie plapperte fröhlich drauflos und stellte uns Schüsseln mit leicht verbrannten Keksen auf den Couchtisch. Doch mir fiel auf, dass sie es vermied, Leon direkt anzusehen. Leon sagte wenig. Den Großteil der Unterhaltung bestritt ich. Katleen legte dann auch bald nach unserem Eintreffen die karierte Schürze ab und verabschiedete sich mit der Erklärung, sie müsse zum Sport. Sie fischte ihren Badmintonschläger aus der Bodenvase und zog kurze Zeit später die Wohnungstür hinter sich zu. Ich sah zu Leon. Er hatte das Kinn auf die Hände gestützt und starrte vor sich hin.

„Ganz schön blöde Situation, hm?", fragte ich vorsichtig.

„Ja, ziemlich. Auf einmal ist die einfachste Situation komisch – als wären wir Fremdc, die sich mit äußerster Vorsicht behandeln. Verrückt, oder? Was so ein Gespräch ändern kann …" Er seufzte. „Ich hab mir da glaube ich ganz schön was vorgemacht die letzten Jahre, als ich dachte, da könnte mehr sein." Leon fuhr sich mit beiden Händen durch die Haare und lächelte mich dann zerzaust an. „Komm, lass uns über die Proteste reden. Du bist ja schließlich nicht Dr. Sommer."

Ich ging auf seinen Themenwechsel ein, und wir versuchten geeignete Szenen zu finden, die wir in den S-Bahnen spielen konnten. Doch immer wieder merkte ich, wie wenig Leon bei der Sache war. Sein Blick ging ständig zu seinem Handy.

„Also, wenn wir jetzt auf einem Date wären, wär ich beleidigt." Ich wies mit dem Kopf auf sein Handy, als Leon mich überrascht ansah. „Nun, ruf ihn schon nochmal an. Es lässt dir doch keine Ruhe." Leon lächelte entschuldigend, doch während er Philipps Nummer wählte, ging er ruhelos im Raum auf und ab. Ich hörte das gedämpfte Tuten und war überrascht, als Philipp sich schließlich wirklich meldete. Was er sagte, konnte ich nicht verstehen, doch das Gespräch war nur kurz. Nachdem er aufgelegt hatte, sah Leon nachdenklich auf sein Handy, steckte es schließlich ein und lehnte sich mit verschränkten Armen an den Vitrinenschrank hinter sich. Ich sah ihn fragend an.

„Er hat mich abgewimmelt."

„Hat er nicht gesagt, warum er nicht gekommen ist?" Leon schüttelte den Kopf und blickte aus dem Fenster. „Nur, dass er gerade keine Zeit hat. Das gefällt mir nicht."

Ich stand auf und stellte mich neben ihn. „Na, zumindest wissen wir jetzt, dass er nicht vors Auto gelaufen ist. Er wird schon irgendwann sagen, was los war. Oder auch nicht. Wenn er nicht reden will, kriegt man eh nix aus ihm raus. Der macht dicht wie ne Auster."

„Hm", brummte Leon und strich sich nachdenklich über die Stirn. „Das letzte Mal, als er mich so abgewimmelt hat, hatte sein Vater ihm das Handgelenk gebrochen."

„Bitte??" Ich drehte mich abrupt zu ihm um „War ... war das ein Unfall?", fragte ich dann zögerlich, da ich ihn nicht über Philipp ausfragen wollte, gleichzeitig jedoch lieber eine Erklärung hätte als die Bilder, die mir in den Sinn kamen.

Leon zuckte mit den Schultern. „Ich glaube nicht, dass er es absichtlich getan hat, aber er hatte sich nicht unter Kontrolle. Philipp hat sich geweigert, ihm die Autoschlüssel wiederzugeben, da er sturzbetrunken war und so seine Frau abholen wollte. Sein Vater hat versucht, sie ihm abzunehmen. Dabei ist es dann passiert."

„Und dann ist er sturzbesoffen losgefahren, oder was?"

Leon lächelte. „Nein, Philipp hat die Schlüssel aus dem Fenster geworfen und seinen Vater sich selbst überlassen. Er meint, nach einem Wutanfall verfällt der meist in tiefste Depression und heult wie ein Schlosshund."

„Hm." Ich sah aus dem Fenster auf die mit Plakaten beklebte Wand gegenüber. Manu Chao und Seeed warben mit schreiend bunten Plakaten für Konzerte, die wohl schon vorüber waren.

„Ich dachte, er wohnt nicht mehr zu Hause", meinte ich dann.

„Kein Grund, nicht trotzdem ab und zu mal vorbeizugehen und nach dem Rechten zu schauen. Scheint ja auch nötig zu sein." Wir schwiegen eine Weile, in der ich beschloss, dass die Wirklichkeit nicht wesentlich besser war als die Bilder, die mir in den Kopf gekommen waren. Schließlich stieß sich Leon vom Schrank ab und ging in den Flur, wo er seine Jacke anzog.

„Ich fahr jetzt zu ihm nach Hause. Er kann mich ja rausschmeißen, wenn alles ok ist, aber ich hab kein gutes Gefühl bei der Sache. Schon gar nicht, wenn er mich abwimmelt." Er warf mir einen fragenden Blick zu. „Kommst du mit?"

Ich zögerte, während ich ebenfalls meinen Parka anzog, dann schüttelte ich den Kopf. „Nee, besser nicht." Philipp würde sich Leon wahrscheinlich eher öffnen, wenn der allein mit ihm sprach. Außerdem hatte ich das unbestimmte Gefühl, Philipp würde, nachdem er auf dem Riesenrad so offen zu mir über einen Teil seines Lebens gewesen war, zögern, von noch mehr Problemen zu erzählen.

„Aber halt mich auf dem Laufenden, ja?", meinte ich, als wir durchs Treppenhaus nach unten liefen. „Ich möchte mir nicht die ganze Nacht Sorgen machen."

Leon nickte. „Klar." Dann zog er sich die Kapuze über und trat in den leichten Nieselregen hinaus. Ich folgte ihm. Während Leon mit langen Schritten vor mir her über die Warschauer Brücke eilte, dachte ich, dass Philipp sich wirklich glücklich schätzen konnte, so einen Freund zu besitzen. Selbst, wenn sich all die Sorge als grundlos erweisen sollte.

♦

Der graue Nachmittag war mittlerweile in einen dunklen Abend übergegangen. Durch mein Wohnzimmerfenster konnte ich die erleuchteten Fenster des Plattenbaus gegenüber sehen. Um eine Balkonbrüstung wand sich eine weihnachtliche Lichterkette, die dort jedoch schon hing, seit ich hier eingezogen war. Ich suchte mir Beschäftigungen und hatte mich dazu gezwungen, nicht alle zwei

Minuten auf mein Handy zu schauen. Gerade sortierte ich Wäsche aus, die ich in der Münzmaschine im Keller waschen wollte, als der Signalton für eine Nachricht mich zusammenzucken ließ. Sonst stellte ich mein Handy nie so laut, doch heute hatte ich auf gar keinen Fall verpassen wollen, wenn Leon sich meldete. Ich ließ die dunkle Jeans fallen, die ich gerade in der Hand hielt, und las die Nachricht.

„Kommst du mit tanzen ins Tacheles? Philipp braucht Ablenkung“, schrieb Leon.

„Klar - was ist los?“, schrieb ich zurück.

„Richtig Ärger mit seinem Vater. Da hilft nur tanzen, tanzen, tanzen!“

Tanzen als Heilmittel gegen alle Sorgen? Nun gut, Leon kannte Philipp gut genug, um zu wissen, was er jetzt brauchte. Wir verabredeten uns für zehn an der Friedrichstraße, und ich durchforstete meinen Kleiderschrank nach passender Gewandung. Ich hoffte einfach, dass das Tacheles nicht allzu elegant war. Richtig schicke Tanzoutfits hatte ich in meinen Reisetaschen nicht mit nach Berlin genommen und im Hosenanzug würde ich sicherlich nicht tanzen gehen.

„Gut, dass ich nicht eitel bin“, dachte ich, als ich schließlich den dicken Parka über dem einzigen Top schloss, das einigermaßen nach Disco aussah.

Die ganze Zeit auf dem Weg zur Friedrichstraße fragte ich mich, was wohl vorgefallen sein könnte. Nun, zumindest keine gebrochenen Handgelenke, sonst würde Leon Philipp nicht zum Tanzen mitnehmen. Aber Ablenkung war wohl nötig, es musste also heftig gewesen sein. Ich erinnerte mich an unser Gespräch auf dem Riesenrad, den einen kurzen Moment, in dem Philipp die Fassade hatte fallen lassen, und vergrub fröstelnd meine Hände in den Parkataschen. Ich war mir nicht sicher, wie viel Druck Philipp hinter der Fassade des sprücheklopfenden Playboys noch aushalten würde, oder was er tun würde, um damit umzugehen. Auch wenn Leon es nicht ausgesprochen hatte, hatte er wohl dieselbe Sorge. Vielleicht wäre Katleen die bessere Wahl als Begleitung für heute Abend gewesen, immerhin kannte sie Philipp schon Ewigkeiten, aber das wäre noch komplizierter geworden. Am Bahnhof Friedrichstraße angekommen, atmete ich tief durch und stieg die Treppen zur Unterführung hinunter. Ich würde versuchen, Philipp eine ebenso gute Freundin wie sie zu sein. Auch wenn es tatsächlich bedeuten würde, ihn mit Handschellen an irgendein Geländer zu ketten, wenn er auf idiotische Ideen kam.

Unten warteten die zwei schon auf mich. Ich gab mir Mühe, Philipp nicht zu neugierig zu mustern. Auf den ersten Blick wirkte er ok. Mit einem leicht spöttischen Lächeln begrüßte er mich.

„Na, hat der Guru dich auch zum Tanzen verdonnert? Dann mal los, Freunde der Nacht! Stürzen wir uns ins Vergnügen!“ Damit hakte er sich bei Leon und mir unter und marschierte die Friedrichstraße in Richtung Oranienburger hinunter. Ich warf Leon einen Blick mit hochgezogenen Augenbrauen zu. Er lächelte beruhigend, und ich fasste Philipps Arm fester. Wenn er jetzt Vergnügen statt langer Gespräche brauchte, war ich dabei.

„Well, show me the way to the next whiskey bar. Oh, don’t ask why. Oh, dont ask why”, schmetterte Philipp, als die Straßenbahn an uns vorbeizog und wir darauf warteten, die Straße zu überqueren.

„Alabama song? Na, das kann ja heiter werden!“

Das Tacheles stellte sich als ein großes, verfallen wirkendes Gebäude auf der Oranienburger Straße heraus. Teile von ihm schienen abgerissen worden zu sein. Einige der Außenwände zeigten noch Spuren ehemaliger Gebäudeteile, und im Hof standen Skulpturen aus Bauschutt. Jegliche Sorge meinerseits, nicht schick genug angezogen zu sein, wurde hinfällig, als wir das Tacheles durch den dunklen Eingang betraten. Musik drang in das spärlich beleuchtete Treppenhaus. Stimmen und Lachen hallte von den Wänden wider, und einige Besucher schoben sich an mir vorbei, als ich stehen blieb, um mich umzusehen. Jeder Zentimeter Wand war mit Graffiti und Flyern bedeckt. Auch auf den Geländern und Stufen der Treppe zogen sich Schriftzüge und Aufkleber entlang. Zwischen Kein Mensch ist illegal! und Free Mumia! entdeckte ich erstaunlich plastisch wirkende Abbildungen von Tänzerinnen, einem Mann mit Regenschirm, einem Kind mit Kopfhörern ... Handgeschriebene Schilder wiesen auf Ausstellungen internationaler Künstler auf den höheren Etagen hin. Ich folgte Leon und Philipp zu dem kleinen Café, in dem sie erst was trinken wollten, und schmunzelte.

„Als ob ausgerechnet die beiden mich in eine Schikimiki-Bar zum Tanzen führen würden! Was ein absurder Gedanke!“ Sobald wir eintraten, schlug uns laute Musik entgegen. An einigen Tischen drängten sich gutgelaunt die Gäste. Wir hängten die Mäntel und Jacken an die Garderobe. Ich folgte den beiden zur Bar. Philipp trug unter dem Mantel trotz des kalten Wetters nur ein kurzärmeliges Hemd. Mein Blick wanderte zu seinem Arm, doch ich konnte nicht viel erkennen. Zumindest zeigte er keine deutlichen Abschürfungen. Leon bemerkte meinen Blick.

„Ablenkung, Ablenkung - dann kriegt er sich schon in den Griff“, murmelte er mir zu. Ich nickte und fragte mich erneut, was wohl vorgefallen war. Zuerst zögerte ich, Alkohol zu trinken. Zum einen schlägt der bei mir ziemlich schnell an, zum anderen war ich mir nicht sicher, wie Philipp nach dem Ärger mit seinem Vater darauf reagieren würde. Doch der schien kein Problem damit zu haben. Im

Gegenteil, er trank viel. Ich bemerkte Leons besorgten Blick und dachte, es war kein Zufall, dass er uns gerade dann zum Tanzen drängte, als Philipp sich wieder was zu trinken holen wollte.

Ich betrat hinter den beiden den fast dunklen Tanzraum. Farbige Lichter blitzten zu ohrenbetäubender Musik vereinzelt auf, und über der Tanzfläche drehte sich anstatt einer Discokugel eine silberne Figur. Lichtreflexe wurden von ihr durch den Raum geworfen und fingen sich in Leons Brille. Der Bass vibrierte durch meinen Körper, und nach einer kurzen Aufwärmzeit, machte es mir richtig Spaß, mit den Jungs zu tanzen.

Leon hielt die meiste Zeit die Augen geschlossen, während Philipp sich zu einem wahren Kampftänzer entwickelte. Je wilder seine Bewegungen wurden, desto größer wurde der Abstand zwischen ihm und den anderen Tänzern. Das war eine erstaunliche Leistung, denn auf der Tanzfläche waren mindestens ebenso viele wie an der Bar. Ich glaube, einige gingen sogar wegen ihm. Mir waren seine wilden, fast schon wütenden Bewegungen jedoch wesentlich lieber als der leere Ausdruck, den ich vorhin ein paar Mal auf seinem Gesicht gesehen hatte. Ein schnelles Lied folgte dem anderen, und es dauerte nicht lange, bis ich eine Atempause brauchte. Ich arbeitete mich durch die schwitzende und tanzende Menge und lehnte mich in sicherem Abstand zur Tanzfläche an die Wand, die unter den dröhnenden Basstönen zu vibrieren schien. Leon tauchte neben mir auf und drückte mir ein Bier in die Hand. Ich deutete mit dem Kopf auf den immer noch wild tanzenden Philipp.

„Deine Ablenkung scheint zu wirken.“ Leon runzelte die Stirn. „Er hat zu viel getrunken, das gehörte nicht zu meinem Plan.“ Ich rückte näher heran, um ihn besser zu verstehen. „Seltsam, dass er überhaupt trinkt, ich meine, nach der Sache mit seinem Vater …“ Leon zuckte mit den Schultern. „Versteh einer Philipp. Ich habe es schon lange aufgegeben." Ich drehte die Flasche eine Weile in meinen Händen. Dann blickte ich Leon schließlich an.

„Was war denn nun eigentlich los?" In Philipp brodelte es, und ich wollte besser wissen warum, wenn ich schon auf dem Vulkan tanzte. Leon stimmte mir wohl zu, denn er zögerte nur einen Moment. Dann beugte er sich zu mir hinunter und berichtete halblaut.

„Er war heute bei seinen Eltern. Da ist es zum Streit zwischen ihm und seinem Vater gekommen. Er hat nicht genau gesagt, was vorgefallen ist, aber es muss ziemlich heftig gewesen sein. Schließlich hat sein Vater ihn und seine Mutter rausgeworfen." Ich wandte meinen Blick von der tanzenden Menge und blickte zu ihm auf. „Wie jetzt? Er hat seine Frau auf die Straße gesetzt?"

„Ja. Philipp hat sie erst mal mit zu sich genommen, doch da will sie auf gar keinen Fall bleiben. Sie gibt ihm die Schuld für den Rauswurf." Er senkte die Stimme noch ein wenig mehr. „Manchmal hab ich das Gefühl, sie gibt auch Philipp die Schuld, dass sein Vater trinkt." Ich sah ihn bestürzt an.

„Das kann sie doch nicht ernst meinen! Hat sie das wirklich gesagt?"

„Nein, so natürlich nicht. Aber sie verhält sich so." Er blickte auf den noch immer tanzenden Philipp. „Es war bestimmt nicht immer einfach, Philipp zum Sohn zu haben. Wenn du mich fragst, ist die Frau überfordert. Mit so ziemlich allem."

„Wirkt so", murmelte ich.

„Philipp hat mal erzählt, es würde ihn verrückt machen, wie wenig sie sich gegen die Launen und Übergriffe seines Vaters wehrt", Leon richtete sich wieder auf und blickte erneut zur Tanzfläche. „Das Schlimme ist, dass Philipp trotz der Vorwürfe und Gefühlskälte ziemlich an seiner Mutter hängt …" Er brach ab, und ich sah, wie Philipp von der Tanzfläche auf uns zukam.

„Kommt ihr mit? Zu dem Mist kann man doch nicht tanzen." Erst jetzt fiel mir auf, dass sie langsamere Musik spielten. Wieder im Café setzten wir uns an einen der kleinen Holztische. Mein Blick wanderte über die Gäste an dem groben Mauerwerk der Wände entlang zur Bar. Ich hatte das Gefühl einen schweren Stein im Magen zu haben und suchte fieberhaft nach einem Thema, über das wir reden könnten. Doch meine Gedanken wanderten zielstrebig zu Philipps Eltern und blieben da hängen. Philipp hob seine Bierflasche.

„Auf diese Stadt! Auf uns und unsere Jugend!" Wir stießen mit ihm an.

„Ich hatte gerade eine neue Idee für eine S-Bahnszene", setzte Leon an, und ich war ihm dankbar für das Gesprächsthema. Er erzählte von einem Punk, der in letzter Zeit immer mal wieder an der Ecke Warschauer Straße/Revaler Straße gesessen hatte.

„Ich bin an ihm vorbeigegangen, ganz in Gedanken, auf einmal scheppert es laut vor meinen Füßen. Ich gucke hin und seh einen verbeulten Zinnbecher an einer Kette. Der Punk hält das Ende der Kette in der Hand und als ich ihn ansehe, blafft er mich an. `Geld!!´ Kein Wort mehr. Nur `Geld!!´."

Wir überlegten, ob er wohl mit der Strategie jemals was bekommen würde, und Leon malte eine Szene in der S-Bahn aus, in der Philipp mich zunächst so anpöbeln und dann in eine Diskussion über Armut verwickeln sollte. Philipp fiel ihm jedoch ins Wort.

„Für diesen Weltrettermist habe ich heute Abend keinen Nerv!"

Leon blinzelte überrascht, doch ich ignorierte Philipps Ton. „Ach was, die Szene ist wie gemacht für dich!"

„Perfektes Material für eine Zwei-Klassen-Gesellschaft-Szene!", ergänzte Leon.

Philipp lehnte sich zurück. „Hört sich eher verdammt nach einer deiner Wir-müssen-die-Leute-wachrütteln-Szenen an.“ Er drehte sich plötzlich um, packte einen vorbeigehenden Jugendlichen am Arm und rief ihm zu: „He Kleiner, musst du wachgerüttelt werden?“ Dem überrumpelten Jungen fiel fast der Kaugummi aus dem Mund. „Ey, Mann …“, setzte er an, doch Philipp ließ schon wieder von ihm ab. „Kapier endlich, dass wir mit unserem Theater nichts erreichen!“ Er stieß die Kerze, die in der Mitte des Tisches brannte, beiseite und beugte sich zu Leon vor. Roter Wachs tropfte auf den alten Holztisch und zog meinen Blick auf sich, als Philipp fortfuhr.

„Die ganzen kaputten Leute interessiert das nen Scheißdreck, ob wir da ein bisschen spielen.“ Er fasste Leons Arm, als dieser sich abwenden wollte, die Stimme so dunkel, als würde er über hochhackige Studentinnen reden.

„Und weißt du warum, Weltverbesserer? Weil´s ihnen nicht hilft, weil sie sich nicht helfen lassen wollen - schon gar nicht von ein paar kleinen Idealisten und ihrem Spaßtheater!“

„Es reicht, Philipp!“, fuhr ich dazwischen. Mein scharfer Ton wirkte. Philipp ließ Leons Arm los.

„Jetzt tritt mal nicht gleich alles in die Tonne“, meinte ich dann um einiges sanfter. Philipp senkte den Blick, sah auf seine Bierflasche und schob dann seinen Stuhl zurück.

„Das Zeug schmeckt beschissen.“ Mit den Worten verschwand er Richtung Bar. Ich sah ihm nach und blickte dann Leon fragend an. Der winkte ab, stützte die Ellenbogen auf die klebrige Tischplatte, legte das Kinn auf die Hände und versuchte, gelassen auszusehen.

„Schon gut. Ich hätte gar nicht damit anfangen sollen. Ich wusste ja, wie er heute drauf ist.“ Ich nickte. Möglicherweise hatte Philipp teilweise sogar Recht, doch sein verächtlicher Ton war nicht nötig gewesen. Wer weiß, wie ich auf seinen Ausbruch reagiert hätte, wenn ich nichts von seinen Eltern gewusst hätte. An diesem Abend jedoch war ich bereit, ihm alles nachzusehen.

Fast alles.

Nach einer Weile tauchte Philipp wieder neben unserem Tisch auf und murmelte etwas davon, dass er jetzt gehen würde. Wir beschlossen, ebenfalls aufzubrechen. Leon und Philipp gingen schon zum Ausgang, während ich nach meinem Parka suchte. Aus dem Augenwinkel sah ich, wie Philipp Leon am Arm festhielt und etwas zu ihm sagte, bevor sie die Tür erreichten. Leon sah ihn einen Moment lang an, nickte dann und klopfte ihm freundschaftlich auf die Schulter, als sie weitergingen.

Die Nacht war kühl, und ich atmete die frische Luft tief ein, nachdem wir das stickige Tacheles verlassen hatten. Die Oranienburger Straße war menschenleer. Nur eine hellerleuchtete Straßenbahn fuhr vorbei und unterbrach die Stille, als wir zurück zum Bahnhof Friedrichstraße gingen. Dort mussten wir eine Weile warten, bis eine Bahn in unsere Richtung kam. Das grelle Licht im S-Bahnwaggon ließ die Gesichter der beiden blass wirken, und ich fragte mich, ob ich wohl auch so müde aussah. Wir schwiegen größtenteils, als die nächtlichen Straßen Berlins vor den Fenstern vorbeizogen. Leon musste an der Warschauer Straße aussteigen.

„Morgen um 15:00 zum Szenenschreiben bei mir und keine Ausreden diesmal!", meinte er zu Philipp. Der grinste schwach. „Geht klar, Guru."

Mich umarmte er zum Abschied. „Bring mir den Philipp gut heim", raunte er mir dabei zu. Ich sah zu Philipp, der aus dem S-Bahnfenster starrte.

„Ich versuch´s."

„Na, du hast sowieso mehr Einfluss auf ihn als ich“, murmelte Leon leise, und ich sah ihn mit hochgezogenen Augenbrauen an. Leon lächelte, winkte uns noch mal zu und verschwand durch die Türen auf den spärlich beleuchteten Bahnsteig der Warschauer Straße.

Die S-Bahn fuhr ruckend wieder an, und Philipp stand auf.

„Lust auf ein bisschen Theater, Maid Nina?“ Ich sah mich um. Der Waggon war nun fast leer. Außer zwei Skins, die in einem Vierersitz saßen und ihre Bierflachen leer tranken, waren Philipp und ich die Einzigen im Waggon. Zweifelnd schaute ich zu Philipp auf. Ich konnte seinen Blick nicht ganz deuten. Was war das? Übermut? Provokation? Forderte er mich etwa heraus?

„Na, komm schon! Ich hab noch eine Szene gut, weil ich dir den Feuerkopf vom Hals geschafft hab.“ Ohne meine Antwort abzuwarten, durchquerte er den Waggon und setzte sich den Skins gegenüber. Innerlich seufzend stand ich auf. Ok, ich hatte mein Wort gegeben, alles mit ihm zu spielen. Abgesehen davon war ich mir sicher, dass er spielen würde, egal ob ich mitmachte oder nicht. Besser ich war dabei und könnte ihn notfalls bremsen. Weiß der Teufel, warum er nach seinem Ausbruch im Tacheles jetzt auf einmal doch spielen wollte. Ein Blick auf die Skins, zu denen er sich gesetzt hatte, ließ mich Übles ahnen.

Ich setzte mich neben Philipp und starrte mit dem typischen S-Bahnblick an meinem Gegenüber vorbei. Aus dem Augenwinkel bekam ich jedoch mit, wie der Typ mich erst musterte und dann seinem Kumpel zufeixte. Ich ignorierte ihn und wartete. Nach einer Weile legte Philipp mir den Arm um die Schultern und beugte sich zu meinem Gegenüber vor.

„Na, was is? Gefällt se dir?“ Er musterte mich wohlwollend und wandte sich dann wieder an den Typen. „Wie viel gibste mir denn für sie? 500 €?“ Ich schloss die Augen.

„Philipp, bitte! Doch nicht ausgerechnet diese Szene!“ Doch nun hatte er schon einmal damit angefangen, jetzt musste ich auch mitziehen. Aber wehe ihm, wenn er mich wirklich an einen Neonazi verhökerte! Ich öffnete die Augen und machte mich gerade bereit, ihn schnippisch zu fragen, warum er denn nur so wenig für mich verlangen würde, als der Typ antwortete.

„500 €? Für die?! Die müsstest du mir noch draufzahlen!“ Philipps Griff um meine Schultern wurde fester. Er beugte sich wieder vor. Sein Ton war scharf und verächtlich.

„Ach? Sie ist dir wohl nicht arisch genug, was?“ Ich hielt unwillkürlich die Luft an. Sein Blick, seine Haltung, jedes Wort: pure Provokation. Das war dann wohl die Scheiß-auf-Alles-Stimmung, von der Leon gesprochen hatte. Ich musste das hier sofort abbrechen.

„Philipp …“

Doch Philipp hörte nicht auf. Er provozierte weiter und unglücklicherweise musste er nicht viel provozieren. Unvermittelt stand ich auf und packte ihn am Arm, um ihn mit mir zur Waggontür zu ziehen.

„Vi skulle gå nå!!”, zischte ich in der Hoffnung, er würde darauf reagieren. Mittlerweile war dieser Satz so etwas wie ein Codewort für uns geworden, wenn’s einem von uns zu brenzlig wurde. Mir wurde es gerade extrem zu brenzlig. Ich wollte an der nächsten Station raus, egal welche das war, bevor das Ganze noch eskalieren würde.

Doch es war bereits zu spät.

Beim Aufstehen trat Philipp gegen das Bein von einem der beiden Skins. Bis heute weiß ich nicht, ob es Absicht oder Versehen war. Jedenfalls kam der uns nach, packte Philipp und drückte ihn gegen die Waggontür.

„Willste ein paar aufs Maul, oder was?“ Philipp antwortete nicht, sondern schlug gleich zu. Binnen von Sekunden waren die beiden über ihm und prügelten auf ihn ein. Ich versuchte dazwischen zu gehen, doch ich kam nicht an Philipp heran. Ich schrie sie an, sie sollten aufhören, trat nach ihnen und versuchte, sie wegzuzerren, doch es half alles nichts. Es war niemand da, der uns hätte helfen können. Kein Mensch im Waggon, der meinen Hilfeschrei gehört hätte. Es ist nie jemand da, wenn es nötig ist. Irgendwann packte ich verzweifelt nach dem Ohr des einen und riss ihn zu mir heran. Das hätte ich nicht tun sollen. Er fuhr zu mir rum, packte mich am Hals und drückte mich gegen die Waggontür. So fest, ich dachte, der drückt mir die Luft ab. Ich versuchte seinen Arm wegzuzerren, doch er war einfach zu stark. Selbst meine Tritte nützten nichts. In meinem ganzen Leben hatte ich mich noch nie so hilflos gefühlt. Dann sah ich Philipp neben mir unter den Schlägen des anderen in die Knie gehen.

„Um Gottes Willen! Der bringt ihn um! Der bringt ihn einfach um!“ In diesem Moment wurde die Bahn langsamer. Das musste ein Bahnhof sein. Verzweifelt zerrte ich an dem Arm, der mich gegen die Tür drückte, während meine andere Hand an der Waggontür entlang tastete. Hier musste doch irgendwo der Türöffner sein! Meine Finger glitten über das kalte Metall der Türen. Ja, da war er! Ich drückte hastig mehrmals darauf. Es dauerte Ewigkeiten, bis die Türen aufgeglitten waren. Rückwärts stolpernd versuchte ich, Philipps Arm zu fassen und ihn mit mir aus der S-Bahn zu ziehen. Wahrscheinlich hätten wir es nicht geschafft, da raus zu kommen, wären nicht gleichzeitig zwei Männer zugestiegen. In diesem kurzen

Augenblick, als die Skins von Philipp abließen, zog ich ihn hoch und zerrte ihn mit mir auf den Bahnsteig.

Ohne darauf zu achten, ob uns jemand folgte oder im Weg stand, rannte ich los. So schnell, wie ich noch nie in meinem Leben gerannt war. Die Hand noch immer fest um Philipps Arm geschlossen, sprang ich die Stufen der Treppe hinunter. Gleichzeitig versuchte ich zu erkennen, wo wir waren. War dies ein großer Bahnhof? Waren hier Leute, die uns helfen konnten, falls die Kerle uns hinterherkamen? Kurz bevor wir das Ende der Treppe erreichten, blieb Philipp plötzlich stehen. Ich wirbelte zu ihm herum und sah, dass er alleine auf der Treppe stand. Sie waren uns nicht gefolgt.

„Verdammt Philipp! Was sollte der Scheiß?!“, fuhr ich ihn an. Doch er antwortete nicht. Die ganze Zeit über sagte er nichts. Nicht, als wir auf dem Bahnsteig warteten, und auch nicht, als wir dann in der Bahn nach Hause saßen. Er saß mir gegenüber und starrte auf den Boden.

„Philipp …“ Keine Reaktion. Er sah fürchterlich aus, und ich begann mir ernsthaft Sorgen zu machen. Sein Auge hatte schon begonnen zu schwellen und sein Gesicht war blutverschmiert. Eine Hand hielt er gegen seine Rippen gepresst, wo die Tritte der beiden ihn getroffen haben mussten. Auf mein Drängen, zum Arzt zu fahren, reagierte er auch nicht. Ich versuchte, ihm wenigstens ein Taschentuch zu geben, doch er stieß es nur weg. An seiner Station stieg er dann wortlos aus.

„So viel zu meinem guten Einfluss, Leon.“

Ich sah aus dem Fenster, als die Bahn wieder anfuhr, sah Philipp die Treppe hochsteigen, ohne sich umzudrehen, und in mir schien sich alles zusammenzuziehen. Ganz fest, so als wäre da ein Knoten in meiner Brust, der mir fast die Luft nahm.

♦

Der Knoten löste sich nicht. Weder in der Nacht, noch am folgenden Tag. Jedes Mal war er da, sobald ich auch nur an Philipp dachte. Die Stunden verstrichen, ohne dass er sich gemeldet hätte. Und doch dachte ich umso öfter an ihn. Mehr als einmal hatte ich das Handy schon in der Hand, um seine Nummer zu wählen, doch ich rief nicht an.

Ich konnte es einfach nicht.

Leon kam gleich am Nachmittag zu mir. Wir saßen trotz des kalten Wetters auf meinem schmalen Balkon, dick eingepackt in Winterjacken, und ich erzählte ihm, was in der Bahn vorgefallen war. Es war das erste Mal, dass ich den sanften Leon fluchen hörte.

„Dieser gottverdammte Vollidiot! Warum macht er das? Das will mir einfach nicht in den Kopf!“ Er vergrub sein Gesicht in den Händen und verharrte so für eine lange Zeit. „So ein Idiot ...“, murmelte er schließlich wieder, richtete sich auf und suchte nach Worten, mir Philipps Verhalten zu erklären. „Schau, es gibt Situationen ... also, Philipp steht viel unter Druck und ... ach, ich weiß auch nicht, warum er sich immer alles kaputt machen muss!“ Er warf mir einen Blick zu. „Ruf ihn an, Nina. Ja? Er wird’s nicht hinkriegen.“ Doch so sehr Leon mir auch zuredete und mich darum bat, ich konnte es nicht. Es war noch nicht einmal so, als wäre ich wütend auf Philipp gewesen. Ok, ich war schon wütend. Er hatte sich wie ein Idiot verhalten. Im Tacheles, besonders aber in der Bahn. Doch das war es nicht. Ja, das Ausmaß seiner angestauten Aggression hatte mich erschreckt. Das blinde Draufschlagen ohne einen Gedanken an die Folgen. Ohne einen Gedanken daran, dass ich dabei war … Wie konnte man in einer gottverdammten Bahn eine Schlägerei anfangen? Wo wir in der Falle saßen und keine Hilfe bekamen? Doch auch das war es nicht. Ich meinte zumindest in Teilen zu verstehen, was in ihm vorgegangen war. Die Sache mit Sabrina schien ihm näher zu gehen, als er wahrhaben wollte. Weiß der Himmel, was ich an seiner Stelle getan hätte, würden meine Eltern so verrückt spielen wie seine. Nein, das war es nicht. Was mich zögern ließ, war die Erinnerung an sein Schweigen danach. Seine Weigerung, sich helfen zu lassen. Es war eine klare Botschaft gewesen.

Halt dich aus meinem Leben raus.

Je mehr Tage verstrichen, ohne dass er sich bei mir gemeldet hätte, desto deutlicher wurde diese Botschaft. Und mit jedem dieser Tage wurde mir bewusster, wie viel mir sein Schweigen ausmachte. Nach der Nacht auf dem Riesenrad hatte ich gedacht, ja, vielleicht sogar gehofft, es gäbe da eine neue Vertrautheit zwischen uns.

Doch ich rief nicht an.

An einem grauen winterlichen Spätnachmittag saß ich dann in der Bahn Richtung Grunewald. Dort sollte die von Katleen viel beworbene und mitorganisierte Betteldemo stattfinden. Während die Häuser von Berlin Mitte an mir vorbeizogen, fiel mir auf, dass ich zum ersten Mal seit meinem Umzug den Grunewald betreten würde. Ich erinnerte mich an den freundlichen blinden Mann, der mich zum Bürgeramt geführt hatte, und es kam mir vor, als wäre das schon Jahre her. Kurz bevor er mir seinen Tipp, dort spazieren zu gehen, gegeben hatte, war ich den S-Bahnspielern begegnet. Von da an hatten sie sich in mein Leben geschlichen. Nun ja, sie waren wohl eher mit Pauken und Trompeten einmarschiert. Was würde nun werden? Während der Kundgebung zur Eröffnung der Betteldemo auf dem Bahnhofsvorplatz versuchte ich, in Worte zu fassen, was gerade in meinem Leben geschah.

Chaos.

Chaos auf allen Ebenen.

Das war der passendste Ausdruck, der mir einfiel.

An der Uni fanden vor lauter Studistreiks, Gebäudebesetzungen und Demos kaum noch Vorlesungen statt. Trotz der Proteste würde mein Studiengang wahrscheinlich gestrichen werden. Wie sollte es dann weitergehen? An der TU zu Ende studieren, trotz wegbrechender Professuren und Veranstaltungen? Die Uni wechseln? Schon wieder? Ganz aus Berlin wegziehen? Noch vor kurzem hatte ich die Wette mit Nettie als verloren abgestempelt und zugegeben, mich in Berlin eingelebt zu haben. Das war jedoch gewesen, bevor Philipp sich wie ein Idiot verhalten hatte. Ohne mich dagegen wehren zu können, tauchte ein Bild wieder vor meinen Augen auf, das mich seit jener Nacht verfolgte. Philipp, wie er zwei Treppenstufen über mir stehen blieb, eine Hand am Geländer, das Gesicht zerschlagen und etwas im Blick, das mir noch jetzt das Herz zusammenzog.

Abgrundtief, bodenlos ...

Es war das letzte Mal gewesen, dass er mich direkt angesehen hatte in jener Nacht, und ich drängte die Erinnerung daran so gut es ging wieder zurück.

Mein Blick wanderte zu Katleen, die die Moderation der Betteldemo übernommen hatte und mit geschliffenen Worten die Demonstranten anheizte. Auch dort herrschte noch immer Gefühlschaos. Seit Leons Geständnis behandelten sie einander, als könnte jedes Wort eine Katastrophe auslösen, und vermieden es meist, sich zu begegnen. Ich würde die unbeschwerten Abende zu viert in Leons Wohnung vermissen. Doch solange Philipp nicht aus seiner Versenkung auftauchte, wäre daraus sowieso nichts geworden. Ganz zu schweigen vom S-Bahntheater.

Mein Verhältnis zu meinen Eltern war seit der Scheinehen-Episode auch merklich abgekühlt. Ich fragte mich, ob der Besuch über die

Weihnachtstage zu Hause wohl so ein guter Plan war. Die letzten Telefonate mit meinen Eltern waren recht frostig gewesen.

An Sönke wollte ich gar nicht erst denken …

Ja, Chaos auf allen Ebenen. Mit einem Gefühl der Niedergeschlagenheit musste ich mir eingestehen, nicht die geringste Idee zu haben, wie ich Ordnung schaffen konnte.

„Wir sind hier und wir sind laut, weil man uns die Bildung klaut!“ Die Demonstranten zogen mit Sprechchören durch das Villenviertel im Grunewald. Ich ging mit, doch mein Herz war nicht bei der Sache. Als die Demo sich vor dem S-Bahnhof schließlich wieder auflöste, entdeckte ich einen Mann mit Blindenstock, der seinen Weg zu den Gleisen suchte. Das war nicht überraschend. Die Betteldemo war mit der Landesarbeitsgemeinschaft der Hilfebedürftigen gemeinsam organisiert worden. Ihr blinder Vorsitzender hatte zu Beginn eine Rede gehalten. Doch dieser Mann kam mir vertraut vor. Ich beschleunigte meine Schritte, um neben ihn zu treten, und hatte Gewissheit. Es war mein blinder Fremdenführer. Ich freute mich, ihn hier wiederzutreffen, nachdem ich heute erst noch an ihn gedacht hatte, und sprach ihn an.

„Ah, die Neuberlinerin!“, lächelte er, als ich ihn an meinem Arm die Treppen zum Gleis hoch führte. Wir stiegen in die Bahn und während sie sich langsam wieder vom westlichen Rand Berlins zum östlichen vorarbeitete, sprachen wir über die Demo, Berlins Schulden und die Studentenproteste.

„Gehen Sie auf die Straße! Bewegen Sie was! Sie sind ja noch jung und müssen sich nicht alles gefallen lassen.“ Er hatte mir von den Kürzungen berichtet, die gerade Menschen mit Behinderungen treffen würden bei dem sozialen Kahlschlag, den der Berliner Senat plante. Doch im Gegensatz zu mir, die ich schon heimlich an dem

Sinn der Proteste zu zweifeln begann, war er Feuer und Flamme dafür, Zeichen zu setzen. Er hätte sich bestimmt gut mit den S-Bahnspielern verstanden.

„Was regt Sie denn am meisten auf?“, fragte er.

Ich überlegte. „Dass die Uni-Präsidenten halbgare Kompromisse unterschreiben und am Wohl der Studierenden nicht interessiert sind. Zumindest kommt es so rüber. Als wäre das alles nicht Sache der Studierenden.“

Er schob sich die grüne Wollmütze aus der Stirn, so dass sein sternförmiges Tattoo wieder sichtbar wurde. „Sie glauben also, die machen ihren Job nicht richtig.“

Ich nickte. „Ja“, fügte ich dann hinzu, als mir klar wurde, dass er mich nicht sehen konnte. „Na, dann muss das öffentlich gemacht werden, so dass es jeder mitkriegt.“

„Hm“, ich strich mir die Haare zurück. „Sie meinen so was, wie nem Polizisten die Marke abnehmen, weil er Mist gebaut hat?“

Er lachte und rückte seinen Blindenstock zurecht, der zur Seite zu rutschen begann. „Es gefällt mir, wie Sie denken! Auch Uni-Präsidenten haben Dinge, die ihre Position kennzeichnen.“

„Dicke Autos und ein Segelboot?“

„Das auch. Wenn sie ein Auto klauen wollen ... ich hatte eher an so was wie die Talare oder Amtsketten gedacht.“ Er schmunzelte. „Unter den Talaren der Muff von tausend Jahren! Ja, das war meine Jugendzeit!“ Dann drehte er lauschend den Kopf, um die Ansage zu verstehen. „Wir sind ja schon am Ostkreuz. Da muss ich die nächste raus.“ Er beugte sich vor und hielt mir seine Hand entgegen. Ich ergriff sie, und er legte seine andere Hand über meine. „Ich werde die Ohren aufsperren, ob ich was über die Talare höre!“

Ich lachte. „Wer weiß?“

Er drückte meine Hand herzlich. „Alles Gute Ihnen und Kopf hoch.“ Ich stutzte, und obwohl er mein Gesicht nicht sehen konnte, merkte er es. Er deutete auf seine Augen. „Wenn die nicht mehr funktionieren, fängt man an, anders wahrzunehmen. Ihnen drückt eine Last auf die Seele, dafür muss ich Sie nicht sehen können.“

Ich lachte verlegen. „Ertappt.“

Er ließ meine Hand los und tastete nach seinem Stock. „Was auch immer es ist, öffnen Sie Ihr Herz und haben Sie Vertrauen. Es wendet sich immer alles zum Guten.“ Damit verließ er die S-Bahn. Ich schaute dem weitsichtigen Blinden mit der grünen Wollmütze hinterher. Seinem Rat, mir den Grunewald anzusehen, war ich nicht nachgekommen. Ich fragte mich, was wohl dieses Mal geschehen würde, wenn ich seinen Rat befolgte.

Erst, als die Bahn weitergefahren war und ich ihn auf dem Bahnsteig nicht mehr sehen konnte, fiel mir ein, dass ich ihn wieder nicht nach seinem Namen gefragt hatte.

♦

Weihnachten stand vor der Tür. Die Plätzchenferien, wie Professor Grottian sie abfällig nannte. Er prophezeite, dass die wichtigen Uni-politischen Entscheidungen in genau diesen Zeitraum gelegt werden würden, wenn der Großteil der Studierenden sich bei ihren Familien den Bauch vollschlagen würde. Ich selbst gehörte auch zu denjenigen, die über die Feiertage heimfuhren. Am Tag vor meiner Abreise jedoch lud ich Leon, Katleen und einige andere Kommilitonen zum Feiern der Wintersonnenwende zu mir ein.

„Ab morgen geht's wieder bergauf! Das muss zelebriert werden!" Obwohl ich wusste, es würde nach dem kürzesten Tag des Jahres nicht schlagartig wieder hell werden, hatte ich mir doch angewöhnt, diesen Umbruch zu feiern. Ich war wirklich kein Wintermensch. Schon gar nicht im tristen, grauen Berlin, das mich an trüben Tagen immer wieder Zweifel an meinem Großstadtleben haben ließ. Ich hatte mich auch dazu durchgerungen, Philipp anzurufen, um ihn ebenfalls einzuladen. Es war mir wichtig, mit ihm ins Reine zu kommen, bevor ich in die Ferien fuhr. Mit leichter Überraschung stellte ich fest, wie sehr mir das Herz bis zum Hals schlug, als ich seine Nummer heraussuchte und auf Wählen drückte. Doch er nahm nicht ab. Auch nicht beim zweiten Versuch. Auf einen Rückruf hoffte ich ebenfalls vergebens.

„Dann soll es wohl nicht sein", dachte ich und versuchte mir einzureden, es würde mir nichts ausmachen.

Um in gute Stimmung zu kommen, legte ich Ska-Musik auf, verteilte Kerzen an strategisch günstigen Stellen in meiner Wohnung und erhitzte den Glühwein. Nach und nach trafen die Gäste ein. Es wurde ein ausgelassener Abend. Bis weit nach Mitternacht schallten Musik und Stimmen durch meine sonst oft stillen Räume. Ich genoss die fröhliche Gesellschaft und merkte gar nicht, wie spät es wurde. Immer mehr Besucher schauten auf die Uhr und beschlossen, die nächste Straßenbahn zu nehmen, die direkt vor meinem Plattenbau abfuhr. Schließlich waren nur noch Leon und ich übrig. Katleen hatte sich schon recht früh verabschiedet, da sie sich noch mit einigen anderen Freundinnen wie jedes Jahr zum Feuerzangenbowle trinken verabredet hatte. Eine Tradition, die anscheinend schon weit vor meiner Wintersonnenwendidee bestanden hatte. Auf meine Frage hin, ob auch Heinz Rühmann jedes Mal über den Bildschirm flimmern müsse, hatte sie nur verschmitzt gelächelt.

Leon sah sich in meinem nun wieder leeren Wohnzimmer um. Gläser, Schalen, Papierfetzen und ein vergessener Schal lagen verstreut herum. „Hm, hier gibt's einiges zu tun. Soll ich dir gerade noch helfen?“

„Nö“, meinte ich und drehte die Musik leiser. „Es gibt nichts Ungemütlicheres, als am Abend der Party noch anzufangen aufzuräumen.“ So löschte ich nur alle Kerzen, bis auf die auf dem kleinen Couchtisch, und ließ mich neben Leon aufs Sofa fallen. Sobald ich die Augen schloss, schien die Welt sich um mich herum zu drehen. Ich gab die Schuld dem letzten Glühweinbecher, der eindeutig einer zu viel gewesen war. Oje, ich war schon lange nicht mehr betrunken gewesen.

„Wann kommen wir wieder zusammen?“, fragte Leon neben mir.

„Shakespeare oder Fontane?”, fragte ich zurück.

„Ähm ...“ Leon blinzelte verwirrt.

„In thunder, lightning or in rain?

When the hurlyburly`s done

when the battle`s lost and won!”

“Also …”

„Um die siebente Stund', am Brückendamm.

Am Mittelpfeiler. Ich lösch die Flamm'.

Ich mit. Ich komme vom Norden her.

Und ich vom Süden. Und ich vom Meer!“

„Ok, das war ein Fehler. Ich habe vergessen, dass du Literaturwissenschaft studierst“, seufzte Leon ergeben. „Redest du jetzt nur noch in Reimen?“

Ich grinste ihn an, und er versuchte erneut sein Glück. „Gut, dann anders gefragt: Sehen wir uns erst im neuen Jahr wieder?“

Ich nickte, zog die Beine auf die Sitzfläche des Sofas und gähnte hinter vorgehaltener Hand. „Hast du Vorsätze fürs neue Jahr?“, fragte ich Leon dann.

Er zuckte mit den Schultern. „Mehr lernen, gesünder essen und mein Herz zur Räson rufen.“

„Ha! Wie vorbildlich!“

„Na, wie siehts denn mit deinen Vorsätzen aus?“, fragte er zurück. Ich schenkte mir den Rest Wein aus der Flasche auf dem Couchtisch ein und trank einen Schluck.

„Ich will den Talar des Uni-Präsidenten klauen“, meinte ich dann.

Wortlos sah Leon mich an. „Nina, ich werde das Gefühl nicht los, du meinst das ernst“, sagte er nach einer Weile. Ich schenkte ihm ein spitzbübisches Lächeln, bevor ich ihm von der Idee erzählte, dem Präsident den Ehrentalar zu nehmen, um ein für alle sichtbares Zeichen zu setzen.

Leon strich sich nachdenklich über die Stirn. „Wir nehmen den Mächtigen die Insignien ihrer Macht ... das ist gut, Nina, wirklich gut!“ Dann beugte er sich vor. „Aber wie genau sollen wir an den Talar rankommen?“

Ich leerte das Weinglas in einem Zug und zwinkerte ihm über den Rand hinweg zu. „Ganz einfach. Wir steigen beim Präsidenten ein.“

Leon zögerte. „Lass uns das mal noch mal besprechen, wenn wir nüchtern sind“, meinte er, doch ich sah in seinen Augen, wie er für die Idee Feuer fing. Perfekt! Einen besseren Verbündeten konnte ich mir nicht wünschen! Nun, außer Philipp vielleicht, aber das war nun nicht mehr sehr wahrscheinlich.

„Lieber blinder Freund, der Talar ist so gut wie unser!“

„Ich schätze mal, ich geh jetzt besser heim“, meinte Leon, als die Zeiger auf meiner Uhr schon halb zwei anzeigten, blieb jedoch neben mir sitzen. Mit einem Mal sah er sehr müde aus. Ich beugte mich vor, stützte die Ellenbogen auf die Knie und warf ihm einen Blick zu.

„Lass mich raten: Du hast keine Lust nach Hause zu gehen, wo Katleen mit ihren Freundinnen und Heinz Rühmann feiert.“

Er lächelte verlegen und stand auf, um seine Jacke zu holen. „Schon bescheuert, was?“, murmelte er dabei.

„Allerdings! Einen Haufen hübscher Frauen, da würds jeden anderen sofort hinziehen!“, meinte ich und stand ebenfalls auf. Dann legte ich ihm die Hand auf den Arm, als er in den Flur gehen wollte. „Du kannst auch hier übernachten“, bot ich an und deutete aufs Sofa. „Man siehts dem Schätzchen nicht an, aber das ist ein Schlafsofa.“

Leon zögerte.

„Deine Zahnbürste und `ne Boxershorts liegen hier auch noch, seit Herr Hofstätt von der Ausländerbehörde da war. Und ein T-Shirt zum Schlafen treib ich schon noch auf.“

„Also, wenn’s für dich wirklich ok ist ...“

Damit war die Sache entschieden. Kurz kam mir mein Mietvertrag in den Sinn, in dem ich unterschrieben hatte, niemanden bei mit übernachten zu lassen. Aber wer sollte das denn schon kontrollieren? Die Hausverwalterin hatte ich in all der Zeit, die ich hier wohnte, nur einmal kurz auf dem Parkplatz hinterm Haus auf dem Weg zu ihrem Auto gesehen. Ich erklärte Leon also, wie das Schlafsofa aufgebaut wurde und verschwand in meinem Zimmer auf der Suche nach einem großen T-Shirt. Als ich fündig geworden war, kehrte ich ins Wohnzimmer zurück. Die Kerze auf dem Couchtisch warf ihr flackerndes Licht auf Leon, der auf der Kante des ausgeklappten Sofas saß und die unstete Flamme betrachtete. Er hatte seine Brille abgenommen und sah dadurch viel jünger aus. Es war nicht schwer zu erraten, was ihm durch den Kopf ging.

Ich seufzte und setzte mich neben ihn. „Mensch Leon, es bricht mir das Herz, dich so traurig zu sehen."

Er lächelte schief. „Ganz schöner Stimmungskiller, hm?" Er sah auf seine Hände. Er hatte lange schmale Finger. Klavierspielerhände.

„Ich überlege nur die ganze Zeit, ob es besser gewesen wär, nichts zu sagen. Irgendwie habe ich das Gefühl, alles kaputt gemacht zu haben mit meinen sinnlosen Wünschen ..."

„Und du glaubst, dass Katleen nicht sowieso schon geahnt hat, wie es um dich steht?", gab ich leise zu bedenken.

Leon seufzte und ließ sich nach hinten auf das Schlafsofa fallen. „Was eine Scheiße", murmelte er. Aus seinem Mund hörte sich selbst das sanft an. Wir schwiegen lange. Leon hielt die Augen geschlossen.

„Sie zieht aus", meinte er schließlich. „Eine Freundin hat ihr ein günstiges Zimmer bei sich angeboten."

Im schwachen Kerzenlicht konnte ich sein Gesicht nicht gut genug erkennen, um darin lesen zu können. Die Neuigkeit überraschte mich nicht sonderlich. Katleen hatte immer Geldnöte, und ein Auszug würde die Situation zwischen den beiden vielleicht entspannen. Doch an Leons Ton konnte ich hören, dass sie mit ihrer Entscheidung ein deutliches Zeichen setzte. Eins, das auch seine letzten Hoffnungen unter sich begrub. Hoffnungen, die er sich anscheinend trotz allem noch gemacht hatte. Ich legte mich neben ihn und starrte an die Decke über mir.

„Ich würde sagen, du bist jetzt an der Talsohle angekommen“, meinte ich dann.

„Fühlt sich jedenfalls so an“, kam seine Antwort.

„Nun, das Gute daran ist, es kann nicht mehr schlimmer werden.“

„Immerhin.“

Ich dachte an den Abend zurück, an dem Sönke mir gesagt hatte, ich sollte abtreiben, an seine Erleichterung, als ich meine Tage bekam, an den Moment, in dem er mir von der Anderen erzählte ... Bilder und Emotionen zogen an meinem inneren Auge vorbei. Leider auch das von Philipp auf der S-Bahntreppe, obwohl ich eigentlich an überwundene Beziehungskatastrophen denken wollte.

„Du kommst da auch wieder raus, Leon. Es dauert nur seine Zeit“, meinte ich und lenkte meine Gedanken wieder zurück.

„So lange, wie ich brauch, um einen Berg hochzukraxeln?“, ging er auf das Bild der Talsohle ein. Ohne ihn sehen zu können, hörte ich, wie er lächelte.

„Ja, mit Pausen und Umwegen, und manchmal rutschst du auch ein ganzes Stück wieder ab, das du gerade erst erklommen hast.“

„Mist“, murmelte er neben mir. „Und das, wo ich doch so unsportlich bin. Talsohle, bergsteigen, abrutschen - kannst du mir auch was Aufmunterndes sagen, Nina?“

Ich drehte mich auf die Seite, stützte den Kopf auf die Hand und betrachtete sein Gesicht. Leon schien es zu merken, denn er öffnete langsam die Augen und lächelte mir zu.

„Jetzt sag nicht, die Frage hat dich ideenlos zurückgelassen - dann steht’s schlimmer als ich dachte.“ Unter dem Lächeln sah ich eine Traurigkeit in seinen Augen, die ich auch immer wieder in mir spürte, wenn sich der Knoten in meiner Brust zuzog und ich Gedanken zuließ, die ich nie aussprechen würde. Eine Welle von Zuneigung überkam mich, und ich streckte die Hand aus und fuhr ihm über Stirn und Wange, als ich antwortete.

„Doch. Heute ist Wintersonnenwende. Es geht also wieder bergauf." Im schwachen Kerzenlicht wirkten Leons Augen schwarz wie Ruß, als sich kleine Lachfältchen darum bildeten. Einem Impuls folgend beugte ich mich über ihn und küsste ihn, bevor er etwas sagen konnte. Ich fühlte seine Hand in meinem Haar, als er nach kurzem Zögern meinen Kuss erwiderte.

„Hilfe, Nina, was ist denn das jetzt?", flüsterte er, als ich mich von ihm löste.

„Ein Wintersonnengeschenk. Kein Grund zur Verwirrung", flüsterte ich zurück und zog ihn in eine feste Umarmung. Erstaunt über mich selbst hielt ich ihn, bis ich fühlte, dass er sich entspannte. Sein Kopf lag an meiner Schulter, und ich strich ihm sanft über Kopf und Rücken, während seine Atemzüge tiefer und regelmäßiger wurden. Ich kann nicht sagen, wie lange ich Leon im Arm hielt, bis er eingeschlafen war. Doch mein letzter wacher Gedanke war, wie sehr ich es vermisst hatte, jemandem neben mir zu spüren, wenn ich einschlief.

♦

♦

Am nächsten Morgen weckte mich Kaffeeduft und das leise Klirren von Geschirr. Ich setzte mich auf. Milchiges Licht fiel durch die halb offenen Vorhänge und beschien ein Wohnzimmer, das Leon offenbar schon von allen leeren Gläsern und Flaschen befreit hatte. Obwohl es nur ein trüber Wintertag war, schmerzte das Licht in meinen Augen. Kein Zweifel, ich hatte einen Kater, der es in sich hatte. Mit der Gewissheit, dass ich sicherlich genauso verknittert aussah, wie ich mich fühlte, streckte ich kurz den Kopf zur Küche hinein.

Leon stand am Spülbecken und trocknete gerade eines der letzten Gläser ab. Neben ihm stand meine alte Kaffeekanne, in die durch einen Plastikfilter der köstlich duftende Kaffee lief.

„Guten Morgen“, grüßte Leon.

„Morgen, Wunderkind“, murmelte ich. „Ich geh kurz duschen.“ Damit verschwand ich im Bad und ließ Ströme warmen Wassers das verlebte Gefühl fortspülen, das mich immer überkam, wenn ich in Klamotten eingeschlafen war. Die Dusche belebte mich sichtlich, brachte jedoch auch Erinnerungen an die vergangene Nacht zurück.

„Himmel, was ist nur in dich gefahren?!“, dachte ich, während ich meine Haare trocken rubbelte. Ich entwirrte sie mit einem Kamm und flocht sie zu einem festen Zopf. Dabei starrte ich mein Spiegelbild an.

„Na, wenn das jetzt mal nicht unbehaglich wird!“

Mein Blick fiel auf das Spiegelmosaik, das schon fast die Hälfte des Spiegels bedeckte. Seit der S-Bahnschlägerei hatte ich nichts Neues mehr hinzugefügt. Was denn auch? Ich drehte dem Spiegel den Rücken zu. Letzte Nacht blieb besser ein Geheimnis zwischen Leon und mir. Keine bleibenden Spuren - auch nicht an meinem Spiegel. Hoffentlich sah er das genauso. Mich innerlich wappnend schloss ich die Tür auf und verließ das Bad wieder. Leon hatte bereits den Tisch gedeckt. Das Radio spielte Weihnachtsmusik in allen erdenklichen Varianten, während wir frühstückten. Er wirkte so ungezwungen, dass ich mich schließlich fragte, ob ich alles vielleicht doch nur geträumt hatte. Die Hoffnung machte er jedoch zunichte, als er sich fertigmachte, um heimzufahren.

„Wegen gestern Nacht, Nina ... Danke." Er zog den Reißverschluss seiner Jacke hoch und suchte meinen Blick. „Und keine Sorge, ich hab da nichts falsch verstanden", ergänzte er mit einem feinen Lächeln.

„Äh ja, das ist sozusagen eine Sonnenwendtradition da, wo ich herkomme. Seltsame Provinzriten ... du verstehst schon", plapperte ich erleichtert darauf los. Leon lachte, so wie ich ihn schon seit langer Zeit nicht mehr hatte lachen sehen.

„Na, dann weiß ich an Sommersonnenwende Bescheid."

„Dann bist du hoffentlich von der Talsohle weit entfernt", erwiderte ich. Er nickte und umarmte mich zum Abschied.

„Du hoffentlich auch", murmelte er dabei. „Frohe Weihnachten in der Heimat."

„Dir auch. Bis bald!" Ich schloss die Tür hinter ihm und lehnte mich dagegen. Sonnenwendtraditionen! Provinzriten! Oh Mann ... Was machte Berlin mit mir nur? Ich verschenkte meine Zärtlichkeiten doch sonst nicht so freizügig. Es wurde wirklich Zeit, dass ich wieder nach Hause kam, wo alles in vertrauten Bahnen lief!

♦

Weder an Weihnachten noch an den Tagen um Silvester hatte es geschneit. Es war zwar kalt gewesen, aber nur Regen war aus den schweren Wolken auf die Erde gefallen. Doch als ich im neuen Jahr zurück nach Berlin kam, fielen tatsächlich erste weiße Flocken. Etwas sehr Ungewöhnliches, wie mir die euphorischen Radiomoderatoren immer wieder versicherten, als ich meine Wohnung nach fast zweiwöchiger Abwesenheit wieder mit Leben füllte. Ich öffnete alle Fenster und ließ das Radio die ganze Zeit laufen, während ich meine Reisetasche auspackte und die Schränke mit Vorräten füllte.

Die Feiertage zu Hause waren erstaunlich harmonisch gewesen. Meine Eltern schienen mir sowohl mein Untertauchen nach dem abgebrochenen Studium als auch die angebliche Scheinehe verziehen zu haben. Ich genoss die gemütliche Vertrautheit der heimatlichen Weihnachtszeit. Es war ein wenig, als hätte ich in den Tagen daheim den Akku für meine Rückkehr ins wilde Berlin wieder aufgeladen. Meine alte und neue Heimat waren zwei vollkommen verschiedene Welten, doch ich kehrte mit der neuen Zuversicht zurück, das Chaos der letzten Zeit richten zu können. Und mein Vorhaben in die Tat umzusetzen. Der Urlaub zu Hause hatte mich keineswegs von der Idee des Talarraubes abgebracht. Im Gegenteil, ich war höchstens noch entschlossener als zuvor. In stillen Momenten gestand ich mir ein, dass ich darauf hoffte, mit dieser Aktion Philipp zurück ins Boot zu holen. Wann hatte er schon einmal einer aberwitzigen Idee widerstehen können? Vielleicht hätten wir dann endlich die Chance, diese blödsinnige S-Bahnschlägerei zu den Akten zu legen.

Über die Weihnachtstage war mir klargeworden, wie ich jeden Gedanken an Philipp weit von mir schob und damit wieder einmal vor einer Auseinandersetzung davonlief. Ebenso, wie ich alles, was mit Sönke zu tun hatte, hinter mir zurückgelassen hatte, als ich nach Berlin zog. Doch im Gegensatz zu Sönke, wollte ich Philipp nicht aus meinem Leben streichen. Obwohl ich ihn erst wenige Monate kannte, schien mir die Lücke, die er hinterlassen würde, zu groß. So war ich also mit dem festen Entschluss nach Berlin zurückgekehrt, bei ihm aufzukreuzen und die ganze Sache zu bereinigen.

Dieser Entschluss wurde das erste Mal auf die Probe gestellt, als ich mich durch den Poststapel arbeitete, der sich in den letzten zwei Wochen angesammelt hatte. Zwischen Werbeprospekten und Briefen vom BAföG-Amt fand ich einen unförmigen Umschlag ohne Marke, auf dem nur mein Name stand. Ich erkannte Philipps Schrift sofort. Die Buchstaben wirkten flüchtig, als wollten sie vom Umschlagrand springen, so sehr neigten sie sich zur Seite. Mit nervösen Fingern öffnete ich den Brief, und heraus fiel ein Taschentuchknäuel. Ich wickelte Lage um Lage ab und hielt schließlich einen kleinen Schlüssel in der Hand. Für ein Fahrradschloss. Nur dieser Schlüssel, kein weiteres Wort. Ich starrte auf den kleinen Schlüssel in meiner Hand und fühlte, wie sich der Knoten in meiner Brust wieder festzog. Er hatte mein Fahrrad scherzhaft als seine Geisel bezeichnet, die er solange festhalten würde, bis ihm eine passende Lösegeldforderung einfiel. Nun hatte er es freigegeben. Obwohl ich froh sein müsste, nach Wochen endlich mein Rad wieder benutzen zu können, hatte ich doch das Gefühl, Philipp hätte sich mit diesem grußlosen Brief nicht nur von seiner Geisel, sondern auch von mir losgesagt. Als wolle er reinen Tisch machen und den Kontakt endgültig abbrechen. Mit einer heftigen Bewegung schob ich den Schlüssel in meine Hosentasche und zog die Jacke über.

„So einfach läuft das nicht, Bürschchen!“, dachte ich, während ich meinen Schal umlegte und die Haare unter der Mütze verschwinden ließ.

Die erste Empörung verrauchte mit jedem Schritt im neugefallenen Schnee, und als ich schließlich an seiner Station aus der Bahn stieg, hielt ich mir in Gedanken vor überzureagieren. Dennoch lenkte ich meine Schritte durch die ruhige Nebenstraße, die zu seinem Haus führte. Ich war nur einmal im Sommer hier gewesen, doch ich erkannte das grauverputzte schmale Haus sofort wieder. Ph. Hofstätt stand auf der dritten Türklingel, die ich nach nur kurzem Zögern betätigte. Ich starrte auf die schwarzen Graffiti-Schmierereien, die sich über die Briefkästen und die Wand dahinter zogen, während ich wartete. Nichts passierte. Auch nicht auf mein zweites Klingeln. Ich trat einige Schritte zurück und sah zu den Fenstern seiner Wohnung hoch. Sie waren dunkel. Hatte ich mich getäuscht, als ich vorhin meinte, Licht dort gesehen zu haben? Ich holte mein Handy hervor und rief ihn an. Seine Mailbox sprang an. Mutlosigkeit überkam mich, als ich resigniert das Handy wieder einsteckte. Ich warf erneut einen Blick nach oben. Schneeflocken wirbelten durch das Licht der Straßenlaterne vorm Haus auf mich hinunter, doch kein Lebenszeichen von Philipp war zu sehen. Nun gut ... Mir blieb nichts anderes übrig, als zurückzufahren. Bevor ich jedoch wieder ging, holte ich einer spontanen Idee folgend den kleinen Schlüssel aus der Hosentasche und warf ihn in seinen Briefkasten. Mal sehen, was er mit dieser Botschaft anfangen würde.

♦

Am nächsten Tag brach ich auf, um Leon zu besuchen. Noch immer wirkte Berlin winterlich. Zwar war der Schnee mittlerweile zu einer grauweißen Masse an den Straßenrändern geworden, doch die Häuserdächer waren größtenteils noch weiß. Ich überlegte, ob wohl der große Graffitispruch, der sich über das Dach von Leons Wohnhaus zog, noch zu lesen war. Von der Revaler Straße aus konnte man ihn nicht erkennen, aber Leon hatte mir erzählt, man könne ihn von anderen Häusern aus sehen. „Deutschland verrecke!!" sollte sich dort in großen weißen Buchstaben über drei Dächer ziehen. Wieder einmal wunderte ich mich, wie die Schreiber dieser radikalen Botschaft das wohl bewerkstelligt hatten. Das Gebäude neben dem Kino am Alexanderplatz kam mir in den Sinn, und damit musste ich auch wieder an Philipp denken. „Guten Morgen, es ist Krieg“, besagte der Schriftzug an dem hohen Gebäude, und Philipp hatte mir erzählt, wie Freunde von ihm sich vom Dach abgeseilt hatten, um das zu schreiben. Es war der Beginn des Irakkrieges gewesen, und seine Freunde hatten sich eine nicht ganz ungefährliche Schnitzeljagd mit den Offiziellen geleistet, nachdem sie bei ihrer Sprühaktion erwischt worden waren. Doch sie hatten unerkannt untertauchen können. So wie auch Philipp untergetaucht war und auf keine meiner Kontaktversuche reagierte.

„Vielleicht hat Sönke sich so gefühlt, als ich weggezogen bin“, schoss es mir durch den Kopf, doch ich widersprach mir gleich selbst. „Blöder Vergleich! Philipp und ich waren doch nicht zusammen.“

Ich hatte Leons Haus erreicht und stieg, nachdem der Türsummer verstummt war, die drei Treppen zu seiner Wohnung hoch. Als Leon die weißgestrichene Wohnungstür öffnete, die über und über mit Plakaten der Studentenproteste beklebt war, war ich unglaublich froh, ihn wiederzusehen. Alle Befürchtungen, es könne nach der Wintersonnenwende komisch zwischen uns sein, lösten sich in nichts auf. Er war vollkommen ungezwungen und behandelte mich wie immer. Das half mir über meine anfängliche Beklommenheit hinweg.

„Bist du verliebt in ihn? Oder er in dich?“, hatte Nettie am Telefon gefragt, als ich sie an Silvester angerufen hatte - sie um Rat zu fragen, war unvermeidlich gewesen.

„Nein ... ich denke nicht ...“

„Dann war das ein Freundschaftsdienst der besonderen Art und fertig.“

„Aber, muss ich es nicht Katleen erzählen? Ich meine ...“

„Klar! Du kannst es auch in eurer Studizeitung veröffentlichen. Mensch Nina! Manchmal machst du es dir echt komplizierter als nötig!“

So einfach war das also. Leon schien es genauso zu sehen, und so wurde die Wintersonnenwende auch für mich zu einem der Tage, an denen unwirkliche Dinge geschehen können. Sie leitet schließlich die Rauhnächte ein. Jene 12 Tage, in denen Frau Berchta und die wilde Jagd über den Himmel zogen, und was dann an Seltsamkeiten geschehen konnte, war mir aus den Seminaren über Volksweisen zu genüge bekannt.

„Wir haben ein Problem“, meinte Leon, als er die gläserne Teekanne behutsam auf dem Stövchen vor mir abstellte. Ich sah fragend zu ihm auf.

„Deine Idee, den Ehrentalar zu klauen, wollte mir nicht aus dem Kopf gehen. Ich hab jedoch noch nie einen der Präsidenten im Talar gesehen, deshalb hab ich über die Weihnachtstage ein wenig recherchiert“, sagte Leon und setzte sich neben mich.

„Und?“

„Seit der Studentenrevolution `68 sind Talare und Amtsketten aus dem Unialltag verschwunden. Sie wurden als Zeichen des veralteten Universitätssystems gesehen und deshalb nicht mehr genutzt. Ungefähr seit der Zeit haben die Berliner Unis auch keine Rektoren mehr, sondern Präsidenten.“

„Oh.“ Ich tat mein Bestes, nicht zu zeigen, wie sehr mich diese Neuigkeit traf. Gerade war nicht nur eine Protestidee gestorben.

„Das stimmt nicht ganz“, erklang plötzlich Katleens Stimme. Weder Leon noch ich hatten bemerkt, wie sie aus ihrem Zimmer gekommen war. Wir tauschten einen schnellen Blick, doch Katleen hatte sich bereits eine Tasse genommen und sich zu uns in die Wohnküche gesetzt. Sie goss sich etwas Tee ein und lächelte mich an.

„Als letztes Jahr unser neuer Präsident sein Amt angetreten hat, hat der alte Präsident ihm symbolisch die Amtskette umgehängt.“

Ich stutzte einen Moment, doch dann fiel mir ein, dass Katleen an der Freien Uni und nicht an der TU studierte.

„Es hat einen ganz schönen Aufruhr gegeben. Besonders Professor Grottian hat sich sehr darüber empört. Auch Monate später bei der Organisation der Betteldemo mit ihm war das immer mal wieder Thema. Es wurde sozusagen als ein Zeichen gesehen, zu alten Strukturen und zur Glorifizierung der Universität zurückkehren zu wollen. Nicht gerade passend, wenn man im selben Moment die Studiengebühren anziehen will und damit ärmeren Mitmenschen die Hürde zu studieren noch höher setzt.“ Sie pustete sacht über den Rand ihrer Tasse und trank einen Schluck Tee. „Aber woher die plötzliche Faszination für Talare und Amtsketten?“ Ihr Blick ging von mir zu Leon. Der zögerte. Schließlich war ich es, die ihr die Idee vortrug. Nicht einen Moment wandte Katleen dabei den Blick von meinem Gesicht. Diese absolute Konzentration auf ihr Gegenüber, auf den Moment, egal, was sonst noch im Raum stand, machte viel ihrer faszinierenden Persönlichkeit aus. Ich konnte Leon schon ziemlich gut verstehen und wünschte ihm von ganzem Herzen, doch noch Gehör bei ihr zu finden. Genau wie noch vor kurzem bei Leon sah ich in Katleens Augen, wie sie für die Idee Feuer fing.

„Das wär schon was. Dem Präsidenten kurz nach der pompösen Amtseinführung die Kette wieder abzunehmen, da er genau wie die anderen Uni-Präsidenten den Beschluss unterschrieben hat,

Professuren und Studiengänge zu kürzen. Man könnte sie ihm stellvertretend für alle abnehmen ..." Sie lachte. „Und da glaube ich, mit dem alten Jahr ist auch der Protestwille der Studenten gestorben, dabei werden in meinem eigenen Wohnzimmer die besten Ideen ausgebrütet!" Katleen stellte ihre Tasse ab und blickte uns nun wieder ernster an.

„Also, wenn ihr noch Hilfe braucht ..." Damit waren wir zu dritt.

♦

Von der an diesem Nachmittag beschlossenen Idee bis zu ihrer Durchführung verging kaum eine Woche. Alle Zweifel im Hinblick auf die Durchführbarkeit wurden in den Wind geschlagen, als Katleen herausbekam, dass ihr Uni-Präsident für einige Zeit mit seiner Familie im Skiurlaub weilte. Mit der gleichen fiebrigen Energie, die schon beim Entwerfen und Spielen des S-Bahntheaters von uns Besitz ergriffen hatte, wurden alle nötigen Vorbereitungen in die Wege geleitet.

„Magnifizenz: Anredeform für den Präsidenten einer Universität. Leitet sich vom lateinischen magnificentia ab, was so viel wie Erhabenheit oder Großartigkeit bedeutet ...", las Katleen eines Abends aus dem Wörterbuch vor. „Erhabenheit! Ha! Jetzt klauen wir ihm sein Kettchen erst recht!"

Mit dem Planen einer gemeinsamen Protestaktion schienen Katleen und Leon ihre Befangenheit gegneinander abzulegen. Wenn wir zu dritt in ihrem Wohnzimmer saßen und die nächsten Schritte besprachen, herrschte fast dieselbe unbeschwerte Stimmung wie zuvor. Nur Philipp fehlte. Ich hatte es mittlerweile aufgegeben, ihn zu erreichen. Das überließ ich nun Leon. Die Aktion nahm jedoch auch ohne Philipp immer mehr Form an. Dass wir uns dieses Mal ganz eindeutig nicht auf der richtigen Seite des Gesetzes befanden, schien weder Leon noch Katleen sonderlich zu stören. So wie ich die beiden einschätzte, würde Leon seine Zeit damit verbringen, idealistische Pamphlete zu verfassen, sollten wir mit Arrest bestraft werden. Katleen würde höchstwahrscheinlich alle Wärter um den Finger wickeln und schließlich jeden davon überzeugt haben, wie richtig unsere Idee war. Es war also an mir, immer mal wieder Zweifel anzumelden. Denn obwohl ich die Idee eingebracht hatte, beschlichen sie mich von Zeit zu Zeit.

„Stellt euch mal vor, wir werden tatsächlich erwischt - ist euch das den Ärger wert?“

„Ja“, antwortete Leon schlicht. „Das Problem des ganzen Studentenprotestes ist doch, dass sich keiner mehr wirklich was traut. Sobald ein persönliches Risiko mitspielt, wird abgewinkt und sich wieder über die Bücher gebeugt.“

Katleen schenkte mir eines ihrer strahlenden Lächeln. „Wer lässt sich hier denn erwischen? Wir etwa? Nie im Leben!“

Das Anwesen seiner Magnifizenz lag auf einem recht weitläufigen Grundstück, das direkt an einen Friedhof grenzte. Nachdem wir mehrfach die Straße auf und abgewandert waren, kamen wir zu dem Schluss, der beste Weg auf das Grundstück sei über den Friedhof. Die letzten Nächte vor dem geplanten Einstieg in das Haus übernachtete ich bei Leon und Katleen. „Das Einbrecher Camp“, nannte Katleen es scherzhaft, als ich meine Isomatte am dritten Tag wieder auf dem Wohnzimmerboden ausrollte. Es war der Abend des Tages X, und alles war vorbereitet. Wir waren uns über den Ablauf der Aktion einig, und ich fühlte eine angenehme Aufregung, wenn ich an die kommende Nacht dachte. Aber auch eine steigende Nervosität. Unfähig länger in der Wohnküche zu sitzen, stand ich schließlich auf dem kleinen Balkon der Wohnung und schaute auf das immer noch recht geschäftige Treiben auf der Straße unter mir. Leon lehnte sich neben mich an die Balkonbrüstung.

„Ich hab mit Philipp gesprochen“, meinte er ohne Einleitung.

„Ahh, er weilt also noch unter den Lebenden.“ Ich konnte eine gewisse Bitterkeit nicht aus meiner Stimme heraushalten. Tatsächlich hatte es ein, zwei Momente gegeben, in denen ich befürchtete hatte, Philipps Kontaktverweigerung käme nicht durch seinen Starrsinn, sondern weil er auf irgendeiner saugefährlichen Aktion mit Viktor abgestürzt war.

„Ähm, ja. Er hat sich ziemlich rar gemacht in letzter Zeit. Ich hatte schon befürchtet, er zieht sich komplett zurück nach der S-Bahngeschichte.“

„Hat er ja auch“, dachte ich, sagte jedoch nichts.

Leon rieb sich verlegen über den Nasenrücken. „Um ehrlich zu sein, hatte ich gehofft, ihn mit dem Bericht über die für heute Nacht geplante Aktion aus seinem Schneckenhaus locken zu können. Das hat leider nicht so wirklich funktioniert.“

Ich nickte, machte ein unbeteiligtes Gesicht und war insgeheim froh, diese Absage nicht live mitbekommen zu haben.

„Er wünscht uns Glück, will sich jedoch raushalten.“ Leon schüttelte betrübt den Kopf. „Ich hätte meine rechte Hand darauf verwettet, dass das seine Kragenweite ist.“ Er schwieg eine Weile, und auch ich sah wortlos auf die Mauer gegenüber, deren Plakate im schwachen Licht der Straßenlaternen nicht zu lesen waren. Schließlich zuckte Leon mit den Schultern und lächelte mich von der Seite an. „Was solls! Dann machen wirs halt zu dritt.“ Ich lächelte zurück.

„Ja, scheiß auf Philipp", dachte ich dabei und wünschte, ich würde es genauso meinen.

♦

Der Wind fuhr mir schneidend kalt ins Gesicht, als ich über die Ampelkreuzung in Richtung Friedhof eilte. Die Straßen waren menschenleer, was selbst für diesen ruhigen Stadtteil von Berlin ungewöhnlich war. Doch es war nach Mitternacht und die frostigen Temperaturen luden nicht gerade zu ausgedehnten Nachtspaziergängen ein. Ich war vor der Aktion Kette, wie wir sie getauft hatten, noch einmal zu mir nach Hause gefahren, um eine dickere Winterjacke zu holen. Noch ein ganzes Stück vom großen Friedhofstor entfernt lösten sich plötzlich zwei dunkle Gestalten aus dem Schatten der Mauer, an denen ich sonst vorbeigeeilt wäre.

„Himmel, habt ihr mich erschreckt!", zischte ich Katleen und Leon an. Ich war mir sicher, dass beide grinsten, und auch ich konnte es mir nicht verkneifen.

„Jetzt lass uns mal keine Andacht halten, Leute", hörte ich Katleen flüstern. Vor Aufregung klang ihre Stimme rau. „Ich bin schon ganz durchgefroren! Und leerer wird die Straße nicht!" Ich nickte und trat auf die gut 2,50 m hohe Friedhofsmauer zu. Leon trat neben mich. Ein prüfender Blick an dem festen lückenlosen Mauerwerk entlang, dann faltete er die Hände und ließ erst Katleen und danach mich darauf treten. Als wir beide auf dem Mauersims angekommen waren, beugten wir uns herab und zogen Leon ebenfalls hoch. Es war nicht einfach, auf der vereisten Mauerkrone einen Halt zu finden. Ich hielt mich an den überhängenden Ästen einer Eibe fest und spähte in die Dunkelheit unter mir.

„Springen ist wohl die beste Lö …“, setze ich an.

„Psst! Da kommt jemand“, zischte Katleen plötzlich neben mir. Dann schien alles gleichzeitig zu gehen. Ich ging in die Hocke, um auf den dunklen Friedhof unter mir zu springen, hörte die knirschenden Schritte auf dem gestreuten Gehweg und fühlte wie Katleen neben mir sprang. Dann stieß ich mich von der Mauer ab und hörte Leon fast gleichzeitig aufschreien. Erschrocken verharrte ich, doch die Schritte entfernten sich, ohne stehen zu bleiben. Katleen fluchte leise neben mir.

„Mensch, das war knapp! Etwas leiser bitte das nächste Mal, Leon!“ Als er nicht darauf antwortete, begann ich mir Sorgen zu machen. Ich tastete mich an der Mauer entlang, bis ich ihn erreicht hatte.

„Alles ok?“, fragte ich und kauerte mich neben ihn. Er antwortete nicht sofort.

„Kannst du aufstehen?“ Ich fasste ihn am Arm, um ihm aufzuhelfen. Er schwankte leicht, und als ich ihn ebenfalls bei seinem anderen Oberarm fasste, um ihn zu stützen, entfuhr ihm ein weiterer Schmerzenslaut. Er war bei dem Sturz von der Mauer auf den Arm gefallen und musste sich wohl auch den Kopf angeschlagen haben. Ich zog meine kleine Taschenlampe hervor und besah mir den Arm.

„Schande, Leon, das sieht nicht gut aus!“ Ich leuchtete ihm kurz ins Gesicht.

„Du bist weiß wie die Wand. Setz dich erst mal.“ An seinem gesunden Arm führte ich ihn zu einer der schmiedeisernen Friedhofsbänke. Dann ging ich zurück zur Friedhofsmauer und suchte nach Leons Brille, die er beim Sturz verloren haben musste. Ich fand sie, doch ein Bügel stand seltsam ab, so dass ich sie zusammenklappte und in die Innentasche meiner Jacke steckte. Katleen hatte von einem der Gräber eine Grableuchte genommen und stellte sie neben Leon. Dann setzte sie sich zu ihm. Im rötlichen Licht der Grableuchte konnte ich ihr besorgtes Gesicht sehen.

„Geht's?“, fragte sie leise. Leon schien antworten zu wollen, legte dann aber in einem Anfall von plötzlichem Schwindel den Kopf auf die Knie. Katleen strich ihm zögerlich mit der Hand über den Rücken.

„So steigst du jedenfalls nirgendwo ein“, murmelte sie.

„Ich kann hier warten ...“, antwortete Leon gedämpft.

„Auf gar keinen Fall!“, kam es gleichzeitig von Katleen und mir.

„Wir bringen dich so schnell wie möglich zur Notaufnahme“, meinte ich bestimmt und sah mich um.

„Stellt sich nur die Frage, wie wir dich hier raus kriegen - mit dem Arm kletterst du keine Mauern mehr hoch.“

Ich schaltete meine Taschenlampe wieder an und leuchtete den Kiesweg vor uns entlang.

„Ich schau mal nach, ob das große Tor vorne wirklich zu ist ...“, meinte ich zögerlich. Meine Schritte knirschten auf dem Kies und erschienen mir übermäßig laut. Auf halbem Weg steckte ich die Taschenlampe wieder ein, aus Angst das herumschweifende Licht auf dem nächtlichen Friedhof könnte den Anwohnern auffallen. Das einzige Licht kam nun noch von den vereinzelten Grableuchten und den Straßenlaternen an der Friedhofsmauer. Nach einer Ewigkeit wie es mir erschien, erreichte ich das große Tor und rüttelte an der eiskalten Klinke. Das Tor blieb verschlossen. Als ich zu Katleen und Leon zurückkehrte, schüttelte ich nur wortlos den Kopf.

„Wäre jetzt auch echt ironisch gewesen, wenn's auf gewesen wäre“, flüsterte Katleen.

„Aber was nun?“ Ich überlegte fieberhaft. Mir fiel auf, wie Leon auf der Bank immer mehr in sich zusammensank, was mir ordentlich Angst machte. Katleen ging es wohl ähnlich, denn sie begann ruhelos auf dem Kiesweg auf und ab zu gehen.

„Es nützt nichts“, meinte sie schließlich. „Wir müssen die Polizei rufen, oder die Feuerwehr - irgendwie kriegen die uns schon hier raus, und wir erzählen denen was von `ner missglückten Wette oder so.“ Mein Blick schweifte über den spärlich beleuchteten Friedhof und blieb schließlich an der Reihe schmiedeisernen Bänke hängen.

„Und wenn wir eine dieser Bänke schräg gegen die Mauer lehnen ...“, setzte ich an.

„Das ist es! Nina, du bist genial“, rief Katleen aus, war mit zwei Schritten bei mir und umarmte mich fest. Dann begann sie eine der Bänke zur Mauer zu zerren. Ich half ihr, sie schräg dagegen zu lehnen. Sie reichte fast bis zur Mauerkrone heran. Katleen wollte Leon holen, hielt dann jedoch inne, da ihr derselbe Gedanke wie mir gekommen war.

„Ich kann vorklettern und Leon von oben die Hand reichen. Mit deiner Hilfe sollte er es schaffen, die Bank hochzubalancieren. Aber was, wenn die Bank wegrutscht, während Leon draufsteht? Du kannst ihm nicht beim Balancieren helfen und gleichzeitig am Fuß der Bank stehen und sie am wegrutschen hindern.“ Ich nickte zustimmend.

„Ganz ausgereift ist der Plan noch nicht.“ Katleen lehnte sich an das glatte Mauerwerk der Friedhofsmauer und verschränkte die Arme vor der Brust. Ihr Blick glitt über den Friedhof, dann zu mir.

„Sonst noch Ideen, Nina? Wir sollten Leon wirklich bald ins Krankenhaus bringen“, meinte sie leise.

„Eine zweite Bank davor? Was meinst du? Wenn wir die quer vor die erste stellen, rutscht sie nicht weg.“ Katleen ließ die Arme sinken.

„Mensch, Nina! Gut, dass wenigstens dein Gehirn nicht in Schockstarre verfallen ist wie meins!“, murmelte sie und machte sie sich daran, eine zweite Bank vor die schräg an der Mauer Lehnende zu zerren. Ich half ihr, sie das letzte Stück zu tragen und quer an den Fuß der ersten Bank zu stellen. Nachdem wir einige Male an beiden Bänken gerüttelt hatten, wurde die Konstruktion für sicher befunden. Katleen zog sich mit beeindruckender Geschicklichkeit auf den Mauersims, und ich half Leon, über die Bank nach oben zu balancieren. Katleen half erst Leon und dann mir auf die Mauerkrone. Als wir alle drei nebeneinanderstanden, stellte sich erst einmal Schweigen ein, bei dem wir auf die Straße unter uns blickten.

„Ähm, und nu?“

Leon neben mir zuckte leicht mit den Schultern. „Springen“, meinte er dann, ließ sich jedoch in die Hocke sinken und glitt mehr von der Mauer, als dass er sprang. Das Aufkommen war dann wohl doch nicht sehr sanft gewesen, denn ich sah, wie er schmerzlich das Gesicht verzog, als ich neben ihm landete. Auch Katleens Landung konnte man nicht gerade geräuschlos nennen, aber das war auf dem gestreuten Gehweg auch nahezu unmöglich.

„Hat jemand ein Handy dabei, um ein Taxi zu rufen?“, fragte ich. Leon lehnte sich an die Mauer hinter sich und nickte. Dann versuchte er mit einer Hand seine Jacke zu öffnen, um es aus der Innentasche zu holen. Katleen beobachtete ihn dabei eine Weile skeptisch. Schließlich trat sie kurzerhand hinzu, zog den Reißverschluss auf, holte das Handy hervor und schloss die Jacke wieder. Dann lehnte sie sich neben dem verlegenen Leon an die Mauer.

„Hey, du hast 7 verpasste Anrufe.“ Sie schaute mit zusammengekniffenen Augen auf das Display.

„Alle von Philipp. Was hat der denn auf dem Herzen? Wollte er etwa doch mitmachen?“ Bevor Leon antworten konnte, vibrierte das Handy in Katleens Hand erneut. Auf ein zustimmendes Nicken von Leon hin nahm sie ab.

„Grüß dich Philipp! Ja ... an der Mauer vorm Friedhof ... gut, bis gleich.“ Sie legte auf und lächelte Leon an. „Er ist mit dem Auto unterwegs hierher. Müsste gleich da sein. Der scheint dich ganz schön vermisst zu haben!“, scherzte sie, griff dann jedoch nach Leons Schulter und warf einen besorgten Blick in sein Gesicht. „Hey, alles gut bei dir?“

Leon schüttele leicht den Kopf. „Ich glaube, ich würde mich gern setzen.“ Ich war schneller als Katleen und breitete meine Jacke auf dem kalten Boden für Leon aus. Dass er nicht galant ablehnte, zeigte deutlicher als seine Blässe, wie es um ihn bestellt war. Katleen und ich tauschten einen schnellen Blick über seinen Kopf hinweg. Hoffentlich tauchte Philipp hier bald auf. Uns war beiden nicht mehr ganz wohl bei der Sache. Vielleicht sollten wir doch einen Krankenwagen rufen?

„Hat er gesagt, warum er kommt?“, fragte ich.

„Nee, er wollte nicht länger als nötig beim Fahren telefonieren. Aber der Ford Combi da vorn dürfte seiner Mutter gehören.“ Ich erkannte den Wagen wieder. Philipp hielt vor uns und sprang aus dem Wagen. Er trug weder Mantel noch Mütze und schien in dem kalten Nachtwind zu frieren, als er auf uns zu lief. Es war seltsam, ihn wieder zu sehen, doch seine ersten Worte lenkten mich von der Beklemmung ab, die mich bei seinem Anblick überkam.

„Mensch, gut dass ich euch noch vorher erwische! Mir ist was eingefallen!“, rief er und verschränkte fröstelnd die Arme vor der Brust. Er stutzte kurz, als er Leon ohne Brille auf dem Boden sitzen sah, fuhr dann aber leiser fort.

„Die Amtskette liegt natürlich nicht im Arbeitszimmer vom Präsidenten. Die wird wie alle anderen Insignien der Uni im Kustoriat aufbewahrt. Es ist also völlig hirnrissig, beim Präsidenten einzusteigen.“

Leon, Katleen und ich sahen uns schweigend an, dann brachen wir gleichzeitig in schallendes Gelächter aus.

„Mein Gott, wir sind schon Helden“, schniefte ich, als wir uns einigermaßen beruhigt hatten, und wischte mir eine Lachträne aus dem Augenwinkel.

„Besonders du, Leon.“

Dann wandte ich mich an Philipp. „Kannst du Leon zur Notaufnahme fahren? Wir wollten eigentlich ein Taxi rufen, aber wenn du Zeit hättest …?“ Zum ersten Mal, seit er aus dem Auto gestiegen war, sah er mich direkt an. Aus seinem Gesicht konnte ich nicht ablesen, was in ihm vorging. Ich räusperte mich und schilderte in knappen Worten das Scheitern unserer waghalsigen, wenn auch sinnlosen Aktion.

„Mann, Mann, Mann, wenn man nicht immer auf euch weltfremde Idealisten aufpasst“, meinte er kopfschüttelnd, lief jedoch zum Wagen, um die Beifahrertür zu öffnen.

„Wir müssen nur schnell Platz schaffen. Meine Mutter lagert ihren halben Hausrat hier.“ Philipp und ich tauchten durch die Türen des Fords und stapelten Tüten mit leeren Flaschen,

Kleidungsstücke, Schuhe und einige Gartenwerkzeuge übereinander, als hätten wir unser Leben lang nichts Anderes getan. Ich fragte mich, ob in Philipps Wohnung wohl nicht genug Platz für den ganzen Kram seiner Mutter war, traute mich jedoch nicht zu fragen. Durch die Seitenfenster des Wagens sah ich, wie Katleen dem überraschten Leon kurz über die Wange strich, bevor sie ihm aufhalf und zum Auto begleitete. Dankbar nahm ich meine Jacke von ihr entgegen, die ich in der Aufregung ganz vergessen hatte. Zum Schluss unserer gemeinsamen Bemühungen hatten wir auf der Rückbank zwei Sitzplätze frei räumen können, so dass genug Platz war. Sobald alle im Wagen saßen, fuhr Philipp los.

Offensichtlich kannte er den Weg zum nächsten Krankenhaus. Während wir durch die dunklen Straßen fuhren, vorbei an den spärlich beleuchteten Auffahrten großer Anwesen, herrschte Schweigen. Keinem von uns schien nach Reden zu Mute zu sein. Wenn auch aus ganz unterschiedlichen Gründen. Ich für meinen Teil war völlig überfordert mit der Frage, wie ich mit Philipp umgehen sollte. Denn obwohl ich mir unser Wiedersehen schon oft gedanklich ausgemalt hatte, war die jetzige Situation nicht wirklich geeignet, um irgendetwas zwischen uns zu klären. Philipp schaltete das Radio ein und leise klassische Musik drang aus den Lautsprechern, während er den Wagen nun über belebtere Straßen lenkte. Da ich hinter ihm saß, konnte ich sein Gesicht nur ab und zu sehen, wenn es sich im Rückspiegel spiegelte. Vielleicht lag es an meiner eigenen Unsicherheit ihm gegenüber, doch er wirkte verschlossen auf mich, als ginge ihn das alles hier nichts an. Dann sah ich, wie er einen Blick nach rechts warf und plötzlich nach Leon fasste, der ein wenig in seinem Sitz zur Seite gerutscht war.

„Hey, du klappst mir hier jetzt aber nicht zusammen, Junge, oder?“

„Nein, nein“, murmelte Leon. „Mir ist nur gerade ziemlich schlecht.“

„Tief ein- und ausatmen“, riet Katleen, die hinter ihm saß.

„Na, ob das hilft? Bei dem Vanillegestank, den dieser unsägliche Wunderbaum hier verbreitet, wird mir auch übel“, brummte ich kaum hörbar. Philipp ließ die vorderen Fenster herunterfahren. Dann löste er den gelben Wunderbaum vom Rückspiegel und warf ihn kommentarlos aus dem Fenster neben sich. In der kalten Winterluft, die nun das Innere des Autos füllte, ließ es sich tatsächlich besser atmen. Doch ich war trotzdem erleichtert, als wir die hellerleuchtete Krankenhausauffahrt hinauffuhren.

Die Schwester der Notaufnahme, die auf unser Klingeln hin die Tür öffnete, warf nur einen kurzen Blick auf meine Jacke. Sie war über und über mit Streusplitt bedeckt. Katleens mit schwarzer Schuhcreme beschmiertes Gesicht ignorierte sie völlig. Sie führte Leon in den kleinen Behandlungsraum und beschied uns barsch, wir hätten auf den lederbezogenen Stühlen davor zu warten. Außer uns schien niemand unterwegs zu sein. Der lange Krankenhauskorridor war in helles Neonlicht getaucht. Wir schwiegen. Ich starrte auf die Wand gegenüber, in die ein Aquarium eingelassen war. Die einzigen Geräusche, die zu uns drangen, waren die gedämpften Stimmen von der Krankenschwester und Leon. Die Minuten zogen sich wie Kaugummi, und ich merkte, wie meine Besorgnis stieg. Wieso dauerte das so lange? War Leon doch schwerer verletzt, als wir gedacht hatten? Hätten wir sofort einen Krankenwagen rufen sollen, anstatt ihn auch noch über gewagte Konstruktionen aus Bänken balancieren zu lassen? Mir war gar nicht bewusst gewesen, dass meine Finger unablässig einen nervösen Rhythmus auf meinem Knie klopften, bis Philipp wortlos kurz seine Hand über meine legte. Ich hielt inne und warf ihm ein verlegenes Lächeln zu. Doch er blickte gar nicht in meine Richtung. Ich verschränkte die Arme vor der Brust und sah wieder zum Aquarium. Obwohl die Berührung nur flüchtig gewesen war, meinte ich sie noch lange auf meiner Hand zu spüren.

„Oh Mann, Nina! Jetzt reiß dich zusammen", wies ich mich an und sah zu Katleen, die von der Besuchertoilette zurückkam. Sie hatte sich die Schuhcreme so gut es ging aus dem Gesicht gewaschen. Nur noch einige verblasste Spuren waren von ihrer Kriegsbemalung zu sehen. Sie setzte sich wieder neben mich und spielte nervös mit ihren Händen. Wir standen alle drei wie auf Kommando auf, als nach einer gefühlten Ewigkeit Leon und die Krankenschwester schließlich wieder aus dem Behandlungsraum kamen. Leons Arm war wie befürchtet gebrochen, und er sollte über Nacht zur Beobachtung dortbleiben, da Verdacht auf Gehirnerschütterung bestand. Die Erleichterung darüber, dass es nichts Schlimmeres war, stand uns allen wohl ins Gesicht geschrieben. Oder Leon hatte die Krankenschwester mit seinem charmanten Lächeln bezaubert, jedenfalls behandelte sie uns wesentlich freundlicher als zuvor. Philipp bot an, Katleen und mich nach Hause zu fahren und dann gleich ein paar Sachen für Leon für die Nacht vorbeizubringen. Leon nahm dankbar an. Wir mussten uns schnell verabschieden, da die Krankenschwester ihn zum Röntgen mitnehmen wollte und schon ungeduldig mit dem Klemmbrett winkte. Es fühlte sich seltsam an, ihn zurückzulassen. Aber zumindest schien die resolute Schwester zu wissen, was sie tat. So trotteten wir also schweigend zurück zum Auto und fuhren zur Revaler Straße.

♦

Ich setzte Teewasser in der Kochnische der Wohnküche auf, während Katleen Sachen für Leon zusammensuchte, die Philipp ins Krankenhaus bringen sollte. Mit plötzlich müden Augen starrte ich den Wasserkocher an. Nun, nachdem mir kein Adrenalin mehr durch die Adern schoss, meldeten sich die kurzen Nächte der letzten Woche. Doch selbst wenn ich mich jetzt hinlegte, war mir klar, dass ich kein Auge zutun würde. Der Grund dafür lehnte an der Wand im Flur und spielte mit den Autoschlüsseln, während er auf Katleen wartete. Nach Wochen hatte ich Philipp endlich wieder getroffen, doch die recht dramatischen Umstände hatten es bis jetzt nicht erlaubt, in Ruhe mit ihm zu reden. Es sah auch nicht so aus, als würde er besonders viel Wert auf eine Aussprache legen. Wahrscheinlich würde er in wenigen Minuten durch die Wohnungstür gehen und wieder verschwinden wie zuvor. Und ich stand hier in der Kochnische, goss siedend heißes Wasser auf den Tee und wusste einfach nicht, wie ich ihn aufhalten könnte. In diesem Moment kam Katleen aus Leons Zimmer. Sie stellte die kleine Tasche mit seinen Sachen neben sich und hielt Philipp die Hand hin.

„Gib mir mal bitte die Autoschlüssel."

Philipp gab sie ihr. „Hast du was im Auto vergessen?", fragte er dabei.

„Nein." Katleen nahm die Tasche auf und ging zur Wohnungstür. „Ich fahre ins Krankenhaus. Du hast hier noch was zu erledigen."

Mit zwei Schritten war Philipp bei ihr und hielt die Tür fest, durch die sie gerade gehen wollte. „Was soll denn das werden?", hörte ich ihn leise fragen.

Sie drehte sich um und fixierte ihn mit einem ihrer intensiven Blicke. „Das weißt du genau, Meister Philipp." Dann ging sie und zog die Wohnungstür ungehindert hinter sich zu. Ich wandte mich schnell ab und trug die dampfende Teekanne in die Wohnküche. In diesem Moment hätte ich Katleen ohne zu zögern für den Nobelpreis vorgeschlagen. So schwer es mir auch zu Anfang gefallen war, ihr meine Sorgen mit Philipp zu erzählen, so froh war ich nun darüber, es getan zu haben. Ich stellte die Teekanne vorsichtig auf dem Tisch ab und drehte mich um. Jetzt war ich wieder hellwach. Philipp lehnte mittlerweile mit verschränkten Armen an dem Türrahmen zum Flur. Ein leicht spöttisches Lächeln spielte um seine Mundwinkel und selbst ohne die für ihn so typische Sonnenbrille verrieten seine Augen nicht, was in ihm vorging.

„Wie es aussieht, bin ich hier in eine weibliche Intrige geraten", meinte er und erwiderte meinen Blick. „Was habt ihr zwei Hübschen euch denn ausgemalt? Dass ich den reuigen Sünder mache? Tja, Liebchen, tut mir leid, aber das wird nicht passieren."

Ich sah ihn ruhig an. Er wollte mich wütend machen. Das wäre ihm mit Sicherheit auch gelungen, wenn ich nicht genau damit gerechnet hätte. Der einfachste Weg eine Klärung zu vermeiden, wäre sicherlich, Streit mit mir anzufangen. Was ging in ihm vor? Warum versuchte er noch mehr entzweizuschlagen, statt die Scherben wieder zusammenzusetzen?

„Pass auf, ich hab Mist gebaut und meine Konsequenzen daraus gezogen. Du bist diejenige, die nicht aufgehört hat, mir hinterher zu rennen. Also, wer schuldet hier wem eine Entschuldigung? Ich könnte mir sogar vorstellen, dass ihr den armen Leon absichtlich von der Mauer ..." Er stockte, als ich bis auf einen Schritt an ihn herantrat. Ich musste den Kopf etwas in den Nacken legen, um ihm noch in die Augen sehen zu können.

„Lass gut sein, Philipp", meinte ich leise. „Du magst manchmal ein Idiot sein, aber das Arschloch nehme ich dir nicht ab."

Einige Herzschläge lang hielt er meinem Blick stand, dann senkte er die Lider und wandte den Kopf zur Seite. Ich war mir sicher, ihn nun weit genug zu haben, um vernünftig mit ihm reden zu können. Deshalb trafen mich seine nächsten Worte umso härter.

„Find dich damit ab. Das ist genau, was ich bin. Ein Arschloch, das keine Rücksicht auf andere nimmt und null Bock auf sinnlose Gespräche hat.“ Er stieß sich vom Türrahmen ab, drängte sich an mir vorbei in den Flur und hatte die Wohnungstür erreicht, bevor ich blinzeln konnte. Erst als sie mit einem Krachen hinter ihm ins Schloss fiel, erwachte ich aus meiner Starre. Das war nun ganz und gar nicht gelaufen, wie ich es mir gewünscht hätte. Doch ich sollte verdammt sein, wenn ich es ihm so leichtmachte, wieder zu verschwinden. Mit wenigen Schritten war ich im Treppenhaus und lief hinter ihm her. Auf der Straße, nur einige Meter vom Hauseingang entfernt, hatte ich ihn dann wieder eingeholt. Eine dünne Schicht aus neugefallenem Schnee bedeckte den Gehsteig und ließ mich leicht wegrutschen, als ich ihn am Arm festhielt. Er zuckte zurück, als würde mein Griff ihm Schmerzen bereiten, doch das nahm ich nur nebenbei wahr. Vielmehr konzentrierte ich mich auf den Moment, in dem er sich zu mir umwandte, und schlug ihm mit der flachen Hand ins Gesicht, bevor er etwas sagen konnte. Philipp wich zurück. Überraschung und leichte Bestürzung malten sich auf seinem Gesicht ab, doch ich hielt ihn weiter fest.

„Ist es das, was du willst?“, fragte ich, die Stimme zu einem eindringlichen Flüstern gesengt. „Bitte sehr! Das war dafür, dass du mich gedankenlos in eine Schlägerei verwickelt hast. Sind wir jetzt quitt?“ Er sagte nichts, und ich hielt seinen Blick. „Kannst du nun endlich deine Selbstkasteiung sein lassen und aufhören, dich wie ein Einsiedler zu verkriechen, nur, weil du Mist gebaut hast?“ Das Schweigen zwischen uns konnte nur Sekunden gedauert haben, doch schien es eine Ewigkeit zu füllen. Ich hörte das Blut in meinen Ohren rauschen und bemühte mich, gleichmäßig zu atmen, während ich auf Philipps Reaktion wartete. Schließlich spürte ich, wie er nachgab. Er ließ kaum merklich die Schultern sinken, doch ich wusste, dass er nun endlich bereit war, mit mir zu reden. Ich ließ seinen Arm los, und Philipp lehnte sich an die Hauswand hinter ihm.

„Du und Leon“, meinte er schließlich. „Ihr seid schwerer abzuschütteln als ein Rudel blutrünstiger Wölfe.“

Ich lachte erleichtert auf. „Charmanter Vergleich.“

Philipp sah mich abwägend an, als wüsste er nicht genau, was er sagen sollte oder wie ich darauf reagieren würde. Es war seltsam, ihn so unsicher zu sehen. Schon sein Verhalten, bevor er die Wohnung verließ, hatte mich ahnen lassen, meine Annahme, er wolle, dass ich mich aus seinem Leben heraushalte, sei falsch. Die Vorsicht in seinem Blick schien eine ganz andere Geschichte zu erzählen. Darüber, wie wenig er sich seinen Ausbruch in der Bahn selbst verzeihen konnte. Und darüber, wie er lieber auf Abstand ging, als sich mit seinen Schuldgefühlen auseinandersetzen zu müssen. Ich seufzte und schüttelte den Kopf.

„Du bist mit Abstand der komplizierteste Mensch, den ich kenne.“

Er schwieg. Schneeflocken rieselten leicht, jedoch unaufhaltsam auf uns hinunter. Sie verfingen sich in Philipps Haaren und landeten auf seinen Wangen, wo sie aber schnell schmolzen.

„Ist dir schon einmal der Gedanke gekommen, dass es besser wäre, mit mir nichts zu tun zu haben?“, fragte er schließlich. Diesmal war ich es, die ihn stumm ansah.

„Ich habe bis jetzt noch jeden verbrannt, der mir nahgestanden hat. Wirklich, Nina.“ Er hob die Hand, um meinen Einspruch abzuwehren. „Ich kann dir auch nicht erklären, was es ist, aber es gibt Momente, da setzt mein Gehirn einfach aus und ich baue Mist, ohne mich um die Folgen zu scheren.“ Er strich sich die feuchten Haare aus der Stirn, und mir wurde zum ersten Mal bewusst, dass wir beide ohne Mantel oder Jacke hier draußen standen. „Es ist, als würde sich ein Schalter umlegen, wenn das Maß voll ist. Als der Skin in der Bahn dich so verächtlich behandelt hat, war das echt eine Schaufel Scheiße zu viel auf dem Misthaufen von Tag, den ich schon hinter mir hatte. Und wenn der Schalter mal umgelegt ist, kann ich für nix mehr garantieren.“ Er senkte den Blick und als er mich wieder ansah, konnte ich einen Schatten dessen in seinen Augen sehen, was ich schon damals auf der Treppe zum S-Bahngleis entdeckt hatte.

„Verletzlichkeit“, dachte ich. „Als hätte er die Rüstung abgelegt. Oh Mann, diesmal brauchst du eine Sonnenbrille, Junge.“

Ich trat näher und berührte ihn an der Schulter. „Und wer sagt, dass du daran nicht arbeiten kannst? Oder, dass deine Freunde dir dabei nicht beistehen können?“

Ein Lächeln spielte um seine Mundwinkel, doch es war brüchig wie die dünne Eisschicht auf der zugefrorenen Pfütze neben uns.

„Und wenn ich auch noch die letzten Freunde, die mir geblieben sind, mit meinem Mist fertigmache?“ Er sprach nun leiser, ich hörte ihn kaum. „Die Ehe meiner Eltern habe ich jetzt wohl endgültig zerrüttet, meine Trennung von Sabrina war so unschön, dass sie noch ein Jahr später darunter leidet, dich hab ich brutalen Skins ausgeliefert ... nein, Nina, mit so einem wie mir gibst du dich besser nicht ab. Zumindest nicht, bis ich gelernt hab, mich selbst im Griff zu haben.“ Er grinste mich an, doch die Maske saß noch nicht perfekt. „Ich bin ein schlechter Einfluss, deine Mutter hatte schon recht.“

„Das ist doch ausgemachter Blödsinn, Philipp!“, fuhr ich ihn an und fasste seinen Arm. Diesmal sah ich deutlich, wie er zusammenzuckte, und bemerkte unter dem nassen Stoff seines

Hemdärmels den Verband, der sich um seinen Unterarm wand. Ich lockerte meinen Griff, ließ jedoch nicht los. „Du kriegst das nicht alleine hin. Und es ist absoluter Bockmist, die Hilfe, die dir geboten wird, nicht anzunehmen. Scheiße Philipp, nun sei doch bitte nicht so ein engstirniger Idiot."

Philipp sah mich mit einem schwer deutbaren Gesichtsausdruck an, und ich fragte mich, ob es das war, was er bei seinen Eltern gelernt hatte. Dass er für alles die Verantwortung trug und einmal gemachte Fehler nie verziehen wurden. Ich fühlte, wie mir die Kehle eng wurde, und biss mir ärgerlich auf die Lippe. Tränen würden hier gar nichts nützen. Ihn zu schlagen und zu beschimpfen wäre wohl auch nicht der Weg gewesen, den Leon in meiner Situation gegangen wäre. Aber ich war nun mal nicht so sanft wie Leon.

„Wenn man immer alles allein hinkriegen würde, wären eine ganze Menge Helfer arbeitslos. Nun schlag dir deine einsamer Wolf Phantasien aus dem Kopf und komm mit hoch, bevor wir uns in den nassen Klamotten noch den Tod holen", meinte ich ruppig, als ich mir meiner Stimme wieder sicher war und ging voraus zu Leons Haustür. Sie war zum Glück noch immer angelehnt. Erleichtert hörte ich Philipps Schritte auf den Treppenstufen hinter mir. Noch erleichterter war ich, als er endlich etwas sagte.

„Jetzt hast du dich gerade wie Isa angehört. Die hat mir auch schon öfter ins Gewissen geredet."

„Wer auch immer das ist, ich mag sie jetzt schon", gab ich zurück, ohne mich umzudrehen.

„Sie arbeitet in dem Jugendtreff, in dem ich als Jugendlicher oft abgehangen habe und wo ich immer noch ab und zu aushelfe. Sie hat mir damals geholfen, als ich von zu Hause weg bin." Philipp hielt inne, als ich vor Leons Wohnungstür stehen blieb. Leider hatten wir hier nicht so viel Glück wie bei der Haustür. Sie war ins Schloss gefallen.

„Ähm, du warst nicht zufälligerweise vorrausschauend genug einen Schlüssel einzustecken, bevor du mir nachgesetzt bist?“

Ich schüttelte den Kopf und ließ mich resigniert an der Tür hinunterrutschen, bis ich auf dem Boden saß. Das Papier der auf der Tür klebenden Plakate knisterte leise in meinem Rücken.

Philipp stand unschlüssig auf dem Treppenabsatz. Er warf einen Blick ins Treppenhaus hinter sich.

„Geh nicht“, dachte ich und schlang die Arme um die Knie. Es half ein wenig die Kälte erträglicher zu machen, die ich erst jetzt richtig bemerkte. „Wenn er jetzt geht, sehe ich ihn nie wieder.“ Ich legte den Kopf auf die Knie und sah zu Philipp auf.

„Du kannst mir ja eine Geschichte erzählen. Bis Katleen zurückkommt.“ Mit Mühe ließ ich meine Stimme unbeschwert klingen. Philipp zog leicht die Augenbrauen hoch.

„Eine Geschichte? Welche würdest du denn gerne hören?“

„Die, wie du von zu Hause weg bist und Isa dir geholfen hat.“

Wieder war da dieser undeutbare Ausdruck auf seinem Gesicht, und ich fragte mich, ob ich wohl gerade von allen Dingen, die ich hätte sagen können, das Falscheste gesagt hatte. Doch Philipp setzte sich auf die oberste Treppenstufe und lehnte sich mit dem Rücken an das Geländer mir gegenüber.

„Also gut. Aber Ritter in schimmernden Rüstungen kommen nicht vor, und ich fürchte, wir müssen nochmal in die Seelenmottenkiste greifen.“

„Kannst du dir einen besseren Ort dafür vorstellen als Leons Treppenhaus?“

Er lächelte halbherzig. Dann schloss er die Augen und legte den Kopf zurück, bis er die Stäbe des Geländers hinter sich berührte. Der leichte Ton fiel ihm anscheinend ebenso schwer wie mir.

„Mit 16 ist es zwischen mir und meinem Vater ziemlich eskaliert“, begann er. „Ich habe ihn bis aufs Blut gereizt, weil ich sein Bier getrunken habe. Als er mich deswegen angeschnauzt hat, habe ich jede Flasche Alkohol, die ich im Haus finden konnte, ausgekippt. Ich war seine ewige Sauferei einfach leid. Da ist er dann richtig ausgetickt.“ Philipp räusperte sich. Seine Stimme klang anders als sonst, als er fortfuhr. „Er ... also er hat mich schon früher geschlagen, aber dieses Mal hat er es echt ernst gemeint. Es war auch das erste Mal, dass ich zurückgeschlagen habe. Wahrscheinlich ist es deshalb so aus dem Ruder gelaufen. Jedenfalls ist er irgendwann mit `ner zerbrochenen Bierflasche auf mich los.“ Er stockte, doch ich konnte mir vorstellen, was passiert war. Unsere Unterhaltung vorm Dunkelrestaurant kam mir wieder in den Sinn. Kein Wunder, dass er damals nicht näher auf die Geschichte eingehen wollte. Mein Blick ging zu der feinen Narbe an seinem rechten Auge, die im fahlen Flurlicht kaum zu sehen war.

„Er hat dich am Auge verletzt“, sagte ich, und Philipp nickte.

„Es hat geblutet wie Sau, das hat ihn dann wohl doch geschockt. Jedenfalls hat er die Bierflasche fallen lassen und mich angestarrt. Ich bin dann einfach nur weg.“

„Zum Jugendtreff?“, fragte ich, als er nicht weitersprach.

„Ja, es gab dort `ne Stelle, wo man gut über den Zaun kam. Da bin ich rein. Ich schätze, ich wollte mich einfach nur irgendwo verkriechen, wo mich keiner stört. Mein Glück war, dass Isa noch da war und im Bürocontainer die Abrechnung oder so was gemacht hat. Sie hat mich entdeckt und ins Krankenhaus gefahren. Dann hat sie mich ohne Fragen zu stellen im Jugendtreff übernachten lassen." Seine Stimme war ruhig, doch ich ahnte, wie sehr ihm diese Erinnerungen auch nach all der Zeit noch zusetzten mussten. Ich stand auf und setzte mich auf die Treppenstufe neben ihn. Der Stacheldraht war wieder da. Eine Umarmung, ja selbst eine Berührung wäre ihm jetzt wahrscheinlich zu nah gewesen. So saß ich einfach nur neben ihm, während seine Worte ihren Weg zu mir fanden, und gab so viel Nähe, wie er zuließ.

„Musste sie deinen Eltern nicht Bescheid geben?", fragte ich in die entstandene Stille hinein.

Philipp zuckte mit den Schultern. „Bestimmt, doch sie kannte die Verhältnisse zu Hause. Ich war schon ein paar Mal auf die schiefe Bahn geraten, und Isa hat mir jedes Mal geholfen, da wieder raus zu kommen. Dabei hat sie auch meine Eltern kennen gelernt. Für meine Mutter ist sie immer noch die spanische Tussi aus dem Jugendtreff."

„Na, wenn sie ihr ein paar Takte zu den Erziehungsmethoden deines Vaters gesagt hat, kann ich mir vorstellen, dass deine Mutter nicht sonderlich gut auf sie zu sprechen ist."

Philipp öffnete die Augen und sah mich an. Seine Haare fielen ihm noch feucht vom Schnee in die Stirn, und das schwache Licht im Treppenhaus zeichnete seine Gesichtszüge weich. Mir fiel auf, wie gut er aussah. Brüsk schob ich den Gedanken beiseite.

„Mehr als das. Isa hat am nächsten Morgen erst ein ziemlich ernstes Gespräch mit mir geführt und ist dann mit mir zu meinen Eltern. Da hat sie ihnen klargemacht, dass sie den Vorfall dem Jugendamt melden muss. Die hätten dann mehr als genug Grund, mich aus der Familie zu nehmen. Mein Vater ist ziemlich ausfallend geworden und meine Mutter habe ich die ganze Zeit weinen gehört. Sehen konnte ich ja nichts, weil sie mir die Augen bandagiert hatten."

Ich stellte mir die Situation vor und hatte ziemlichen Respekt vor Isa, die so ein Gespräch alleine führte. Anscheinend eine beeindruckende Frau, die aber auch das Risiko zu lieben schien.

„Isa hat meine Eltern dann vor die Wahl gestellt. Sie könnten entweder den offiziellen Weg übers Jugendamt gehen, oder sie könnten ihrem Vorschlag zustimmen und mich in eine der Studenten-WGs ziehen lassen, die sie kannte. Meine Eltern haben mich dann nach einigem Hin und Her ausziehen lassen."

Ich pfiff durch die Zähne. „Ganz schön unorthodoxe Methoden hat deine Spanierin da auf Lager."

Philipp grinste. „Bin ja auch ein ganz schön unorthodoxes Kaliber!" Er strich sich die Haare aus der Stirn und fuhr ernster fort: „Wahrscheinlich hat sie sich da über eine Menge Vorschriften hinweggesetzt - keine Ahnung, ich bin kein Sozialpädagoge - aber es war genau das Richtige für mich. So wie ich drauf war, hätte ich wohl jede Wohngruppe gesprengt. Aber Isas Vertrauen in mich, dass ich mit ein wenig Freiraum schon irgendwie die Kurve kriegen würde, hat Wunder gewirkt. Na ja, und meine Mitbewohner, die in mir den Wunsch zu studieren geweckt haben. Da hab ich übrigens auch Sabrina kennen gelernt."

Ich sah verwundert auf. „Sie hat in der WG gelebt? Dann ist sie älter als du?"

Philipp nickte und lächelte schief. „Ja, drei Jahre, aber kein bisschen weiser." Er sprach nicht weiter, und ich bekam das Gefühl, mit dem Thema Sabrina sei ein Punkt erreicht, an dem erst einmal Schluss mit der Offenheit war. Auch gut. Ich musste sowieso erst verarbeiten, was er mir da gerade anvertraut hatte.

„Mein Gott, ich bin schon ganz schön behütet aufgewachsen!“, dachte ich, nicht wirklich in der Lage zu begreifen, wie die Beziehung zwischen Eltern und Kind so zerrüttet sein kann.

Schritte im Treppenhaus unten drangen in meine Gedanken.

„Da kommt Katleen.“ Philipp stand auf und hielt mir die Hand hin, um mich ebenfalls auf die Füße zu ziehen. Seine Finger waren eiskalt, und auch ich konnte nur mit Mühe ein Zittern unterdrücken.

„Einen Ritter in schimmernder Rüstung gab es doch“, meinte ich und rieb mir fröstelnd über die Arme, während Katleens Schritte immer näherkamen.

„Hm?“

„Na, Isa. Wenn das mal nicht ein Einsatz ohne Furcht und Tadel war!“ Philipp neigte zustimmend den Kopf, erwiderte jedoch nichts darauf, da Katleen mittlerweile bei uns angekommen war.

„Ihr solltet euch aussprechen, nicht aussperren!“, meinte sie in gespielt vorwurfsvollem Ton, warf mir jedoch einen fragenden Blick zu. Ich musste grinsen, was sie zufrieden nicken ließ.

„Das eine ging nicht ohne das andere“, antwortete Philipp.

„Na, dann kommt mal rein, bevor ihr komplett zu Eiszapfen werdet.“ Sie schloss die Tür auf, drückte Philipp vorher jedoch noch die Autoschlüssel in die Hand. Dann verschwand sie im Bad.

Philipp kam nicht mit in die Wohnung. „Ich sollte jetzt wirklich heimfahren, sonst glaubt meine Mutter noch, ich hätte den Wagen beim Poker verspielt.“

Ich nickte, lehnte mich gegen den Türrahmen und wusste nicht, was ich sagen sollte.

„Also dann ...“

Er zögerte. Auch ihm schien es schwerzufallen, zu gehen.

„Danke fürs Erzählen. Ich ... also ... ich weiß dein Vertrauen sehr zu schätzen“, murmelte ich. „Gott, spröder geht’s nur beim Holzwurm zu!“, fluchte ich innerlich und kam mir auf einmal schrecklich unbeholfen vor.

Philipp nickte. „Danke fürs Zuhören. Auf bald, Nina.“ Er wandte sich zum Gehen, doch ich rief ihn noch mal zurück, als er bereits auf der Treppe war. Ich wollte ihn nicht einfach so gehen lassen.

„He Philipp! Keine Einsiedleraktionen mehr, ja? Auch nicht, wenn du den Idioten gespielt hast“, war das Leichtherzigste, was mir einfiel. Er sah über die Schulter zurück und lächelte. Ich hatte ihn schon oft lächeln sehen, doch dieses Mal warf es mich fast aus der Bahn. Das war der Moment, in dem ich zum ersten Mal wünschte, er würde mich berühren. Nicht freundschaftlich wie sonst oder als Teil einer seiner Rollen. Doch er führte nur die Hand zum Gruß an die Stirn.

„Ihr Wunsch sei mir Befehl, holde Maid!“

Während seine Schritte verklangen, lehnte ich mich wieder an den Türrahmen. Lange stand ich dort, auch als das Licht im Treppenhaus schon längst ausgegangen war, und horchte in mich hinein. Er hatte sich wie ein Idiot verhalten. Mehrfach. Ohne Zweifel. Doch eines war mir spätestens heute klargeworden. Ich hatte eine Schwäche für Idioten. Für Idioten und Schwerenöter, die nichts ernst zu nehmen schienen und manches dann doch zu sehr. Die mit jeder Frau leichtfertig flirteten und doch mit unsichtbaren, feinen Ketten an ihre Ex-Freundin gebunden waren. Ja, ich hatte eine Schwäche für Idioten. Und genau darin lag mein Problem.

♦

Obwohl sie nur wenig früher als ich ins Bett gekommen war, war Katleen am nächsten Morgen schon recht früh wach. Sie hantierte in der Küchenzeile mit der Kaffeemaschine, was ich von meinem Schlafplatz auf dem Wohnzimmerboden aus jedoch noch ignorieren konnte. Ich drehte mich auf die Seite und versuchte wieder Schlaf zu finden. Doch als sie nur Minuten später wie es schien unter viel Klirren und dem Duft aufgebackener Brötchen den Tisch neben mir deckte, war an weiteren Schlaf nicht mehr zu denken. Ergeben schälte ich mich aus meinem Schlafsack. Ein Blick auf die Uhr über der Tür zeigte, dass mich mein Zeitgefühl komplett in die Irre geführt hatte. Der Morgen ging schon in den Mittag über. Vor den Fenstern zeigte sich ein stahlgrauer Himmel, gegen den sich die schneebedeckten Dächer der entfernten Häuser umso mehr abhoben.

Ich fühlte die Spuren der durchwachten Nacht noch in jeder Faser meines Körpers. Daran änderte auch die kurze Dusche nichts. Katleen schob mir einen Becher mit Kaffee zu, als ich mich ihr gegenübersetzte. Ihr schien der Schlafmangel nichts auszumachen. Nun gut, durch ihre teilweise späten Arbeitszeiten war sie kurze Nächte wahrscheinlich gewöhnt. Sie plauderte munter mit mir und nach dem ersten Kaffee war ich auch soweit, mich an dem Gespräch mit mehr als zustimmendem Brummen zu beteiligen. Sie berichtete, dass Leon wahrscheinlich heute schon aus dem Krankenhaus kommen würde, da die Ärzte nur von einer leichten Gehirnerschütterung ausgingen.

„Ein, zwei Tage Bettruhe und er kann wieder auf Demos rennen“, meinte sie zwischen zwei Bissen von ihrem Marmeladenbrötchen.

„Soll ich noch mal hier übernachten und sicherstellen, dass er zurechtkommt?“, fragte ich. „Du musst wahrscheinlich arbeiten, oder?“ Katleen trank einen Schluck Kaffee und schüttelte gleichzeitig den Kopf.

„Nee, hab heute Morgen schon mit beiden Chefs telefoniert und mir zwei Tage frei genommen. Bei den Überstunden, die ich in letzter Zeit gemacht hab, war das kein Problem.“ Sie nahm ihr Messer zur Hand und sah unschlüssig zwischen der noch ungeschmierten Brötchenhälfte auf ihrem Teller und den Aufstrichen hin und her.

„Muss auch noch mal zu Melissa rausfahren, da kommt ein bisschen Freizeit ganz gut“, murmelte sie dabei. „Melissa ist die Freundin, bei der ich ab nächsten Monat ein Zimmer hätte haben können. Doch ich hab mich dagegen entschieden“, fuhr sie auf meinen fragenden Blick hin erklärend fort.

„Aha? Warum?“

„Sie wohnt in Bernau. Das ist doch ganz schön weit draußen. Ich bin das letztens mal abgefahren. Also, mit den beiden Jobs, die ich neben der Uni noch hab, wäre ich entweder nie zuhause oder die Hälfte meines Tages in den Bahnen unterwegs.“

„Das passiert mir öfter“, dachte ich mit einem leichten Schmunzeln, konnte sie jedoch gut verstehen. Wenn es nach mir ginge, wäre die beste Lösung sowieso, dass sie hier wohnen blieb und dem Charme des Weltverbesserers Leon erlag. Doch das sagte ich nicht laut.

„Ich werde mich halt noch ein wenig umschauen müssen“, meinte sie dann auch schulterzuckend.

Nachdem wir gefrühstückt hatten, rollte ich Isomatte und Schlafsack ein und begleitete Katleen zum S-Bahnhof. Sie wollte zum Krankenhaus fahren, um Leon abzuholen. Wahrscheinlich würden sie ein Taxi für den Rückweg nehmen müssen, denn bei Schneefall waren alle Bahnen in Berlin verspätet. Das war so sicher wie das Amen in der Kirche, meinte sie. Als wäre es der erste Winter, in dem

Schnee fiel. Ich würde heimfahren und wahrscheinlich den halben Tag verschlafen. Nach den Nächten auf der Isomatte freute ich mich auf mein Bett. Katleen versprach, sich bei mir zu melden, wenn Leon fit genug für einen Besuch wäre.

Die Luft draußen war klar und kalt. Unser Atem hing gefroren in der Luft, während unsere schnellen Schritte auf dem gestreuten Gehweg knirschten. Wie erwartet, erklang auf dem Bahnsteig die Durchsage, dass es auf allen Linien zu Verspätungen kommen würde. Katleen hatte die Hände in den Manteltaschen vergraben und blickte das Gleis entlang. Ich stellte mich neben sie und traute mich anzusprechen, was mir seit gestern Nacht nicht mehr aus dem Kopf gegangen war.

„Du, sag mal, hat Philipp eigentlich irgendwann mal daran gedacht, eine Therapie zu machen?“ Mit Crazy-Viktor in schwindelerregenden Höhen herumzukraxeln, um Druck abzubauen, konnte auf Dauer keine Lösung sein. Ich fragte mich, ob die Verletzung, die ich gestern an seinem Arm entdeckt hatte, auch daher kam, erwähnte sie ihr gegenüber aber nicht.

Katleen wandte den Kopf und sah mich an. Vorsicht im Blick. „Was genau meinst du?“

„Naja, wegen all dem Kram, den er mit seinen Eltern mitgemacht hat…“ Ich hob die Schultern. „…und Sabrina scheint mir auch einige Wunden hinterlassen zu haben.“

Katleen blies in ihre behandschuhten Hände. „Er hat dir davon erzählt?“ Ich nickte, und sie lächelte. „Respekt, Nina, da hat er aber schnell Vertrauen gefasst.“ Sie trat einen Schritt zurück, als die Bahn einfuhr. „Leon hat mit ihm schon öfter darüber gesprochen - besonders als es mit Sabrina kurz nach der Trennung richtig schlimm wurde. Er kann ganz schön hartnäckig sein, wenn er sich Sorgen macht“, meinte sie dann, als wir in den warmen Waggon einstiegen und uns einen Sitzplatz suchten.

„Ein Rudel blutrünstiger Wölfe“, schoss es mir durch den Kopf, und eine Welle von Zuneigung zu dem unbeirrbaren Leon überkam mich.

Katleen lehnte sich im Sitz zurück, die Augen aus dem Fenster gerichtet. Einige Locken hatten sich aus ihrem Zopf gelöst und kräuselten sich auf der Kapuze ihres roten Mantels.

„Philipp ist ziemlich kompliziert. Manchmal bekommt man das Gefühl, gleich rutscht er richtig ab und kriegt nix mehr auf die Reihe und dann …“ Sie breitete die Hände aus und hob die Schultern. „…dann kriegt er doch irgendwie die Kurve und ist nicht dran zerbrochen. Ich weiß gar nicht, ob eine Therapie das Richtige für ihn wäre. Mal ehrlich, Hand aufs Herz, Nina, würdest du den Schauspieler therapieren wollen?“

„Na, ich bestimmt nicht“, meinte ich und erwiderte Katleens Grinsen bei der Vorstellung, wie Philipp seinen armen Therapeuten mit ständig wechselnden Rollen in den Wahnsinn treiben würde.

„Aber weißt du, was ich ihm wirklich wünschen würde?“, fragte sie, plötzlich wieder ernst. Ich hob stumm die Augenbrauen. „Einen Anker. Einen ruhigen Hafen, der ihm Sicherheit gibt in dem ganzen Chaos, das sein Leben ist. Ich glaube, das hat er sich mittlerweile verdient.“

Ich nickte und sah aus dem Fenster auf die schneebedeckten Häuser. Einen Anker … aber wo sollte er den finden, wenn nicht in sich selbst?

♦

Die Tage strichen ins Land, und es wurde wieder wärmer. Kein weiterer Schnee bedeckte die Hauptstadt Deutschlands und hätte ihr etwas von ihrem grauen Glanz genommen. Dafür regnete es umso mehr. Mittlerweile hatte die Prüfungszeit begonnen. Auch ich verbrachte viel Zeit in meinem Zimmer, bemüht den Stoff nachzuholen, den ich aus dem einen oder anderen Grund verpasst hatte. Philipp, Leon und Katleen bekamen mich nur selten zu Gesicht. So selten, dass Leon irgendwann anrief und besorgt fragte, ob mit dem Bruch seines Armes auch mein Vertrauen in meine Berliner Helden gebrochen sei.

„So eine Frage hätte ich eher von Philipp erwartet", lachte ich, verabredete mich aber reumütig mit den dreien zum Kaffeetrinken. Es war ein gutes Gefühl, an diesem Abend die Bücher zuzuschlagen und zu wissen, dass ich den morgigen Tag nicht komplett über sie gebeugt verbringen würde.

Gut gelaunt machte ich mich daran, mich bettfertig zu machen, doch dann kam der erste Anruf. Mein Handy auf der Glasplatte des Couchtisches vibrierte. Noch mit der Zahnbürste in der Hand nahm ich ab. Am anderen Ende war zunächst nur Stöhnen zu hören. Dann begann eine mir unbekannte Männerstimme mich zu beschimpfen. Angewidert legte ich auf. Die Nummer war unterdrückt worden - natürlich. Zunächst dachte ich mir nicht viel dabei - wahrscheinlich ein Telefonstreich - auch, wenn ich mich nicht erinnern konnte, meine Nummer irgendwo öffentlich gemacht zu haben. Zehn Minuten später klingelte mein Handy erneut. Wieder wurde nur „unbekannt" als Anrufer angezeigt. Ich ließ diesen und auch die folgenden drei Anrufe auf die Mailbox gehen. Die hinterlassenen Nachrichten löschte ich ungehört. Danach kamen keine Anrufe mehr, und ich hakte die ganze Geschichte als Streich ab, bei dem wahrscheinlich einige pubertäre Jugendliche solange Nummern ausprobiert hatten, bis sie eine tatsächlich existierende gefunden hatten. Diese Annahme hielt bis zum nächsten Nachmittag vor, an dem ich meinen Briefkasten leerte und zwischen jeder Menge Werbung einen Brief fand, auf dem mein Name und meine Adresse in Druckbuchstaben standen. Kein Absender war angegeben. Oben in meiner Wohnung öffnete ich den Brief und zog ein fleckiges Blatt heraus. Ein unangenehmer Geruch stieg mir in die Nase, und ich legte es schnell auf dem Couchtisch ab.

„Wir pissen auf Schlampen, die lügen!“, zog sich in großen Buchstaben über das Blatt. Einige obszöne Zeichnungen ließen dann auch keinen Zweifel mehr aufkommen, woher der Geruch kam. Fassungslos starrte ich auf die Buchstaben. Wer schrieb mir solche Briefe? Der erste Ekel wurde von einer erschreckenden Erkenntnis verdrängt. Schlampe, Lügnerin ... diese Worte hatte der Kerl bei seinem ersten Anruf auch benutzt. Das war kein Teenager-Telefonstreich gewesen. Jemand versuchte mich gezielt zu belästigen. Jemand, der meine Telefonnummer und Adresse hatte. Ich ließ mich in meinen Sessel sinken und kämpfte das aufsteigende Gefühl der Panik hinunter. Gut, sie hatten Telefonnummer und Adresse, das hieß aber nicht, dass sie hier gleich über den Balkon geklettert kommen würden. Ich hob die Hand, um mir die Haare hinter die Ohren zu streichen, hielt jedoch noch rechtzeitig inne.

„Wer hat Grund, so etwas zu tun?“, fragte ich mich, während ich mir mit heißem Wasser die Hände sauber schrubbte. Wen hatte ich so gegen mich aufgebracht? Und vor allem, wem würde ich so etwas zutrauen? Sabrina kam mir in den Sinn. Auch sie hatte mich als Schlampe beschimpft und von dem, was ich von ihr gesehen hatte, traute ich ihr solche schmutzigen Tricks schon zu. Aber woher sollte sie meine Adresse haben? Gut, sie konnte Philipp hierher gefolgt sein - aber meine Telefonnummer? Die hatte Philipp ihr ganz sicher nicht gegeben. Außer, sie hatte ihm vorgeheuchelt, sich bei mir entschuldigen zu wollen, was wichtig für ihren Heilungsprozess sei ... Möglich wäre das schon, aber war Philipp so blauäugig? Wahrscheinlicher war ein anderer Gedanke, den ich nur schwer zulassen konnte.

Sönke.

Ihn hatte ich mit der Scheinehenperformance zutiefst verletzt. Aber anonyme Anrufe und Briefe waren eigentlich nicht seine Art. Ich hätte mir jedoch vorher auch nicht träumen lassen, dass ich jemals zu schauspielerischen Mitteln greifen würde, um ihn loszuwerden. Außerdem wäre vorgestern unser vierter Jahrestag gewesen. Grund genug, um erst melancholisch und dann fuchsteufelswild zu werden? Ich dachte an den verächtlichen Blick, mit dem er mich angesehen hatte, bevor er im Treppenhaus verschwand und ich die Tür hinter ihm ins Schloss warf.

„Ja", beschloss ich. „Definitiv Grund genug."

Ich stellte mich an die Balkontür, lehnte die Stirn an die kühle Scheibe und starrte auf die Fensterfront gegenüber.

„Das hast du dir selbst zuzuschreiben", dachte ich und überlegte, was ich nun tun sollte. Es war schäbig, anonyme Briefe zu schreiben, doch schäbig hatte ich mich ihm gegenüber auch benommen. Fast wünschte ich, Sabrina würde doch hinter all dem stecken, dann könnte ich wenigstens rechtschaffend wütend sein. Je länger ich darüber nachdachte, desto klarer wurde mir jedoch, dass nur Sönke in Frage kam. Eine Einsicht kam mir genauso klar, als ich den Gedanken schließlich zulassen konnte.

Wir müssen endlich ins Reine kommen.

In diesem Moment klingelte es an der Haustür. Ich fuhr aus meinen Gedanken hoch. Über die ganze Geschichte hatte ich vergessen, dass die drei zu Besuch kommen wollten. Natürlich war Philipp der erste.

„Augen zu und Hand auf!“, forderte er statt einer Begrüßung, als ich ihm die Wohnungstür öffnete. Zögerlich leistete ich Folge. Philipp war einer von der Sorte, die einem Nacktschnecken oder ähnliches in die ausgestreckte Hand legen, nur um dann ein Video von deinem entsetzten Gesicht zu machen. Es war jedoch keine Nacktschnecke, sondern der Fahrradschlüssel, um den Philipp meine Finger schloss.

„Diesmal will ich ihn nicht wieder in meinem Briefkasten finden. Das Ding brennt mir auf dem Gewissen. Was, wenn gerade jetzt ein paar Tunichtgute mit deinen Pedalen abhauen?“ Ich steckte den kleinen Schlüssel in die Hosentasche.

„Der Gedanke kommt dir reichlich spät. Aber solange du nicht vorhast, sang- und klanglos nach dieser Geiselübergabe zu verschwinden, akzeptiere ich die Gabe.“ Mit diesen Worten trat ich beiseite und ließ ihn eintreten. Sobald ich mein Fahrrad losgeschlossen hatte, würde der kleine Schlüssel einen Ehrenplatz in meinem Spiegelmosaik bekommen.

Philipp schälte sich aus seinem Mantel und erzählte gutgelaunt von irgendwelchen Kommilitonen, die das Prüfungsamt besetzen wollten. Ich hörte nur mit halbem Ohr zu. Der Brief ging mir nicht aus dem Kopf. Plötzlich fiel mir auf, dass Philipp nicht mehr redete. Ich sah zu ihm hin und begegnete seinem prüfenden Blick.

„Ja?“, fragte ich unsicher, ob er mir gerade eine Frage gestellt hatte.

„Geht’s dir gut? Du wirkst ein wenig durcheinander.“ Ich winkte ab und ging voran ins Wohnzimmer.

„Alles gut, ich steck nur mit dem Kopf noch mitten in Linguistiktheorien und brauch `ne Weile, um wieder Kontakt zur

Realität herzustellen." Ich war noch nicht bereit, über den Brief oder die Anrufe zu reden. Irgendwie hatte ich das Gefühl, das alleine klären zu müssen. Philipp folgte mir und verschränkte grinsend die Arme vor der Brust.

„Na, dann ist ja gut, dass ich das perfekte Mittel weiß, um Lernzombies wieder in Menschen zu verwandeln..."

Bevor er das weiter ausführen konnte, wurde er von der Türklingel unterbrochen.

„Ah, das werden Leon und Katleen sein." Ich ging zurück in den Flur, betätigte den Türsummer und ließ die beiden kurz darauf ein. Leon hatte Unmassen an Streuselkuchen gekauft, den wir auf nicht zusammenpassenden Untertassen krümelnd aßen. Die Stimmung war gut. Besonders Leon, den Arm noch in der Schlinge und mit neuer Brille, schien sehr ausgelassen zu sein. Ich hatte nur kurz mit ihm über die Aussprache zwischen Philipp und mir gesprochen, doch es war typisch für Leon, dass er sich freute, als würde die Aussöhnung ihn direkt betreffen. Im Grunde konnte man sagen, dass alles wieder beim Alten war. Nun ja, fast. Für mich hatte sich eindeutig etwas in meiner Beziehung zu Philipp geändert, doch da für ihn augenscheinlich alles beim Alten war, spielte auch ich meine alte Rolle.

Ich sprach gerade mit Katleen über ihre anstehende Klausur, als Philipp unsere Klagen unterbrach, indem er die Studentenzeitung, in der er gelesen hatte, mit einem ungläubigen Gesichtsausdruck sinken ließ.

„Das glaube ich jetzt nicht. Habt ihr davon gewusst?"

Katleen runzelte fragend die Stirn. „Wovon genau?"

„Die Uni-Präsidenten versteigern Universitätseigentum. Sie wollen dadurch genug Kohle zusammenkriegen, um keine Studiengänge und Professuren streichen zu müssen.“

„Was?“ Ich nahm ihm die Zeitung ab und las selbst nach. Zwischen den Veranstaltungshinweisen fand ich dann einen Eintrag für heute. Um 17:30 sollte im Hauptgebäude der TU eine Versteigerung von Universitätseigentum aller Berliner Unis stattfinden. Während Philipp aufgeregt Katleen und Leon davon berichtete, blätterte ich bis zu dem Artikel weiter vorn im Heft zurück, der mehr Infos dazu geben sollte. Es wurde genau aufgelistet, wie viele Budgeteinsparungen vom Senat es geben sollte, was die geplanten Kürzungen dazu waren und wie eine Versteigerung von Universitätseigentum den angeschlagenen Unis wieder auf die Füße helfen könnte. Ein bemerkenswerter Kommentar des Präsidenten der TU dazu war ebenfalls abgedruckt.

„Die Studierenden sind unser wertvollstes Gut. Bei Professuren und Studiengängen zu sparen, wäre ein grober Fehler, den ich nicht verantworten kann, solange es noch andere Auswege gibt. Es fällt mir und den anderen Präsidenten selbstverständlich schwer, uns von universitärem Eigentum zu trennen, doch in Anbetracht der Alternative wählen wir gerne diesen Weg. Wir werden alles tun, um Professuren und Studiengänge zu erhalten.“

Ungläubig las ich noch einmal nach.

„Das ist ja zu schön, um wahr zu sein“, murmelte ich.

Philipp sprang auf und zerrte den armen Leon förmlich in den Flur, um ihm beim Anziehen seiner Jacke zu helfen.

„Los Leute! Das sollten wir uns nicht entgehen lassen! Wir haben noch `ne Stunde Zeit! Ich will `nen Platz in der ersten Reihe!“ So ging es uns wohl allen, weshalb wir unverzüglich zur TU aufbrachen.

„Ich weiß, ich hab noch Wettschulden bei dir“, meinte Philipp mit gesenkter Stimme neben mir, als wir in der U-Bahn saßen. Ich brauchte eine Weile, um zu begreifen, dass er von unserer Wette über Leon und Katleen sprach. Angesichts von Katleens Zurückweisung hätte ich von mir aus niemals auf der Einlösung des Wetteinsatzes bestanden. Doch für Philipp waren Wettschulden anscheinend Ehrenschulden.

„Ich hab noch auf dem Schirm, dass ich irgendwas organisieren muss, um dich richtig zu überraschen. Aber nichts, was mein altes Hirn sich ausdenken könnte, wäre so überraschend, wie dieser unvorhergesehene Entschluss unserer werten Uni-Präsidenten. Hut ab!“, murmelte er, als wir am Ernst-Reuter-Platz aus der Bahn stiegen. Ich konnte ihm da nur zustimmen. Der große Hörsaal im Hauptgebäude war bereits sehr voll. Es wimmelte von Journalisten, und sogar zwei Fernsehteams waren zugegen.

„Was denkst du? Fifty/fifty? Bonzen und Studis?“, raunte Philipp mir zu und ließ den Blick über die Anwesenden schweifen.

„Na, irgendwer muss ja auch genug Kohle haben, um den Kram zu bezahlen“, flüsterte ich zurück. Wir lehnten uns an die Wand, da keine Plätze mehr frei waren, und warteten gespannt.

„Glaubt ihr echt, dass diese Versteigerung den Unis helfen wird, keine Professuren und Studiengänge streichen zu müssen?“, fragte Katleen zweifelnd. Ich zuckte mit den Schultern und musterte die Leute um mich herum.

„Kommt drauf an, was es ist. Wenn sie alle Gebäude versteigern, schon.“

„Das glaubst du doch nicht wirklich, oder?“

„Ich geh noch mal für kleine Jungs“, unterbrach Leon unsere Unterhaltung flüsternd.

„Ich helfe dir", meinte Philipp hilfsbereit, jedoch wesentlich lauter. „Es funktioniert noch nicht so gut mit einer Hand", fügte er erklärend an Katleen und mich gewandt hinzu.

Ich verdrehte die Augen. „Too much information, Philipp!"

Während wir auf die beiden Jungs warteten, überlegten wir weiter, was wohl wertvoll genug sein könnte, um den Unis aus ihren finanziellen Schwierigkeiten zu helfen. Das Gemurmel der umstehenden Leute wurde leiser, und ich reckte mich, um zu erkennen, was vorne auf dem Podest geschah. Ein junger Mann im Anzug und mit bemerkenswert großem Schnurrbart trat an das Mikrofon. Er kam mir seltsam bekannt vor, und ich grübelte, wo ich ihn schon mal begegnet sein könnte, als er mit gewichtiger Miene das Mikrofon zurechtrückte.

„Meine Damen und Herren, liebe Studierende, hier wird heute Geschichte geschrieben! Werden Sie Zeuge eines bisher undenkbar erscheinenden Schrittes, der sowohl Courage als auch ein großes Herz erfordert! Die Berliner Universitäten trennen sich zum Wohle Ihrer Studierenden von wertvollen Besitztümern!" Seine weiteren Worte gingen in grölendem Beifall der Studierenden unter. Ich starrte fassungslos auf Philipp, den ich zu meiner Schande unter Schnurbart und Perücke erst erkannt hatte, als er die ersten Worte sagte. Auf dem Podest erschien nun auch Leon, ebenfalls im Anzug, und arrangierte umständlich mit einer Hand verschiedene Gegenstände aus dem Kustoriat, denen er eine Nummer anheftete.

„Die sind ja vollkommen verrückt", murmelte ich, überwältigt von so viel Unverfrorenheit.

„Hast du das gewusst?", fragte ich Katleen neben mir, doch sie schüttelte nur stumm den Kopf, und ich konnte sehen, dass sie große Schwierigkeiten hatte, nicht lauthals loszulachen.

„Kommen wir zum ersten Exponat: der Amtskette des Präsidenten der FU!“, ertönte wieder Philipps Stimme.

„Wir starten mit 300 Euro. Wer bietet mehr?“ Er suchte meine Augen über die Menschenmenge hinweg und erlaubte sich ein Grinsen, das so gar nicht zu seiner Rolle passte. Ich reckte beide Daumen hoch über meinen Kopf und grinste zurück. Wenn die Show aufflog – und sie würde auffliegen – gäbe das richtig Ärger für die beiden. Doch ich war schlichtweg beeindruckt. Philipp verstand es wirklich, seine Wettschulden einzulösen.

♦

Es war vorlesungsfreie Zeit, und nachdem meine letzten Prüfungen geschrieben waren, hatte ich auf einmal unheimlich viel Zeit. Ich genoss es, uneingeschränkt über meine Zeit verfügen zu können, schlief bis weit in den Morgen hinein, besuchte Konzerte und las Romane, die seit Monaten neben meinem Bett lagen und darauf warteten, gelesen zu werden. Ab und zu zwickte mich das schlechte Gewissen. Denn während ich die wärmer werdenden Tage mit Müßiggang verbrachte und die Seele baumeln ließ, mussten Leon und Philipp Sozialstunden ableisten. Zunächst hatten sie sogar damit rechnen müssen, von der Uni geschmissen zu werden, da sie die Unterschriften der Präsidenten gefälscht hatten. Das Lokalfernsehen bezeichnete sie in seinem Beitrag über die falsche Versteigerung zwar als charmante Spitzbuben, die Präsidenten zeigten sich jedoch weniger amüsiert. Schließlich waren sie mit einer deutlichen Verwarnung und den vom Gericht verordneten Sozialstunden davongekommen. Sie leisteten ihre Sozialstunden im Club Chill Out ab, jenem Jugendtreff, wo auch Isa arbeitete. Ich traf sie nur selten in dieser Zeit, aber von dem, was sie berichteten, schien ihnen die Arbeit Spaß zu machen.

In den letzten zwei Wochen vor Semesterbeginn schlich sich bei mir dann die Langeweile ein. Meine Romane waren ausgelesen, und ich hatte inzwischen genug Müßiggang gehabt, um mit ungeduldiger Energie nach neuen Aufgaben zu suchen. Dabei drehten meine Gedanken sich immer wieder um eine Idee, die mir im Hauptgebäude der TU gekommen war. Als Philipp die Kette tatsächlich für 5000 € versteigerte und Katleen neben mir in haltloses Lachen ausbrach, war mir klar, dass ich diesen Moment nie im Leben vergessen würde. Gleichzeitig wünschte ich, ich könnte Philipp ebenso überraschen und ihm einen ähnlich unvergesslichen Moment schenken. Doch wie genau ich das anstellen könnte, wusste ich noch nicht. Obwohl schon einige Wochen vergangen waren, hatte ich noch keine Idee gehabt, die meinen hohen Ansprüchen standgehalten hätte. Immerhin wollte ich sichergehen, dass er mir auch bis zum Schluss nicht auf die Schliche kam. Eine Performance in der S-Bahn war also ausgeschlossen. Da würde er viel zu früh misstrauisch werden. Oder nicht? Vielleicht könnte ich mit Leon zusammen eine Szene entwerfen, bei der Philipp erst zum Schluss ein Licht aufgehen würde.

Schließlich wählte ich den Tag des Frühlingsanfangs, um Philipp zu überraschen. Als hätte die Sonne sich dieses Jahr vorgenommen, sich an den Kalender zu halten, schien sie von einem blankgeputzten blauen Himmel und ließ das Wasser der Spree glitzern. Vom Bahnsteig aus, auf dem ich auf Philipp wartete, konnte ich die Jannowitzbrücke sehen, nach der diese Haltestelle benannt wurde. Es waren nur wenige Menschen auf dem Bahnsteig. Ein Bettler, der mir schon früher aufgefallen war, saß auf dem Boden neben den Bänken, eine braune Decke über den Beinen und starrte desinteressiert an den vorbeieilenden Passagieren vorbei, die den Becher vor ihm und das daran lehnende Pappschild genauso ignorierten.

In den letzten Tagen hatte ich mich darauf konzentriert, mit Leon einen Plan zu entwerfen, der nun zu dieser S-Bahnszene geführt hatte. Währenddessen hatte ich alle weiteren anonymen Anrufe und Briefe ignoriert. Es war mir bewusst, dass eine Konfrontation mit Sönke anstand und ich das Unvermeidliche nur hinauszögerte. Doch an diesem sonnigen Tag wollte ich nicht an ihn und die immer hässlicher werdenden Drohungen denken, die mittlerweile in meinem Briefkasten landeten. Und nicht nur dort. Heute hatte ich einen Aufkleber auf meiner Wohnungstür entdeckt. Eine rote Hand, die den Stinkefinger zeigte. Schlampe! War mit Kugelschreiber darübergeschrieben worden. Kaum handtellergroß war der Aufkleber – wirklich nicht wert, Aufhebens darum zu machen. Vielleicht nur ein Zufall? Sicherlich war er nicht Grund genug für die eiskalte Angst, die mich ergriff.

Jemand war im Haus gewesen – vor meiner verdammten Wohnungstür!

Von da war es nur ein kleiner Schritt zum nächtlichen Aufschrecken und jemanden am Fußende deines Bettes stehen sehen ... Dass die kleinen Aufkleber auch an der Straßenbahnhaltestelle, die ich täglich benutzte, klebten, machte es nicht wirklich besser. Als sollte mir eine Botschaft hinterlassen werden. Wir sehen dich. Wir kennen deine Wege. Wenn das wirklich auf Sönkes Mist gewachsen war, ging er gerade erheblich zu weit. Schlimmer noch: Was, wenn er es nicht war?

Pünktlich wie gewohnt kam Philipp die Treppe zum Bahnsteig hoch, und die kribbelnde Aufregung vor einem Auftritt vertrieb meine beunruhigten Gedanken. Er trug einen schwarzen Filzhut, der ihn ein wenig wie ein Gangster aus den 30er Jahren aussehen ließ. Als er neben mir stehen blieb, tippte er sich an die Hutkrempe.

„Wenn die Straßenmusiker heute ein gutes Geschäft machen, lege ich meinen Hut auf den S-Bahnboden und singe einige Traditionals. Damit verdien ich bestimmt was dazu - und wenn sie mir Geld geben, um aufzuhören.“

Ich hatte ihm erzählt, ich hätte einen Veranstaltungshinweis auf Fritz!radio gehört, laut dem am 21. März auf allen Bahnen Straßenmusiker bis tief in die Nacht hinein spielten, um den Frühling zu begrüßen. Da er ein großes Interesse an Straßenmusik hatte, musste ich ihn nicht lange überreden, mit mir den Nachmittag auf den Schienen zu verbringen. Ich setzte mich in Fahrtrichtung und schaute den voll besetzten Waggon entlang. Es war gut, dass Philipp sich mir gegenübersetzte und somit in die andere Richtung schaute. Leon saß nicht ganz so weit von uns entfernt, wie wir eigentlich abgesprochen hatten. Wahrscheinlich war er ziemlich nervös.

„Also, die S7 scheint ja nicht so beliebt zu sein bei den Musikern“, meinte Philipp schließlich enttäuscht, als wir mehrere Stationen hinter uns hatten und noch immer keine Musiker zugestiegen waren. Ich sah ihn verwundert an.

„Aber sie spielen doch schon. Hörst du sie nicht?“ Philipp drehte den Kopf, während er angestrengt versuchte, über den Lärm der S-Bahn hinweg zu hören, ob die Musiker vielleicht im anderen Waggon spielten.

„Ich hör nichts. Außer sie meinten Straßenmusik als poetisches Wort für das allgemeine Gemurmel, Zeitungsrascheln und Schnarchen um uns herum.“

Ich schüttelte verständnislos den Kopf. „Was ist denn mit deinen Ohren los? Der ganze Waggon hallt doch wider von Musik!“ Nun kam der schwierigste Part. Bevor ich es mir anders überlegen konnte, stand ich auf und begann einem lautlosen Rhythmus folgend durch den Gang zu tanzen. Vor, zurück, vor, zurück ...

Ich lächelte Philipp zu, als ich wieder an ihm vorbeitanzte, und hielt ihm auffordernd die Hände hin. Er sah mich mit schräg gelegtem Kopf an.

„Wenn das eine Ausrede sein sollte, um einen Nachmittag mit mir zu verbringen, hättest du das einfacher haben können."

Ich schüttelte lächelnd den Kopf, tanzte von ihm fort zum Türbereich, drehte mich ein paar Mal um mich selbst und tanzte wieder auf ihn zu.

„Na komm, sei kein Frosch!" Diesmal zögerte er nur kurz, bevor er meine ausgestreckten Hände ergriff. Doch der spöttische Kommentar, den er sicherlich machen wollte, erstarb auf seinen Lippen. Leon hatte seinen Einsatz perfekt abgepasst. Sobald Philipp meine Hände ergriff und sich erhob, begann er zu spielen. Laut und klar drangen die Töne seiner Klarinette durch den Waggon, als er ein schnelles Klezmerlied anstimmte. Wenige Takte nach ihm setzte die Geige ein, die Lara, eine Kommilitonin von ihm, spielte. Die Musik malte den Frühling in die Luft des S-Bahnwaggongs und ein Lächeln auf die Gesichter vieler Passagiere. Auch um Philipps Augen bildeten sich Lachfältchen, als er mit mir zu tanzen begann.

„Nicht schlecht", flüsterte er, hob den Arm und führte mich in eine Drehung. Ich strahlte ihn an. Dann löste ich meine Hände aus seinen und begann, den Gang hinunter zu tanzen. Auffordernd streckte ich den anderen Passagieren die Hände entgegen. Keiner ergriff sie, doch ich sah auch kein abweisendes Gesicht. Viele schüttelten lächelnd den Kopf, und einige begannen stattdessen im Takt zu klatschen. Lauter Applaus brandete auf, als Leon und Lara ihr Stück schließlich beendeten. Ich sah, wie Leon leicht errötete, bevor er sich mit Lara verbeugte. Es hatte mich eine Menge Überzeugungsarbeit gekostet, ihn zum aktiven S-Bahntheater zu überreden. Unter der Voraussetzung, dass es eine Ausnahme bleiben würde, hatte Leon sich schließlich bereit erklärt. Doch ich kannte die Euphorie nur zu gut, die aus seinen Augen sprach, als er sich mit einem Lächeln in meine Richtung verbeugte. Der Funke war übergesprungen. Vielleicht würde die Szene es ja doch in den S-Bahn-Spielerkanon schaffen. Als wir an der nächsten Station ausstiegen, waren wir wie elektrisiert. Leon meinte übermütig, wir sollten die Szene gleich in der nächsten Bahn wiederholen, doch Philipp machte stattdessen den Vorschlag, zum Paul-Lincke-Ufer zu fahren.

„Da könnt ihr die Spaziergänger und Hundebesitzer mit eurer Musik beglücken, und ich krieg mein erstes Eis der Saison!“

Obwohl außer Philipp keiner daran glaubte, dass er irgendwo schon ein Eis auf die Hand kaufen könnte, fuhren wir nach Kreuzberg, wo die Spree sich in einem langen Kanal an Kneipen und Cafés entlangzog. Bänke standen an den Ufern zwischen Trauerweiden und Hängebirken, deren lange Äste ins ruhig fließende Wasser hingen. Die Sonne ließ das erste zarte Grün an Büschen und Bäumen aufleuchten, und als Leon und Lara wieder zu spielen begannen, hätte man fast den kühlen Wind vergessen können, der immer noch vom Kanal her wehte. Zu Philipps Enttäuschung konnte er tatsächlich noch kein Eis kaufen. Er kam stattdessen mit vier Bechern Kaffee zurück, auf deren Deckeln er vorsichtig Zuckertüten und Plastikmilchpöttchen balancierte. Er setzte sich neben mich auf die Bank. Schweigend tranken wir den heißen Kaffee, schauten auf die Spree vor uns und lauschten der Musik von Leon und Lara. Es war ein perfekter Moment, bis mein Handy vibrierte. Ich brauchte gar nicht drauf zu schauen, um zu wissen, dass es ein Anruf mit unterdrückter Nummer war. Schnell drückte ich den Anruf weg und steckte das Handy wortlos wieder ein. Philipps fragendem Blick wich ich aus, indem ich wieder aufs Wasser schaute. Mühsam konzentrierte ich mich auf Leons Spiel, doch der Zauber des Moments war vorbei.

„Danke, Sönke!“ Wenn es denn wirklich Sönke war. Die Hartnäckigkeit, mit der Briefe und Anrufe kamen, ließen mich schon wieder zweifeln. Ich konnte mir vorstellen, dass er sich in einem zornigen Moment zu so etwas hinreißen ließ, aber das Ganze lief schon über eine viel zu lange Zeit. Das passte einfach nicht. Blieb also wieder die Frage, zu wem es sonst passen würde. Vielleicht war es auch eine mir komplett unbekannte Person? Dieser Gedanke machte das Ganze irgendwie noch schlimmer. Bei Sönke wüsste ich wenigstens, gegen wen ich hier spielte ...

„Ich bin nicht dafür bekannt, äußerst sensibel zu sein, aber dass dir gerade jemand in den Kaffee gerotzt hat, ist offensichtlich“, hörte ich Philipp neben mir sagen.

Ich senkte den Kopf und blickte auf den Becher in meiner Hand. Er setzte sich um, so dass er mich von der Seite betrachten konnte, und trank seinen Kaffee in kleinen Schlucken.

„Von Zeit zu Zeit kann ich ein hervorragender Zuhörer sein“, meinte er dabei. Ich wandte ihm das Gesicht zu. Über seine Schulter konnte ich Leon und Lara sehen, die sich über ein Notenheft beugten und beratschlagten, was sie als nächstes spielen könnten. Die Klappen von Leons Klarinette blitzten im Sonnenlicht, als er sie wieder ansetzte und ein Stück kurz anspielte. Lara schüttelte bedauernd den Kopf, und sie beugten sich wieder über das Notenheft. Vor ihnen auf dem Weg lag Philipps Hut, in den jedoch noch niemand Geld geworfen hatte. Philipp setzte den Kaffeebecher ab und wartete geduldig. Ich strich mir die Haare hinter die Ohren und zuckte mit den Schultern. Vielleicht konnte ich es ihm ja wirklich erzählen. Eine seltsame Scham hatte mich bis jetzt davon abgehalten, mit irgendwem über die Sache zu reden. Aber warum eigentlich? Ich war schließlich nicht diejenige, die perverse Anrufe machte und obszöne Schmierereien verschickte. Philipp hörte tatsächlich gut zu. Als könne er meine Unsicherheit spüren, unterbrach er mich mit keinem Wort und zeigte auch sonst keine besonderen Reaktionen. Nur, als ich zum Schluss gestand, ich hätte auch schon Sabrina im Verdacht gehabt, dahinter zu stecken, schüttelte er sofort den Kopf.

„Nee, das glaube ich nicht.“ Er deutet meinen Gesichtsausdruck wohl richtig, denn er hob die Hände und fuhr fort: „Versteh mich nicht falsch, ich würde ihr das durchaus zutrauen - du solltest mal einige der Briefe lesen, die ich im letzten Jahr bekommen habe! Oder besser nicht.“ Er leerte den Kaffeebecher nun vollständig und verzog das Gesicht. Wahrscheinlich war der Rest mittlerweile kalt geworden. Dann stellte er den Becher neben sich auf dem Boden ab, beugte sich vor und stützte die Ellenbogen auf die Knie. „Ich halts nur für unwahrscheinlich, da sie mich bei meinem letzten Besuch gebeten hat, keinen Kontakt mehr zu ihr zu suchen.“

Hätte er mir gesagt, die Erde würde sich ab heute andersherum drehen, ich hätte nicht überraschter sein können. „Er soll keinen Kontakt mehr suchen? Wie verschoben ist die Wahrnehmung dieser Frau denn??“

„Sie will unsere Beziehung hinter sich lassen und mit jemanden, den sie in der Klinik kennen gelernt hat, neu anfangen. Da würds ja wenig Sinn machen, dir nachzustellen“, erläuterte Philipp weiter.

Ich musterte ihn. Der Kragen seines Mantels war hochgeschlagen und verdeckte sein Gesicht halb, jetzt, wo er den Kopf senkte und auf den Boden vor sich sah. Er klang ungerührt, doch bei Philipp wusste man nie. Steckte er das einfach so weg? Vielleicht war er insgeheim auch erleichtert? Zumindest müsste er sich für Sabrinas Lebensglück nicht mehr verantwortlich fühlen, wenn sie endlich über ihn hinwegkam. Ich für meinen Teil war jedenfalls erleichtert, davon zu hören. Auch wenn ich mir ein wenig eigennützig dabei vorkam. Ich zögerte. Sollte ich ...? Philipp richtete sich auf und warf mir einen Blick zu. Nein, den verschlossenen Ausdruck kannte ich. Er wollte eindeutig nicht weiter auf die Sache eingehen.

„Hm, wenn das so ist ...“, murmelte ich deshalb nur.

Philipp hob leicht die Schultern. Eine ernüchternd sparsame Geste nach der Geschichte, die die zwei hinter sich hatten. Dann fuhr er sich übers Kinn. „Also, ich würde auf deinen Feuerkopf tippen“, meinte er dabei mit einem feinen Lächeln. „Hast du nicht erzählt, dass der jetzt bei den Burschis in Greifswald ist? Wer weiß, was die sich in einigen bierumnebelten Nächten ausdenken.“

Ich nickte. An die Burschenschaft hatte ich gar nicht mehr gedacht. „Na ja, er ist nicht bei denen eingetreten, aber kann während seines Praxissemesters in einem der Zimmer in ihrem Haus leben. Sein Onkel ist ein alter Herr in der Burschenschaft, und sein Cousin ist noch sehr aktiv dabei.“

Ich war trotzdem aus allen Wolken gefallen, als Nettie mir davon berichtet hatte. Klar, Sönke war konservativ – etwas, was schon immer zu Spannungen zwischen uns geführt hatte - aber, dass er sich zu einer der ziemlich dubiosen Burschenschaften hingezogen fühlte, konnte ich nun doch nicht recht glauben. Nettie meinte, man könne dort sehr billig wohnen - eine der wenigen Möglichkeiten, wie Burschenschaften auch heute noch unter aufgeklärten Studenten werben könnten. Und mit den Verbindungen seiner Familie zu den Greifswalder Burschenschaften war der Gedanke eigentlich naheliegend. Trotzdem war es seltsam. Zwar ging es mich nichts mehr an, wie Sönke sein Leben führte, aber die Vorstellung, ihn mit

Mütze, Schärpe und Degen seltsame Rituale vollziehen zu sehen, bereitete mir Unbehagen.

„Und was hast du jetzt vor?“, fragte Philipp in meine Gedanken hinein.

Ich hob die Schultern. „Ich werde mich wohl einer Auseinandersetzung mit ihm stellen müssen.“

Philipp grinste mich an. „Wenn du wen zum Fresse polieren brauchst …“

Ich musste lachen. „Ich weiß, ich kann auf dich zählen, wenn’s ernst wird“, entgegnete ich. „Aber diesmal muss ich da glaube ich alleine durch.“

Philipp nickte. Sein Ton war eine Spur ernster, als er meinte: „Vergesst Eure Rüstung nicht, Maid Nina. In solchen Schlachten wird nicht mit stumpfen Schwertern gekämpft.“

♦

Ich starrte aus dem Fenster der S-Bahn, in der ich zur Friedrichstraße fuhr, und zwang mich, nicht erneut auf meine Uhr zu sehen. Ich würde 10 Minuten zu früh da sein. Selbst wenn am Alex Horden von Menschen zusteigen sollten und die Bahn aufhalten würden, wäre ich immer noch pünktlich. Diesmal würde ich da sein. Sönke hoffentlich auch. Meinem Plan, ihn wegen der anonymen Drohungen zu konfrontieren, war er praktisch zuvorgekommen, in dem er mich noch am selben Abend anrief, dieses Mal ohne unterdrückte Nummer, und mich treffen wollte. Er war das Wochenende über mit einigen Freunden in Berlin. Das traf sich gut, denn nachdem mich an der Straßenbahnhaltestelle zwei Kerle mit denselben

Beschimpfungen wie in den Briefen angepöbelt hatten und mir bis zum Plattenbau gefolgt waren, war ich drauf und dran gewesen, in den Zug nach Greifswald zu steigen und bei Sönke aufzukreuzen. Das musste ein Ende haben!

„Ok, morgen 17:30 am S-Bahngleis Friedrichstraße. Aber ohne deine halbstarken Freunde“, hatte ich eingewilligt. Die selben Kerle wie gestern Abend hatten auch heute wieder an der Straßenbahnhaltstelle gestanden. Als hätten sie auf mich gewartet. Sie hatten mich angestarrt und waren in dieselbe Tram eingestiegen. Nur zwei Sitze von mir entfernt hatten sie gesessen und sich lautstark Abfälligkeiten über mein Aussehen zugeflüstert. Es konnte natürlich sein, dass sie nicht zu Sönke gehörten, aber ich hatte sie in all den Monaten, in denen ich die Haltestelle vor meinem Haus nutzte, noch nie gesehen. Außerdem meinte ich einen meinen Vornamen sagen gehört zu haben. Und der stand definitiv nicht an meinem Klingelschild.

Ohne Verzögerungen fuhr die S-Bahn in den Bahnhof Friedrichstraße ein. Die Türen glitten vor mir auf, und für einen Moment kam ich mir vor wie ein Gladiator, der die Arena betritt, als ich auf den Bahnsteig trat. Das durchdringende Signal der S-Bahntüren verklang, und sie schlossen sich mit einem leisen Zischen hinter mir. Menschen schoben sich an mir vorbei zur Treppe, während ich meinen Blick auf der Suche nach Sönke über sie schweifen ließ.

Da war er.

Ebenfalls 10 Minuten zu früh. Er stand mit verschränkten Armen neben dem Fahrkartenautomaten und blickte auf einen der massiven Pfeiler, die das Dach aus Stahl und Glas trugen. Hinter ihm konnte ich durch die trüben Scheiben der Glasfront Gebäude erkennen. Dächer, Antennen, Schornsteine. Sönke wandte den Kopf und sah mich. Er ließ die Arme sinken, kam mir jedoch nicht entgegen. Der

Bahnsteig leerte sich immer mehr, während ich auf ihn zu ging. Ich wusste nicht, wie ich ihn begrüßen sollte. Eine Umarmung kam nicht in Frage. Die Hand geben wäre auch seltsam.

„Hallo“, sagte ich nur, als ich schließlich vor ihm stand. Ohne Lächeln, denn auch sein Gesicht blieb so unbewegt, als sei es aus Holz geschnitzt. Nur seine Augen verrieten ihn. Sein Blick brannte beinahe Löcher in mein Gesicht. Himmel, war der wütend!

„Du bist also gekommen“, meinte er schließlich, die Stimme genauso sorgsam kontrolliert wie die Gesichtszüge.

Ich gab mich unbeschwert. „Nachdem ich jetzt schon zwei Versuche einer Aussprache versaut habe, dachte ich, wir wären quitt und ich könnte ruhig mal auftauchen“, meinte ich mit einem Schulternzucken.

„Quitt? Ist es das, worum es hier geht? Quitt??“ Seine Stimme wurde lauter. „Das heißt, du lässt jetzt auch deine Vergeltungsschläge bleiben? Echt Nina, ich hätte dich nie für so rachsüchtig gehalten!“ Die unbewegte Maske verrutschte ihm vollends, als er einen Schritt nähertrat, Verachtung und Wut im Blick. „Aber was kann man schon von einer erwarten, die ihrem Freund eine Scheinehe vorgaukelt, anstatt zu sagen, was Sache ist.“

Ich atmete tief ein und verbiss mir die heftige Erwiderung, die mir auf der Zunge lag. Stattdessen betrachtete ich ihn für einen Moment. Er trug einen dunkelgrünen Mantel, der das Rot seiner Haare mehr hervortreten ließ. Wahrscheinlich konnte er in der Anwaltskanzlei nicht in abgetragenen Lederjacken auftauchen.

„Feuerkopf“, dachte ich und konnte in dem Moment wirklich nichts mehr von dem sanften Sönke entdecken, in den ich mich vor Jahren verliebt hatte. Nun gut, ich hatte ihm auch ausreichend Grund gegeben, wütend zu sein.

„Wovon genau redest du da eigentlich?“, fragte ich schließlich, stolz, dass es mir gelang, ruhig zu bleiben. „Du bist doch derjenige, der so weit gesunken ist, mich mit anonymen Anrufen und Drohbriefen zu belästigen. Das nenne ich rachsüchtig.“

Sönke trat wieder einen Schritt zurück und hob die Hände. „Ok, ich hab mich in einer betrunkenen Nacht dazu hinreißen lassen, mit ein paar Jungs Telefonterror bei dir zu machen und dir den Brief zu schicken. Ja ... das war kindisch von mir und ich bin da auch nicht besonders stolz drauf, aber ...“

„Einen?!“, unterbrach ich ihn. „Was ist mit den anderen 20?“ Ich holte mein Handy hervor und hielt es ihm entgegen. „Soll ich dir die Liste der Anrufe mit unterdrückter Nummer zeigen, die hier seit Wochen eingehen? Willst du die Mailbox abhören?“

Sönke schüttelte den Kopf und blickte auf das Handy, das ich ihm noch immer hinhielt. „Ich hab es nur einmal gemacht, Nina. In der Nacht nach unserem Jahrestag. Ich schwör‘s. Mit dem Rest hab ich nichts zu tun.“ Er klang ehrlich. Doch seine Worte ließen Erinnerungen aufsteigen.

Eine Nacht, Nina. Wirklich. Nur eine Nacht. Es war nichts Ernstes. Unfähig, das plötzliche Gefühl der Wut und Bitterkeit zu verdrängen, schob ich das Handy wieder in die Tasche und drehte mich abrupt von ihm weg.

„Dann waren es wohl deine säbelrasselnden neuen Freunde. Vielen Dank, dass du ihnen meine Kontaktdaten gleich dagelassen hast. Da haben sie ja was zu tun, wenn sie zu viel gesoffen haben.“ Ich starrte auf eine einfahrende Bahn, ohne sie wirklich zu sehen. „Und da mach ich mir noch Gedanken, ob es zu übertrieben war, nach Berlin abzuhauen und unterzutauchen, ohne dir die Möglichkeit zu geben, mich zu kontaktieren. Sieht man ja, was daraus wird, wenn du dir die

Daten von unaufmerksamen Freundinnen klauen kannst.“ Ich spürte, wie er neben mich trat, sah ihn jedoch nicht an.

„Briefe, Anrufe ... ok, aber die Aufkleber an der Wohnungstür und die zwei Typen, die mir nachstellen, das geht echt zu weit!“

Oh ja, extrem zu weit! Sönke gegenüber würde ich es nie zugeben, doch die beiden Typen hatten mir richtig Angst gemacht. Wie hätte ich mich denn wehren sollen, wenn einer von denen mich festhält und der andere Gott weiß was macht? Sicher, in der Plattenbausiedlung wohnten Hunderte von Leuten, aber ich hatte das Gefühl, es würde niemanden interessieren, wenn die mich hinter die nächste Ecke zerrten. Das war das Problem an diesen riesigen Anlagen: Jeder scherte sich nur um sich selbst.

„Du glaubst, dass zwei aus der Burschenschaft dir nachstellen?“

„Wer soll es denn sonst sein?“ Ich drehte mich wieder zu ihm, die Arme abwehrend vor der Brust verschränkt. „Wie lange seid ihr denn schon hier, du und deine Freunde? Zwei Tage?“ Sönke musste gar nicht antworten, sein Blinzeln verriet ihn. „Na, dann passt es ja. Wird Zeit, dass du deine Bluthunde zurückpfeifst.“

Er sah mich eine Weile schweigend an. Dann schüttelte er den Kopf. „Die Stadt tut dir nicht gut, Nina. Du wirst schon paranoid. Mag sein, dass die Jungs noch ab und an mal Telefonterror gemacht haben, weil ich Jens´ Cousin bin und sie es nicht mögen, wenn mit einem Kumpel so ein Scheiß abgezogen wird. Aber dir nachstellen? Außerdem sind die zwei, mit denen ich hier bin, gar nicht in der Burschenschaft. Sie sind nur mit Jens befreundet.“ Er runzelte leicht die Stirn. „Hast du deshalb deine Leute losgeschickt, um das Burschenschaftshaus mit Steinen zu bewerfen?“ Seine Stimme wurde hart. „Jens hat angerufen und davon erzählt. Es waren 20 Leute im Versammlungsraum, als die Steine durch die Scheiben flogen. Einer wurde verletzt. Mensch Nina, Stinkbomben gehen noch als Streich durch, aber Steine sind eine ganz andere Sache!"

Ich hörte seine Worte und alles machte auf einmal Sinn. Sein Anruf gestern, die Forderung, sich am nächsten Tag zu treffen, seine Vorwürfe, die verschärften Attacken auf mich ... Mein Gott, wenn die anderen Burschis oder deren Freunde auch glaubten, ich wäre für den Angriff auf ihr Quartier verantwortlich, war ich noch glimpflich davongekommen!

„Wie um Himmels Willen kommst du denn darauf, dass ich dahinterstecke?", fragte ich Sönke entgeistert.

„Na, die Stinkbombenangriffe gingen kurz nach dem Telefonterror bei dir los. Mir war klar, dass du schnell rauskriegst, wer dahintersteckt, und du kennst ja einige Leute in Greifswald. Außerdem hab ich einen der Stinkbombenwerfer erkannt. Es war Netties Bruder."

„Fabian?" Ja, das machte Sinn. Fabian war extrem links und für seine Auseinandersetzungen mit Andersgesinnten bekannt.

„Mit dem warst du ja schon immer ganz dicke."

Ich verdrehte genervt die Augen. Die Geschichte schon wieder! Sönke war immer unglaublich eifersüchtig auf Fabian gewesen. Obwohl die Partyknutscherei mit ihm vorgefallen war, lange bevor ich mit Sönke zusammengekommen war. Außerdem war meine Schwärmerei für den älteren Bruder meiner besten Freundin eh nie was Ernstes gewesen. Es war ein Fehler gewesen, Sönke jemals davon zu erzählen. Auch während unseres Urlaubs in Greifswald in unseren letzten gemeinsamen Semesterferien hatte es deswegen einige unschöne Szenen gegeben.

„Ich hab mit Fabian das letzte Mal vor einem Jahr gesprochen“, gab ich zurück und stieß ihm den Zeigefinger vor die Brust. „Wer ist hier gerade paranoid, he?“

Erste Zweifel zeigten sich in Sönkes Gesicht, und er suchte unsicher meinen Blick.

„Na ja, ich dachte, weil du auch ziemlich links bist und Jens gerade für das Studentenparlament kandidiert ...“

Ich zog die Augenbrauen hoch, ohne etwas zu sagen.

„Ähm, ja ... und weil ich dich ja zuvor mit Anrufen und Briefen belästigt hatte ...“ Langsam

schüttelte ich den Kopf. „Was habe ich mit dem Studentenparlament in Greifswald zu tun?“, meinte ich dann und hielt seinen Blick fest. „Und was, Sönke, habe ich noch mit dir zu tun?“, fügte ich leiser hinzu.

Der Schwerthieb hatte getroffen, ich sah es in seinem Gesicht, so sehr er es auch zu verbergen suchte. Doch es war ein zweischneidiges Schwert, das auch mir ins Herz schnitt. Ich dachte an die weggeworfene SIM-Karte, an meine Flucht vom Gleis am Ostbahnhof, an den Moment, als mir klar wurde, Sönke würde nicht gehen und ich Philipp zur Hilfe rief ...

„Ich will einfach nur, dass es vorbei ist, Sönke.“ Ich senkte den Kopf und versuchte seinen Augen zu entkommen, deren Blick so intensiv war wie am ersten Tag. „Einen Neuanfang, verstehst du? Da jage ich dir ganz bestimmt keine Antifa-Leute auf den Hals, egal, mit was für dubiosem Gelichter du dich jetzt abgibst.“ Damit hatte ich gesagt, was ich sagen wollte und mochte auch nicht zu weiteren Schwerthieben ausholen. Es war vorbei.

Er schwieg, fuhr sich durchs Gesicht und nickte schließlich. „Einen Neuanfang, verstehe." Sonst nichts. Auch mir fehlten die Worte, als sei damit alles gesagt. Dennoch war da plötzlich eine Leere zwischen uns, die keiner zu füllen versuchte. Wir glaubten wohl beide, es sei die Aufgabe des Anderen, den ersten Schritt zu tun. So sagten wir nichts und unser Schweigen konnte die Kluft zwischen uns noch nicht einmal annähernd überspannen. Schließlich schob Sönke die Hände in die Manteltaschen und blickte auf die Zuganzeige über uns. S5 Spandau stand dort, während die Bahn auf dem Gleis neben uns schon einfuhr. Er wandte sich in Richtung der sich öffnenden Türen.

„Ich kümmere mich um die Jungs", meinte er dabei. Ich nickte, obwohl er mir schon den Rücken zudrehte. Kurz bevor er einstieg, wandte er sich dann doch noch einmal zu mir um.

„Viel Glück bei deinem Neuanfang, Nina. Egal, mit was für Lackaffen du dich jetzt auch abgibst."

Ich lächelte traurig. „Dir auch, Sönke." Die Schwerter hatten wir vielleicht gesenkt, doch um uns die Hände zum Friedensschluss zu reichen, langte es wohl noch nicht. Die Türen schlossen sich hinter ihm. Ich sah der abfahrenden Bahn nach und fragte mich, ob ich dieses Mal endlich einen Schlussstrich gezogen hatte. Vielleicht. Doch eine seltsame Traurigkeit senkte sich auf mich und füllte die Leere, die noch schwerer in der Luft hing, nachdem er fort war.

♦

Ich war einfach losgelaufen. Zunächst ohne wirklich zu wissen, wohin. Die Friedrichstraße hinunter, bis ich schließlich mit jeder Menge anderer Leute an einer der Fußgängerampeln stand und darauf wartete, die breite Straße, die hier kreuzte, zu überqueren.

„Das ist Unter den Linden“, ging mir auf. Anstatt die Straße zu überqueren, wandte ich mich nach rechts und folgte dem Touristenstrom zum Brandenburger Tor. Noch immer fühlte ich mich seltsam leer, auch wenn Gedanken meinen Kopf füllten. Doch sie waren unzusammenhängend und geisterten wie Irrlichter von einem Gefühl zum nächsten. Auf dem Weg zum Brandenburger Tor kam ich an mehreren überlebensgroßen Statuen des Berliner Bären vorbei. Sie waren bunt bemalt. Irgendetwas hatte Katleen mir dazu erzählt. Etwas über eine internationale Ausstellung, doch ich konnte mich im Moment nicht daran erinnern. Eine Reisegruppe von bestimmt 70 oder 80 Japanern bevölkerte den Platz vor dem Tor. Mittlerweile war ich das Gedränge auf den Straßen Berlins und in den Bahnen gewöhnt, doch jetzt gerade hielt ich die Enge nicht aus.

„Nicht die beste Idee, ausgerechnet zum Brandenburger Tor zu laufen“, dachte ich grimmig und drängte mich schnell an einem Mann vorbei, der zwei strahlend lächelnde Mädchen vor den Säulen fotografieren wollte. Hinter dem Tor war etwas weniger los. Ich blieb aufatmend stehen und schaute die Straße des 17. Juni hinunter zur Siegessäule, die sich dort erhob. Vielleicht sollte ich die Goldelse besuchen, von dort oben über Berlin schauen und meine Gedanken ordnen? Möglicherweise würde es helfen. Doch da die Siegessäule wahrscheinlich die nächste Station der japanischen Reisegruppe war, entschied ich mich dagegen. Seufzend schob ich die Hände in die Jackentaschen und sah mich unschlüssig um. Ein paar Meter von mir entfernt beugte sich eine ältere Frau vor und fotografierte umständlich die Reihe von Kopfsteinpflastersteinen, die sich quer über den Platz des 18. März und die Straße dahinter zog. Sie markierte den Verlauf der Berliner Mauer, hatte Philipp mir erklärt. Wie immer, wenn ich hier stand, ergriff mich ein seltsames Gefühl, als ich mir zu vergegenwärtigen suchte, dass hier vor noch nicht allzu langer Zeit der Todesstreifen gewesen war.

Mein Blick schweifte zum Reichstag, dessen gläserne Kuppel bereits erleuchtet war, und blieb schließlich an den Bäumen des Tiergartens dahinter hängen. Entschlossen ging ich darauf zu. Da die TU nah am Tiergarten lag, hatte ich einige meiner Freistunden zwischen den Vorlesungen genutzt, um in dem weitläufigen Gelände spazieren zu gehen. Zwar hatte ich noch nicht alles gesehen - bis zu den Tiergehegen war ich zum Beispiel noch nicht gekommen -, doch der Park war mir recht vertraut. Vielleicht genau das, was ich nach meinem Schwertkampf mit Sönke jetzt brauchte.

An dem Kaffeerad, das immer an diesem Eingang zum Tiergarten zu stehen schien, erstand ich einen Becher Tee, da es langsam kühl wurde. Trotz der vielen Sonne, die wir dieser Tage hatten, waren die Abende noch kalt. Ich setzte mich auf eine der Bänke, von denen aus ich auf den See blicken konnte, und beobachtete die Raben, die sich um die Mülleimer scharten. Auch hier war ich natürlich nicht alleine, mit all den Joggern, Hundebesitzern und Kinderwagen schiebenden Müttern. Doch es war wesentlich weniger Gedränge und ich hatte das Gefühl, frei atmen zu können. Ich trank den leicht bitteren Tee, sah zu den Raben und ließ meine Gedanken einfach treiben. Es wurde langsam dunkel, und ich warf gerade meinen Teebecher in den Mülleimer, als mein Handy vibrierte. Ein weiterer Schmähanruf? Philipp stand im erleuchteten Display, als ich einen Blick darauf warf. Einen Moment war ich versucht, ihn dennoch einfach zu ignorieren, doch dann nahm ich ab.

„Und, Nina, alles gut überstanden? Oder hast du dich jetzt irgendwo verkrochen und leckst deine Wunden?"

„Alles gut soweit."

„Dann kann ich dich also ins Kino einladen, ohne dass du mir das Hemd nass heulst?"

Ich zögerte. Mir war nicht wirklich nach Gesellschaft. „Weiß nicht, eigentlich wollte ich jetzt nach Hause ...“

„Hey, der Film ist genial, den musst du sehen. Yes Men heißt der und ist eigentlich `ne Doku, aber für `nen S-Bahnspieler absolutes Pflichtprogramm. Von denen können wir noch einiges lernen! Die machen Verarsche im ganz großen Stil!“

„Sind das die Aktivisten, die die WTO-Seite gefälscht haben und sich bei den Konferenzen eingeschlichen haben?“, fragte ich und konnte nicht verhindern, dass mein Interesse durchklang.

„Yip, genau die. Ich hol dich um sieben ab. Das Kino ist ganz bei dir in der Nähe.“

„Bei mir? Da gibt’s nur Plattenbauten, Heizkraftwerke und Kleingärten“, warf ich ein.

„Und das Sojus. Glaub mir, ich kenne jedes Programmkino in Berlin. Die Allee der Kosmonauten ist doch gleich bei dir um die Ecke.“

Ja, das stimmte, auch wenn sie ihrem futuristischen Namen nicht wirklich gerecht wurde.

„Also gut“, gab ich nach. „Aber ich will nicht reden.“

„Solltest du im Kino auch nicht, außer du willst dir unbedingt Feinde machen.“

Ich wechselte das Handy von einem Ohr ans andere und ging Richtung Parkausgang. „Du weißt, was ich meine, Philipp.“ Es knackte und rauschte, als die Verbindung plötzlich schlechter wurde. Philipps Antwort war kaum zu verstehen, doch ich ging einfach davon aus, dass meine Botschaft angekommen war.

„Bis später“, sagte ich über das Rauschen hinweg und legte auf.

Es stellte sich heraus, dass später gar nicht mehr so lange hin war. Ich beeilte mich, zurück zur Friedrichstraße zu kommen, und stieg in eine der überfüllten Bahnen ein. Um diese Uhrzeit war es immer voll, selbst am Wochenende. Ich lehnte mich gegen die Türen, da kein Sitzplatz mehr frei war. Am Alex stiegen noch mehr zu, und ich musste mich flach gegen das kühle Metall drücken, um nicht die Fellkapuze der Frau vor mir im Gesicht zu haben. Die S7 um diese Zeit war eindeutig nicht der richtige Ort, wenn man keine Lust auf Gedränge hatte. Ich richtete den Blick aus den zerkratzen Scheiben der Tür mir gegenüber. Obwohl es Unsinn war, hatte ich doch immer das Gefühl, die Fahrt würde schneller vorübergehen, wenn ich die Stadt an den Fenstern vorbeiziehen sehen konnte und nicht gezwungen war, auf den unveränderten S-Bahnboden zu starren. Mein Blick hing an den vorüberziehenden Gebäuden und Straßen. Deshalb bemerkte ich die zwei Typen erst, als sie mit mir an meiner Station ausstiegen. Der eine hatte einen rotkarierten Schal, der nicht wirklich zum schwarzen Lederimitatmantel passte. Der andere trug eine dieser unförmigen Steppjacken. Es waren dieselben Typen wie gestern und heute Nachmittag. Ich war mir sicher. Was wollten die noch hier? Hatte Sönke nicht mit ihnen gesprochen?

„Gott, gehören die etwa nicht zu ihm?“ Ich tat, als hätte ich sie nicht gesehen und beschleunigte meine Schritte. Da vorne war die Treppe. Auch wenn der Bahnsteig sich jetzt schnell leerte, waren oben an der Straßenbahnhaltestelle immer Leute. Ich musste nur vom Bahnsteig runterkommen. Ich hörte die beiden hinter mir, hörte sie miteinander reden und verfluchte mich dafür, vorne eingestiegen zu sein, wo ich doch mittlerweile wusste, dass der mittlere Waggon direkt vor der Treppe hielt. Ein Klirren drang an meine Ohren, dann das Geräusch von Metall gegen Metall.

Klonk, klonk, klonk ...

Ich blickte nicht zurück, um zu sehen, was es war, das sie gegen die Metallabsperrung schlugen, während sie mir folgten.

Klonk, klonk, klonk ...

Eine Kette wahrscheinlich. Jetzt waren sie direkt hinter mir. Ich hatte die Treppe erreicht und zwang mich, nicht zu rennen. Trotzdem stolperte ich ein paar Mal fast, als ich zügig die Stufen erklomm. Auf den letzten Stufen hatten sie mich dann eingeholt. Der mit dem karierten Schal stellte sich mir in den Weg. Er war sowieso größer als ich, doch jetzt stand er noch eine Stufe über mir, sodass er mich um einen Kopf überragte. Sein langer Ledermantel ließ ihn noch größer erscheinen. Der andere trat neben mich. Er war rot im Gesicht und schnaufte wie ein Walross. Dadurch wirkte er nicht ganz so nonchalant, wie er es wohl gerne gehabt hätte, als er die Kette von seinem Gürtel löste und neben mir kreisen ließ. Am anderen Ende war ein Taschenmesser befestigt. Ein rotes Schweizer Taschenmesser, wie ich es auch hatte. Nicht gerade die Berliner Gangsterausrüstung, doch ich hatte trotzdem Angst.

„Na, was rennst du uns denn weg? Wir wollen doch nur mit dir reden“, meinte der im Ledermantel und stellte sich so, dass ich nicht an ihm vorbeikam.

„Ja“, schnaufte der andere. „Und dir ein paar Manieren beibringen.“

„Erst, wenn sie keine Einsicht zeigt.“ Der Große lächelte mich an, und mir wurde eiskalt.

„Lasst mich gefälligst in Frieden!“, stieß ich hervor, obwohl ich bereits wusste, dass ich hier mit Worten nicht weiterkommen würde.

„Frieden?“ Der Große beugte sich zu mir vor, und jede Spur des Lächelns war aus seinem Gesicht verschwunden. „Wer Frieden will, sollte keine Steine werfen.“ Es waren also doch die Typen, mit denen Sönke hier war.

„Herr Gott noch mal! Hat Sönke nicht mit euch gesprochen? Ich hab damit nichts zu tun!“ Der mit der Steppjacke ließ die Kette vor mir kreisen.

„Wer einmal lügt, dem glaubt man nicht ...“, meinte er dabei, und sein altkluger Ton ließ bei mir eine Sicherung durchbrennen. Mit einer schnellen Bewegung fing ich die Kette ab, riss sie ihm aus der Hand und warf sie übers Geländer auf den Bahnsteig unter uns.

„Besteht die ganze Burschenschaft und deren Gefolge eigentlich nur aus paranoiden Hohlköpfen??“, herrschte ich die zwei an und tat mein Bestes, den Schmerz in meiner Hand zu ignorieren. „Ich hab nix mit Greifswald oder irgendwelchen Steinewerfern zu tun! Jetzt lasst mich mit eurem Scheiß zufrieden!“ Damit schob ich den mit der Steppjacke unsanft zur Seite und wollte mich an dem anderen vorbeidrängen. Es war ein Fehler. Das war mir spätestens klar, als der Große mich zurückschubste und ich das Gleichgewicht verlor. Hektisch versuchte ich nach dem Geländer zu greifen, doch ich fasste ins Leere. Dann ging alles unglaublich schnell.

Der Sturz, der Aufprall, das Weiterrollen, der nächste Aufprall ... alles in Sekundenbruchteilen, so dass ich noch nicht mal Zeit hatte zu schreien.

Oder doch? Hing mein Schrei nicht noch in der Luft, als ich wieder mitbekam, was um mich herum geschah? Nein, das war nicht meine Stimme.

„Scheiße, Scheiße, Scheiße!“

„Los weg hier, Mann!“

„Aber ...“

„Jetzt mach schon!!“

Ich lag am Fuß der Treppe und starrte benommen auf das fleckige Betondach über mir. Verschwommen drang Schmerz in mein Bewusstsein, doch es war, als würde er nicht zu meinem Körper gehören. Vorsichtig setzte ich mich auf, tastete nach dem Geländer und zog mich hoch. Heftiger Schwindel überkam mich, und ich schloss kurz die Augen. Dann war es vorüber. Trotzdem hielt ich mich weiter am Geländer fest. Ich sah, dass seine blaue Farbe schon an einigen Stellen abblätterte, hörte die nächste S-Bahn einfahren und stellte fest, dass mir jeder Knochen im Körper weh tat. Vorsichtig bewegte ich mich. Nein, nichts schien gebrochen zu sein. Ich blickte auf, sah Menschen aus der S-Bahn aussteigen und an mir vorbei die Treppe hochgehen. Gott, war die steil. Erst jetzt wurde mir bewusst, was gerade geschehen war, und ich begann am ganzen Körper zu zittern. Noch immer hielt ich das Geländer umfasst und hätte es jetzt auch um nichts in der Welt losgelassen. Ich lehnte mich gegen das blaue Metall, senkte den Kopf und hoffte, dass die wenigen Menschen, die hier ausgestiegen waren, an mir vorbeigingen, ohne mich zu beachten. Ich brauchte nur einen Moment. Gleich wäre alles wieder unter Kontrolle. Nur ein kleiner Moment, bis dieses verdammte Zittern nachließ. Ohne, dass ich es verhindern konnte, traten mir Tränen in die Augen und rannen mir über die Wangen. Es war doch alles gut, nichts gebrochen, alles noch dran, warum konnte ich nicht aufhören zu weinen? Unwirsch fuhr ich mir über die Augen.

„Grüß dich, Nina."

Ich erstarrte.

Philipp.

War es schon so spät? Wahrscheinlich.

„Hallo“, murmelte ich, ohne mich umzudrehen. Er trat um mich herum. Ich senkte den Kopf, doch natürlich sah er die Tränen trotzdem und auch das Zittern konnte ich nicht verbergen. Philipp sagte nichts. Ich fühlte, wie er nähertrat, mir die Hand auf den Arm legte und wartete. Ich spürte die Berührung kaum und dennoch half sie mir, mich zu beruhigen. Das Zittern ließ langsam nach, und ich begann stockend zu erzählen, was vorgefallen war.

Meine Worte verklangen im Lärm eines vorbeifahrenden Güterzuges. Es schien eine Ewigkeit zu vergehen, bis der letzte der rostbraunen Waggons an uns vorbeigezogen war und das Donnern der Räder auf den Schienen verstummte. Philipp schwieg noch immer. Schließlich hob ich den Kopf und sah, dass er mich musterte. Sein Gesicht war ausdruckslos. Zögerlich erwiderte ich seinen Blick, mir nur allzu bewusst, wie verheult ich aussehen musste. Dann überraschte er mich, indem er die Hand hob und mir behutsam die Haare aus dem Gesicht strich.

„Ein Wort von dir, und ich zieh los und hau sie zu Brei.“

Trotz allem musste ich lächeln, während das Gefühl seiner Finger auf meinem Gesicht den lästigen Kopfschmerz überlagerte. Selbst das Stechen unterhalb der Rippen, das ich mit jedem tiefen Atemzug spürte, ließ es mich vergessen.

„Ich glaub dir sofort.“

Philipp schenkte mir sein typisches Grinsen und brach damit die Spannung, die mit einem Mal in der Luft gelegen hatte. „Da hast du schon den richtigen Eindruck von mir.“ Dann wurde er wieder ernst. „Du solltest besser zum Arzt gehen“, meinte er und trat einen Schritt zurück. „Mit Treppenstürzen ist nicht zu spaßen.“

Ich nickte. Mein Hausarzt hatte seine Praxis nicht weit von hier und hoffentlich noch Sprechstunde. Ich war froh, als Philipp anbot, mich dorthin zu begleiten. Es war zwar sehr unwahrscheinlich, noch einmal auf die beiden Typen zu treffen, doch ich fühlte mich sicherer mit ihm neben mir.

„Sorry wegen dem Kinofilm“, murmelte ich, als wir im Wartezimmer saßen.

Philipp machte eine wegwerfende Handbewegung. „Mach dir darum mal keine Gedanken. Wenn ich dafür dabei sein darf, wenn der Doc dich untersucht, bin ich für alles entschädigt.“

„Du bist und bleibst ein Idiot“, versetzte ich lachend und boxte ihn in die Seite, wobei mir das Lachen wahrscheinlich mehr wehtat als ihm der Boxhieb. Trotzdem krümmte er sich zusammen und stöhnte, jetzt müsse er erst recht mit ins Behandlungszimmer kommen. Ein Glück, dass sich die Arzthelferin davon genauso wenig beeindrucken ließ, wie ich.

♦

Mein Handy klingelte, als ich schon im Bett lag und langsam in einen schweren Schlaf sank. Der Arzt hatte mir starke Schmerzmittel verschrieben - anscheinend das Einzige, was bei einer Rippenprellung half -, und diese hatten mich schnell schläfrig gemacht. Das helle Klingeln drang aus dem Wohnzimmer an mein Ohr, und ich fragte mich im Halbschlaf, ob Philipp wohl drangehen würde. Er hatte darauf bestanden, mich nach Hause zu bringen und bei mir zu übernachten. Auch wenn ich ihm versicherte, es sei nicht nötig, war ich doch erleichtert, als er sich über meine Beteuerungen hinwegsetzte. Die Begegnung heute Abend hatte mich erschüttert. Ich erklärte mir selbst immer wieder, wie unwahrscheinlich es war, dass die beiden Kerle hier auftauchen würden. Dennoch hatte ein irrationaler Teil von mir genau davor Angst. Es tat gut, Philipp mit in der Wohnung zu wissen.

Leises Klopfen. Die Schlafzimmertür öffnete sich einen Spalt und warf einen hellen Streifen aus Licht durch das Zimmer.

„He Nina, bist du noch wach?"

„Hm."

„Hier ruft einer mit unterdrückter Nummer an. Willst du ... ?"

„Das sind wahrscheinlich die Burschis", murmelte ich. „Oder ihre Schlägerfreunde."

„Ach wirklich? Na, da weiß ich genau das Richtige!" Die Tür schloss sich leise wieder, und ich hörte seine gedämpfte Stimme, als er den Anruf annahm, verstand jedoch nicht, was er sagte. In mir kämpften Neugier und Müdigkeit. Die Neugier gewann die Oberhand, und so war ich froh, als sich kurz darauf die Tür wieder öffnete. Philipp blieb im erleuchten Türrahmen stehen. Sein langer Schatten fiel bis auf das Fußende meines Bettes.

„So, die sollten dich jetzt erst mal nicht mehr belästigen", meinte er zufrieden.

„Was hast du ihnen gesagt?"

„Dass ich das Handy auf dem Bahnsteig gefunden habe und im nächsten Handyladen verhökern werde. Sie könnten ja mal versuchen, mich daran zu hindern, ordentlich Kapital aus meinem glücklichen Fund zu schlagen." Da er gegen das Licht stand, konnte ich nicht sehen, ob er grinste, doch es hörte sich danach an.

„Auf die Idee hätte ich mal früher kommen müssen", murmelte ich und rieb mir die Augen. Dann kam mir ein Gedanke.

„Vielleicht war es ja auch Sönke ...“, ich ließ den Satz in der Luft hängen, da ich mir selbst nicht sicher war, ob ich einen Anruf von ihm angenommen hätte.

„Der Feuerkopf?“ Philipps Stimme wurde hart. „Na schade, wenn’s so war. Dem hätte ich gerne meine Meinung gegeigt. Ganz ohne Spielerei.“

Ich schwieg daraufhin. Zum Teil, weil ich nicht wusste, was ich sagen sollte. Außerdem überkam mich die Müdigkeit doch wieder. Stille breitete sich aus, und ich schloss die Augen.

„Sag mal, Nina, diese Freundin von dir aus Greifswald ... die hat einen Kleinkrieg mit den Burschis laufen, ja?“, drang Philipps Stimme zu mir, als ich schon fast wieder eingeschlafen war.

„Hm ... ja. Ihr Bruder.“ Ich wandte den Kopf und sah zu ihm hin. Philipp hielt noch immer mein Handy in der Hand und betrachtete es nachdenklich.

„Ich denke, ich weiß einen Weg, wie wir dir die Leute endgültig vom Hals schaffen können“, meinte er schließlich. „Dazu müsste ich aber mal mit deiner Freundin sprechen - wie heißt sie noch mal?“

„Nettie.“

„Ja, richtig. Hast du die Nummer hier gespeichert? Kann ich sie anrufen?“ Seine Stimme hatte diesen ganz bestimmten Ton, den sie immer hatte, wenn er von einer S-Bahntheaterszene begeistert war oder kurz davor war, einen aberwitzigen Plan zu entwickeln.

„Was hast du vor?“, fragte ich, und eine gewisse Nervosität drang durch meine Müdigkeit.

„Keine Sorge, Nina. Ich werde nicht das Burschenschaftshaus in die Luft jagen. Auch, wenn ich nicht übel Lust dazu hätte. Also, kann ich anrufen?“

Später dachte ich, dass das der Moment gewesen war, in dem ich alles, was weiter geschah, noch hätte verhindern können. Ein einfaches Nein hätte ausgereicht. Doch ich blickte zur Tür, sah Philipps vertraute Gestalt am Türrahmen lehnen, hörte dieses besondere Etwas in seiner Stimme und nickte. Zur Hölle mit den Bedenken! Ich konnte ein wenig Hilfe gut gebrauchen.

„Gut, dann mach ich das gleich.“ Er richtete sich auf und griff nach der Türklinke. „Schlaf gut, Novizin Nina“, hörte ich ihn leise sagen, bevor das Zimmer wieder in Dunkelheit getaucht wurde. Ich nahm mir fest vor, wach zu bleiben, bis ich ihn nicht mehr telefonieren hören würde und ihn dann zu fragen, was sein Plan war. Die leisen Geräusche aus der Küche verrieten mir, dass Philipp den Wasserkocher aufsetzte. Vermutlich, um sich einen Tee zu machen. Ich war eingeschlafen, bevor das Wasser zu sieden begonnen hatte.

♦

Als Philipp mich am nächsten Morgen weckte, wurde es gerade erst hell draußen. Der Himmel vor meinen Fenstern wirkte noch dunkel, bis auf einen hellen gelben Streifen am Horizont.

„Guten Morgen, zerbeulte Maid“, meinte er und stellte eine Tasse Kaffee auf den kleinen Nachttisch neben mir. Ich blinzelte verschlafen zu ihm hoch. Er trug bereits seinen Mantel und wirkte ausgesprochen wach.

„Sorry fürs frühe Wecken, aber es ist wichtig, dass wir noch vor 11:00 in Greifswald sind.“

„Greifswald?“ Ich setzte mich auf und ignorierte meine protestierenden Rippen.

„Was hast du vor?“

Philipp warf einen Blick auf seine Uhr. „Erklär ich dir später.“ Er sah meinen skeptischen Blick und lächelte. „Leon trifft uns am Gleis.“

„Na, wenn Leon zugestimmt hat, kann dein Plan zumindest nicht allzu aberwitzig sein.“ Philipp ging zur Zimmertür, schaltete das Deckenlicht ein und tippte sich noch mal grüßend an die Stirn, bevor er verschwand. Ich trank den heißen Kaffee in kleinen Schlucken und lauschte auf die Geräusche um mich herum. In der Wohnung unter mir hörte jemand wieder so laut Radio, dass ich fast verstehen konnte, wo die neusten Staus gemeldet wurden. Da meine Schlafzimmerwand an den Hausflur grenzte, konnte ich außerdem die Schritte der Mieterin gegenüber auf der Treppe hören, die immer um diese Zeit zur Arbeit musste. Auch das Geräusch der abfahrenden Straßenbahn drang wieder durch die geöffneten Fenster. Berlin war schon wach. Der bittere Geschmack des Kaffees tat sein Bestes, um mich nach und nach aus den samtenen Klauen des Schlafes zu befreien. Ein Blick auf die Uhr verriet mir, dass ich noch etwas über eine Stunde Zeit hatte, bis der Zug fuhr. Ich stand auf, machte mich fertig und begann eine kleine Reisetasche zu packen. Kurz zögerte ich, da ich nicht wusste, wie lange wir überhaupt in Greifswald bleiben würden.

„Eigentlich ganz schön blöde, einfach zu fahren, ohne zu wissen, was er plant“, dachte ich. Doch Philipp alleine auf Greifswald loszulassen, kam gar nicht erst in Frage. Außerdem musste ich mir eingestehen, dass ein nicht allzu kleiner Teil von mir die Aufregung, die dieses Rätsel bedeutete, mochte. Ich war eben doch eine Spielerin.

Bevor ich die Wohnung verließ, klebte ich die Packungsbeilage für die Schmerztabletten auf meinen Spiegel. Viel größer durfte mein Mosaik nicht mehr werden ...

Der Ostbahnhof wirkte relativ leer. Nachdem die erste Flut der Arbeitspendler vorbei war, ließen sich die anderen Reisenden anscheinend noch etwas Zeit. Ich war nun doch 20 Minuten zu früh da. So setzte ich mich in eine der Bäckereien, trank einen zweiten Kaffee und wartete darauf, dass die Tabletten wirken würden. Außer einem Bluterguss an der Hand, mit der ich die Kette abgefangen hatte, und einer Schürfwunde an der Schläfe, hatte meine Begegnung mit den Freunden von Burschi-Jens, wie ich Sönkes Cousin nun für mich getauft hatte, keine weiteren äußeren Spuren hinterlassen. Doch die Schmerzen im Brustkorb waren heute Morgen stärker als gestern Abend, und ich versuchte so flach wie möglich zu atmen. Zerbeult war wohl genau das richtige Wort. Ich schob das leere Zuckertütchen auf der glänzenden Tischplatte des kleinen Bistrotisches hin und her, während ich die wenigen vorbeilaufenden Reisenden beobachtete. Im Grunde sah ich sie nicht wirklich, doch ein Mann mit Blindenstock ließ mich aufmerken. Ich sah genauer hin. Ja, kein Zweifel, es war mein Fremdenführer. Ohne lange nachzudenken, ging ich zu ihm und lud ihn auf einen Kaffee ein.

„Das ist jetzt die dritte zufällige Begegnung in einer Millionenstadt wie Berlin, da muss ich Ihnen einen Kaffee spendieren!“ Er war gerade auf dem Weg, um seine Schwester in Paplitz zu besuchen, einem kleinen Ort in Brandenburg. Diesmal trug er keine Mütze, und ich konnte sehen, dass seine Haare fast weiß waren. Das blaue Sternentatoo bildete einen seltsamen Kontrast dazu.

„Erzählen Sie! Was ist aus den Talaren geworden?“, fragte er, während die Verkäuferin hinter der Theke klappernd saubere Tassen einräumte und der Duft frisch gebackener Brötchen zu uns herüberzog. Ich schilderte ihm unseren Versuch, der Amtskette habhaft zu werden. und die vorgetäuschte Auktion danach. Er amüsierte sich köstlich. Dann schien es fast, als würden seine blicklosen Augen mich fixieren.

„Und wie steht es um Ihren Seelenfrieden? Haben Sie die Last gemeistert, die letztes Mal auf Ihnen lastete?“

Ich lächelte nachgründig. Wie darauf antworten? Hatte ich? Letztendlich beobachtete ich mich erstaunt dabei, wie ich ihm alles erzählte. Von der S-Bahnschlägerei, Philipps Rückzug und Wiederkehr, den anonymen Anrufen und schließlich meinem Treppensturz und dem Grund, warum ich heute hier saß und auf den Zug nach Greifswald wartete.

Er hörte zu, den Kopf konzentriert zur Seite geneigt. „Wovor haben Sie Angst?“, fragte er schließlich.

Ich stockte, verwirrt wegen der Offensichtlichkeit der Antwort. „Dass es richtig Ärger gibt, wenn Philipp seinen Kreuzzug gegen die Burschenschaftler startet?“, antwortete ich langsam.

„Ja, aber wovor haben Sie wirklich Angst?“

Ich öffnete den Mund, um zu antworten, schloss ihn wieder und schwieg.

„Denken Sie drüber nach“, meinte er und lächelte.

Ich schaute verlegen zur Seite. Dabei fiel mein Blick auf die Uhr über der Theke. Es war bereits fünf vor halb acht. Hastig und ein wenig erleichtert, nicht mehr antworten zu müssen, verabschiedete ich mich von ihm. Diesmal dachte ich daran zu fragen.

„Wie heißen Sie eigentlich?“

„Theodor. Und Sie?“

„Nina."

„Dann bis zum nächsten zufälligen Treffen, Nina. Alles Gute Ihnen!"

„Ihnen auch!"

Damit ließ ich meinen blinden Fremdenführer und Berater an dem kleinen Bistrotisch zurück. Sein Blindenstock lehnte neben ihm an der Wand, und seine Hand fand zielsicher die Kaffeetasse vor ihm, als ich über die Schulter noch einmal zurückblickte. Was ein seltsamer Zufall, der unsere Wege sich immer wieder kreuzen ließ. Jedes Mal zu Zeitpunkten, wo ich mir unklar war, wie es weitergehen würde.

Wovor haben Sie Angst?

Seine Frage ging mir nicht aus dem Kopf, als ich die Treppen zum Gleis hinaufeilte und es gerade noch auf den Bahnsteig schaffte, bevor der Zug losfuhr. Leon stand in einer der Türen des ICs und hinderte sie so lange am Schließen, bis ich eingestiegen war.

„Danke!", brachte ich hervor, dann musste ich mich erst einmal gegen die Wand hinter mir lehnen. Zwar hatten die Tabletten mittlerweile zu wirken begonnen, aber schnelles Laufen war eindeutig keine gute Idee gewesen.

„Oh verdammt!", murmelte ich und versuchte gegen den Schmerz anzuatmen.

„Bist du ok, Nina?" Leon sah mir besorgt ins Gesicht, und ich lächelte so gut es ging.

„Ja, muss mich nur noch daran gewöhnen, dass Zügen hinterhersprinten absolut keine Option für die nächsten Wochen mehr ist."

Leon schien nicht überzeugt zu sein. Er nahm meine Reisetasche auf und führte mich zu einem Sechserabteil.

„Du gehörst ins Bett. Dieser Plan ist besser überirdisch gut, oder ich sorge persönlich dafür, dass du im nächsten Zug zurück nach Berlin sitzt. So was ist unverantwortlich!“, sagte er dabei und griff nach der Schiebetür.

„Mach dir keine Sorgen Leon, mit den Tabletten geht ... Moment mal!“ Ich hielt ihn am Ärmel fest. „Bist du etwa auch nicht eingeweiht?“

Er schüttelte den Kopf. „Nein. Philipp hat heute Morgen angerufen, mir erzählt, was gestern passiert ist, und gemeint, ihr würdet mich unbedingt brauchen, um dem ganzen Spuk ein Ende zu bereiten. Alles Weitere wollte er auf der Zugfahrt erklären.“

„Dieser Fuchs!“, murmelte ich ungläubig.

Leon zog die Tür des Abteils auf, in dem nur seine helle Jacke am Haken neben dem Fenster hing, und verstaute meine Reisetasche auf der Gepäckablage neben den anderen.

„Wahrscheinlich hätte ich drauf bestehen sollen, dass er mir alles erklärt, aber du weißt ja, wie das ist ...“

„Ja“, meinte ich und ließ mich in einen der dunkelgepolsterten Sitze sinken. „Ich weiß genau, wie das ist.“ Wir sind eben alle Spieler. Selbst Leon. „Wo ist er denn jetzt?“, fragte ich.

„Im Bordbistro. Sein erster Gang in den Fernzügen ist immer ins Bistro. Er meint, daran kann er erkennen, ob Reisekosten und Reisequalität übereinstimmen. Aber wenn du mich fragst, kann er der Versuchung nicht widerstehen, ein wenig Show zu machen. Besonders in seinem heutigen Outfit.“

Die Frage, was denn so besonders an seinem Outfit sei, erübrigte sich, da Philipp in diesem Moment die Schiebetür aufschob. Für kurze Zeit war das Abteil von dem lauten Fahrtlärm des Zuges erfüllt, bis Philipp die Tür hinter sich wieder zuzog. Er warf jedem von uns einen Schokoriegel in den Schoss und ließ sich dann auf den Sitz neben Leon fallen. Sein Gesicht verschwand fast komplett hinter dem Vollbart und der breitrandigen schwarzen Brille, die ich noch von unserer ersten Begegnung her kannte. Auch die schwarze Polizei-Lederjacke trug er wieder. Hemd, Hose und Schuhe rundeten das Bild eines Polizisten ab, den ich unvoreingenommen auf Mitte Dreißig schätzen würde.

„Ok, jetzt bin ich wirklich gespannt“, sagte ich, lehnte mich zurück und wickelte das Papier vom Schokoriegel ab. „Schieß los!“

Er erklärte uns den Plan, der einmal mehr zeigte, in welchen verschachtelten Winkelzügen Philipp dachte. Größtenteils basierte der Plan auf der Erkenntnis, die Philipp gestern Nacht hatte, als er mit Nettie und Fabian telefoniert und sich über die Burschenschaft erkundigt hatte. Beide waren der Meinung, dass der Drahtzieher hinter der ganzen Aktion nicht Sönke, sondern sein Cousin Jens sein musste.

„Überleg mal, der Feuerkopf ist ein Außenseiter - also noch nicht mal eingetreten. Klar, er gehört zur Familie, weshalb er sich bei seinem Cousin ausheult und der ihm hinterher ein bisschen hilft, es dir heimzuzahlen. Dann wird’s ernster, als die Stinkbomben- und Steinewerfer auftauchen, und von da an übernimmt Jens. Ich glaube nicht, dass die Burschis sich von jemandem mobilisieren lassen, der nicht in der Burschenschaft ist - Verwandtschaft hin oder her.“

„Sönke meint, die zwei Kerle gestern wären gar nicht in der Burschenschaft, sondern nur Freunde von Jens“, warf ich ein.

„Klar", nickte Philipp. „So ein Schlägerauftritt passt nicht zum Image, das die Burschenschaft krampfhaft aufrechterhalten will. Da werden dann die Kumpels angeheuert. Aber Jens steckt dahinter. Das hab ich im Urin!" Er biss ein großes Stück von seinem Schokoriegel ab und fuhr kauend fort: „Darum werden wir heute bei Jens auftauchen - du als Anklägerin, ich als Polizist - und ihn dazu bringen, seinen Anteil an der ganzen Geschichte zu gestehen. Dabei wird er gefilmt, und damit haben wir ihn in der Falle." Philipp beugte sich vor und tippte sich gegen die Seite der Nase. „Was die Burschis gar nicht gebrauchen können, ist schlechte Publicity. Wir sagen dem einfach hinterher, dass alles veröffentlich wird, wenn du auch nur noch einen Schmähanruf kriegst. Dann wird der seine Leute schon in Schach halten."

Ich brauchte einen Moment, um ihm zu folgen. „Wie willst du ihn denn dazu kriegen, ein Geständnis abzulegen?", fragte ich dann skeptisch. „Angenommen, er ist wirklich der Drahtzieher, wäre es dann nicht besser für ihn, die Klappe zu halten?"

Philipp nickte. „Deswegen die ganze Eile. Ich werde behaupten, die beiden anderen Kerle, die dir aufgelauert haben, hätten seinen Namen genannt. Dafür müssen wir das machen, bevor dein Feuerkopf und seine Schoßhündchen wieder in Greifswald sind."

„Hm." Ich lehnte mich zurück, noch nicht wirklich überzeugt.

Philipp, der das zu merken schien, brachte sein nächstes Argument an. „Wenn er total dichtmacht, wirst du ihm anbieten, das Ganze außergerichtlich und ohne Anzeige zu regeln. Aber nur, wenn du eine ordentliche Entschuldigung aller Beteiligten kriegst." Er lehnte sich ebenfalls zurück und verschränkte zufrieden nickend die Arme vor der Brust. „Da wird er mit Sicherheit drauf eingehen - erspart ihm schließlich einiges an Stress."

Die vorbeiziehende Landschaft spiegelte sich in den Gläsern seiner Brille, die sein Gesicht völlig veränderte. Es war seltsam, seine vertrauten Gesten an einem fremden Polizisten zu sehen. Ich strich mir nachdenklich die Haare hinter die Ohren. Vielleicht würden wir mit der Performance sogar durchkommen.

„Es könnte funktionieren. Auch wenn wir natürlich auffliegen, sobald Sönke wieder da ist ...“

„Ja, aber dann haben wir das Video!“

Ich nickte langsam und dachte das Ganze noch einmal durch.

„Deinen Ex trifft eigentlich wenig Schuld“, meinte Philipp in meine Gedanken hinein. „Außer, dass er dem Strohhirn Jens den Floh ins Ohr gesetzt hat, du könntest hinter den Attacken aufs Burschenschaftsquartier stecken.“ Er kratzte sich unter dem Vollbart und sah Leon fragend an, der bis jetzt geschwiegen hatte. „Ist das eigentlich Rufschädigung? Das ist strafbar, nicht wahr?“

Leon verschränkte die Arme vor der Brust und richtete den Blick aus dem Fenster. „Ich kann mir nicht vorstellen, dass jemanden unter Vorspielung falscher Tatsachen zu einem Geständnis zu bewegen wesentlich legaler ist. Besonders nicht, wenn das Ganze ohne sein Wissen gefilmt wird.“

Philipps Grinsen war unter dem Bart kaum zu sehen. „Sicher nicht, aber glaub mir, die werden keinen Stress machen. Können froh sein, dass Nina sie nicht wegen Körperverletzung oder Nötigung anzeigt!“

Leon löste den Blick von der vorbeiziehenden Landschaft und sah zu mir. „Hast du darüber schon nachgedacht?“

Ich nickte und verschränkte unbehaglich die Hände ineinander. „Würde ich ungern machen.“ Ich vermied es, die beiden anzusehen. Es würde bedeuten, auch Sönke damit hineinzuziehen. So sehr ich mich von ihm bereits gelöst hatte, vor so einem Schritt schreckte ich dann doch zurück. Dennoch wollte ich auch sicher sein, dass von Seite der Burschenschaftler keine weitere Bedrohung für mich mehr ausging. Philipps Idee, als Polizist verkleidet den Drahtzieher Jens zu einem Geständnis zu bringen und ihn dann mit der Videoaufzeichnung davon in der Hand zu haben, war soweit die einzig brauchbare Alternative. So gewagt sie auch war.

„Wie groß wird eigentlich Fabians Anteil an der ganzen Geschichte sein?“, fragte ich schließlich.

„Minimal“, antwortete Philipp. „Er konnte mir ein paar wichtige Infos geben und bringt uns gleich zum richtigen Uni-Gebäude, aber da er selbst heute `ne große Sache laufen hat, ist er mehr als eingespannt.“

„Gut“, dachte ich beruhigt. Zum einen wäre Jens mit Sicherheit misstrauisch geworden, wenn einer seiner vehementesten Gegner mit uns aufgetaucht wäre. Zum anderen war Fabian noch unberechenbarer als Philipp. Besonders, wenn sich auch nur der Hauch einer Chance bot, aus dem Ganzen eine politische Aktion zu machen. Leon sah zwischen mir und Philipp hin und her.

„Dann ist es also entschieden? Ihr wollt das wirklich machen?“

Philipp breitete in einer großartigen Geste die Hände aus. „Klar, Mann! Schließlich sind wir S-Bahnspieler – da werden alle Probleme mit ein wenig Show gelöst! Nicht wahr, Nina?“ Vielleicht bildete ich es mir nur ein, doch es kam mir vor, als wirkte er auf mein Nicken hin ein klein wenig erleichtert.

„Klar.“

Leon räusperte sich. „Und wozu genau braucht ihr mich?“

„Als moralische Unterstützung, Guru!“, meinte Philipp und schlug Leon auf die Schulter. Dieser zog nur die Augenbrauen hoch. „Na ja, außerdem brauchen wir jemanden, der filmt und du bist mittlerweile Meister im versteckten Filmen“, ergänzte Philipp dann etwas sachlicher.

„Oh Mann!“ Leon fuhr sich mit beiden Händen durchs Haar. „Wenn mir so ein Schrank von Burschenschaftler das Handy zertrümmert, bekomme ich von dir ein Neues!“

Philipps Augen verrieten, dass er unter seinem Bart lächelte. „Wusste doch, dass auf dich Verlass ist, Guru.“

„Philipp, ich meins ernst.“

„Ich weiß.“

♦

Es war seltsam, mit Leon und Philipp in Greifswald zu sein. Einer Stadt, die ich untrennbar mit Nettie und unserer jahrelangen Freundschaft verband. Seit Netties Eltern als wir 16 waren beschlossen hatten, an die Küste zu ziehen, hatte ich fast jede freie Zeit hier oben verbracht. Ein kühler Wind, scheinbar ständiger Begleiter der Hansestadt, blies mir die Haare aus dem Gesicht, als wir vor dem alten Bahnhofsgebäude auf Fabian warteten. Am bewegten Himmel wurden stahlgraue Wolken von vereinzelten blauen Flecken durchbrochen, während die Sonne zwar nicht sichtbar war, doch einige Wolkenränder im Süden hell aufleuchten ließ. Die Luft schmeckte wesentlich frischer als in Berlin. Mir war vorher gar nicht aufgefallen, wie sehr ich mich schon an die Stadtluft gewöhnt hatte.

„Ja, ja, die pommersche Provinz“, hörte ich Philipp neben mir sagen. Er sah Fabian entgegen, der über das von Schlaglöchern durchzogene Kopfsteinpflaster des Bahnhofvorplatzes auf uns zugefahren kam. Das Schutzblech seines Fahrrades klapperte hell bei jedem Stoß. Er schwang sich in einer schnellen Bewegung vom Rad, die ich bis jetzt nur bei ihm gesehen hatte, bevor er vor uns zum Stehen kam. Das olivgrün seines Parkas war unter den vielen Aufnähern auf seinen Ärmeln kaum noch zu sehen. Mir fiel auf, dass er die dunklen Haare jetzt länger trug und im Nacken zusammengebunden hatte. Sein Filmstar-Lächeln war jedoch noch dasselbe. Damit hatte er vor seinem Umzug meiner ganzen Jahrgangstufe den Kopf verdreht. Nicht, dass er sich je mit einer Mainstream-Tussi einlassen würde. Für ihn musste es schon Rosa Luxemburg sein oder zumindest Ulrike Meinhof.

„Weiß der Himmel, weshalb er sich mit mir abgegeben hat“, dachte ich, während ich beobachtete, wie er Leon und Philipp freundlich begrüßte. „Na ja, er war ganz schön betrunken damals ... und es war ja auch nur ein Abend.“ Ich war ein paar Tage so dumm gewesen, mir Hoffnungen zu machen. Doch das war lange her, und nun war ich insgeheim froh, dass da nie was Ernsteres draus geworden war. Wahrscheinlich erinnerte er sich gar nicht mehr an seinen Ausrutscher.

„Nina-Mädchen!“ Fabian wandte sich mir zu. „Schön, dich noch ganz zu sehen!“ Er umarmte mich fester, als es meinen Rippen guttat, und küsste mich dann auf den Mund. Kurz nur, doch ich war froh, dass Sönke jetzt nicht hier war. Er hätte all seine Vermutungen bestätigt gesehen. Was war Fabian denn so überschwänglich?

„Heute treten wir den Faschos richtig in den Arsch! Erst ihr, dann ich - wenn Goebbel-Jens es dann noch ins StuPa schafft, rasier ich mir den Schädel!“

„Ah, deswegen also.“ Ich trat einen Schritt von ihm zurück. „Vielen Dank jedenfalls, dass du uns hilfst.“

„Immer doch“, meinte er und lud meine Reisetasche auf seinen Gepäckträger.

„Ich bring euch erst mal zum Hafen, da könnt ihr euren Kram abladen. Dann geht’s zur Uni - sollten wir schaffen, bevor die Vorlesung zu Ende ist.“

„Zum Hafen?“, fragte Leon, der zu uns aufschloss, als Fabian mit langen Schritten Richtung Straße aufbrach.

„Ja, meine Alten haben nicht genug Platz inner Bude, deshalb könnt ihr auf dem Boot pennen - ist ein bisschen eng, aber sonst nicht schlecht.“ Er warf mir einen Blick zu. „Oder werdet ihr Berliner etwa seekrank?“

„Wir doch nicht!“, warf Philipp hinter mir ein. „Schließlich war Westberlin jahrelang eine Insel.“

„Ähm, wir bleiben im Hafen, ja?“, versicherte ich mich.

„Klar.“

Fabian führte uns über den Linden gesäumten Wall, der sich früher vor der Stadtmauer befunden hatte. Nur noch wenig von der Stadtmauer war erhalten, der Wall jedoch verlief noch immer im Halbkreis um Greifswalds Altstadt. Er endete in einem kleinen Park, der schließlich zum Hafen führte. Greifswald lag nicht direkt an der Küste. So trug der Ryck seine Wasser unermüdlich zwischen den alten Traditionsseglern im Museumshafen hindurch, bis er schließlich einige Kilometer weiter in den Greifswalder Bodden mündete. Wir gingen an den alten Schiffen vorbei, die ihre segellosen Masten in den grauen Himmel streckten, bis wir zu den privaten kleineren Segelbooten kamen, die außerhalb des

Museumshafens lagen. Das Boot von Netties Eltern wirkte von außen klein, war innen dann jedoch recht geräumig. Vier Personen konnten hier übernachten. Hinter einer schon ziemlich abgesessenen Eckbank mit blank gescheuertem Holztisch befand sich außerdem eine kleine Kochnische. Wir warfen unser Gepäck auf die schmalen Schlafkojen und kletterten über die steile Leiter wieder an Deck. Ich sah mich kurz um, bevor ich den anderen an Land folgte. Das graublaue Wasser des Ryck ließ das Schilfrohr am Ufer gelb aufleuchten. Einige Möwen kreisten über uns, und ich musste schmunzeln, als mir der Greifswalder Uni-Slogan in den Kopf kam, den Nettie nur noch mit einem zynischen Unterton zitierte. „Studieren, wo andere Urlaub machen!“ Egal, was Nettie sagte, es war ein Unterschied, ob ich in einer Stadt studierte, wo ich mit dem Fahrrad in einer Viertelstunde am Strand sein konnte, oder in einer Stadt, in der ich erst in jede Richtung mindestens 45 Minuten mit der Bahn fahren musste, bis ich spazieren gehen konnte, ohne ständig einen Jogger im Nacken zu haben.

„Na, Novizin Nina? Verlieren wir dich etwa an die Provinz?”, rief Philipp mir vom Weg aus zu.

„Ach was“, gab ich zurück, ein wenig verlegen, dass meine Gedanken so deutlich gewesen waren.

„Wo ist eigentlich Nettie?“, fragte ich, als ich wieder neben Fabian stand.

„Muss noch ihren Frondienst ableisten. Sie will dich anrufen, wenn sie fertig ist.“

„Ah, ok.“ Fabian war nie damit einverstanden gewesen, dass Nettie neben dem Studium in einer Telefonagentur arbeitete. Ihr Argument, dass jeder, der sich überteuerten Wein am Telefon aufschwatzen ließ, selbst schuld war, ließ er nicht gelten. Die Sonne hatte sich mittlerweile gegen die Wolken durchgesetzt und ließ das regenfeuchte Kopfsteinpflaster glänzen, als Fabian uns durch die engen Straßen vom Hafen zur Uni führte. Buntverputzte Häuser zogen sich an den schmalen Gehsteigen entlang, hinter denen sich der Dom erhob. Dessen doppeltes Kuppeldach ließ mich immer an eine Tannenbaumspitze denken. Nettie hatte mir erzählt, dass er St. Nicolai, dem Schutzpatron der Seefahrer, gewidmet war und schon Casper David Friedrich als Motiv gedient hatte. Etwas, worauf die Greifswalder sichtlich stolz schienen.

Fabian führte uns am Hauptgebäude der Uni vorbei zu einem roten Backsteingebäude. Er schob die schwere Holztür auf und ließ uns eintreten. Niemand war in dem hellen Foyer dahinter zu sehen. Durch die hohen Rundbogenfenster fielen Sonnenstrahlen, in denen ich winzige Staubflocken tanzen sehen konnte. Es war merkwürdig still. Fabian deutete auf eine weiße Tür, über der „Sprachlabor1“ stand.

„Er hat da jetzt Seminar. Viel Erfolg!“

Ich hielt ihn am Ärmel fest, als er sich zum Gehen wandte. „Und du bist dir sicher, dass er jetzt da ist?“

„100 pro! Eine Freundin von mir hat das Pech, im selben Seminar zu sein wie die Labertasche. Sie hat mir eine Nachricht geschrieben. Er ist da.“ Er lachte über die Nervosität, die mir ins Gesicht geschrieben stehen musste, und tippte mir gegen die Nasenspitze. „Auf in den Kampf! Ihr werdet das schon schaukeln.“

Ich nickte und sah aus dem Augenwinkel, wie Leon uns musterte. Verlegen strich ich mir die Haare hinter die Ohren, während Fabian sich umdrehte und Philipp im Vorbeigehen auf die Schulter schlug.

„Lass ihn ordentlich schwitzen! Mann, das würde ich echt gern sehen! Aber die Pflicht ruft!“ Damit verschwand er durch die schwere Holztür, die knarrend nachschwang. Ich räusperte mich.

„Also dann ...“

Philipp warf Leon einen Blick zu, der sich an eine der breiten, mit Flyern übersäten Fensterbänke gelehnt hatte. Der holte sein Handy hervor und nickte ihm zu.

„Bereit?“, fragte Philipp auch mich.

Ich nickte und beobachtete, wie er sich umdrehte und auf die Tür des Sprachlabors zuging. Auf den wenigen Metern veränderten sich sein Gang und seine Körperhaltung völlig.

„Es kommt nur auf dein Auftreten an“, hatte er mir erklärt, als ich ihn im Zug darauf hingewiesen hatte, dass die Lederjacke zwar in großen Buchstaben Polizei auf dem Rücken stehen hatte, jedoch kein Polizeiabzeichen aufwies.

„Die Leute sehen, was du sie sehen lassen willst. Tritt auf wie ein Beamter, der jedes Recht hat, jemanden aus der Vorlesung zu holen, und sie sehen einen Polizisten. Egal, ob die Uniform perfekt ist oder nicht.“

Philipps Klopfen hallte durch das stille Foyer.

„Guten Tag. Polizeimeister Hofstätt“, hörte ich ihn sagen, als er durch die Tür trat. „Mir wurde mitgeteilt, dass Herr Jens Bornemann hier zu finden ist.“

„Warum benutzt er eigentlich immer seinen echten Namen?“, fragte ich mich, während leises Murmeln als Antwort durch die angelehnte Tür zu hören war. „Ist das nun besonders mutig oder besonders dumm?“

„Kommen Sie bitte kurz mit vor die Tür“, hörte ich nun wieder deutlich Philipps Stimme. Stille, der Stühlerücken folgte, dann traten die beiden in den Flur. Philipp strahlte jeden Zollbreit Autorität aus, als er die Tür hinter sich zuzog und Jens mit einem knappen Kopfnicken in meine Richtung schickte. Jens wirkte unauffällig. Sein Haar hatte einen hellen Blondton, und er war ein wenig kleiner als Philipp. Insgesamt machte er einen gepflegten Eindruck, war jedoch einer jener Menschen, deren Gesicht man schon bald wieder vergaß. Das einzig besondere waren seine ungewöhnlich hellen Augen. Sie gingen nun zwischen Philipp und mir hin und her und verrieten ein wenig seiner Unsicherheit, die er ansonsten gut zu verbergen wusste. Ich spürte das aufgeregte Kribbeln stärker als bei den vergangenen Auftritten. Vielleicht, da ich dieses Mal weniger eine Rolle, als mich selbst spielen musste.

„Hoffentlich geht das jetzt gut.“

„Sie kennen Frau Sievers, Herr Bornemann?“

Jens zögerte. „Nicht persönlich.“

„Aber Sie wissen, wer sie ist.“

Die hellen Augen unter den hauchdünnen Brauen musterten mich, verrieten jedoch nicht, was er von mir hielt. „Sie ist die Ex-Freundin meines Cousins Sönke“, antwortete er schließlich vorsichtig.

„Können Sie sich vorstellen, warum Frau Sievers hier ist?“

Jens schwieg.

Philipp nickte mir zu. „Wiederholen Sie bitte ihre Aussage, Frau Sievers.“

Meine Stimme klang seltsam belegt, als ich begann, die anonymen Anrufe und Briefe zu beschreiben. Ich stockte und räusperte mich. Philipp trat um Jens herum, so dass er nun neben mir stand. So nah, dass sein Arm meinen leicht berührte. Ich konnte den typischen Geruch der Lederjacke riechen und musste für den Bruchteil einer Sekunde an Sönke denken. Doch es tat gut, Philipp neben mir zu wissen, und ich konnte ohne Unterbrechung schildern, was weiter vorgefallen war.

„Aber wie kommen Sie darauf, dass ich etwas damit zu tun habe?“, fragte Jens dann. Er wirkte nun gar nicht mehr unsicher. Sein Blick hatte etwas Herausforderndes, als er Philipp ansah. „Ich war das ganze Wochenende hier in Greifswald - viele können das bezeugen.“

Philipp nickte gemächlich und holte ein kleines Notizbuch aus der Jackentasche hervor.

„Laut Aussage ihres Cousins Sönke Bornemann haben Sie den ersten anonymen Anruf vorgenommen und waren auch am Schreiben des ersten Briefes beteiligt ...“ Das war ein Schuss ins Blaue, doch ich sah, wie Jens` Augen sich leicht verengten. Es stimmte also.

„Des Weiteren haben die beiden Herren, die Herrn Bornemann nach Berlin begleiteten und Frau Sievers nachgestellt haben, Ihren Namen angegeben.“ Das reichte aus. Jede Spur von Herausforderung war aus Jens` Gesicht gewichen.

„Aber ich habe ihnen doch nicht gesagt, sie sollen sie von der Treppe stoßen! Damit habe ich rein gar nichts zu tun!“

Philipp hakte einen Daumen hinter seinen Gürtel und sah Jens durchdringend an. „Und was genau haben Sie ihnen gesagt?“

„Nun ... ich ...“ Jens stockte, und man konnte es hinter seiner Stirn förmlich arbeiten sehen. „Sie sollten nur mit ihr reden. Mehr nicht. Sönke meinte, sie würde hinter den Steinewerfern stecken.“ Jetzt hatte er ein Thema gefunden, bei dem er sich sicher fühlte. Seine Stimme wurde lauter. „Die sollten Sie mal ausfindig machen! Schon zum zweiten Mal dieses Jahr sind alle Scheiben an der Südseite des Hauses zerbrochen!“

Philipp nickte gelassen. „Da sind die Kollegen schon dran.“ Er steckte das Notizbuch wieder ein, und sein Ton war fast väterlich, als er hinzufügte: „Das wussten Sie ja bereits, Herr Bornemann. Und Sie wissen doch sicherlich auch, dass es nicht richtig ist, junge Damen mit Anrufen und Briefen zu belästigen oder ihnen nachzustellen. Vor allen Dingen nicht, wenn Sie keine Beweise dafür haben, dass Frau Sievers überhaupt in die Sache verwickelt ist. Dem scheint nämlich nicht so zu sein. Und jetzt haben wir es hier mit einem Fall von Körperverletzung und Nötigung zu tun.“

Jens fuhr sich durchs Gesicht und sah mich an. „Das ist alles aus dem Ruder gelaufen. Es war nie meine Absicht, dass sie dich verletzen. Wirklich. Sie sollten dir nur ein wenig Angst machen, damit du deine Leute zurückpfeifst.“

„Jetzt haben wir dich!“, dachte ich und musste unwillkürlich zu Leon schauen, der schräg hinter Jens stand und mir über sein Handy hinweg zuzwinkerte.

Ich wollte gerade sagen, ich hätte nie jemanden losgeschickt, als ich durch das Fenster hinter Leon eine nur allzu vertraute Gestalt auf das Gebäude zukommen sah. Für einen Moment hatte ich das unwirkliche Gefühl, die Zeit würde um ein Vielfaches langsamer vergehen, als ich fassungslos Sönkes hochgewachsene Gestalt erkannte.

Verdammt!

Von allen Sachen, die schiefgehen konnten, musste ausgerechnet diese eintreten! Weshalb war er schon wieder hier? Hatte er nicht länger in Berlin bleiben wollen? Neben mir schob Philipp die breitrandige Brille hoch und setzte zu einer Entgegnung auf Jens`

Aussage an, während Leon mich noch immer anlächelte. Ich fasste nach Philipps Ellenbogen, ungeachtet dessen, wie seltsam das auf Jens wirken musste.

„Vi skulle gå nå“, flüsterte ich, vergessend, dass jeder dritte Student aus Greifswald eine der skandinavischen Sprachen lernte und Jens mich wohlmöglich verstehen könnte. Dieser runzelte auch schon die Stirn. Philipp warf mir einen schnellen Blick zu. Doch da trat Sönke bereits durch die dunkle Holztür. Er hielt überrascht inne. Dann machte er ein paar Schritte auf mich zu.

„Nina! Mensch, gut zu sehen, dass es dir gut geht!“ Erst schien er mich umarmen zu wollen, doch dann streifte sein Blick Jens und er fasste mich nur bei der Schulter.

„Ich hab versucht dich zu erreichen, als Jasper und Thorben mir erzählt haben, was passiert ist“, sprudelte er hervor. „Ich bin dann gleich heute früh zurück und wollte gerade Jens abfangen. Die ganze Sache ist viel zu weit gegangen!“ Seine Augen glitten über mein Gesicht und blieben an der Schürfwunde hängen.

Ich senkte den Kopf, um die Sorge in seinen Augen nicht sehen zu müssen. Ein unbehagliches Gefühl beschlich mich und nistete sich einen Fingerbreit über meinem Herzen ein, wo es wie eine Spinne hocken blieb. Was eine vertrackte Situation.

„Moment mal, Sönke“, schaltete Jens sich ein. „Ich denke, du hast schon mit der Polizei geredet.“

„Was? Weshalb denn?“

Ich blickte zu Philipp. Das Spiel war vorbei. Das wusste er so gut wie ich. Er neigte fast unmerklich den Kopf zur Seite und hob für den Bruchteil einer Sekunde die Augenbrauen. Ein Zeichen, dass ich inzwischen aus unzähligen Szenen kannte, die ich mit ihm in der Bahn gespielt hatte. Es war die stumme Frage, ob er von hieran übernehmen sollte. Ich deutete ein Nicken an und er trat einen Schritt zurück.

„Hast du das drauf, Leon?“, fragte er laut.

Ich hörte, wie Leon sein Handy zuklappte. „Jedes Wort.“

Jens wirbelte zum Fenster herum, als hätte er Leon erst jetzt bemerkt. „Was hat das zu bedeuten?“, fragte er erschrocken, doch Sönke ging bereits ein Licht auf.

Er löste die Hand von meiner Schulter und musterte Philipp scharf. „Der Schauspieler.“ Sein Ton hätte verächtlicher nicht sein können, und auch der Blick, den er mir jetzt zuwarf, war nur um ein weniges milder. „Mischt der sich jetzt überall ein?“

„Nur, wenn die Aussicht besteht, dass mir ein paar gutgläubige Trottel auf den Leim gehen“, antwortete Philipp gut gelaunt anstatt meiner. Er nahm die Brille ab, löste den Bart und drückte mir beides in die Hand, bevor er seelenruhig zu der breiten Treppe schlenderte, die ins Obergeschoss führte und sich auf die Stufen setzte.

Sönke deutete auf die Polizei-Lederjacke. „Das ist Amtsanmaßung! Für so was kriegst du richtig Ärger, Freundchen! Diesmal bist du zu weit gegangen!“

Philipp zuckte mit den Schultern und stützte die Ellenbogen auf die Knie. „Bevor du hier jetzt anfängst, mir das Zivilrecht zu zitieren, solltest du deinen Cousin fragen, was er gerade vor laufender Kamera alles zugegeben hat.“

Bei Jens schien jetzt so langsam auch der Groschen zu fallen. „Das ist der Typ, mit dem sie dir schon eine Scheinehe vorgegaukelt hat?“ Seine Stimme wurde leiser, was seltsamerweise bedrohlicher war, als wenn er gebrüllt hätte. „Und du wagst es, mich als Polizist verkleidet aus dem Seminar zu holen? Hast du eine Ahnung, was du damit angerichtet hast? Wahrscheinlich weiß das jetzt schon die ganze Uni!“ Er trat einige Schritte auf Philipp zu und schaffte es dabei allein durch seinen Gesichtsausdruck gefährlich zu wirken. Philipp sah ihm jedoch gelassen entgegen. „Und was sollte das heißen: vor laufender Kamera? Alles, was hier gerade gefilmt wurde, wird sofort gelöscht, oder du lernst mich richtig kennen!“

Philipp lächelte. „Sagen wirs mal so, wenn du ab jetzt dafür sorgst, dass Nina hier nicht mehr belästigt wird, bleibt dein kleines Geständnis unter uns. Zeigt einer deiner Bluthunde sein Gesicht auch nur auf ihrer Straße, ist das Video schneller online, als du husten kannst.“ Er kratzte sich am Kinn, als würde der falsche Bart dort noch immer jucken. „Nicht gerade die beste Publicity, wenn man ins Studentenparlament gewählt werden will, denke ich mir“, fügte er hinzu.

Sönke hielt Jens am Arm zurück, als dieser auf Philipp loswollte. „Sachte, sachte Jens. So kommen wir hier nicht weiter.“ Er musterte Philipp kühl, der weiterhin lässig auf den Stufen saß und so ungerührt wirkte, als hielte er alle Trümpfe in der Hand und habe noch ein paar im Ärmel versteckt. „Jemanden ohne sein Wissen zu filmen und das Material gegen seinen Willen zu veröffentlichen, ist genauso strafbar wie Amtsanmaßung. Ihr bewegt euch hier auf ganz dünnem Eis.“ Er sah mich an. „Um nicht zu sagen, ihr steht schon auf nichts als heißer Luft.“

Ich war wohl nicht so gut darin, meine Anspannung zu verbergen, denn Sönke wirkte mit einem Mal sehr siegessicher. Ich kannte den zufriedenen Ausdruck, der immer in seine Augen getreten war, wenn er eine Auseinandersetzung gewonnen hatte.

„Also, löscht das Video, und wir können versuchen, einen guten Weg aus diesem ganzen Schlamassel zu finden, in das ihr euch durch eure Schauspielerei gebracht habt.“

Philipp erwiderte Sönkes Blick ruhig, auch der selbstgefällige Ton, schien ihn nicht im Geringsten zu kümmern. „Du kannst gerne der Polizei Bescheid geben und uns dazu zwingen lassen, das Video zu löschen. Aber glaub mir, bevor das geschieht, haben wir ausreichend Zeit, es bei YouTube einzustellen oder sonst wo zu posten. Du weißt, wie das ist: was einmal im Netz ist, bleibt im Netz."

Sönke ließ Jens los und fuhr sich entnervt durchs Haar. „Auf was willst du eigentlich hinaus?", fragte er Philipp und trat nun seinerseits näher.

Ich warf Leon einen Blick zu, der sein Handy in die Jackentasche steckte und neben mich trat.

Philipp breitete die Hände aus. „Ganz einfach. Das, was du versprochen hast zu tun und nicht hinbekommen hast: Nina die Burschis und ihre Schläger vom Hals halten."

Ich sah, wie Jens sich straffte, doch Sönke hielt ihn mit einer Handbewegung zurück, ohne die Augen von Philipp zu nehmen. „Und dafür riskierst du, euch alle strafbar zu machen? Wenn ihr das Video veröffentlich, ist das eine Verletzung des höchstpersönlichen Lebensbereiches. Dafür gibt's Freiheitsstrafen von bis zu einem Jahr."

Himmel! Das hätte ich dann doch nicht gedacht. Oder übertrieb Sönke hier gerade selbst ein wenig? Ich konnte es nicht sagen, doch es wirkte. Mir war immer weniger wohl in meiner Haut.

Sönke verschränkte die Arme vor der Brust und musterte Philipp. „Wenn Nina da nicht mit drin verwickelt wäre, hätte ich nicht übel Lust, euch einfach vor die Wand fahren zu lassen mit dem Scheiß."

„Ach ja?" Philipp veränderte seine Position nicht, doch die plötzliche Schärfe in seiner Stimme, strafte seine Ungerührtheit Lügen. „Wenn du nicht einen auf liebeskranken Gockel gemacht hättest, der seinem

Cousin paranoide Ideen ins Ohr flüstert, wäre keiner von uns hier in irgendwas verwickelt. Denk da mal drüber nach, Jurasöhnchen."

Sönke starrte Philipp an. Einen Moment hatte ich die unsinnige Vorstellung, sie würden sich gleich Rücken an Rücken stellen, zehn Schritte auseinandergehen und auf Kommando schießen. Jedenfalls schien ein stummes Duell zwischen dem auf der Treppe sitzenden Philipp und Sönke stattzufinden, der jetzt nur noch wenige Schritte von ihm entfernt stand, die Arme verschränkt und ihn weit überragte.

Dann ließ Sönke die Arme sinken und drehte sich weg. Ich stand seitlich von ihm, doch selbst im Profil konnte ich die wechselnden Gefühle auf seinem ausdrucksstarken Gesicht lesen.

Zorn, Scham, Traurigkeit ...

Ich trat näher und legte ihm die Hand auf den Arm. Durch die schwere Holztür vor uns kamen in diesem Augenblick einige Studenten. Als wäre es das Startzeichen gewesen, öffneten sich die Türen der Vorlesungssäle. Studierende bestückt mit Umhängetaschen, Rucksäcken oder Laptoptaschen drängten sich an uns vorbei. Hallende Schritte auf dem steinernen Fußboden, Lachen und Gespräche füllten das vorher stille Foyer. Auch aus dem Obergeschoss kamen nun Studenten, und Philipp erhob sich von den Stufen der Treppe. Sönke stand vor mir, unbewegt, wie eine Statue, den Blick auf meine Hand gerichtet, die auf seinem Ärmel lag.

„Ich wollte nicht, dass es jemals soweit kommt", murmelte er und sah auf. „Bitte, Nina, du musst mir glauben, ich wollte das alles nicht."

Ich nickte nur, da mir ein unbenennbares Gefühl die Kehle eng werden ließ und ich meiner Stimme nicht vertraute.

„Lass es uns im Guten beenden, Sönke. Soweit das noch möglich ist“, meinte ich schließlich leise. Er nickte und ich wandte mich an Leon. „Lösch das Video.“

Ohne zu zögern, zog Leon sein Handy aus der Tasche. Ich wartete auf Widerspruch von Philipp, doch er schwieg. Als ich kurz zu ihm sah, war aus seinem Gesicht nicht abzulesen, was er dachte. Manchmal verfluchte ich ihn für sein Pokerface.

Jens trat neben Leon und überzeugte sich davon, dass dieser das Video auch wirklich löschte. Er nickte zufrieden und warf mir, besonders aber Philipp, einen Blick zu, in dem sich Wut und Triumph die Waage hielten.

„Glaubt ja nicht, dass die Sache damit gegessen ist!“, setzte er an, doch Sönke nahm ihm am Arm.

„Im Gegenteil, Jens. Das wars.“ Er führte ihn bestimmt zur Tür, vorbei an einigen Studenten, die in Gruppen zusammenstanden und auf den Beginn der nächsten Vorlesung warteten. Sönke drehte sich nicht noch einmal um, doch über das Gemurmel der Studenten hinweg meinte ich ihn die Worte Nötigung und Körperverletzung sagen zu hören, bevor die schwere Holztür knarrend hinter ihm und Jens zuschwang.

Mein Blick folgte wie hypnotisiert der schwerfälligen Bewegung des dunklen Holzes. Noch immer fand ich keine Worte für das beengende Gefühl, das sich in mir ausgebreitet hatte und mich keinen klaren Gedanken fassen ließ. Vielleicht fühlte es sich so an, wenn endgültig ein Schlussstrich gezogen wurde.

Das wars.

Neben mir fuhr Leon sich seufzend durchs Haar, in dem sich die durchs Fenster fallenden Sonnenstrahlen verfingen und es wie

Rabenfedern glänzen ließen. „Das ist nicht gerade glatt gelaufen", murmelte er.

„Wieso?", meinte Philipp, trat zwischen uns und legte uns die Arme um die Schultern.

„Ist doch genau das dabei rausgekommen, was wir wollten. Wir haben den Feuerkopf bei seiner Ehre gepackt, und er sorgt dafür, dass die Burschis keine Mucken mehr machen. Was wollen wir mehr?"

„Moment mal." Ich schüttelte seinen Arm ab und stellte mich vor ihn. „Sag nicht, du hast das genauso geplant!"

Philipp hob die Schultern. „Nicht unbedingt genauso, aber ich hielt es für ziemlich wahrscheinlich, dass wir deinem Ex persönlich gegenübertreten müssten, bevor das Ganze hier endgültig geklärt ist. Ich war also nicht ganz unvorbereitet."

„Dann war das alles hier gerade gar nicht echt, sondern nur Performance?", fragte ich und konnte selbst nicht genau sagen, warum ich plötzlich enttäuscht war.

Philipp fischte seine Sonnenbrille aus der Brusttasche seines Hemdes und setzte sie auf.

„Was ist schon echt?", meinte er dabei und hielt uns die Tür auf, vor der die ausgetretenen Stufen in der Sonne hell leuchteten.

♦

Zurück auf dem Segelboot trafen wir auf Nettie und Fabian. Beide platzten bald vor Spannung, zu hören, wie unsere Begegnung mit Jens verlaufen war.

„Na gut, dass der Tee schon aufgesetzt ist! Den könnt ihr jetzt gebrauchen. Schön stark und süß mit einem Schuss Milch - wie die Seefahrer das machen.“ Nettie drückte Leon Becher in die Hand, nachdem wir berichtet hatten.

„Lasst ihn uns oben an Deck trinken, solange die Sonne sich noch zeigt.“

„Ich dachte, die Seefahrer trinken ihren Tee mit Rum“, warf Philipp ein.

„Ja, aber doch nicht vorm Mittagessen.“ Nettie kletterte die steile Treppe hoch, die an Deck führte. Fabian machte keine Anstalten, ihr zu folgen. Man musste ihn nicht jahrelang kennen, um sein Missfallen zu bemerken.

„Du hast Jens viel zu schnell vom Haken gelassen, Nina“, meinte er kopfschüttelnd. „So einer wie der muss Blut und Wasser schwitzen, bevor er’s kapiert. Jetzt wird er sich ins Fäustchen lachen und seinen Fascho-Brüdern auf die Schulter klopfen.“

Ich hob die Schultern. „Vielleicht. Machte aber nicht wirklich den Eindruck.“

„Mensch, Nina, versteh doch! Der Typ muss zermürbt werden, so dass er noch nicht mal mehr dran denkt, fürs Studentenparlament zu kandidieren!“

Ich zog die Augenbrauen hoch und verschränkte die Arme vor der Brust. „Nun mal langsam, Fabian. Das hört sich gerade nicht sehr demokratisch an.“

Der Blick, den Fabian mir zuwarf, verriet seine Gedanken. Ich hatte ihn enttäuscht. „Na, das gibt wohl keine überschwänglichen Küsse heute mehr“, dachte ich halb belustigt.

Er stand von der alten Eckbank auf. Der Holztisch davor war mit allerlei technischem Gerät bedeckt. Ich sah, wie Philipp sich interessiert darüber beugte. Fabian begann ungeduldig in dem kleinen Schrank neben der Tür nach etwas zu suchen.

„Denen darfst du keinen fußbreit Boden lassen“, meinte er über die Schulter, während er mehr und mehr Gegenstände aus dem Schrank kramte und achtlos zur Seite warf. Er schien nahezu vor Anspannung zu vibrieren. Da steckte doch nicht nur das gelöschte Video hinter. Fabian plante etwas, und von der Ansammlung auf dem Tisch und seiner Aufregung her zu schließen, stand er kurz davor loszulegen.

„Das hier ist Meck-Pomm, Nina. Nicht NRW. Hier kriegt das braune Gesocks richtig Aufwind, sobald du ihnen erlaubst, aus ihrem Sumpf zu kriechen ...“

„Ein FM-Transmitter“, hörte ich Philipp dazwischen murmeln. Fabian beachtete ihn nicht. Er schien endlich gefunden zu haben, wonach er suchte. Vorsichtig bog er das Mikrofon an dem Headset zurecht, bevor es aufsetzte.

„Ist schon schlimm genug, dass es hier noch immer zwei Burschenschaften gibt, da müssen die Faschos nicht auch noch im StuPa sitzen.“

Ich beobachtete, wie er sich wieder auf die Eckbank setzte und begann, das Kabelknäuel vor sich zu entwirren.

„Aber nicht jeder, der in einer Burschenschaft ist, ist gleich ein Faschist“, warf ich ein und wusste selbst nicht, warum ich sie auf einmal verteidigte.

Fabian schnaubte daraufhin nur.

„Das vielleicht nicht“, hörte ich Leon von der schmalen Treppe her sagen. „Aber sie werden in einer Verbindung, die sich Freiheit, Ehre und Vaterland auf die Fahne schreibt, eher zu finden sein als irgendwo anders. “ Er schob sich umständlich die Brille mit dem Handrücken hoch, da er immer noch die Teebecher trug.

„Die Burschenschaften haben mal fortschrittlich und revolutionär angefangen, aber irgendwie scheinen sie auf dem Stand von 1848 steckengeblieben zu sein.“

„Ein Piratensender!“, rief Philipp plötzlich, den ganzen Disput über Burschenschaften völlig ignorierend. Er hatte es anscheinend geschafft, dem Gewirr auf dem Tisch einen Sinn zu entlocken.

„Das ist ja mal abgefahren! Was willst du denn senden?“, fragte er Fabian, der ihn nun endlich beachtete. Der zögerte einen Moment. Dann erklärte er, dass in einer Viertelstunde einige seiner Freunde in der Mensa mit tragbaren Radios auftauchen würden und seine Sendung über Goebbel-Jens, wie er ihn nannte, verbreiten würden.

„Da ist zurzeit am meisten los. Ich hab Leute in beiden Mensa-Sälen, im Treppenhaus und auf dem Platz vor der Mensa. Gleichzeitig sind auch einige in der Uni-Bibliothek und im Rechenzentrum. Wer noch nichts von Jens` schlechtem Ruf wusste, wird’s in ein paar Minuten wissen.“

„Mit Transistorradio! Old school! Das gefällt mir!“ Philipps augenscheinliche

Begeisterung für Fabians Idee besänftigte diesen wieder etwas. Immerhin verschwand die steile Falte zwischen seinen Augenbrauen, die dort während unserer Diskussion aufgetaucht war. Er nahm Philipps Angebot, ihm zur Hand zu gehen, sogar mit einem Lächeln an, und nachdem ich das typische Männer-und-Technik-Funkeln in Philipps Augen gesehen hatte, war mir klar, dass Tee trinken an Deck gerade wenig Anreiz für ihn bot. Er blieb bei Fabian, während wir anderen an Deck kletterten und es uns dort so bequem wie möglich machten.

Der beständige Wind wehte mir Haarsträhnen ins Gesicht, die sich aus meinem Zopf gelöst hatten. Ich spürte ihn kalt auf den Wangen und bemerkte, wie er den Tee in dem Becher schneller auskühlen ließ. Nettie schenkte uns aus einer braun gemusterten Thermoskanne nach, die aussah, als stamme sie noch aus den Zeiten, in denen ihr Vater auf diesem Boot gewohnt hatte. Er hatte immer wieder gerne davon erzählt, wenn ich bei Nettie die Nachmittage verbrachte. Sie konnte die Geschichten aus seiner stürmischen Jugend wohl nicht mehr hören, doch ich erinnerte mich an das nachsichtige Lächeln, mit dem Netties Mutter immer den Erinnerungen ihres Mannes zugehört hatte. Nachsichtig und vielleicht ein wenig wehmütig, als sehne sie sich heimlich zurück nach jenen Tagen, in denen ihr Mann sein ganzes Erspartes für ein Boot ausgab, anstatt es, wie von seinen Eltern gedacht, als Eigenanteil für einen Kredit zum Hausbau zu nutzen. Schon öfter hatte Nettie gemeint, die Tendenz Pirat zu spielen, läge den Männern ihrer Familie wohl im Blut.

Daran musste ich nun denken, während das Boot sich auf den sanften Wellen des Rycks leicht bewegte und Fabians Stimme von unten zu uns an Deck drang. Mir gegenüber unterhielten sich Leon und Nettie, wobei sich letztere die Kapuze gegen den kalten Wind über die feuerroten Haare gezogen hatte und mit ausholenden Gesten Anekdoten über Greifswalder Studenten im Allgemeinen und über ihren protestvernarrten Bruder im Besonderen zum Besten gab. Ich pustete rein aus Gewohnheit über den inzwischen lauwarmen Tee und lauschte der Melodie ihrer Stimmen, ohne mich auf das zu konzentrieren, was sie sagten. Nettie war sehr zierlich, und mit der spitzen Kapuze, unter der ab und an eine rote Haarsträhne hervorlugte, hatte sie etwas Koboldhaftes. Ich war mir sicher, ihr lachte der Schalk aus den Augen, als sie Leon die Umtriebe ihres

Bruders beschrieb. Es tat gut, ihre vertraute Stimme und ihr verhaltenes Lachen zu hören. Ich schmeckte den aromatischen Tee auf der Zunge, legte den Kopf in den Nacken und beobachtete die schnell über mir dahintreibenden Wolken. Das erste Mal, seit die Sache mit den Anrufen angefangen hatte, hatte ich das Gefühl, zur Ruhe zu kommen und durchatmen zu können. Es konnte sein, dass Fabians Kreuzzug gegen die Burschenschaftler gerechtfertigt war, doch ich hatte für meinen Teil erst einmal genug von der ganzen Sache. Wenn es nach mir ginge, würde ich jetzt einfach nur eine schöne Zeit hier in Greifswald verbringen und die Ereignisse der letzten Tage wie ein abgelegtes Kleid hinter mir lassen. Es durfte gut und gerne meine erste und einzige Begegnung mit einer Burschenschaft bleiben. Dass dem nicht so sein würde, kündigte sich im Nachhinein betrachtet schon durch Philipp an, der seinen Kopf aus der Luke streckte.

„Ich werd zum Piratenfunker! Fabian lässt mich die Sendung beenden!" Ein kleiner Junge unterm Tannenbaum hätte nicht glücklicher sein können.

Fabian schob sich an ihm vorbei an Deck. „Schweren Herzens, ja. Aber ich sollte mal zur Mensa fahren." Er reichte Philipp ein Blatt Papier, das schon ein wenig mitgenommen aussah. „Spiel einfach die nächsten paar Lieder auf der Liste und streu die Infos hier unten ein." Er deutete auf den Rand des Blattes und sah Philipp dann fragend an. „Du traust dir doch zu, ein wenig Show zu machen?"

Philipp nahm ihm den Zettel ab und steckte ihn lächelnd in die Brusttasche seines Hemdes. „Keine Sorge. Dafür bin ich geboren."

„Dann ist ja alles geregelt. Danke!"

Nettie hielt Fabian auf, bevor er auf den Steg springen konnte. „Ist irgendwas passiert?"

Ihr Bruder schüttelte den Kopf. „Nichts Unerwartetes. Es gibt wohl ein paar heftigere Reaktionen in der Mensa.“ Er grinste. „Das zeigt nur, dass wir sie da treffen, wo es weh tut.“ Damit schwang er sich in einer geschmeidigen Bewegung über die Bordwand und ließ die hölzernen Bohlen des Steges mit wenigen Schritten hinter sich. Nettie sah ihm nach. An der Art, wie sie schließlich die Hände in die Taschen schob und sich abwandte, konnte ich sehen, dass ihr die Entwicklung ganz und gar nicht gefiel. Aber mit einem Bruder wie Fabian war sie Kummer gewohnt. Sie kletterte unter Deck, während ich mit den Augen verfolgte, wie Fabians Fahrrad hinter der nächsten Kurve des Fahrradweges verschwand. Leon trat dicht neben mich, gerade als ich Nettie unter Deck folgen wollte. Ich blickte auf und wollte eine Bemerkung machen, doch etwas in Leons Blick ließ mich innehalten.

„Sag mal ehrlich, Nina, läuft da was zwischen dir und Fabian?“, fragte er mit gesenkter Stimme.

Ich trat einen Schritt zurück, erstaunt über die für ihn so untypische Direktheit. Bis jetzt hatte ich ihn nur mit Philipp so erlebt, wenn der sich mal wieder wie eine Auster verschloss.

„Ähm, nein ...“

Leons Blick blieb skeptisch.

Ich fuhr mir genervt durch die Haare. Wer würde mir denn noch alles unterstellen, was mit Fabian zu haben? „Um Himmels Willen, Leon! Ich will meine Seele doch nicht komplett dem Kampf gegen das System opfern. Soweit müsste ich für Fabian mindestens gehen. Gegen den Weg habe ich mich schon lange entschieden.“

Leon nickte verstehend. „Gut. Meine Loyalitäten liegen nämlich woanders.“ Er schob seine Brille hoch und lächelte mich plötzlich an. „Ist nicht bald wieder Sonnenwende? Dann schicke ich dir

Philipp vorbei. Schließlich muss er Sabrinas Beziehungsabbruch verarbeiten."

„Leon!" Ich merkte, wie ich rot wurde, und wandte abrupt den Kopf. Keiner von uns beiden hatte je wieder ein Wort über jene Nacht verloren. Bis jetzt.

„Katleens und deine Situation hat die Wintersonnenwende auch nicht großartig verbessert", gab ich zurück, bemüht meine Verlegenheit so gut wie möglich zu verbergen.

„Nein", hörte ich Leon sagen. „Aber auch da gibt es Hoffnungen."

Ich drehte mich wieder zu ihm um. Der Wind hatte seine sonst so ordentliche Frisur ziemlich durcheinandergebracht. Er fuhr sich in einem vergeblichen Versuch, sie zu ordnen, durch die Haare und bemühte sich um einen neutralen Gesichtsausdruck. Doch ich meinte eine verhaltene Freude ausmachen zu können, die sich nicht verbergen ließ.

„Willst du mir hier etwa auf deine subtile Art sagen, dass Katleen dir doch noch verfallen ist?"

Sein sichtlich verlegenes Lächeln war mir Antwort genug. „So würde ich es nicht sagen, aber ... nun ja, die ganze Situation hat sich sehr entspannt."

Ja, das hatte ich auch schon gemerkt und von Auszug war seit Januar auch keine Rede mehr gewesen.

Ich grinste Leon an. „Freut mich zu hören!", meinte ich, denn ich wünschte den beiden von Herzen alles Gute. „Aber wehe du versuchst hier den Amor zu spielen nur, weil du gerade auf Wolke 7 schwebst."

Leon erwiderte meinen Blick eine Weile, dann schüttelte er leicht den Kopf. „Keine Sorge."

♦

Philipp beendete die Sendung mit Leichtigkeit. Als Leon und ich wieder unter Deck kamen, kündigte er gerade mit einem breiten Grinsen im Gesicht das nächste Lied an. Seine Euphorie hätte ansteckend sein können, hätte ich nicht auf dem Notizzettel, den Fabian ihm gegeben hatte, einige Stichworte zu Jens` Aktionen gegen mich gelesen. Sie standen am Ende des Blattes, als hätte Fabian sie erst im Nachhinein hinzugefügt.

„Hast du das etwa gesendet??“ Ich tippte so heftig gegen die flüchtig niedergeschriebenen Zeilen, dass Philipp das Blatt aus den Händen glitt.

Er bückte sich und hob es auf. „Noch nicht.“

„Lass es sein.“

Er schien zu zögern.

„Wenn dir unsere Freundschaft etwas wert ist, sendest du nicht ein Sterbenswörtchen darüber!“

Es war mir ernst. Auch Philipp merkte das. Er schwieg und sah mich an, während im Hintergrund die Punkversion von „Die Gedanken sind frei“ aus den Lautsprechern dröhnte.

Dann setzte er langsam das Headset ab. „Natürlich, Nina, kein Wort, wenn du es nicht willst.“

Ich nickte und wandte mich zur Treppe. Eiskalte Wut im Bauch. Nicht auf Philipp. Auf Fabian, der gedankenlos alles gegen Jens verwendete, dessen er habhaft werden konnte, ohne auch nur einen Funken Anstand zu zeigen oder über die Konsequenzen nachzudenken. Der Waffenstillstand zwischen Jens und uns war alles andere als endgültig. Ein paar unüberlegte Sätze konnten alles wieder von vorne beginnen lassen. Außerdem hatte ich so gut wie mein Wort gegeben, dass es vorbei war. Vielleicht nicht Jens, aber Sönke.

Ich kletterte die schmale Treppe hoch an Deck und lehnte mich an die niedrige Reling. Ein paar Minuten brauchte ich für mich, um die Wut verrauchen zu lassen. Zum Glück schienen die anderen das gemerkt zu haben, denn keiner folgte mir. Was nahm Fabian sich eigentlich heraus? Er wusste doch ganz genau, wie unsere Konfrontation mit Jens verlaufen war und wozu ich mich entschlossen hatte. Ja, er hätte das Video nicht gelöscht, aber ich hatte diese Entscheidung getroffen und da es um mich ging, hatte er sich damit abzufinden. Burschenschaft hin oder her. Wenn er hier wiederauftauchte, hatten wir ein Hühnchen miteinander zu rupfen. Und sicherlich kein Küken!

Rio Reisers kratzige Stimme schallte bis zu mir an Deck, während ich einige kleine Vögel beobachtete, die auf den schwankenden Schilfhalmen landeten. Anscheinend beendete Philipp die Sendung mit einem Lied von Ton Steine Scherben.

„Schmeißt die Knarre weg, Polizisten. Die rote Front und die schwarze Front sind hier!“

Am anderen Ufer stand eine Reihe bunter Holzhäuser mit weißen Blenden am Dachrand. Im Nachmittagslicht hoben sich ihre Farben fröhlich gegen den grauen Himmel ab.

„Unser Kampf bedeutet Frieden und wir bekämpfen euren Krieg. Jede Schlacht, die wir verlieren, bedeutet unseren nächsten Sieg!“

Sicherlich grölte Fabian das jetzt mit, wo immer er auch gerade war.

Oder auch nicht.

Mein Handy vibrierte und zeigte seinen Namen im Display. Ich ließ den Anruf auf die Mailbox gehen, nicht sicher, ob ich nicht für immer einen Keil zwischen uns treiben würde, wenn ich in meiner momentanen Stimmung antwortete. Kurze Zeit später erhielt ich eine Nachricht von ihm. Ganz gegen meine Erwartungen enthielt sie keine Schilderung seines glorreichen Erfolges oder eine Einladung, sich ihm anzuschließen.

„Runter vom Boot! Der Schlägertrupp der Burschis kommt!", war die knappe Ankündigung einer sich anbahnenden Katastrophe. Im gleichen Moment sah ich sie schon. 10 oder 15 Mann, die den Fahrradweg entlangkamen. Man hätte sie für Spaziergänger halten können. Nun, nicht wirklich. Ihre aufgebrachten Stimmen füllten die vorher beschauliche Stille und ließen mich gebannt zu ihnen hinüberstarren. Was hatten sie vor? Woher wussten sie überhaupt von dem Boot? Hatte Fabian sich beim Prahlen verplappert? Wahrscheinlich. Wussten sie, welches Boot das Richtige war? Von woaus gesendet wurde? Die Frage erübrigte sich, als die ersten Steine und Flaschen in meine Richtung flogen. Das Geräusch von zerschellendem Glas ließ mich aus meiner Erstarrung erwachen. Mit wenigen Schritten war ich bei der Luke und schwang mich unter Deck, während über mir Steine, Flaschen und erdverklebte Grasbüschel auf das Deck prasselten.

„Die Schläger der Burschis sind hier!"

Leon, Nettie und Philipp wandten gleichzeitig die Köpfe.

Nettie hatte ihr Handy am Ohr. „Nein, schon zu spät. Sie sind hier. Gratuliere, Bruderherz!" Sie legte auf und warf mir einen besorgten Blick zu. „Wie viele?"

„10 oder 15. Noch schmeißen sie vom Ufer aus, aber sie waren nicht mehr weit vom Steg entfernt."

Nettie fuhr sich durchs Gesicht. Jeglicher Schalk war aus ihren Augen verschwunden. „Ich ruf die Polizei. Ist mir egal, was Fabi sagt." Sie wählte.

„Was will Fabian?"

„Er sagt, wir sollen die Luke verriegeln oder von Bord springen und zum anderen Ufer schwimmen. Er und seine Freunde seien bald da. Volltrottel!" Sie presste sich die Hand aufs freie Ohr, drehte sich halb von uns weg und meldete der Polizei die wütenden Belagerer.

Von den kürzer werdenden Abständen zu schließen, in denen Gegenstände gegen das Boot krachten, waren sie nun ziemlich nah. Ich zog die schwere Luke über mir zu und machte mich daran, sie zu verriegeln, doch Philipp hielt mich auf.

„Warte. Ich habe eine Idee." Er nahm die Polizei-Lederjacke vom Stuhl und warf sie sich über.

„Warum warten, bis die Kollegen da sind?", fragte er und schob sich neben mich auf die schmale Stiege.

„Ganz dumme Idee, Philipp. Wenn Jens dabei ist, fliegt deine Verkleidung sofort auf." Sein

Gesicht war meinem nun so nah, dass ich sein Grinsen im dämmrigen Licht unter Deck eher ahnte als sah. „Dann werde ich halt improvisieren müssen." Er griff an mir vorbei und stieß die Luke auf. „Immer noch besser, als sich wie ein Kaninchen zu verkriechen, oder?"

Er zog sich durch die Öffnung. „Jetzt kannst du verriegeln", meinte er und ließ die Klappe wieder zufallen.

„Ganz bestimmt nicht, Idiot!" Philipp war stärker als ich, es dauerte also etwas länger, bis ich die schwere Klappe wieder aufgestemmt hatte. Ich bemerkte Leon hinter mir, als ich mich aufs Deck zog.

Draußen bot sich mir ein Bild der Verwüstung, doch während ich über Glasscherben, Steine und schlammige Grasbüschel hinweg stieg, gingen tatsächlich keine Geschosse mehr auf das Boot nieder. Das plötzliche Auftauchen eines Uniformierten schien die Belagerer gehemmt zu haben. Vielleicht war ihnen aber einfach nur die Munition ausgegangen.

Meine Augen suchten Philipp. Er stand nur wenige Meter entfernt auf dem Holzsteg. Seine Haltung war ganz und gar nicht die, mit der er den Hörsaal betreten hatte. Er hatte beschwichtigend die Hände gehoben und ging nun langsam über den Steg. Am anderen Ende standen drei Männer. Einer von ihnen war Jens.

„So viel zur Verkleidung, Philipp!“ Als wäre mit diesem Gedanken ein Bann gebrochen, flog ein Stein an mir vorbei und prallte krachend vom Segelbaum ab. Philipp hatte nun Jens erreicht. Noch immer hielt er die Hände leicht erhoben, als wolle er mit jedem Zentimeter Verhandlungsbereitschaft ausdrücken. Er sagte etwas. Im selben Moment war mir klar, dass es nicht funktionieren würde. Noch bevor einer von Jens Leuten ihm einen Schlag in den Bauch versetzte, der ihn wie ein Taschenmesser zusammenklappen ließ. Es war ein verdammter Fehler gewesen, mit der Verkleidung rauszugehen, nachdem Jens erst heute so damit gedemütigt worden war. In einiger Entfernung sah ich Fabian mit seinen Freunden auf dem Fahrradweg auftauchen. Er sprang vom Rad und ließ es achtlos zu Boden fallen, während er mit wenigen Sätzen mitten zwischen den Belagerern war. Philipp krümmte sich unter den Schlägen und Tritten der drei auf dem Steg zusammen, doch er wehrte sich nicht. Ohne lange nachzudenken, lief ich zur Reling und sprang auf den Steg. Einige wertvolle Momente kämpfte ich mit meinem Gleichgewicht, dann rannte ich auf die vier zu. Meine Schritte hallten laut auf den Holzbohlen wider und übertönten fast, was ich rief.

„Er ist Bluter! Um Himmels willen, hört auf!!“

Jens war der Erste, der innehielt. Nach ihm ließen auch die anderen von Philipp ab.

„Was?“

Heftig atmend kam ich vor ihm zum Stehen und schob mich zwischen ihn und Philipp. „Er ist Bluter! Wenn ihr weiter prügelt, stirbt er.“

Jens musterte mich abschätzend. „Und das soll ich dir glauben? Ausgerechnet dir?“

„Ja, verdammt!“ Vielleicht half es, dass meine schmerzenden Rippen mir die Tränen

in die Augen trieben, vielleicht war es aber auch Leons ruhige Stimme hinter mir, die sie überzeugte.

„Nur zu, schlagt weiter auf ihn ein. Ich nehme das auf und kann dann hinterher beweisen, dass ihr ganz genau um seine Krankheit wusstet.“

Ich blickte über die Schulter zu ihm und sah, wie er das Handy auf Jens` Gesicht richtete.

„Glaub mir, Jens Bornemann, dieses Video werde ich nicht löschen.“

Noch nie hatte ich so einen Ausdruck in Leons Augen gesehen.

„Niemand soll jemals wieder behaupten, er wäre ein schlechter Schauspieler“, dachte ich, als Jens sich mit seinen Leuten vom Steg zurückzog. In diesem Moment konnte ich förmlich vor mir sehen, wie er Victor von der Siegessäule verjagte. Leon griff nach Philipps Ellenbogen, als der sich aufrichtete. Dieser tat seinen besorgten Blick mit einer wegwerfenden Handbewegung ab, hielt jedoch die Hand auf den Bauch gedrückt, als hätte er Schmerzen.

„Zurück zum Boot!“, raunte ich, obwohl niemand in der Nähe war, der uns belauscht hätte. Doch bewegte ich mich selbst nicht vom Fleck, denn in diesem Moment trafen die echten Polizisten ein. Von da an ging alles sehr schnell. Die Schlägereien wurden teilweise sehr heftig unterbunden, und alle Beteiligten hatten sich auf dem Fahrradweg aufzustellen, während die Beamten die Personalien aufnahmen. Ich stand zwischen Leon und Philipp. Letzterer setzte sich auf den nassen Fahrradweg und legte die Stirn auf die angezogenen Knie. Er hatte die Schläge wohl doch nicht so einfach weggesteckt, wie er uns glauben lassen wollte.

Die Beamten arbeiteten schnell. Einige von Jens` Schlägern und auch Fabian sollten sie zur Wache begleiten. Im trüber werdenden Licht des Spätnachmittags beobachtete ich die Szene vor mir. Ich sah Nettie mit tränennassen Augen das Boot ihrer Eltern ansehen. Die zerbrochenen Scheiben, die Außenwände, deren Weiß kaum noch zu erkennen war unter den Geschossen, die an den Bordwänden zersplittert oder kleben geblieben waren. Ich sah Fabian, nass bis auf die Knochen, da einige der Belagerer ihn in den Ryck geworfen hatten, wie er die langen Haare auswrang und einem Beamten Rede und Antwort auf dem Weg zum Polizeiwagen stand. Ich sah Leon, wie er die Brille abnahm, sich müde über die Augen fuhr und dann zu Philipp sah, eine Sorge im Blick, die sich in meinem Herzen widerspiegelte. Schließlich merkte ich, wie Philipp mich ansah, aber den Blick abwandte, als ich ihn anblickte. Ich sah, wie er sich durch das Haar fuhr und dann fast mutlos die Hand wieder sinken ließ.

Wovor haben Sie Angst?

Theodors Stimme hallte in meinen Gedanken nach, während ich mechanisch meinen Namen und meine Adresse dem forschen Beamten nannte, der die letzten Anwesenden abklapperte. Er klopfte ungeduldig auf seinen Notizblock, als Philipp nicht sofort antwortete. Bemerkte er Philipps seltsames Outfit? Nein. Auf der verräterischen Lederjacke saß dieser zum Glück.

Wovor haben Sie Angst?

Nicht vor den Polizisten. Auch nicht vor den Belagerern oder ihren Gegnern, die nun unter Protest und gelegentlichen lauthalsen Anschuldigungen das Feld räumten. Wie Kampfhähne, die zu stolz waren, eine Niederlage einzuräumen.

Nein, ich hatte Angst vor dem bodenlosen Abgrund, den ich hinter Philipps gesenkten Lidern vermutete. Angst, er könne sich wieder vollkommen zurückziehen nach dieser mehr als gescheiterten Aktion. Das war es. Ich hatte Angst, er würde aus meinem Leben verschwinden wie schon einmal zuvor.

Ich betrachtete Philipp, wie er auf dem Fahrradweg saß, das Gesicht abgewandt, und wusste mit einem Mal, dass ich es nicht ertragen würde, ihm noch einmal beim Weggehen zuzusehen. Um nichts in der Welt sollte sich jener Augenblick wiederhohlen, als ich ihn aus der S-Bahn aussteigen und die Treppe hochgehen sah, ohne zu wissen, was werden würde. Eher würde ich selbst gehen.

♦

Es war die blaue Stunde. Jene kurze Zeit, in der die beginnende Dämmerung die Welt in ein seltsam unwirkliches Licht tauchte. Meine schnellen Schritte führten mich am Hafen entlang, wo die Masten der Segelschiffe sich wie schwarze Pinselstriche vor dem helleren Himmel abhoben. Es gab so viele Gedichte über Häfen und das Meer. Unzählige Male musste das Geräusch der Wellen und das

Knarren der Masten beschrieben worden sein. Warum fiel mir nun keins ein?

Auch sonst konnte ich nichts in Worte fassen, obwohl mein Kopf vor Gedanken schier zerbarst. Sie pochten hinter meiner Stirn, fanden jedoch nicht den Weg zu mir. Ich bog in eine der Seitenstraßen ein, die vom Hafen fortführten. Das erste Mal, seit ich die Anderen und das Segelboot hinter mir gelassen hatte, wurde ich langsamer. Als hätte ich zuvor ein Ziel vor mir gehabt und nicht nur eine vage Angst im Nacken und die Unfähigkeit, Philipp ins Gesicht zu sehen.

Was tust du hier eigentlich, Nina?

Ja, was? Das unebene Kopfsteinpflaster ließ mich stolpern, und ich suchte fluchend Halt an einer der gusseisernen Straßenlaternen, welche die Straße wie ein Überbleibsel aus dem 19. Jahrhundert wirken ließen. Erst jetzt merkte ich, wie sehr ich außer Atem war. Auch die Schmerzen im Brustkorb meldeten sich wieder zurück. Es war wohl nicht die beste Idee gewesen, über Bordwände zu springen und im Stechschritt die Uferpromenade entlangzumarschieren. Wahrscheinlich war es auch nicht die beste Idee gewesen, sang und klanglos zu verschwinden.

„Was willst du damit erreichen?“

Ich ging einige Schritte weiter, langsamer diesmal. Weiter vorne, dort wo eine breitere Straße kreuzte, tauchte eine Bushaltestelle auf. „Linie 2. Wieck, Brücke“, konnte ich auf dem Schild entziffern. In Wieck waren Nettie und ich mal gewesen. Erinnerungen an einen Sommertag in dem kleinen Fischerdorf stiegen in mir auf. Reedgedeckte Häuser, eine Holzklappbrücke wie Monet sie gemalt hatte und der salzige Geschmack der Luft klangen nach, als wären wir erst gestern dort gewesen. Ich strich mir ein paar lose

Haarsträhnen hinter die Ohren und sah auf das leicht schräg stehende Schild der Haltestelle.

„Es war ein Fehler, einfach wegzugehen", dachte ich, während ich die Straße überquerte und neben dem Schild stehen blieb. So ein Verschwinden hinterließ eine deutliche Botschaft und konnte verstörender sein, als ein türenknallender Wutausbruch oder tränennasse Szenen. Das wusste ich selbst nur zu gut. Außerdem löste sich dadurch gar nichts. Doch ich brauchte eine Pause. Nur eine kurze Weile. Warum nicht zwischen den niedrigen Fischerhäusern am Wasser, wo es schien, als sei die Zeit stehen geblieben und der Wind einem jeden störenden Gedanken wie Spinnenweben aus dem Kopf blies?

Dann würde ich Philipp anrufen. Oder Leon. Im Notfall Nettie.

Es dauerte nur wenige Minuten, bis ein Bus auf die Haltestelle zugefahren kam. Ich kramte das Wechselgeld für den Kaffee, den ich Theodor heute Morgen spendiert hatte, aus der Hosentasche und hoffte, dass es für eine Fahrt nach Wieck reichen würde. Der grimmige Busfahrer starrte auf die Münzen, als seien sie Falschgeld, drückte mir dann jedoch einen Fahrschein in die Hand und schickte mich mit einigen gebrummten Worten nach hinten durch. Nur wenige Leute waren im Bus. Drei ältere Damen mit altmodischen Einkaufsnetzen saßen in einem der Vierersitze und unterhielten sich laut. Ein Teenager mit blaugefärbten Haaren saß weiter hinten und starrte aus dem Fenster. Ich setzte mich in den Vierersitz auf der anderen Seite der alten Damen und richtete meinerseits den Blick aus dem Fenster. Der Bus fuhr ruckend an, und das Gespräch der Damen wurde noch lauter. Es ging um Orangen und wie viel teurer sie geworden seien. Am besten man kaufe sie gar nicht mehr. Früher habe man ja auch keine gehabt ... Ein wenig erinnerte mich ihre Art zu reden an meine Norwegischstunden. Der gleiche Singsang in der

Stimme, zum Teil die gleichen Worte. Es tat gut, im warmen Bus zu sitzen, auch wenn eine hartnäckige Stimme in meinem Kopf flüsterte, was für ein Blödsinn es sei, jetzt auch noch an die Küste abzuhauen, anstatt direkt zurückzugehen und den Tatsachen ins Gesicht zu sehen. Ja, aber was waren die Tatsachen denn? Wusste ich das? Hatte ich mir in der letzten Zeit je sicher sein können, was weiter geschehen würde? Fast schien es, als hätte ich mit dem Verlassen des gutbürgerlichen Bielefeld und der Trennung von Sönke jegliche Vorhersehbarkeit hinter mir gelassen. Anders als Sönke, dessen Lebensweg sich schnurgerade vor ihm abzeichnete und der nie eine Entscheidung außerhalb dieses Weges traf, hatte ich Gefallen an dem leichtlebigen Treibenlassen und dem Spiel mit dem Risiko gefunden. Vielleicht ein wenig zu sehr. Jedenfalls war ich nun so ratlos, wie nie zuvor. Was war der richtige Weg? Gab es den überhaupt?

Der Bus hielt an einer Ampel, und das Gespräch der alten Damen bekam plötzlich ein anderes Thema, als laut an die Glastür vorne beim Fahrer geklopft wurde. Anscheinend jemand, der den Bus verpasst hatte und nun hoffte, noch eingelassen zu werden. Zu meiner Überraschung öffnete der Fahrer tatsächlich die Tür. Bei seinem grimmigen Gebaren hätte ich eher ein heftiges Kopfschütteln und minutenlanges Gebrummel auf der Weiterfahrt erwartet. Ich versuchte auf dem Sitz eine bequemere Position zu finden, in der das Stechen unterhalb der Rippen nicht mehr so stark war. Vielleicht hätte ich doch direkt zurück zum Boot gesollt. Die Schachtel mit den Tabletten lag noch auf dem Tisch unter Deck. Ach, egal. Ich schob eine Hand unter die Jacke und richtete den Blick aus dem Fenster. Es war noch nicht wirklich schlimm.

„Ah, schau mal. Es war ein Polizist. Wo der wohl seinen Streifenwagen gelassen hat?“ Die Worte der alten Dame zu ihren

Freundinnen ließen mich aufmerken, und ich drehte den Kopf. Im Grunde ahnte ich schon, was ich dann sah.

Philipp kam den engen Gang zwischen den Sitzen entlang. Der Bus fuhr ruckend wieder an. Philipp musste sich an den Sitzen festhalten, bevor er mir gegenüber Platz nahm. Schlammspritzer bedeckten die Lederjacke, und auch auf seinen Händen entdeckte ich sie. Er beugte sich vor, die Arme auf den Oberschenkeln abgestützt, den Kopf gesenkt, als suche er nach den richtigen Worten. Nicht unbedingt passend für die Rolle des Polizisten, wenn er sie denn spielen wollte.

Ich lehnte mich wieder im Sitz zurück und zog meine Hand unter der Jacke hervor. Philipp hob den Blick. An seinem Kinn begann sich ein Bluterguss zu formen, wo die Schläge von Jens´ Freunden ihn getroffen hatten. Plötzlich kam mir die ganze Situation absurd vor. Wie wir voreinander weg und hintereinander her liefen und anscheinend beide nicht wussten, was wir dem anderen sagen wollten.

„Machen Sie sich keine Vorwürfe, Polizeimeister Hofstätt. Sie hätten nicht viel machen können. Die Situation war schon aus dem Ruder gelaufen, bevor Sie dazukamen."

Klar und laut hörte ich meine Stimme über den Fahrtlärm des Busses hinweg. Theater spielen war manchmal umso vieles einfacher. Mit meinen Worten öffnete ich den Vorhang für Philipp, wie wir es in unzähligen spontanen Szenen in den S-Bahnen schon für einander getan hatten. Es brauchte nicht viel, um von Nina, die ihre Freunde am Hafen hatte stehen lassen, zur S-Bahnspielernovizin zu werden.

Doch Philipp tat etwas, was er bis jetzt noch nie getan hatte. Er nahm den Ball, den ich ihm zuspielte, nicht auf. Stattdessen blickte er mich einfach nur weiter an, als hätte ihn jemand auf Standby gestellt.

Verdammt! Musste er ausgerechnet jetzt anfangen wie ein normaler Mensch zu reagieren?

„Aber warum sind Sie mir denn hinterhergekommen? Brauchen Sie noch eine Aussage?“

Mir war bewusst, dass wir in den älteren Damen und wahrscheinlich auch in dem brummigen Busfahrer ein aufmerksames Publikum hatten.

„Komm schon Philipp! Lass mich jetzt nicht hängen!!“

Als hätte er mein stilles Flehen gehört, kam Bewegung in ihn. Er richtete sich auf, strich sich übers Kinn und räusperte sich. „Nein, Frau Sievers, ich denke, wir haben alles, was wir brauchen. Sie waren da sehr hilfreich. Dem Fall von Amtsanmaßung werden wir in jedem Fall nachgehen ... “ Er brach ab, zögerte und straffte sich schließlich, als habe er endgültig seinen Mut zusammengenommen. „Ich bin hier, weil ich Sie um ein Date bitten möchte. Also, wenn Sie sich das nach dem heutigen Fiasko noch vorstellen können.“

Obwohl ich es hätte kommen sehen müssen, stockte mir der Atem, als er meine Hand nahm und sie kurz an seine Lippen führte. Die Berührung lief wie ein elektrischer Schock durch meinen Körper.

„Von wegen Theater…“

„Ich muss mich bei Ihnen für Ihre Hilfe heute wirklich bedanken. Sie waren eine unglaubliche Unterstützung. Ich weiß nicht, wie die Sache auf dem Steg ohne Ihr Eingreifen ausgegangen wäre ...“ Seine Stimme verlor sich im lauten Rumoren des Busmotors, und er ließ meine Hand mit einem verlegenen Lächeln los, als wäre ihm die eigene Courage plötzlich nicht mehr geheuer.

„Herrje, die wird doch jetzt nicht etwa nein sagen!“, tönte es vom Vierersitz neben uns in jenem lautstarken Flüstern, das besonders ältere Damen hervorragend beherrschen.

Ich legte schmunzelnd den Kopf schräg und sah Philipp an. Für einen Moment meinte ich Unsicherheit in seinem Blick zu sehen und war mir selbst nicht sicher, wie viel Theater noch dabei war, als ich mich vorbeugte und mit einem Lächeln erwiderte:

„Liebend gern, Herr Hofstätt. Aber nur, wenn Sie mir Ihren Vornamen verraten. Polizeimeister ist doch etwas formell …“

„Philipp“, antwortete er und blickte dann überrascht zur Seite, als eine der älteren Damen sich über den Gang beugte und seinen Arm ergriff.

„Wenn Sie was Romantisches suchen, bringen sie die junge Dame zum Utkieck - ganz hinten an der Spitze der Nordmole. Können Sie gar nicht verpassen!“

Philipp bedankte sich höflich und verstieg sich sogar dazu, mir aus dem Bus zu helfen, als wir die Endstation in Wieck erreichten.

„Und nun?“, fragte ich, als wir an der Uferkante des Rycks standen und schob meine Hände in die Taschen meiner Jacke. Der Himmel hinter den reedgedeckten Fischerhäusern wirkte gegen das letzte Licht der Abendsonne schiefergrau. Bevor Philipp antworten konnte, klingelte mein Handy. Nettie. Ich hob entschuldigend die Hand und drehte mich zur Seite, als ich den Anruf annahm.

„Wo zum Geier seid ihr?!“

„In Wieck an der Nordmole. Uns wurde gerade das Utkiek empfohlen.“

„Ok, Leon und ich sind in einer halben Stunde da, hier auf dem Boot ist es gerade ziemlich ungemütlich, und ein ordentliches Abendessen tut uns bestimmt gut. Das heißt … Ninerle, wollt ihr lieber allein sein?“

Ich blickte zu Philipp, der währenddessen schon weitergegangen war und auf der hölzernen Klappbrücke stand, die Wieck wie ein Bild von Monet aussehen ließ. „Ach was, kommt ruhig dazu. Eins noch Nettie“, fügte ich rasch hinzu, als sie auflegen wollte. „Kannst du mir die Schmerztabletten mitbringen? Liegen in der Kabine unten auf dem Tisch.“

„Klar mach ich. Bis gleich.“

Nettie hatte noch nie gern länger als nötig telefoniert. Ich steckte das Handy wieder ein und ging behutsam zu Philipp. Über unsere kleine Szene im Bus hatte ich die Schmerzen beinahe ganz vergessen, jetzt waren sie zurück und meldeten sich mit jedem Schritt. Ich kam neben Philipp an und lehnte mich an das Holzgeländer, dessen weiße Farbe an einigen Stellen schon spröde geworden war und abbröckelte.

„Und? Haben wir ein Date, Polizeimeister Hofstätt?“ Der leichte Ton meiner Stimme stand im Gegensatz zu der Anspannung, die mich mit einem Mal ergriffen hatte. Ich hatte das Gefühl, jede Faser meines Körpers erwarte Philipps Reaktion gespannt wie die Sehne eines Langbogens. Gleichzeitig wurde mir klar, wenn für ihn gerade alles nur Theater gewesen war, dass ich mir dringend etwas einfallen lassen musste, um Abstand zwischen uns zu bringen und mein Herz zur Räson zu rufen.

Doch statt zu antworten, sah Philipp mich an, den Blick undurchdringlich, als trage er wieder seine Sonnenbrille. Ich holte Luft, einen leichtfertigen Scherz schon auf den Lippen, um die Anspannung verfliegen zu lassen. Doch ich stockte, als er seine Lederjacke auszog und sie über das Geländer in den Ryck warf.

„Ähm …, Philipp?“ Nicht sicher, was er damit sagen wollte, blickte ich auf die schwarze Jacke, die auf den kleinen Wellen des Flusses unter uns schaukelte. Ich spürte, wie er nähertrat und wand ihm das Gesicht zu. Seine Finger waren warm auf meiner Haut, als er mir die Haare zurückstrich.

„Willst du das denn, Nina? Ganz ohne Theater und Spielerei?“ Er senkte den Blick, die Berührung seiner Hand nur noch federleicht in meinem Haar. „Bis jetzt hat jeder meiner Versuche, dich zu beeindrucken, in einem Desaster geendet.“

Als wäre der Pfeil von der Sehne gelassen worden, fühlte ich mich mit einem Mal unglaublich leicht. Gleichzeitig nahm ich alles um mich herum deutlicher wahr. Das raue Holz des Geländers unter meiner Hand, den kühlen Wind um uns herum, den leichten Geruch nach Seetang und Meer - am meisten jedoch meinen eigenen Herzschlag, als ich näher zu Philipp trat.

„Wer sagt denn, dass ich nicht längst schon beeindruckt bin, S-Bahnspieler? Und wenn du mich jetzt nicht endlich küsst, bist du selbst schuld.“

Philipp lächelte. Hätte ich es gekonnt, ich hätte dieses Lächeln eingefangen und für immer auf meinem Spiegelmosaik verewigt. Er legte mir die Hand an die Wange und küsste mich. Behutsam, mit einer für ihn untypischen Zögerlichkeit.

„Na, und du sagst mir, ich muss das Küssen noch üben, Bürschchen?“, spielte ich auf die verpatzte Straßenfegerszene an. Ich spürte sein Lachen an meinem Hals, als er mich näher zog. Seine Hand strich meinen Rücken hinunter, und als er den zweiten Kuss vertiefte, war der Moment um nichts mehr mit der Szene in der Bahn zu vergleichen. Nur der leichte Duft von Zedernholz umfing mich ebenso, und ich hätte mich in dem Moment verlieren können, wenn nicht gerade dann ein lauter Signalton ertönt wäre. Erschrocken fuhren wir auseinander.

„Was zum …?“, setzte Philipp an und sah sich nach Autos um, die gehupt haben könnten. Ein zweiter Signalton erklang, und ich begriff, was gerade passierte.

„Die Brücke, Philipp!“ Lachend nahm ich seine Hand. „Sie öffnen die Brücke.“ Ich zog ihn mit mir zurück zur Uferkante, von wo aus wir beobachteten, wie die Holzbrücke langsam aufklappte und zwei Segelboote drunter herfuhren. Die Masten mit den eingerollten Segeln waren weit höher als die Brücke, und das gleichmäßige Tuckern ihrer Motoren füllte die abendliche Stille.

„Und ich dachte schon, irgendein tugendsamer Bürger wollte dich davor warnen, sich mit mir einzulassen“, flüsterte Philipp mir zu. Ich blickte den Ryck hinunter, wo die Lederjacke schon längst nicht mehr zu sehen war, und lächelte.

„Als ob ich nicht ganz genau wüsste, auf was ich mich hier einlasse!“ Dann drehte ich mich zu ihm um. „Und ernsthaft, Philipp, wenn du noch einen Kommentar darüber machst, wie schlecht du für die bist, die dir nahestehen, stoß ich dich hier in den Ryck.“

Philipp schaute auf das graue Wasser vor sich und schluckte. „Das glaub ich dir aufs Wort.“

Über seine Schulter sah ich einen Bus an der Haltestelle einfahren. „Vielleicht wirst du gerade durch die Ankunft von Leon und Nettie gerettet“, meinte ich und begann auf die beiden zuzugehen, die gerade aus dem Bus ausstiegen.

Ich sah, wie sich ein riesiges Grinsen auf Netties Gesicht ausbreitete, fühlte Philipps Hand in meiner und war nahezu lächerlich glücklich.

Danksagung

Sobald ein Kapitel fertig war, hat Mone es sofort zu lesen bekommen. Vielen Dank für die zahlreichen Inspirationen, Anregungen und härtesten Kritiken – das darf sich nur die Zwillingsschwester rausnehmen!

Auch meinen Geschwistern Ann-Christin und Jan möchte ich hier danken. Die grafische Unterstützung und juristische Beratung zu einigen Aktionen der S-Bahnspieler waren unbezahlbar. Ich hoffe, Jan nimmt es nicht persönlich, dass nicht alle Jurastudierenden im Roman gut wegkommen.

Auf dem langen Weg von der ursprünglichen Kurzgeschichte über die Erzählversion auf der Bühne bis schließlich zum Roman wurde „Die S-Bahnspielerin" von meiner Familie und meinem Freundeskreis begleitet. Vielen Dank für eure unermüdliche Bereitschaft zuzuhören und zu lesen.

Mein besonderer Dank gilt meinem Mann Jamie, der mir immer den Freiraum verschafft, zu schreiben, egal wann die Muse ruft.

Und nicht zuletzt ein großes Dankeschön an Herrn Weingartz vom Kid Verlag für die unkomplizierte Möglichkeit, „Die S-Bahnspielerin" unter Menschen zu bringen.

Für Mone, immer.

Und alle, die mich zu dieser Geschichte über Freundschaft inspiriert haben.